その胸の鼓動を数えて

ローリー・フォスター
兒嶋みなこ 訳

STRONGER THAN YOU KNOW
by Lori Foster
Translation by Minako Kojima

mira

STRONGER THAN YOU KNOW

by Lori Foster

Published by K.K. HarperCollins Japan, 2024

キミー・ポッツへ

コロラド州について教えてほしいとフェイスブックに書きこんだとき、応じてくれたあなたのやさしさに心から感謝を捧《ささ》げます。そのあとも、しつこいわたしの質問すべてに答えてくれてありがとう！　スモーキーマウンテンのことは知っていたけれど、ロッキー山脈については……あまり知らなかったの。キミー、あなたのおかげで本当に助かったし、はるばるコロラド州までリサーチしに行かなくて済みました（まあ、その予定はなかったんだけど、それでも……）。ありが10！

断言してもいいけれど、わたしは間違いなく世界一の読者に恵まれているわ。

大きなハグを。

※地理的な間違いがあれば、すべてわたしに責任があるものとご承知ください！

その胸の鼓動を数えて

おもな登場人物

ケネディ・ブルックス――講演家、作家
レイエス・マッケンジー――ジムのオーナー
ケイド・マッケンジー――レイエスの兄
スターリング――ケイドの妻
マディソン・マッケンジー――レイエスの妹
パリッシュ・マッケンジー――レイエスの父親
バーナード――マッケンジー家の執事
ジョディ・ベントレー――ケネディの友人
クロスビー・アルバートソン――刑事
デルバート・オニール――人身取引の手配師
ロブ・ゴリー――ジョディの宿敵

1

　配車サービス〈ウーバー〉の運転手が角を曲がって、住んでいる建物が見えてくる前から、ケネディ・ブルックスの肌は異変を察知してざわついていた。とうに真夜中を過ぎているけれど、その点はどうしようもないことだった。

　夕食の時間には帰宅できているはずだったのに。

　一つの遅れがもう一つの遅れを呼んで、完全に予定が狂い、飛行機の便を予約変更できなくなったのだ。空港で何時間も座っていたこともあり、疲労で体が重い。いまの願いは自宅のベッドに倒れこむこと――頑丈な鍵をしっかりかけて――それだけだった。

　窓を閉じていても煙のにおいが車内に漂ってきたとき、心臓がどくんと跳ねた。いやな予感がする。今夜はゆっくり休めないのでは？　今夜だけでなく、近い将来ずっと。

「なにがあったんだろうね？」運転手が尋ねて、暗い夜に明滅する赤い光を指差した。

「火事よ」ささやくように答えた。ただの火事ではなく、わたしが住んでいるアパートメントの火事。

消防車と警察と救急救命士がうじゃうじゃいる。顔見知りの住人たちがかたまって立ちつくし、コロラド州のひんやりした夜気に負けまいと毛布にくるまっている。通りに集まった野次馬は、無事だった自宅から見物に出てきたのだろう。

ケネディは震える手で口を覆い、建物全体を包む巨大な炎を見つめた——自身が眠っていたはずの階もごうごうと燃えていた。

車は近づくことができないし、そもそも近づいてほしくなかった。「ここで停《と》めて」

運転手がバックミラー越しに見た。「大丈夫？　もしかして、あそこに住んでた？」

「ええ」ごくりとつばを飲んだ。どうしよう。どうする？

つらい経験を通して用心を学んだので、財布から追加のお金を抜き取り、言った。「悪いけど、ここで待っててくれる？」

青年はお金を見て、また火事に目をやってから、ようやく紙幣を受け取った。「どのくらい？」

「ちょっと電話をかけてくるだけ」少し考えて、続けた。「車の真ん前、ヘッドライトが当たる位置にいるから」電話のためにプライバシーが必要だけれど、暗闇にぽつんと一人きりも避けたかった。「ライトはつけておいてくれる？」

「いいよ」

これ以上、先延ばしにはできないとばかりにハンドバッグのストラップを斜めがけにすると、携帯電話を取りだして車をおりた。九月の夜にしてはめずらしいほど涼しいが、それでも熱を感じるし、炎が肌に触れているような気さえした。

この状況に対処できそうな人など、一人しか思いつかない。

その人の番号を携帯電話に登録しておいてよかった――これほど震える手では、正しく番号を押せる気がしなかった。

呼び出し音を聞きながら、絶えず周囲に目を配った。だれかに見られていると断言できそうなくらい直感が騒いでいるけれど、運転手のほうを振り返っても、ヘッドライトがまぶしくてなにも見えない。

「もしもし?」

たったいままで眠っていたのだろう、レイエス・マッケンジーの深い声にびくっとしてしまったが、それも初めてのことではない。レイエスは百九十センチを超す長身で、がっしりした骨格にみなぎる自信の持ち主だ。ジムを経営しているため、その肉体は彫刻のようであり、声もそれを反映している――だから、すぐさま姿が目に浮かんだ。

推測するに、レイエスはジムの経営以外にも情熱をそそいでいることがあり、おそらくそれゆえ、常に危険なにおいをまとっている。

まさにいま、必要な存在だ。

携帯電話を握りしめ、わかってもらえるよう祈りつつ、ささやいた。「もしもし。ケネディよ」

すぐさま寝ぼけた気配が消えた。「どうした?」

やっぱり、この男性に電話をかけて正解だった。レイエスが山ほど秘密を抱えているのも関係ない――どういうわけか、彼のことは信用していた。まあ、おおむね。

それに、今夜はほかの選択肢がない。「レイエス、助けてほしいの」

電話の向こうで動きだすのがわかった。「二分で出られる。なにがあった?」

ああ神さま、この男性に祝福を。迷いもなく駆けつけようとしてくれるなんて。これ以上、なにか起きる前に住所を教えた――今日までは教えたくなかった情報を。まったく人生というものは、ときに予定を引っくり返してくれる。そしてわたしの人生は、油断ならないつむじ風に吸いこまれてしまった。「でも、アパートメントそのものにはいないの。角にいるわ。救急車の列の後ろ、ウーバーの運転手と一緒よ。だけど運転手もいつまでいてくれるかわからなくて」

「怪我《けが》は?」

ずばり重要な点だけを尋ねる口調には緊張感があった。

「ないわ」まだ。「詳しい話は、ここに来てもらってからでもいい?　なんだか安全な気がしなくて」むしろ、怖いくらい無防備な気分だ。

「ウーバーの運転手のことはいったん忘れろ。いいね?」ドアが閉じる音に続いて、走る足音が電話越しに聞こえる。「消防士のそばに行くんだ。それか救急救命士。で、そこにいろ。急げば十五分で到着できるから」

うなずいて通りを眺めた。消防士も救急救命士もみんなはるか遠くにいるように見えるし、あちらとこちらのあいだには広大な暗がりがあるように思える。「それは……無理」

「くそっ」トラックのドアがばたんと閉じる音。「もう出発するからな、ベイビー。車に戻って、人気《ひとけ》の多い場所を走ってくれるようウーバーの運転手に頼め。人気のないところへは行くなよ。一箇所にじっとしてるのもだめだ。わかったって言ってくれ、ケネディ」

「わかったわ」

「十五分後に戻ってこい。おれが待ってるから」

ああ、それならできそう。「ありがとう、レイエス」

「油断するなよ」そう言うと、運転に集中するためだろう、電話は切れた。とたんにまたひどく一人ぼっちの気がしてきた。ハンドバッグを探ってスタンガンを見つけ、手のなかに隠す。使い方を練習したとはいえ、実際にだれかに用いたことはない。

今夜も使いたくはないけれど、持っているだけでも心強かった。

周囲を見まわすと、いたるところが煙だらけで、緊迫感が高まっている。後部座席のドアを開けて乗りこみ、運転手に言った。「少し走ってもらえる？」

青年はうんざりした様子で振り返った。「じつは、別の人を空港で拾わなくちゃならないんだ。そう言われても――」

「損はさせないから。お願いよ」

青年があらためてこちらを見つめ、ちらりと体を眺めた。「それはどういう意味?」

どういう意味って……。自分がひどいありさまなのはわかっている。髪はてきとうにまとめただけだし、化粧はよれてしまったし、服は長時間のフライトに合わせてとにかく楽ちん一辺倒。いまは魅力のかけらもない。「誘ってるわけじゃないから、誤解しないで。とにかくドアをロックして十五分ほど走ってほしいの。ただし、人気の多いところを――暗くて寂しい通りじゃなく。そのあとここへ戻ってくれたら、追加で四十ドル払うわ」

青年はしばし考えながら、まだこちらを見ていた。

そのとき、車の外に動きがあった。長い影から男が二人現れて、こちらにそっと近づいてくる。「早くドアをロックして、出して!」ケネディは叫ぶように言った。

青年が驚いて前に向きなおり、男たちに気づいた瞬間、その二人組が駆けだしてきた。まっすぐ、こちらへ。

「やばい!」青年は大慌てでギアをバックに入れて車を後退させた。危うく電柱にぶつけかけたものの、すばやく方向転換してアクセルを踏みこむと、安い小型車は人気のない通りを走りだした。青年がまたバックミラーをのぞいた。「いまの、何者?」

そっと振り返ったケネディは、二人組が遠ざかっていくのを見て、ずっと詰めていた息をようやく吸いこんでから、ささやくように答えた。「わからない」けれど、彼らがあきらめないことはわかっている。

レイエスは猛スピードでトラックを走らせた。ハーレーダビッドソンのほうが速いだろうが、正直、あのケネディが風に髪をなびかせながら両腕でおれにしがみついている姿は想像できなかった。それに、この夜の寒さに備えた服装をしているかどうか、知りようがない。はやる気持ちを抑えつつ、教わった住所に面する交差点で停車した。道路は封鎖されて通行できなくなっており、消防士はいまも懸命な消火活動に当たっている。野次馬は、警官によって安全な距離まで遠ざけられていた。

見まわしたものの、ケネディはいない。

が、周囲に目を光らせている怪しげな二人組はいた。全身黒ずくめで、黒のニットキャップを深くかぶり、火事ではなく通りを見ている。

目を狭めてすばやく付近をチェックしたが、ほかに不審な人物はいなかった。ほとんどが火事に魅入られている——二人組をのぞいて。

携帯電話を取りだし、最新の着信履歴にあるケネディの名前をタップした。一回めの呼び出し音が鳴り終わる前に、彼女が応じた。

「レイエス?」緊張の伝わる震え声だ。

「どこにいる、ハニー?」

「言った場所には戻れなかったの。男二人が見張ってて」

「うん、気づいたよ。連中になにかされた?」

「こっちに走ってきたけど、運転手がうまく逃げてくれたわ。でも……目的はわからない」

「おれが突き止めるよ。二分後に戻っておいで。それまでに片づけておくから」ふと思いついてつけ足した。「ちなみに、トラックで来た」ケネディは、おれが経営するジムの会員で、路地で一緒に野良猫を助けた仲でもあるから、こちらの車のことは知っている。

「ええ?」うろたえた声が返ってきた。「突き止めるってどういう意味? そんなこと、できるわけ――」

「できるんだな、これが」二人は少し前から、お互いに秘密を抱えているという事実をうやむやにしてきた。危険に直面したケネディが電話をかけてきたということは、こちらの能力に気づいているということだろう。

今夜はおれについてもう少し知ってもらう、いい機会かもしれない。「聞こえたかい、ケネディ? おれはなんて言った?」

「二分後に戻ってこいって」呆然《ぼうぜん》とした口調で言う。「レイエス、お願いだから危ない真似《まね》は――」

ようやく二人組がこちらに気づいたので、笑みを浮かべて電話を切った。トラックをおりて、ほがらかに近づいていった。「なにがあったのかな。知ってる?」

男たちは目配せを交わし、背の高いほうが答えた。「アパートメントが火事のようだ」

「うん、それはわかるんだけど」距離はあと十歩。「火をつけたのはだれだろう?」

男たちはまた目配せをして、またのっぽが答えた。「だれが放火だって言った? 配線ミスかもしれないだろ」

「いやいや」さらに距離を詰めていく――長い歩幅に気取った足取りで。「おれは、きみたちが関係してると思うね」にっこりした。「当たってる?」

のっぽが上着の内側に手を入れたと同時にキックを食らわせてやると、男は仰向けで倒れた。衝撃で一瞬、息ができなくなる。

それを見た背の低い相棒が、攻撃の構えをとった。

ばかだな。レイエスはブーツを履いた足をすばやく蹴りだし、踏んばっている男の膝に命中させた。脚がおかしな方向に曲がると、男は苦悶《くもん》の叫びをあげた。

てきぱきと男の全身をあらためて、ナイフとグロックを取りあげた。しゃがんだまま視線をのっぽに移してみると、ちょうどまた立ちあがったところだった。

こちらの動きを真似たのか、顔に蹴りを入れようとしてくる。

即座にかわして足首をつかみ、引っ張ってまたバランスを失わせた。

のっぽはまたしても倒れたが、今回は運悪く頭をぶつけ、うめき声もあげずに気絶した。

「さてと」背の低い男のほうに向きなおり、つついた。「きみはだれで、彼女になんの用かな？」

男は痛みに顔を歪《ゆが》め、あえぐように言った。「彼女って？」

「その膝、痛そうだね。反対側もやってほしいかい？　ちなみに、できるよ」グロックの銃口で股間をとんとんとたたく。「それとも、こっちをたたきつぶしてほしいかな？」

男は横向きになって叫んだ。「やめろ」

レイエスはため息をついて立ちあがった。「弱虫だなあ。ほら、なにか言ってくれよ。こっちだって本気で怪我させたいわけじゃないんだから」まあ、そこまで本気では。とはいえこの二人がケネディに危害を加えようとしていたと思うと……怒りがこみあげてくるが。「それじゃあ三つ数えよう。一つ。二つ」

「わかったよ！　女をさらえば金をやると言われて引き受けた。知ってるのはそれだけだ」

「そんなばかな。それだけのはずがない。たとえば、彼女をどこへ連れていくことになってた？　依頼してきたのはだれ？　その理由は？」

「知らねえって！　前金で半分もらって、うまく誘拐できたら、だれかが電話で場所を指定してくることになってた。そこへ連れていったら、残りの半分をもらえることに」

「へえ。裏も知らずにそんなことをしようとしたのか」のっぽのうめき声が聞こえたので、意識を取り戻しかけているのがわかった。それでいい。むやみに人を殺す趣味はない。

「裏もなにも……依頼なんてそんなもんだろ」

なんというジョーク。この二人に依《よ》って頼るようなばかがいるだろうか。「お仲間はもっと知ってるかもしれないね。もしきみが嘘をついていたってわかったら、おれがなにをしても知らないよ」

「ボレンもおれとおんなじだ。電話が来るまでなにも知らない」

本当らしく聞こえたが、危険は冒せないので、ボレンとやらのほうに歩み寄った。こちらもすばやくボディチェックをして、銃と財布を取りあげる。財布のなかには紙幣で百ドル入っていたが、役に立ちそうなものはなかった。ボレンが起きあがろうとしたので銃で殴り、また眠らせる。

背の低いほうを振り返り、尋ねた。「名前は？」

「ハーマン」

「うーん、いまのは即答すぎるから、信じたものかな」手を伸ばすと、男は怯《おび》えて身をすくめた。「きみさ、本当にこういう仕事には向いてないよ」横向きにさせて、尻ポケットから財布を抜き取る。こちらも紙幣でぎっしりだ。「依頼でたんまりもうけたね」

「救急車を呼んでくれ」

「呼んだほうがいいだろうな。たぶんその膝、おれが壊しちゃったから。もうこれまでのようには歩けないと思うよ」財布をあさり、出てきたコンドームに口角をさげる。残りは地元の店数軒のショップカードとクーポン、レシートだけだった。「いいか、よく聞け。おれがこの場を離れたら、きみらがつけた火の近くまで這《は》っていくといい。きみらが傷つけた人たちを救急救命士がいまも手当てしてるから、助けてもらえるだろう。まあ、そうしたらもちろん、きみらが答えたくない疑問がもちあがるだろうけどね。で、一つのことが別のことにつながって、きみとその壊れた脚は刑務所で腐り落ちることになるかもしれない」財布から運転免許証が出てきた。「なるほど、ハーマン・クープか。これで、どうやったらきみを見つけられるかわかったよ。断っておくが、もしまた彼女にちょっかいを出したら、かならず見つけだすからね。どんな結果になっても知らないよ」

「神さま」痛みに顔を汗だくにして、ハーマンがうめいた。

「ボレンの意識が戻ったら、彼のこともおれが見張ってるって伝えといてよ」

「あんた、いったい何者だ？」

ヘッドライトが近くを照らし、ケネディが戻ってきたのだとわかった。脅威をにじませた声で告げる。「きみにとって最凶の悪夢さ」ハーマンが浮かべた表情に、どうにか笑いをこらえた。

くずどもを怖がらせるのは楽しい。

立ちあがって、近くの警官に通報しようかと考えたものの、そうすればケネディの関与を疑われるかもしれない。彼女の秘密がどういうもので、どれほど深刻なのか、こちらはまるで知らないのだ。

家族の意見に耳を貸して、身辺調査をするべきだった。とはいえ、ハイテク技術の天才である妹のほうは、いらないというおれの意見などどこ吹く風で、勝手に調査しているだろうが。

なにしろ、それこそあいつの仕事だ。

その結果を受けて、おれと兄貴が必要な行動を起こす。

だが現状、はっきりわかっているのは、ケネディ・ブルックスには本人が見せている以上の顔があるということだけ。

ブーツの先でごろつきをつついた。「腹這いになって、頭の後ろで両手を組め。少しでも動いたら、金玉をのど元まで蹴りあげるぞ」

痛みに苛《さいな》まれるハーマンが言われたとおりにするのは容易ではないだろうが、大事なものへの脅しはたいてい魔法のように効く。小悪党は苦しげにあえぎつつ、どうにか指示に従った。

「そのままじっとしてろ」レイエスは念を押しながら、右手にナイフと銃の一丁を、左手にもう一丁と二人の財布をつかんだまま、後ろ向きで歩きだした。振り返ると、ケネディが車からおりてくるところだった。暗いなか、目を見開いている。運転手も車からおりてきてトランクに駆け寄り、キャスターつきのスーツケースを文字どおり放りだしてから、パソコンケースをケネディの手に押しつけると、彼女がスーツケースを起こそうとするあいだにもう車で走り去っていた。

ケネディをその場に残して。

レイエスは、ごろつきどもを放置して彼女に駆け寄った。「行こう」

左右に握られた凶器をまじまじと見て、ケネディがささやくように言った。「いったいなにをしたの?」

「情報を集めただけさ。ほら早く」トラックまで連れていき、没収したものを床に放りだすと、ケネディを車内に押しこんだ。「シートベルトを締めろ、ベイビー」パソコンケースを彼女の手から取りあげて、それも足元に突っこむ。

大きなスーツケースをトラックの後部に積みこんでから、最後にもう一度、倒れている男二人と、まだ燃え盛っている火をちらりと見た。今夜は第一級の大騒ぎに巻きこまれた。だとしても、ケネディはほかのだれでもなくおれに電話をかけてきた。

全体的に見れば、勝利と言える。

ケネディは、全身の震えを抑えるようにぎゅっと自分を抱きしめた。レイエスがトラックを出すと、火事はどんどん遠のいていく。少なくとも物理的には。けれど心理的には？ 一歩間違っていたら起こり得たことも、だいたいの狙いもわかっているので、自身の無力さをあらためて痛感させられた。

悲劇は人生に一度でじゅうぶんなのに。「レイエス？」

「うん？」たったいま男二人をぶちのめしてこちらの足元に複数の武器を押しこんだりなどしていないかのように、レイエスは励ましの笑みを投げかけてきた。「大丈夫？」

ダッシュボードの光が黒髪に青みがかったつやを与え、広くがっしりした肩を縁取っている。これほど魅力的な男性なんて、反則だ。

初めて見たときから、レイエスの体格には感心させられてきた。以来、目にするたびに抵抗力を鍛えられている。

足元を見おろした。大きな銃二丁、恐ろしげな飛びだしナイフ一本、財布二つがパソコンケースと場所を分け合っていて、足を置く空間はほとんど残っていない。

さっきの二人組はこの武器をわたしに向けるつもりだった。間違いない。

レイエスが暖房の設定温度を調節してからこちらに手を伸ばし、ぽんぽんと脚をたたいた。「おれが来たからね、ハニー。もう安全だ」

おかしな話だが、本当に安全だと感じた。前方の道路は長くて暗く、トラックがどこへ向かっているのか知りもしないけれど、レイエスがいればだれにも危害を加えられたりしない。そう信じることができた。

「ベイビー、どうした？　心配になるよ」

どうやら今夜、電話をかけたことで、二人の関係性はさらに変化したらしい。まあ、それも当然か。路地で一緒に野良猫のキメラを拾ったあの日から、ささやかな友情は結ばれており、単なる〝ジムの会員とオーナー〟という段階は越えていた。

とはいえデートはしたことがないし、もっとこちらを知ろうとする彼の努力もかわしてきた。直感的に、レイエスがただの事業経営者ではないとわかっていた。みんなは彼を額面どおりに受け止めるかもしれないけれど、わたしは〝みんな〟の知らない経験をしているうえ、その経験で確実に変わった。

レイエスは、抱えている秘密とふだんはごまかしている戦闘能力のせいで、危険な香りを漂わせている。

相手がどんな男性であれ、深い関係を避けるのは、こちらの都合に合っていた。

けれどこうなってしまった以上、そうするのはもはや不可能に思えてきた。

ショック状態に近くても、レイエスの呼びかけには気づいていた――ベイビーだの、ハニーだの。これまでにそんな呼び方をされた記憶はない。

ふだんなら気に入らなかっただろうが、今夜は――今夜は好意以上のものがほしかった。レイエスに守られたかった。安心させてもらいたかった。

もう大丈夫だと約束してほしかった。

彼を見つめる目の奥が熱くなってきた。煙のせいだと言うこともできるけれど、そんな嘘が通用するとも思わない。「どこへも行くところがないわ」ようやく状況の深刻さがわかってきて、動揺がこみあげた。「財産と呼べるものは、ほとんど全部あのアパートメントに置いてたし」ふと気づいて、息を呑《の》んだ。「わたしの車！　建物の裏の駐車場に停めたまま……」

「しーっ」レイエスがまた手を伸ばしてきて膝をつかみ、レギンスの上から太ももをそっと親指でこすった。「おれに任せて、な？　とりあえず、なにがあったか聞かせてくれ」

急いで現金を数えようとした。クレジットカードはあるけれど、使っても安全？「わたし、どこへ行けばいいの？」

膝をつかむ手に力がこもった。「おれがついてる。きみはおれと一緒にいる。一緒に解決しよう」

一人きりではないことに心の底から安堵《あんど》して、ごくりとつばを飲んでうなずいた。「それならキメラに会えるのね、うれしい――どうしたの？」レイエスが顔をしかめたのを見て、あの猫になにかあったのかと不安になった。二人が路地で拾ったとき、猫はお腹を空《す》かせつつ三匹の子猫を育てていた。四匹ともレイエスが家に連れ帰ったのだが、動物病院へ連れていくときにはかならず付き添って、診察料を折半してきた。

「キメラはいま、おれのところにいないんだよ」とてつもない怒りがこみあげてきた。「わたしの猫を捨てたの?」

「違う! 参ったな、きみのなかのおれはいつでも最悪のことしかしない?」膝を放して、両手でぎゅっとハンドルを握った。「キメラはいま、父のところにいる。というか、厳密に言えば父の部下のところに」

「お父さんの部下?」目をぱちくりさせた。「それはいったいどういう意味?」

レイエスが首を振って言う。「まあ、その話は追い追い。いまはとにかく、キメラはすごく愛されてて、よく面倒を見てもらってるってことだけ知っておいて」首を傾けて、足元に山積みにしたあれこれを示す。「財布をチェックしてくれないかな。さっきのばか二人に見覚えはないか、確認してほしいんだ。運転免許証を掲げてくれたら、兄貴に名前を読みあげられるから助かるよ」

「お兄さんって、あなたよりもっと背の高いあの人のこと?」一度ジムで見かけたときは、美しいうえにタフそうな女性と一緒だった。彼女なら、錆《さ》びた釘《くぎ》を噛《か》み砕きながら男性を誘惑することもできそうだ。

レイエスとあの男性が兄弟なのは一目瞭然だった。どちらも立派な体つきに恵まれ、驚くほど背が高く、端整な顔立ちをしている。レイエスの目は温かな榛《はしばみ》色だが、兄のほうは鮮やかなブルー。レイエスは身長百九十センチ以上だからじゅうぶん大きいけれど、兄のほうはさらに数センチ高い。だからもちろん視線を吸い寄せられた――そうならないほうが難しい――けれど、ジムにいるほかの女性と違い、目をハートにして見とれることはなかった。

「ベイビー、こっちの言うこと全部に質問で返すなら、いつまで経《た》ってもおれたちの旅は始まらないよ」

おれたちの旅は始まらない？　わたしの人生はたったいまめちゃくちゃになったというのに、そんな軽薄な――

「おれがどうにかするから、ね？」ちらりと助手席を見て、視線を暗い道路に戻す。「協力してくれたら助かるけど、約束するよ、おれがいるかぎり、きみにはなにも起こらない」

ああ、いつものうぬぼれ屋の顔がのぞいた。おかげで気持ちが少し楽になった。「わかったわ。ありがとう」

にっこりした彼の頬に、一級品のえくぼが浮かんだ。まったく、レイエス・マッケンジーほどの男性には、えくぼなんておまけの魅力は必要ないのに。

「免許証を頼むよ」どこまでも辛抱強く、レイエスがうながした。

「そうだった」目的を与えられたことで気合いが入った。手が滑ってうっかり財布の片方の中身をぶちまけてしまったものの、気にしない。すばやく免許証を見つけ、今夜のできごとを理解したい一心で、両方の顔をじっくり眺めた。「だめね」がっかりして座席に寄りかかった。ああ、しっかりしなくては。「どっちも見たことないわ」

「問題ない」レイエスがまたちらりとこちらを見た。「どうやってアパートメントから脱出した？」

「そもそもなかにいなかったの。テキサスに四日間いて、空港からの帰り道だった」

レイエスがまったくの無表情で問う。「テキサスでなにしてた？」

これまでの人生を要約して聞かせたい気分ではなかったが、どうやらそうするしかなさそうだ。「わたしはプロの講演家なの――ハイスクールやカレッジの学生を対象にした」全身の筋肉がこわばった。レイエスの横顔を見つめ、胸の鼓動を五つ数えてから、ささやくように言った。「専門は、人身取引の危険性について」

レイエスがゆっくりうなずいた。まるで、まだ尋ねていなかった質問の答えがわかったとでもいうように。「その知識は、経験から得た？」

もう一度、鼓動を五つ数えた。どれも強くて安定した鼓動。これは、心臓が脈打っているかぎりわたしは生きていると自分に言い聞かせるために覚えた方法だ。

そして生きているかぎり、希望は味方だと。

今夜、味方は希望だけではない。

レイエス・マッケンジーもついている。

「この沈黙は、それについては話したくないっていうサインかな？」

横顔を見つめるのをやめて、助手席側の窓の外に視線を移した。「それについてはしょっちゅうしゃべってるわ。言ったでしょう、わたしはプロの講演家なの」

たしかにとうなずいて、レイエスが尋ねた。「いくつだった？」

なんでもないような口調――まるで、人生を激変させられた経験について打ち明けられたりしていないような。人身取引などというおぞましい言葉を聞かされると、たいていの人はぎょっとするものだ。うろたえて、ふつうは話題を変える。

けれどそんなことをしても、被害に遭った人の助けにはならない。

被害者に必要なのは――とくに若い人には――情報だ。誘拐されるのを防ぐためにはどうしたらいいか、もしも誘拐されたときはどうするか。

いまのレイエスのような反応をした人はいなかった。いったい彼の本業はなんなのだろう？　ジムの経営しかしていないわけがない。

「おれがなにを言っても、この〝痛々しい物思い〟を誘発しちゃうみたいだな。それについてはごめんよ。だけど、おれたちがこれに立ち向かうには、まず理解するのがいちばんなんだ」

たしかにそのとおりだ。覚悟を決めるべく、深く息を吸いこんだ。「二十一になったばかりだった。カレッジを卒業したてで、なんでもわかってると思いこんでた」実際はまったくの世間知らずで、現実世界のことなどまるでわかっていなかった。「講演では、なに に注意すべきかを学生に教えるようにしてる。状況を把握するのがいかに大事で、一人で 外出する危険性とはどういうものかを」

「きみがさらわれたのはテキサスでのこと？ それともここ、コロラド州？」

「フロリダよ」講演家モードに入って、つらい記憶から自身を切り離した。「わたしは浜 辺をジョギングしていて、一人の時間を楽しみながら、未来に思いを馳《は》せてた……」なに もかも、くっきりと覚えている。「気がついたときには男たちにつかまえられていて、一 人がものすごい力で口を押さえてきたから、窒息すると思った。砂の上でスニーカーを片 方なくして、シャツは破れた」

レイエスがまた手を伸ばしてきて膝をそっとつかんだ。そのなにげない仕草に、必要だ った慰めをもらえた。

「バンに押しこまれて、連れていかれた家には、ほかにも何人か女性がいた。数人は薬で 意識を失わされていた」緊張で首と背筋がこわばってきた。「それは、逃げようとしたと きの罰だった。女性二人が取り押さえられて、別の女性が注射するところを見たわ」

「注射した女性は――加害者側の人間だった？」

「ええ」それこそ、まだ受け入れられないことだった。なぜ同じ女性にあんなことができ るのだろう？ わたしはその真逆であろうとしてきた。女性だけでなく、子どもや男性も助けようとしてきた。

「じつに醜いビジネスだ。ふつうの人間には理解できない怪物の所業だよ」

まさに。「数週間経ったころ、わたしは運よく逃げられたけど、それはほかの女性が自身を犠牲にしてくれたからだった――文字どおりに」ひたいをさすり、シャーリーンを思った。あの女性がみんなを――年齢がそう変わらない女性たちをも――娘のごとく守ろうとしていた姿を。「一人、残酷さが際立ってる男がいた。レイプだけでは満足しなくて、そいつは……」のどがふさがった。記憶の細部には、講演のなかで話したくないこともある。重要ではないから、ではなく、個人的すぎるから。

レイエスが膝をつかんでいた手を放して手のひらを上に向け、待った。そこに手をのせると、大きな手がしっかり包んでくれた。どういうわけか、この男性はなにをすれば助けになるかを知っているらしい。

ありがとう。

「わたしを助けてくれた女性はシャーリーン。三十歳で、あんなに美しい心の持ち主には会ったことがない。何度となく男を誘導して、そいつが欲しいのはほかの女の子じゃなく彼女だと思わせた。わたしたちには絶対に静かにしているように、目を合わせないようにと言って、自分に男の意識を向けさせるの」言葉を切ってレイエスを見た。「シャーリーンは本当にひどい扱いを受けたけど、それでもやめなかった――わたしたちを守ろうとしつづけた」

「きみが逃げた日も同じことを?」

「ええ」ぎゅっと彼の手を握った。「あの日は、けだものがシャーリーンとわたしの両方を欲しがったから、わたしも行くしかなかった。部屋にわたしたち女性しかいないとき、シャーリーンはくり返しわたしたちに教えたものよ、なにをするべきか、なにを言うべきか、チャンスとはなにか」

「そして彼女はきみにチャンスを与えた」すでに答えを知っているように、レイエスが静かに言った。

「ええ。そのおかげでわたしは助かった」浅い呼吸をしていたせいで肺が苦しくなってきた。命綱をつかもうとするように、深く息を吸いこんだ。「近くに窓があったら、そこから脱出しろ。鍵のかかっていないドアがあったら、開けてみろ。車のスピードがゆっくりだったら、飛びおりてみろ」あの夜も今夜と同じで暗かったが、空気はこんなふうに涼しくさわやかではなく、熱さと湿気で重苦しかった。「ちょうど車通りの多い道で、運転していた配達屋が、車線変更した別の車をよけようとしてブレーキを踏んだの。まさかシャーリーンがあんなことをするなんて思いもしなかった。わたしはただ座って震えてるだけだった。突然、シャーリーンがすごい勢いで運転席を後ろから蹴って、運転してた男は顔面をハンドルにぶつけたの。シャーリーンは蹴りつづけた。いたるところに血が飛び散った。そうしたら一台の車が別の車に衝突して、助手席にいたわたしたちの手配師は、シャーリーンを押さえようとして手を伸ばしてきた」レイエスの手をつかむ手に、自然と力がこもった。「手配師は銃を持っていて、殺すぞと脅したけど、シャーリーンはわたしに逃げてと叫んだだけだった」ごくりとつばを飲み、細い声で続けた。「だからわたしは逃げた」

こわばった手をレイエスが口元に掲げてそっとキスしてから、尋ねた。「車から飛びおりたんだね？」

「飛びおりて、大騒ぎを起こした。タイヤが悲鳴をあげて、クラクションが鳴り響いて、車が何台も衝突して、歩行者は足を止めて。男性が一人、わたしを助けようと駆け寄ってきて、別の男女はもう携帯で警察を呼んでくれてて。振り返ったら、運転席の男は死んでいた」いまだ消えない自責の念がずっしりと肩にのしかかる。レイプするために女性をレンタルしてもいいと考えた残酷なけだものへの、ではなく、早すぎる死を迎えた友達への思いが。「その事故でシャーリーンも亡くなったわ」

「助手席の男は？」

「大急ぎで逃げていった。そのあとどうなったかは知らないけど、警察はすごかったわ。わたしはべそべそ泣いてわけのわからないことしか言えなかったのに、理解してくれた。それぞれがみごとな連携をとりながら、しっかりわたしを支えてくれた。日がのぼるころには、あの家にとらえられていたほかの女性たちも救出されて、わたしたちを苦しめてきた人でなしどもは逮捕されていた」熱い涙がこみあげて、募る感情にのどが狭まる。「シャーリーンはわたしを逃がしただけでなく、みんなのことも救ったの。その過程で自分は命を落とした」まばたきで涙をこらえ、鼻をすすった。「彼女は永遠に、わたしにとって勇気の源よ。ほかの人のためにできることを考え、行動する力の源。シャーリーンはわたしのなかの輝く星なの」

「手配師の名前は？」

わからないと首を振った。「向こうはみんな、わたしたちの前では名前を口にしないようにしてたから。顔を見ればわかるけど、それだけでは警察もどうしようもなかった」

シャーリーンは亡くなって、あの人間のくずは逃げおおせた。

いまもこの世のどこかにいて、ほかのなによりその事実に、わたしは日々、怯えている。

2

兄のケイドに電話をすれば、当然、ケネディに会話を聞かれる。そして彼女ほどの賢さなら、聞いた内容からさまざまな結論を導きだすだろう。それらを踏まえて、レイエスは計画を立てた。胸を引き裂かれるような経験が語られたいま、なにかせずにはいられなかった。

トラックを停めてケネディをきつく抱きしめる以外のことを。

回れ右して、さっきぶちのめしてきた二人組を殺す以外のことを。

こちらの背景をすべて打ち明けることは絶対にできない。家族が知ったら激怒する。

だから兄に電話をかけた。

元レンジャーで、最高に冷静かつ指揮官タイプのケイドは、重要な情報に集中するのがこのうえなく得意だ。

それに正直に告白すると、ケイドからはいい影響を受けてきた。そう、以前のおれはじつにかっとなりやすかった。十代なかばのころから、どんないらいらもけんかかセックスで解消してきた。そして抱えていたいらいらの多かったこと――まあ、ほとんどは皮肉を効かせたユーモアの下に隠していたが。ケイドは軍を医療除隊すると、弟の反抗的な側面の最悪な部分を踏みつぶしにかかった。理不尽に厳しかったわけでも、不当に意地悪だったわけでもない。そうではなくて、何度も何度もくり返し、じつにみごとなやり方で、しっかりコントロールしながら弟の能力を磨いたのだ。

今日にいたるまで、兄はおれを倒せる唯一の人間だ。だからといって、ケイドに挑戦するのをやめようとは思わない。むしろしょっちゅう挑んでいる。

人間、少しは楽しまなくては。

いま、そのケイドと電話がつながって仕事モードに入ると、ケネディの問題に対しても受け身ではなく能動的になってきた。

ケイドは彼女の車の面倒を見るだけでなく、おれが倒した男二人の名前を妹のマディソンに伝えてもくれるだろう。そうなれば妹は、二人組について知るべきことをすべて洗いだすはずだ。マディソンの調査能力にはしばしば舌を巻く。あいつなら、調査が完了する前に、あのばかどもが自分について知っているより多くの情報を手に入れているに違いない。

マディソンはまさにそのために育てられた――プラス、それ以上のために。

妹も兄二人と同じく長身で、必要に迫られれば危険な存在になれる。

そんなマッケンジー家の人間と比べればケネディは小柄で、百六十五センチくらいだ。性格ははきはきしていて、人に頼ることをしない。

　ジムで懸命にトレーニングしている姿を何度か見かけているが、彼女が習得しようとしている技術はいまだ手の届かないところにある。ジムに来るほとんどの人と違って、ケネディの目的は筋肉増強でも減量でもなく、健康のためですらない。来る日も来る日も、攻撃の動きを練習しているのだ。相手を無力化するためのキックとパンチを。初めて見たときからずっと、なにが彼女をそこまで駆り立てるのだろうと気になっていた。

　いま、答えがわかった。ああ、なんて理由だ。

「少し探りを入れて、通りに噂《うわさ》が流れてないか調べてみよう」ケイドが言った。「彼女の車は、盗聴器を取りつけられていないか確認してから、おれの家であずかる。マディソンがなにかつかんだらすぐにでも知らせよう。ほかには？」

「いや、いまのところはそれでじゅうぶん」

「なぜその言葉を信じられないんだろうな？　おまえがいつも以上に打ちこんでるような印象を受けるのはなぜだ？」

　それは、兄貴がめちゃくちゃ鋭いからだよ。レイエスはやれやれと首を振った。「どの口が言うかな」というのもケイドは前回、ある女性を助けたときにそのまま結婚へまっしぐらに突っ走っていったのだ。それも並の女性ではなく、山ほどトラブルを背負った女性だった。義理の姉を思い出すだけで自然と笑みが浮かんだ。「みんながみんな、任務の途中で恋に落ちるわけじゃないんだぞ」

「これはそうなのか?」ケイドがすかさず尋ねた。「任務?」

「〝恋に落ちる〟ってところは否定しないんだね」

ケイドはそれを無視した。「おれとおまえは違う。おれはたとえ真っ逆さまに落ちてるときでも早まって失敗することはない。反面おまえは、いつでも危なっかしい」

たしかに。「気をつけるよ。とにかく、なにかわかったら知らせてくれ。マディソンには心配するなって伝えて」

「あいつもおれも、心配したいときは勝手にする」ケイドがまじめな口調になってつけ足した。「なにかあればいつでも電話しろ」

「そうするよ」電話を切って、ちらりとケネディを見た。

「当てましょうか。お兄さんは、わたしの策略に気をつけろって忠告したんじゃない?」

そう言って両腕をさすった。「知ってるかぎり、あなたの家族ってすごく怪しい」

「じつはさ」そう簡単に苛立《いらだ》たされてたまるかと、聞き流した。「家に女性をあげたことはないんだ」

ケネディが鼻で笑った。「ふうん。そうなの」

「女性関係がゼロって意味じゃないぞ。ぜんぜんある」

「自慢してるの？　すてきね」

「自慢じゃない」かっかするなと自分に言い聞かせても、顔はしかめっ面になってきた。実際のところ、相手の女性に不自由したことはない。「説明しようとしてるだけだ、どうして兄貴が……」

「動揺したか？」

「ケイドが？　まさか、兄貴は動揺なんてしない」そして重要なことを見落としたりもしない。「兄上さまは、大火事のさなかだろうと竜巻が来ようと殺人鬼に追われてようと、まばたき一つせずにいられるんだ」

ケネディが目を丸くした。「すごいのね」

おっと、意図した以上に漏らしてしまった。「とにかくおれが言いたいのは」話を戻したくて、強調するように言った。「楽しみは家じゃなく、よそで手に入れてるってこと」

「そうしないと良心が咎《とが》めるから？……いえ、違うわね」ケネディが言い、利発そうな目で続けた。「あなたの本当の仕事がなんであれ、秘密にしなくちゃいけないから。ベッドのお相手に出入りされたらその秘密を隠しとおせないから、でしょう」

「いやいや」こらえきれずに笑みが浮かぶ。「さすがにその発想は古すぎるよ。古風も古風、色褪《いろあ》せてもおかしくない」ケネディがぶつくさ言いはじめたので、圧するように声を張った。「きみのために厳格なルールを破ろうとしてるんだから、少しくらい感謝してくれてもいいんじゃないかな」

しぶしぶといった声が返ってきた。「どうもありがとう」

「うちへ連れていくのはきみの安全のため、ほかに理由はないってことだけ知っておいてほしいんだ」またちらりと彼女を見た。やはり暗い過去を抱えていたのだとわかった以上、男と二人きりになれば感じるだろう不安について考えないわけにはいかなかった——とりわけ、ジムのオーナーという表の顔を疑われているのだから。「きみに迫ったりとかはしないから」

ケネディが横目でこちらを見た。「そこは心配してないわ」

「そう？」いまのは失礼だと思うべきか否か。

「人を見る目はあるの。といっても、直感をすんなり信じるわけじゃなくて、いつもすごく用心するけど。それでも、わたしがあなたを信頼してることは明らかなはずよ。そうでなかったら、今夜あなたに電話してない」

ほかに選択肢がなかったから、ということもありうる。「家族は？」

ケネディはしばしためらってから、肩をすくめた。「両親とも健在。だけど遠くに住んでるから、電話はかけられなかった」

ふーむ。もしもきみが打ち明けてくれたようなことがおれの娘に起きたなら、二度と目の届かないところへは行かせないけどな。「デートするような相手は？　仲のいい友達は？」

ケネディは首を振った。「長いこと引っ越しをくり返してたから。リッジトレイルは初めて腰を落ちつかせた場所なの。初めてっていうのは、つまり——」片手を翻す。「——いろんなことがあってから」

同情に、心臓がどくんと脈打った。過去に追われるのがどんな気分かは、よく知っている。「おれの家は安全だよ。うちに避難してるあいだに、兄のケイドと妹のマディソンがそれぞれやるべきことをやってくれる。明日の朝には連絡をよこして、わかったことを知らせてくれるから、そうしたら一緒に先へ進もう」

ケネディがぽかんとした顔で見つめた。「そんな……そんなのって。また疑問がいくつも出てきたわ」

「だよな」内側にいてもなお、家族の守備範囲と技能にはときどき驚嘆させられる。「重要なのは、今夜はもう安全ってこと。だから少し休んで、明日一緒に次のステップを考えよう。どうかな？」

「どうって……どうもこうも」

「わかるよ。でも大丈夫、おれがいるからね。ひとまず今夜はもう質問はなし。おれはものごとに優先順位をつけるのが上手で、いまの一位は食事、次が睡眠だ。腹が減ってないなら話は別だけど」緊張すると食欲を失う人もいる。「食べたくないなら、すぐ睡眠だ」

「まだ眠れるかわからないから、食事をしてみるわ」

「了解。なにか好物はある？　うちにいまあるものでサンドイッチなら作れるな。シリアルもあるよ。クッキーと、スープ缶と、オートミールも」

「サンドイッチが食べたい」

「よかった、それなら途中で買い物しなくていい」むしろ早く家のなかに落ちつかせて、安全を確実なものにしたかった。もちろんハンバーガーかなにかがいいと言われていても、どうにかしていただろうが。

　臨機応変なところもおれの強みの一つだ。

　それでも、今夜の事態はまったくの予想外だった。ケネディが秘密を抱えていることを知っているのと、その秘密のせいでアパートメントが火事になり、銃を持った男たちに狙われるのとでは、まるで話が違う。

　携帯電話が鳴った。家族からだとわかっているので、応じた。

　いつもの妹らしく、マディソンは挨拶もなしに情報を伝えてきた。「火事で死者はゼロ。数人が煙を吸ったことで病院に搬送されて、全員がすべて失ったようだけど、その点はパパが手を貸すって言ってるわ」

　さすが、おやじどの。パリッシュ・マッケンジーは一瞬の躊躇《ちゅうちょ》もなく金をばらまく。

「仕事が速いな」

「もっと遅いと思ってた？」

「そうじゃない。ケイドがもうおまえに連絡したとは思ってなかっただけ。朝まで待つんじゃないかと思ってた」

「ばか言わないでよ」マディソンの声がやさしくなる。「レディのお友達の様子は？」

レディのお友達？　これまた古風な……。「ケネディはおれたちとは違う」これでじゅうぶん説明がつくだろう。

「わたしにできることがあれば、つまり彼女のためにって意味だけど、なんでも言ってね」

片手で運転しながら肩をすくめた。「スーツケースを持ってるみたいだから、いますぐ必要なものはとりあえず間に合うんじゃないかな」

「スーツケース？　旅行にでも行ってたの？」

ケネディにじっと見つめられているのを感じながら答えた。「テキサスに」

「詳しい話を聞かせて」

もちろんそう来るだろう。マディソンはいつだって詳しい話を聞きたがる。妹の才能の特徴だ。「どうして？」

「もう。関連があるかもしれないからよ」言葉を切り、いきなり要求してきた。「彼女に代わって」

「冗談じゃない」妹がケネディとおしゃべりをして、おれの救出劇をなにか別のものにしてしまうなど、絶対に避けたい。

「いますぐ代わらないなら、彼女の番号を調べて直接かけちゃう。そうなったら、説明しなくちゃいけないのは兄さんよ」

しかめっ面になってしまった。「どうやって調べるんだ？」

「かーんたん」いとも楽しそうな声でマディソンが言う。「彼女はジムの会員でしょう？だったら携帯電話の番号を連絡先として登録してるはず。そのデータにアクセスするのなんて楽勝――」

滅《め》入《い》ってきて、しぶしぶ言った。「わかったよ」妹が生半可な脅しをしないことは知っている。美人だし、見た目は繊細そうだが、ほかの家族と同じく、並々ならぬ技術に鋼の精神、雄牛のごとき意志の強さを備えているのだ。

携帯電話を耳から離して、ケネディに言った。「妹がきみと話したがってる」

ケネディは無言のまま、なにを考えているのかわからない顔で、小さな手を差しだした。

くそっ、この二人を引き合わせたら厄介なことになるかもしれないぞ。

いや待て、そう簡単に思いどおりにさせてたまるか。この救出劇の遂行者として、おれにも多少の権利はあるはずだ。どうだとばかりに親指でスピーカーフォンのボタンを押してから、携帯をケネディに渡した。

こちらがどれほどむしゃくしゃしているか、わかっているのだろう、ケネディはほほえんで携帯を膝の上にのせた。「もしもし」

「まずは」マディソンが言う。「大丈夫？」

「ええ、だと思う。まだ震えが止まらないけど、たぶんそういうものでしょう？」

「そうね。だけど声はしっかりしてるわ。すごいことよ、だってうちの兄の相手をさせられてるんだから」そっとつけ足した。「レイエスはね、かわいい頭痛の種なの」

「知ってるわ」

二人の会話に、両眉があがった。ケネディはおれを〝かわいい〟と思っているのか？　腹が立つな。

〝頭痛の種〟のほうは、まあ、否定できない。

マディソンがてきぱきと続けた。「こういうことは前にもあったのね？」

「残念ながら――だけどいまは話さないでおく」

妹はたったいま、おれの知らなかった情報を聞きだした。「いつ、どういうことがあった？」尋ねたものの、きれいに無視された。

「そうよね」マディソンが言った。「まあ、わたしにはいずれ全部わかることだけど」

ケネディが目を狭めて尋ねた。「あなた、何者なの？」

「レイエスから聞いてない？　わたしはテクノロジーの神なの。レイエスかもう一人の兄に調べ物が必要になったときは、わたしの出番というわけ」

「調べ物って……」

「これ以上は、レイエスがその気になったときに説明するでしょう」マディソンはさらりと返した。「いまは手短に聞かせて――どこに行っていたのか、ちょっとした事故やついてないできごと、いつもと違うなと感じたことはなかったか」

ケネディはためらいもなく答えた。「木曜の早朝に飛行機でテキサスへ向かったの。まず予約したホテルに行って、荷物を置いて、食事をして、少し休憩した。二時間ほどあとに迎えの車が来たわ」

マディソンが口を挟んだ。「運転手におかしなところは？」

「なかった。約束の場所までまっすぐ連れていってくれた。ホテルに戻るときはタクシーを使ったわ」

「運転手は話しかけてこなかった？　不必要に見てきたりは？」

「わたしの気づくかぎりでは、そんなことはなかった」ケネディが言う。「というのは、メモを確認するので忙しかったから。わたしにとって講演は毎回、少しずつ違うの。どこで話すか、対象はハイスクールの生徒か、それとも大学生かで。語るテーマは人身取引で同じだけど、どの地域もそれぞれ注意すべきことが異なるの」

マディソンは躊躇するということを知らない。「自分が学んだことを広く知ってもらうためね？」

「そうしようとしてるわ。せめて若い人たちに、なにに注意すべきか、なにを避けるべきかを伝えたい。もしもさらわれてしまったときは、どうしたらいいかを」

妹がこの情報を整理しているのが、レイエスには実際に見える気がしたが、ケネディは話を進めることで、それ以上の質問を許さなかった。

「講演の予定は木曜、金曜、土曜の夜、それから日曜の午後にも入ってた。最後の講演場所はハイスクールだったんだけど、わたしは荷物を持っていって、終わったらその足で空港へ向かえるようにした。このときも車が迎えに来てくれた」

「ふだんと違うところは？」マディソンがまた尋ねた。

「なかったわ」

「タクシー会社の名前は覚えてる？」

ケネディが即座に答えたので、細かいことも見落とさないのがわかった。

「すべての歯車が噛み合わなくなったのは、空港に着いてからよ。乗るはずだった便が三時間遅れになったから、ちょっと食事に出かけたの。食べ終わろうとしたとき、男の子がうっかりコーラをわたしにかけてしまって。平謝りの親御さんを大丈夫だからと安心させたあと、着替えにトイレへ行ったの」

レイエスは小さくほほえんだ。ケネディのことだ、もちろん親御さんを安心させようとするだろう。知り合ってそう長くないものの、心が広いことにはすぐに気づいた。そうでなければ野良猫のキメラを助けようとしていない。路地で腹を空かせていたあの猫は、ぱっと見でかわいいわけでもないのに、ケネディはすぐさま面倒を見ようと決心した。そう、この女性は愛想のいいほうではないが、その理由は痛ましい過去と、そこから生まれて当然の警戒心にあったのだ。

「ある飛行機が到着してすぐだったから、トイレには長い列ができていて」ケネディが続けた。「個室に入るまでにすごく時間がかかった。ペーパータオルを何枚か濡《ぬ》らして個室に持ちこんだけど、きれいに落とすのは無理だった。じつは、まだべとべとしてる」

「レイエスの家でシャワーを浴びるといいわよ」

ケネディが視線をこちらに向けて、しばし見つめた。「そうね、そうさせてもらえたらうれしい」

こっちこそ。と思ったが最後……そのイメージが頭から離れなくなった。ケネディがぴったりしたショートパンツとゆったりしたTシャツ姿でワークアウトするところなら何度もジムで目にしているので、どういう体つきなのかは多少なりとも知っている。小柄で引き締まっていて、胸のほうはさほどボリュームがないものの、みずみずしくて丸いヒップには絶えず視線を吸い寄せられた。

最近の妄想に出てくるのは、たいていあの完璧なヒップだ。別の女性となまめかしい時間をたっぷり過ごしたばかりでもおかまいなしに、夜が終わるころにはまたケネディのことを考えているしだいだった。

「とにかく」こちらの思いなどつゆ知らず、ケネディが続けた。「ようやくトイレを出てみたら、次の便も乗り逃がしてた。そのころにはもうへとへとで、泣きたい気分だった。ありがたいことに、航空会社の係員がどうにか一時間後の乗り継ぎ便を手配してくれたんだけど、長くてもどかしい夜になって」

「そしてやっと家に帰ってきたと思ったら、アパートメントは火事で全焼してたと」マディソンが同情をこめて言った。「ウーバーの運転手に怪しいところは？」

「なかった。気の毒に、死ぬほど怯えてた。悪いことをしちゃったわ」ほうっとため息をつく。「騒がしいのに気づいた瞬間、わかったの、なにかすごくまずいことが起きたって」

「あなたを狙ったなにかが？」

「ええ」フロントガラスの外を見つめ、少し迷ってから続けた。「危険を感じた。だれかに追われてるってわかった。考えただけで吐き気がした――あの火事でだれかが死んだかもしれないって」ごくりとつばを飲む。「わたしのせいで」

「そうやって自分を責めるほど、あなたはばかじゃないでしょう」マディソンが励ますように言った。「だけどそこまでやる人間がいると思うと、たしかに怖いわよね。あなたが直感を信じてくれて、よかった」

「直感って強力なものでしょう？　わたしは絶対に無視しない」唇を噛む。「もう二度と」

つまり、常に直感を信じるわけではないが、無視もしない、と。賢いやり方だ――おれも同じようにしている。

「そろそろ切るわね」マディソンがやさしく言った。「時間ができたら――朝でいいから、レイエスのアカウントからわたしにメールして、詳しい旅程を教えて。講演した学校の名前、住所、運転手の特徴で思い出せること。なんでもいいの。どんなにつまらなく思えることでも」

「ありがとう。今回、一人じゃないってわかっただけで気持ちが楽になったわ」

レイエスは顔をしかめた。おれのことは？　お忘れですか？　助けに駆けつけたのはおれですけど？

このおれが、きみを安全な場所にかくまう。それがいつまでのことになろうと、いまこの瞬間はどうでもよかった。

ケネディのひんやりした手が二の腕に触れたとき、全神経が気をつけの姿勢をとった。おかしい。この体はとうの昔にそんな反応を示さなくなったはずなのに。女性には多様性を求めるほうなのだが、その多様性のせいで、熱く激しい行為にもそれほど興奮しなくなってしまったのだ。

それがいま、こんなに敏感に反応して熱くなっている。

認めよう。おれはケネディに触れられるのが好きだ。もっと触れてほしい。もっと刺激的な場所に。

だがまずは……。「またねって言えよ、マディソン。おれがケネディと話せるように」

ケネディが笑みをこらえて言った。「あらためて、どうもありがとう、マディソン。情報はすぐに送るわ。予定は全部、ノートパソコンと一緒にケースに入れてあるの。すぐに確認できるよう、いつも印刷することにしてるのよ。あなたの知りたいことはほとんどそこにあるはず」

「おれの携帯で写真を撮ってくれれば」レイエスは言った。「おれがメールで送るよ」

「完璧ね。兄さんの携帯は不正アクセスの心配がないってわかってるけど、彼女のは断言できないから。触らせないほうがいいかも」

「あら！」ケネディが言った。「触らないように見張ってもらわなくても大丈夫よ。永遠に触っちゃいけないいんじゃないかぎり」

「なる早で解決するわね」マディソンが約束した。「二人とも、気をつけて。それと、なにか必要なものがあれば遠慮なく言って」

ケネディが携帯を返してきたので、通話を終わらせるのではなくスピーカーフォンをオフにしてから、耳に当てた。「明日はおれの代わりが必要だ」

「それはケイドが面倒を見てくれてる。ジムの従業員は把握してるから」

「助かるよ。じゃあまた連絡する」

「やさしくね、兄さん。彼女は強いけど、その強さの一部は見せかけよ」

妹は、すでにスピーカーフォンがオフにされたのを察知している。そうでなければこんなことは絶対に言わない。三兄妹《きょうだい》が協力体制を敷くようになって長いので、それぞれの動きを予測するのもたやすいことだった。「了解。ありがとう」

マディソンはちゅっとキスの音をさせてから通話を切った。

ケネディが携帯電話を受け取ろうと手を出し、言った。「おもしろい家族ね」

笑顔を返した。いま見せたのは氷山の一角にすぎない。何年も前に父はある決断をくだし、その決断は家族全員に影響を及ぼして、生き方を決定づけた。ケイドは反発して軍隊に入ったが、レイエスとマディソンはおおむねおとなしく計画に従った。

ケネディがパソコンケースをごそごそやって、何枚か紙を取りだした。レイエスの携帯で一枚一枚の写真を撮り、先ほどかかってきたマディソンの番号あてに画像を送信する。

「予定ぎっしりだな」レイエスはつぶやくように言った。

「だからすぐに確認できるよう、すべて印刷してるの」携帯電話を二人のあいだのコンソールボックスに置き、書類をケースに戻してしまうと、ケネディは助手席にゆっくりもたれて、過ぎていく暗い景色をぼんやりと眺めた。

二十分後、トラックは曲がりくねった長い道を進んで、人目につかない山小屋にたどり着いた。ケネディが助手席で背筋を伸ばし、周囲を見まわす。「ふうん……車通りの多い道から離れてるのね」

不安になった？　おれと二人きりは怖い？　さりげなさを装って、言った。「そのほうが安全だからね」

射るような目を向けられた。「だけどあなたのジムからはそう遠くない。どうしてそんなことが可能なの？」

くそっ。遠回りをしてここまで来たのは、ひとえに地理感覚を失わせるためだったのに。うまくいかなかったらしい。「リッジトレイルがどういう場所かは知ってるだろ？　どの方角だろうと三十分も行けば山のなかで迷子だ」

「わたしたちは迷子になってない。わ、た、しはなってない」私道の両側に並ぶ背の高い木々を眺めて、ぼんやりと言った。「やけに遠回りをしてるなとは思ったけど、ここに出るとは思わなかったわ」

「ここ？」

「こういう場所」ダッシュボードに両手をのせて、身を乗りだす。「わあ、趣のある山小屋ね」

遮光ガラスから黄色い光が漏れていて、山小屋はぼんやりと光の輪に包まれている。暖かそうで、居心地もよさそうだ。「見た目は趣があって、なかは快適だよ」そして、おれみたいな男に必要な防犯装置がすべて揃《そろ》っている。

あちこち眺めているケネディをよそに、トラックを車庫に入れてハーレーダビッドソンのとなりに停めた。車庫扉のリモコンを押すと、鋼鉄製の防弾扉がなめらかに閉じて、頼もしい音とともに施錠した。

「すごい」ケネディがまたこちらを見る。「なんだか、たったいま閉じこめられたみたいな気分」

「信じられないかもしれないけど、そのうちいまの音が好きになるよ」この音が意味するのは、だれも侵入してこないから安心して眠れるということだ。「一階の窓はどれも亜鉛メッキ鋼で補強されてるし、夜には鍵がかかるようになってる」

「いまも?」

「そのとおり」トラックの運転席に座ったまま、手首をハンドルの上でゆったり交差させて、半身をケネディのほうに向けた。急《せ》かしたくなかった。一緒にいるのが怖いと思わせることだけは避けたかった。「二階の主寝室の天井には脱出ルートがあって、キッチンとダイニングルームを仕切るアイランドキッチンの下にも脱出口がある。小さい家だよ。かなり小さい」いまさら少し気まずくなって、身じろぎした。もっと大きな家も買えるが、どんな意味がある? 聖域にはだれも入らせないのだから、自分で掃除しなくてはならない。まあ、こうしてケネディを入らせようとはしているが。「百四十平米くらいしかないけど、おれ一人にはじゅうぶんだ」

ケネディがやわらかなため息をついて助手席の背にもたれ、笑顔になった。「順応する時間をくれるなんてやさしいのね。だけど正直に言うと、もうへとへとなの。できたら家のなかに入って、シャワーと食事を済ませてバタンキューしたい――かまわなければの話だけど」

こちらも笑顔になった。「緊張してない？」

鼻で笑われて、気分を害してもおかしくないのに、笑ってしまった。「了解。おれにはまったく脅威を感じてないんだね。それがわかってよかった」トラックをおりて、助手席のドアを開けようと前を回ったが、ケネディはすでにおり立っていた。

ハンドバッグを肩からさげて、パソコンケースのストラップも肩にかけている。どちらもずしりと重そうだが、彼女のきりりとした態度が、持とうかと言わせなかった。だからなにも言わずに、スーツケースをトラックの荷台からおろした。

ケネディが、助手席の足元の武器と財布をちらりと見て、鼻にしわを寄せた。「あれはあなたに任せるわ」

「かまわないよ。ほら」すばやく彼女の前を通り過ぎて、屋内ドアの指紋認証をおこなうと、家の内部が現れた。すべての鍵は生体認証式で、レイエスが触れなくては開かない仕組みになっているが、携帯電話から操作することもできる。

踏み入れた靴を脱ぐスペースでスーツケースをおろし、彼女のほうに手を差し伸べた。

ケネディはそれを無視して、マッドルーム《マッドルーム》の奥の廊下を見やった。左手には手洗いが、前方にはゲストルームとバスルームがある。

「こっちだ」先に立って廊下を進み、角を曲がると、リビングルームとキッチンとダイニングルームを一つにまとめた広々とした空間に出た。

「すごい」ケネディがまた言って首をそらし、高い天井と螺旋《らせん》階段を見あげた。上には主寝室とたくさんの窓がある。「すてきな家」

レイエスはまた身じろぎしながら、自身もすばやく室内を見まわした。ほぼすべてが木か石でできていて、床暖房がきく一階の足元も石造りだ。二階は木の床に色鮮やかなラグを敷いている。「気に入った?」

「すごくきれい。どういうわけか、あなたがこんな家にいるところは想像したことがなかったわ」

「そう?」どういう想像をしていた? ジムで眠るとか?

「なにもかもが細やかで、とても清潔。どこにも塵《ちり》一つないのね。きれいな窓にも染み一つない」ゆっくりターンする。「螺旋階段はとくにすてきだわ。のぼってみてもいい?」

言いながらもうハンドバッグとパソコンケースを肩からおろし、両方を床に置いていた。

「もちろん」彼女を先に行かせながら、ベッドメイクする時間があったらよかったのにと思った。電話をもらった瞬間、キルトをはねのけていた。

　ケネディが寝室の奥に進んでバスルームをのぞき、広いシャワー室の壁面をなすダークグレーの石と自然木を使った洗面台、楕円形《だえんけい》の浴槽と真鍮《しんちゅう》の蛇口を眺めた。

「信じられない」ケネディがささやくように言った。「夢みたいなバスルームね」

　緊張でうなじがこわばってきた。おれはいったいなにをおたおたしているんだ？「主寝室を広くして、このバスルームを作れるように、三つめの寝室はなしにした」

「だれだか知らないけど、ここを作った人は天才ね」

　唇を引き結んだ。「作ったのはおれだよ」

　ケネディが目を丸くしてこちらを見つめ、にっこりした。「いくつ才能があるの？　あなたには驚かされっぱなしよ」奇妙なほめ言葉を口にすると、向きを変えてバスルームから寝室に戻っていった。

　急いであとを追うと、ケネディが歩調を緩めた。「ここは床暖房じゃないの？」

「ああ。眠るときは涼しいのが好きなんだ」

「わたしも」ドレッサーの表面に指を這わせて、ぶらぶらと室内を歩き、幅の広いマットレスに合わせて壁の端から端まで延びるヘッドボードを眺めた。作りつけのナイトテーブルと、真鍮製の壁面照明、何冊か本を置ける台。「読むの？」ケネディが尋ねた。

　さすがにそれは失礼だぞ。腕組みをして壁にもたれ、じっと見つめて答えた。「ああ。

読み方は四歳か五歳のときに覚えた。書くこともできる。つづり、足し算引き算、そういう複雑なこと全部」

ケネディの口角があがった。「読書が好きなのかって意味よ」一冊取って、題を見てから尋ねた。「木工?」

肩の筋肉がこわばった。「バスルームの洗面台はおれが作った」

「すごいのね」感心して首を振り、本をもとに戻して、別の一冊を取る。「ホラー?」

「まあね」

さらに別の一冊を取って、言う。「あら。有名無名の殺人鬼の伝記」

歪んだ精神を理解するのに役立つのだ。「悪いか?」

本のチェックを終えると、床からキルトを拾ってしわを伸ばし、ベッドに広げた。「とてもきれいね。手作り?」

「それはおれじゃないよ」ああ、早く寝室から追いださないと、ばかな真似をしてしまいそうだ。「地元のキルト作家だ。外にかけてあるのを見て、同じものが作れるかと訊《き》いたんだ。数カ月かかったし、金額もかなりのものだったけど、気に入ってる」

「わかるわ」窓辺に歩み寄って外を見る。「カーテンはつけてないの?」

答える代わりにナイトテーブルに近づいて、リモコンを拾った。ボタンを押すと、窓が徐々に透明になって、外からなかが丸見えになった。常に用心を忘れないので、すぐにまた不透明に戻す。「便利だろ?」

　こちらに背を向けたまま、ケネディがささやくように言った。「つまりあなたは立派な肉体の持ち主でとびきりハンサムなだけじゃなく、職人で、デザイナーで、裕福でもあるわけね。単なるジムのオーナーっていう作り話を信じられなかったのも無理ないわ」

「おれはジムのオーナーだよ」立派な肉体の持ち主？　ハンサム？　そんなふうにほめられて、つい近づいてしまった。「そうでなければ、この体つきをどう説明する?」

「一部は遺伝でしょうね」こちらに半分だけ顔を向けて言う。「お父さんも、あなたとお兄さんに負けないくらい完璧な体つきなの?」

「それにはどう答えたらいいんだろうな」ゆっくり慎重に、両手を彼女の肩にのせた。この女性の気分が少しずつ理解できるようになってきた気がした。「イエスと返せば、自分を完璧だと思ってることになるし、それはお互い、望んでない」

　ケネディがひたいをこすって疲れたため息をついた。「あなたは完璧ないらいらの種よ」

そして驚いたことに、体に寄りかかってきた。「レイエス?」

「うん?」

「あなたの寝室はここで、ゲストルームは下だけど、あなたからそんなに遠く離れていたくないの」

「それなら簡単。ご覧のとおり、ここのベッドは巨大だ」

「滑稽なくらいにね」こちらを向いて見あげた目は、感情でいっぱいだった。「ベッドの自分側から出ないって約束するわ」

「うん、問題ないよ」顔を近づけて、からかうように言った。「だけどもし夜のあいだにこっちへさまよってきたとしても、気にしないって約束しよう」顔を離して手を取り、引っ張るように歩きだした。「おいで。サンドイッチを用意するから、ゲストルームでシャワーを浴びるといい。かまわないなら、きみの携帯を見せてくれるかな」

「電源は切ってるけど」ケネディが言う。「それだけじゃだめなの？」

「いまのところは大丈夫」とはいえ、電源を入れてみて、だれかから電話やメッセージが届いていないかを確認するのも悪い考えではないだろう。敵が調子に乗って連絡してきて、仕事がたやすくなる場合もある。まあ、今回はそうはならないだろうが。こういうケースは困難な道をたどりがちだ。それでも……ケネディの疲れた顔を見て、ひとまずこの件は脇におくことにした。「荷物はどこに運ぼうか？　上の寝室か、一階のゲストルームか」

ケネディは決めかねた様子でスーツケースとパソコンケースとハンドバッグを見た。

「スーツケースは一階がいいけど、ほかのものは上で」

「了解」重たいスーツケースをゲストルームに運んで、ベッドにのせた。「洗面台の下にタオルが何枚かあるはずだ。ほかに必要なものは？　石鹸《せっけん》とか歯ブラシとか」

「ありがとう。どれも荷物に入ってる」

一人残していきがたくて、両手をこすり合わせた。ケネディがいつもより小さく見えた。疲れ果て、エネルギーが尽きかけているように。「それじゃあ、と。サンドイッチは十分以内に用意できるけど、きみはどうぞごゆっくり」

ケネディは数秒のあいだ、じっとこちらを見あげていた。「今夜あなたがいなかったら、わたしはいったいどうなってたか」

くしゃくしゃのハニーブロンドをそっと撫《な》でて、言った。「きみならきっとどうにかしてたさ」

「そうしなくて済んで、よかったわ」

ああ、これ以上、そんなことを言われたら、きみはシャワーを浴びられなくなるぞ――なぜっておれがキスしはじめるから。

「同感だ」最後に一度、親指で温かな頬をこすってから、ゲストルームを出てドアを閉じた。

3

ゆったりしたパジャマズボンと大きめサイズのTシャツに着替え、髪を一つにまとめたケネディは、温かい床の上を歩いていきながらレイエスの立てる物音に耳を澄ました。なにも聞こえなかったので、恐怖がひたひたと忍び寄ってきた。

今夜のようなことがあると、当然ながら、心というものがない人たちのなすがままにされていたあの日々、あの場所に逆戻りしてしまう。どことも知れない静かな家のなかに一人ぽつんとたたずんでいると、あのころの怯えた女性に逆戻り。

反射的に片手を左胸に当てて、鼓動を数えた。一つ、二つ、三つ……。生きている。わたしはまだ生きている。

「やあ」

さっと目をあげると、レイエスがキッチンとリビングエリアのあいだにいた。いまは素足で、シャツも脱いでおり、デニムは腰穿《ば》きだ。向こうもこちらを見ている——不穏な反応をするのではと様子をうかがっているように。

もちろん反応はする。さっきまでの恐怖が消えて、熱が生まれた。

どうにか笑みを浮かべて言った。「そこにいたのね。物音がしなかったから」

「兄貴にメッセージを送ってた。きみの車を移動させてくれたってさ」

「もう？」

レイエスが肩をすくめてキッチンに入っていったので、あとに続いた。彼が言う。「そうそう、義理の姉が――最近までセミトレーラーに乗ってたんだけど――きみの赤い小型車をかわいいって言ってたよ」

お腹が鳴るのを感じながら、キッチンテーブルに歩み寄った。「本当にすごくかわいいのよ」二人用のテーブルセッティングがしてあり、どちらの皿にも半分に切ったサンドイッチと、ポテトチップスとピクルスが盛ってある。「ああ、お腹空いた」言いながら席に着いた。

「召しあがれ」レイエスが冷蔵庫を開ける。「飲み物は？」

「本当はコーラを飲みたいけど、飲んだら眠れなくなるから……お水で」

「わかった」ミネラルウォーターの冷たいボトルを二本取りだしてテーブルに運び、両方のキャップをかちりと開けてから、置いた。「薄切り肉を組み合わせてみたよ。嫌いじゃないといいんだけど。ターキーとハムとサラミ」

全粒粉パンをめくってみると、レタスとトマトと玉ねぎが見えた。「わあ。野菜もたっぷりね」

「仕上げにチーズとマヨネーズ」レイエスがにっこりして言った。

大きくかぶりついて、夢心地の声を漏らした。呑みこんでから言う。「何日も食べてなかったみたいな気分よ。不安なときは過食気味になるの」

「不安なとき？」

「緊張したとき」片手を翻す。「落ちつかないとき」

レイエスが食事の手を止めた。「おれのせい？」こちらが答える前に問いを重ねる。「シャツを着たほうがいいかな？　着るべきだよな？」いそいそと出ていこうとした。

「違う、違うの。ここはあなたの家なんだから、どうかふだんどおりにして」たしかにこの男性にはものすごく意識させられるけれど、絶対に本人には言わない。彼はもうじゅうぶんうぬぼれている。

「気にならない？」

ものすごく気になるけれど、別の意味でだ。「アパートメントが全焼して、銃を持った男に追われて。神経がぴりぴりしてるのはそういうことのせいよ」レイエスの表情に、思わずほほえんでしまった。もしかして、あなたと同じベッドにもぐるからそわそわしていると思った？

まあ、少しはしているけれど、わたしは弱さを認めるような人間じゃない。少なくとも、こらえられるときは絶対に認めない。

「そういうことなら」レイエスが食事に戻って、サンドイッチにかぶりついた。

こちらはそういうわけにはいかなかった。一度、きちんとお礼を言わなくては。「感謝してるわ、レイエス。本当にありがとう。もしあなたがいなかったら、きっといまごろどこかのホテルに大金払って部屋をとって、怖くて眠れないまま、これからどうしようと思い悩んでいたはず」

レイエスはしばし黙っていたが、やがて口を開いた。「妹に言ってたね、こういうことは初めてじゃないって。食べながらその話をしたい？」

できたらしたくない。今夜は。だとしても、早く解決すれば、それだけ早くまた安全だと思えるようになるのも事実だ。「明日でもいい？」

「ことの深刻さによるな。それと、今夜のできごとに関係あるかどうかに」

この男性ときたら、常にとても現実的だ。「要はね、もしまた話しはじめたら、たったいま浴びた熱いシャワーの意味がなくなってしまうということ。また神経が高ぶってきて、そうしたら眠れなくなる。朝まで待ってもらえるなら、そのときにはわたしは生き返ってるし、太陽ものぼってるから、それほどびくびくしなくて済むわ」

嘘ではないのをたしかめようとしてか、レイエスがじっと見つめた。「本当に、今夜のうちにおれが知っておくべきことはないんだね？」

「ええ、ないと思う。朝で大丈夫よ」レイエスが言ったとおり、ここにいれば安全だ。

「ならよしとしよう」レイエスの口調は、決定権はおれにあるとでも言いたげだった。そんな態度にふだんならむっとしていただろうが、いまはなぜか励まされた。それでも気分を害したふりをして言った。「それはそれは、ありがとうございます」

「ちょっとでしゃばりすぎたかな？　この年齢ではもう習慣になってるんだ。どうしようもない」両腕を広げた。「だから受け入れて」

「あなたが〝群れのなかの雄〟だという事実を？」

「まあ、そうだね。だけどほら、おれにはこういうことに関する知識があるから」

それはつまり、良心も道義心もない人でなしに詳しいということ？

こちらから尋ねるまでもなく、レイエスが続けてくれた。「おれが学んだうちの一つは、持ってる情報が多いほど、うまく脅威に立ち向かえるってことだ。それで〝群れのなかの雄〟呼ばわりされるとしても、まあ、もっとひどい呼び方もされてきた」

つい笑ってしまった。「レイエスったら。でもありがとう、すごく気分が楽になった」

レイエスもほほえんで、こちらの顔を眺めたが、その視線の探り方は少しばかり念入りすぎるように思えた。

どぎまぎしてピクルスをつまみ、口のなかに放りこんだ。

やがてレイエスがつぶやくように言った。「こういうきみが好きだな」

いろいろな意味で、もはや〝快適ゾーン〟からはみだしていた。レイエス・マッケンジーといると、よくあることだ。「こういうって？」

「そんなに……ガードが固くない、かな？　ほほえんだり、ちょっと笑ったりしてさ」

そういうこと。まあ、レイエスとはあまり親しくならないよう用心してきた――ジムの外で一緒に猫を助けるまでは。「あなたに迷惑をかけてるんだもの、不機嫌な態度をとるなんてありえないわ」

「ジムにいるときの自分をそう表現するの？　不機嫌？」

顔が熱くなった。たしかに愛想よくふるまってはこなかったけれど、失礼そのものでもなかった――はずだ。「猫を拾ったあとは変わったと思わない？」少なくとも、わたしのほうでは変化があった。「少しはあなたを信用するようになったのよ」

「少しだけ？」レイエスが唇をとがらせる。「ピンチのときに電話をくれたんだから、絶対的な信頼をおかれてると思ったのに」

「攻撃と防御の技術にかけては信頼してるわよ」

「品性は？」

「品性って。古風だと笑ったのはだれ？」レイエスのまじめな表情が変わらないので、肩をすくめて言った。「そうね。あなたなら対処できると思ったし、してくれると信じてた」

実際、彼の反応は予想以上に早くて、予想以上に暴力的だった。もちろん異存はないけれど。

どうやらレイエスは兄と妹とのあいだにネットワークのようなものを構築しているらしいが、その理由も目的もまだわからない。その事実と、レイエスの気楽な人生観のせいで、こちらも完全にはガードを緩められずにいた。

「びっくりさせたかな？」レイエスが手を翻して言う。「あっという間に片をつけたからさ。あれは予想してなかったんじゃない？」

「そうね、してなかった」ぼんやりとポテトチップスをかじりながら、彼はなにを考えているのだろうと思った。「レイエス？」

レイエスが顔をあげた。「なに？」

「お願いだからわたしに対して責任を感じないでね。朝になったら、自分でどうにかするから。わたしを背負いこんだとか、そういうふうには思わないで」

「心配ないよ。おれは肩幅が広いからね。これくらいはどんと来いだ」

本気で言っているわけがない――独身男としての生活を確立させているのだから。本人の言葉が真実だとしたら、この美しい自宅に女性を招いたことさえ一度もないのだから。

咳払《せきばら》いをして言った。「ありがとう。だけど、わたしが気にするの」

こちらを見ながらレイエスが言った。「いろいろ話をするのは朝まで待ちたいのかと思ってたけど？」

「そうよ」

「だったら」

降参だ。「わかった」

自分のひとことで言い合いを締めたがるたいていの人と違って、レイエスはただにっこりした。

それからの数分は、心地よい静けさのなかで食事を終えた。レイエスが後片づけも引き受けてくれたので、そのあいだに歯磨きを済ませた。怠け者のような気がしたけれど、もしもこちらが決めていいのなら、テーブルは朝までそのままにしていただろう。

ゲストルームから出てみると、今回はレイエスが待っていた。「おれも歯磨きを済ませたし、シャワーはきみから電話をもらう前に浴びた。というわけで……二階へ行こうか？」

不安が目覚めた。このわたしが、ケネディ・ブルックスが、万人の認めるセクシーガイと同じベッドにもぐろうとしている。もちろんそこに性的な要素は含まれない。それでも、めくるめく妄想が頭のなかのスクリーンで高速上映されるのは止められなかった。

大きな意味があるように思えた――うなずいて、手を取られて、螺旋階段をのぼって彼の寝室に向かうことには。

「一階の鍵はかけたの？」

「自動的にかかるようになってるし、こじ開けられたとしてもセンサーが教えてくれる」握っていた手を放してキルトをめくる。「ここにいれば安全だ。約束するよ」

どうして口のなかがからからなの？　無言でうなずいた。

「ベッドのどっち側がいい？」

「ふだんはどっちで眠るの？」

「真ん中かな」

「ああ……そうよね」

レイエスがにんまりした。「ボクサーパンツ一枚で眠ってもかまわないかな？　これは大事なポイントでね。一人暮らしの独身男はすっぽんぽんかパンツ一枚で眠らなくちゃならないんだ。今夜はきみがいるから、一歩譲ってパンツを穿こう。大丈夫、それできみに影響はない」両手を掲げる。「境界線は尊重するほうなんだ、なにを着ていても」そう言って、またえくぼを見せた。「なにも着ていなくても」

ケネディはじっと彼を見つめた。この短いセリフにこれだけのばかばかしさをちりばめられるとはと、感心していた。たしかに、パンツ一枚ではなんの障害にもならないだろう。あのみごとな肉体に一枚の布の壁が加わるだけだ。残念ながら、同じベッドで眠ると思うだけでもうじゅうぶん胸が騒いでいた。けれど、手に負えない恐怖と、置き去りにされたくないという思いもこのうえなく強かった。

そのうえ、ほぼ裸のレイエスという悩ましさまで加わるの？

レイエスは目に愉快そうな表情をたたえたまま、じっと待っている。そのとき気づいた——彼はわたしに抗議してほしいのだ。それだけでなく、抗議すると思っているのだ。この男性は真剣になるということがない。数時間前に経験したような生きるか死ぬかという状況においてさえそうだ。いいでしょう、いまは満足感を与えてあげない。「気にしないで」なんでもないような軽やかな口調で言いながらも、期待で鼓動は駆けていた。「窮屈な思いはしてほしくないもの」

「ありがたいね」

今度はこちらが待った……けれどレイエスはデニムをおろそうとしない。憎らしい。ほぼ裸の彼を目にする衝撃に身構えていたというのに。しかもあのにやにや顔からすると、そこは見透かされていたらしい。

するとレイエスが思いがけないことを言いだした。「そんなになんでも受け入れてくれるなら、ぴったり寄り添うのはどうかな？　そのほうが、ベッドの自分側から出るまいとがんばるよりずっと楽だと思うんだよ」きちんと理解する前に、訊かれた。「寄り添うのは好きだろ？」

わたしの人生には〝寄り添う〟みたいな行為など皆無だったと認めたりしない。そこまで男性に近づくなんて、無理。だけどレイエスなら……。「賢いこととは思えな——」

「今日はショックを受けてさ」わざと深刻な口調で言う。「きみはどうだか知らないけど、おれは人との触れ合いにすがりたい気分なんだ。もちろん完全にプラトニックな触れ合いだよ。おいたはなし」つんと鼻を上に向ける。「おれはそんなに簡単じゃないから、変な思いこみはしないでくれよな」

まったく、この人は。「何人の女性とプラトニックな関係をもったことがあるの？」

「二、三人？」今度は本当に真顔になって言った。「あのさ、ケネディ。いくらおれでも、とっくに苦しんでる女性に追い打ちをかけるような真似は絶対にしないよ」

「苦しんでる女性のお世話をしたことがあるの？」

やさしい声で言った。「その答えはもう知ってるだろ？」

「ええ」いまはお互い、あまり真摯になりたくなかった。なにしろこれから同じベッドにもぐろうとしているし、わたしは本当に睡眠を必要としている。「じゃあ寄り添うということで。ちゃんと両手はいい子にさせておくから心配しないで。あなたは魅力的だけど、我慢できないほどじゃないから」

「傷つくなあ」レイエスが手でベッドを示した。「のぼって」

なんとも大きなベッドなので、まさに〝のぼる〟がふさわしい。ドアからいちばん遠い側を選んだ。万一、だれかが家に侵入してきたとしても、レイエスのほうが対処能力を備えている。

ふかふかのやわらかな枕に背中をあずけて、あごまでキルトを引きあげた。レイエスはしばしこちらを見つめてから、明かりを消した。衣擦《きぬず》れの音で、服を脱いでいるのがわかる。鼻から息を吸いこみ、リラックスしなさいと自分に言い聞かせた。

ベッドが沈んだとき、全身がこわばった。

「きみ、コブラみたいだぞ。いまにも飛びかかってきそうだ。気を抜いても大丈夫かな」

うなずいて、のどの奥から声を絞りだした。「大丈夫よ」

レイエスがごくごく慎重に、急ぐ様子はかけらもなく、こちらににじり寄ってくる。それからウエストに片腕を回して引き寄せ、体と体を密着させた。

熱くて、固くて、ああ、なんていいにおい。

「そっち向きになって」レイエスが言いながら手で誘導し、背を向けさせた。太い腕の片方が頭の下にもぐってきて、もう片方がさらに体を引き寄せる。「さあ、寝ようか」

冗談でしょう!?　数秒が流れ、数分が過ぎた。彼の体温が全身に染みわたっていき、二人の呼吸が揃ってくる――ゆっくりと、深く。レイエスは動かないし、その両手もさまよったりしないので、だんだん緊張がほぐれてきた。

疲労が忍び寄ってくる。

眠りが手招きする。

それでも、彼がまだ起きているのはわかっていた。こちらが眠りに落ちるまで起きているのだろう。さらに時間が経ってもレイエスはただ体に腕を回しているだけなので、ようやく彼がなにをしたのかがわかってきた。その理由も。

「レイエス？」

深くこもった声が後ろから聞こえた。「なに？」

「わたしにこれが必要だってわかってたのね」当のわたしがわかっていなくても。「だから提案してくれた」

「ホットなベイビーを抱きしめたいと思うのに理由なんていらないけど、まあ、そうだね、きみもおれもこうしたほうがいいんじゃないかと思ったんだ」

この男性にはわたしと寄り添う必要なんてなかったに違いないけれど、だからこそ、よけいにやさしさが胸に染みた。だけど、〝ホットなベイビー〟？　目も当てられないような容姿とまでは言わないが、わたしに〝ホット〟は似合わない。

「今日だけで十回は言ったと思うけど、ありがとう」

こめかみにそっとキスされた。「おやすみ」

たくましい腕のなかで力を抜き、眠りに落ちていった。

レイエスは、ケネディより先に目を覚ましたが、早起きなのはいつものことだ。何時にベッドにもぐろうと、睡眠時間がどれだけ短かろうと関係ない。日の出が体内時計の目覚ましを作動させるのだ。寝ているあいだにケネディはこちら向きになったらしく、いまではフランネルに覆われた太ももの片方をこちらの股間にのせていた。

むろん朝ゆえに、ムスコは起立している。

幸いそっと体勢を整えるあいだも、ケネディは眠っていてくれた。静かにベッドを抜けだしてあくびをし、伸びをして胸板を掻《か》いた。その間ずっと、視線はケネディをとらえたままだった。

自分の家に女性がいるというのは、独特ではあるが不快ではなかった。おれのベッドに女性がいるというのは。

この薄暗さだと、ケネディの金髪はいつもより色濃く見える。ぼんやりした影のもとでは、まったく異なる色合いに。全体はハニーブロンドだが、ところどころに明るい金色や茶色、赤みがかった部分さえある。きっと生まれつきだろう。美容室で長時間、過ごすようには思えない。この髪がスタイリッシュに整えられたところは見たことがなかった。きっちり結わえたポニーテールか、三つ編みか、ざっくり頭のてっぺんでまとめるというのがケネディのスタイルだ。

視線を、小さくてやわらかな体に移した。

ぶかぶかのTシャツに隠れた胸のふくらみはなだらかな曲線を描いている。片腕はゆったりとお腹にのせられて、もう片腕は頭のそばだ。いかにも女性の腕らしく、華奢《きやしや》でほのかに丸みを帯びていた。

ジムであれほどがんばっていても、表には現れておらず、語れるほどの筋肉もついていない。とはいえ引き締まってはいるし、余分なお肉もない――ヒップ以外は。そこだけは、美しい曲線に満ちている。

ケネディは背が低いだけでなく、骨格も繊細だ。小さな手など、指を少し丸めてしまえば、おれの手の半分ほどしかない。

息を吸いこんで、わずかに開いた唇に視線を移した。あの口は、彼女の注目すべきところのリスト上位を占めていた。ちなみに一位はあの態度、二位は極上のヒップだ。唇はたいていきりりと引き結ばれている――少なくとも、おれと話すときは。殴る蹴るのスピードを向上させようとしているときは、すぼめられていることもある。そして不安なときは、下唇を噛む。

ケネディはあの口でさまざまな感情を表現するし、こちらはかならず刺激される。いや、ケネディそのものに刺激されるのだ。こんな刺激は、ほかのだれにも感じたことがない。

なぜこれほど強烈な影響を及ぼされるのか、わからなかった。初めて会った日からこうだ。あのときは、疑《うたぐ》り深《ぶか》さをぶつけられて面食らった。

懐かしい気持ちで思い出す。あまりにも独特だったので、記憶の保管庫にしまいこんだできごとを。

あの日はたしか義理の姉が、ケネディは助けを必要としているように見えると言うので、力になろうと近づいたのだった。

ケネディはしばしこちらの存在を無視していたが、それでも引きさがらないでいると、ようやくこちらに目を向けた。

愛想のかけらもなしに。

いやに礼儀正しく〝なにかしら?〟と言ったときの彼女を思い出すと、笑みが浮かぶ。あのときは、ほほえむ気分ではなかったが。〝おれはレイエス・マッケンジー、このジムのオーナーで――〟

〝あなたがだれかは知ってるわ〟

彼女が自己紹介しないので、その場にたたずんだまま、待った。

すると彼女は天を仰いで言った。〝ケネディ・ブルックスよ。年間契約したけど、もしなにか問題があったなら――〟

〝問題なんてない〟おれが気づいた唯一の問題は、彼女が自分のしていることを理解していないという点だった。〝なにか手伝えるかな?〟

〝いいえ、けっこうよ〟

見えない力に押さえつけられてその場を去ることができなかった。〝もし防御を覚えた

いなら――〃
〝健康のためにやってるだけよ〃
その真っ赤な嘘のせいで、率直な言葉が飛びだした。〝それはどうかな〃
ケネディは嘘を見抜かれたことに感心するのではなく、ただ興味を覚えたようだった。
〝どうかなって、どういう意味？〃
〝しばらくきみを見てたんだ〃正直に打ち明けたのは、どんな返事をよこすか知りたかったからだ。
〝見られてるのには気づいてたわ〃これが返事で、あちらも率直になれることを示していた。
おれは、めげずに続けた。〝見てたのは、健康のためのワークアウトと、攻撃のかわし方を覚えるのとの、違いがわかるからだよ〃
〝へえ。いまので一つ確認できたわ〃
どういうわけか、気がつけば一歩近づいていた。〝というと？〃
〝あなたはただのインストラクターじゃない〃
つまりケネディも鋭い直感の持ち主だったというわけだ。〝言っただろう、おれはこのジムのオーナーだ〃
〝あなたはただのジムのオーナーでもない〃

この直球を食らって、しばし言葉を失った。

〝観察力が鋭いのは自分だけだと思ってた？　残念ね、ミスター・マッケンジー、わたしも目が利くの〟

もしもあの日、いずれケネディ・ブルックスはおまえのベッドに転がりこむことになるぞ、それもセックスのためじゃなく守ってもらうためにな、と言われていたら……。いや、信じたかもしれない。彼女がなにかに関わっていて、深い秘密を抱えていることは、すぐに感じ取っていたから。

そんな彼女にたった一人で危険と向き合わせるような真似を、自分がしないことも。

驚くべき話だ。困っている人を助けようとしたのが、ではない——なにしろそれが仕事だ。そうではなく、個人的な問題として引き受けるべきだと感じたのが、だ。ケネディ以外にそう感じさせられたことはなかった。

彼女を見ていると、笑みが浮かんだ。

あれからずっとケネディの動きを見守ってきた。何時にジムに来て、どのくらい滞在し、なにをして、帰るときはどんな様子か。そこまで注目していなければ気づかないくらいに、ケネディはいつも周囲に目を光らせていた。警戒心と慎重さを常にまとっていた。

義理の姉が指摘したとおり、ケネディ・ブルックスは大きな問題を抱えている。それがなんなのか、突き止めなくてはならない。

静かにバスルームへ向かい、なかへ入ると、ごく細い隙間を残してドアをほぼ閉じた。ドアが閉じる音でケネディを起こしたくなかったし、隙間から光が漏れないように、明かりもつけないままにした。

便器の前に立って考えにふけっていたとき、いきなり明かりがついて、目がくらんだ。肩越しに振り返ると、寝乱れた姿のケネディが驚きにぽかんと口を開けてこちらを見つめていた。

「やあ」

ケネディはなにか言おうとしたが、なにも出てこないようだ。笑える。沈黙をうめようとして言った。「排水処理しなくちゃいけなくてね」それでもケネディは身動きしないし、こちらとしても取りこみ中で動けない。「ふだんは観客の前ではやらないんだけど、もしきみに一風変わった趣味があるっていうなら――」くるりと回れ右したケネディは危うく壁に激突しそうになり、よろよろと向きを変えてドアをくぐると、現場から逃走した。

レイエスはにやにやしながら用を終えて手を洗い、ざっと歯を磨いて顔を洗った。ひげ剃《そ》りは後回しだ。

ケネディがいるものと思ってバスルームを出たものの、のぼりゆく太陽が、寝室は空っぽだと告げていた。耳をそばだてると、階下のバスルームから物音が聞こえた。

なんて興味深い朝だ。ベッドで女性と目覚めたことならあるものの、この家では一度もないし、その状況にうろたえた女性も一人もいなかった。

服を着ないままナイトテーブルから携帯電話を拾い、階段をおりていくと、水の流れる音が聞こえてきた。きっとおれと対面する前に、あちらもざっと身ぎれいにしているのだろう。そんな必要はないのに。寝癖がついた髪もしわになった服もかわいかった。

自制しなければまた股間が気をつけの姿勢をとりそうだ。

「十分後にはキッチンでコーヒーが飲めるよ」怖がらせまいと呼びかけたが、返事はなかった。

一分以内にはコーヒーの準備が整って、挽《ひ》きたての香りが室内を満たしていた。マグカップ二つと、ケネディが希望した場合に備えて砂糖と粉末状のクリームも出してから、テーブル用の椅子に腰かけて、携帯電話のスリープモードを切った。

すぐに通知音が響いたので、兄か妹のどちらか、あるいは両方がやはり早起きだったとわかった。ケイドから電話があったようなので、折り返した。

兄は挨拶もなしに言った。「二人とも死んだ」

両眉が飛びあがった。誤解のないように確認する。「おれがぶちのめした二人組？」

「頭を撃ち抜かれてな。後頭部じゃなくひたいでよかった。使われた銃弾は炸裂《さくれつ》した」

想像しただけで苦い顔になった。「後ろから撃たれてたら顔がぐちゃぐちゃになって、だれだか識別できなかったってことか」

「ああ」ケイドが暗い声で言った。「処刑スタイルの殺人をおこないそうなやつに心当たりはないか、ケネディに訊いてみてほしい」

「あの二人組を気の毒に思ってるなんて言わないでくれよ」

くだらないジョークに兄は答えもしなかった。必要に迫られれば兄弟はどちらも、人身取引に手を染めた人間を殺せるし、それで女性が虐待を逃れられるなら、微塵《みじん》の罪悪感も覚えない。「おれが着いたときに連中がまだ生きていれば、尋問できたんだが――」

つまり、どんな手を使っても本当のことを吐かせていたということ。

「――それか、せめて尾行できたんだが。これじゃあ残されたのは冷たい遺体だけだ」

「現場にいるのを警察に見られた？」

「おれを怒らせたいのか？」

にんまりしてしまった。そう、ケイドが目撃されるわけはない。兄は素人とはほど遠いのだ。「となると、ここからはマディソン頼みだね」

「三十分前に父さんの家に来てみたら、もう起きて作業にとりかかってた。昨夜もベッドに入ったのかどうか怪しい」

「うん、いったん調査を始めたあいつはすさまじいもんな。一つのことが別のことにつながって」

「それがまた別のことにつながって、手がかりが途切れるまでやめようとしない」

「途切れればの話だ」マディソンが本気を出したら、めったにそうはならない。あの妹はFBIにも見つけられないような情報を掘り起こすのだ。ある方向で見つかった手がかりは、たいてい新たな複数の方向へ広がっていて、マディソンはそれらをどこまでも追っていく。

「ケネディと話せ」ケイドが言った。「わかったことを知らせろ」

「了解」噂をすれば、ちょうどケネディがのろのろと入ってきた。「じゃあまた」兄に言って電話を切り、彼女のために椅子を引こうと立ちあがった。いまのケネディはこのうえなく魅力的なゾンビに見えた。あのキュートなヒップを椅子におろしたさまは、強い磁力に引っ張られたようだ。揺らいだ頭をどうにか片手でキャッチし、ぐんにゃりした姿勢にほとんど閉じた目で、椅子に座っている。

どういうわけか、心惹《ひ》かれた。「朝型じゃないんだね」

ケネディはうんとも言わずに目を閉じた。

静かに笑って、まだぷつぷつ音を立てているコーヒーメーカーに歩み寄った。ポットを取って、マグカップ二つを満たす。両方をテーブルに置いてから尋ねた。「飲み方は？」

ケネディはこれにも答えることなく、ただマグカップを口元に掲げて傾け、延々と飲んでから、ため息をついて言った。「クリームとお砂糖」

笑いをこらえて砂糖をスプーン一杯入れたものの、ケネディがうつろな目でじっと見ているだけなので、もう一杯追加した。

もごもごと声が返ってきた。「ありがとう」

「粉末のクリームと牛乳があるけど?」

「牛乳」

彼女の好みを知るチャンスとあって、大喜びで給仕をした。牛乳を取ってきて、少しそそぐ。するとケネディが人差し指を立てて牛乳パックの底に触れ、もうちょっととうながしたので、ふたたびマグカップが満たされるまでそそいだ。

こちらがスプーンを取りだす前にケネディが指でかき混ぜ、その指を口にくわえて、おいしそうにうーんとうなった。妙に色っぽい響きに、全身がこわばった。

椅子に戻ってじっと唇を見つめたまま、言った。「あのさ、いまのはめちゃくちゃ挑発的だよ」

ケネディは聞こえなかったようにマグカップを口元に運び、ごくりと飲んだ。「これよ、これ」また飲んで、カップを半分空にする。「これがほしかったの」寝ぼけまなこがようやくこちらに向けられた。

じっと見つめるその視線には、先ほどの指を舐《な》める仕草と同じくらいの威力があった。冗談を言おうとしたものの、出した声は低くざらついていた。「きみは強烈だな」

軽蔑したように口角がさがった。「あなたは単純なのね」

「そんなことはない」むしろ、女性選びには強いこだわりがあるほうだ。ルールその一、〝めでたしめでたし〟を望んでいる女性はNG。おれ向きじゃない。

であれば、ケネディはどうだ？　おれは、どうであってほしい？

「信じないわよ」ケネディが言った。もつれた髪をかきあげると、毛先のほうが本格的にくしゃくしゃになる。大あくびをして言った。「自分がどんな見てくれか知ってるもの。鏡と向き合わなくちゃならなかったから」

「おれをじろじろ見たあとでね」テーブルの上で両腕を重ね、じっと見つめてからゆっくり笑みを浮かべた。「ほら。ほっぺがバラ色になった」

「見て」そう言ってマグカップを掲げる。「まだ半分しか飲んでない。この残りと、あと二杯飲まなくちゃ、言葉であなたと戦うのは無理だから、あわれだと思って勘弁して」

じつに妙なことが起きた。愛情がどっとこみあげてきて、セクシーな気分を押し流したのだ。前例のない感覚に戸惑ったものの、それは一瞬のことだった。

義理の姉に感じるのと似ているが、スターリングのことは欲していないので、まったく同じでもない。

ケネディは完全に別物だ。

4

レイエスは手を伸ばし、ケネディのくしゃくしゃの髪をそっと撫でつけた。じつに心地いいやわらかさ、温かさだ。結わえていない状態だと、肩より少し下まで届く長さだった。

「わかったよ」

ケネディが残りのコーヒーを飲み干して言う。「そういうのもやめて。寝起きの頭ではどう解釈したらいいか、わからないから」

愛情にやさしさが加わった。「カップを。おかわりをつごう」

「うれしい」

おかわりをつぎながら、尋ねた。「あんまり眠れなかった?」眠っているあいだに彼女が起きた記憶はないが、こちらは熟睡してしまったので、もしかしたらということもありうる。

「なにも覚えてないくらいよく眠れたわ」深々とため息をついた。「おかしいわよね。あんなに慣れないことをしたのに……」

言葉が途切れた。慣れないというのは、おれと一緒に眠ったこと？　それとも、おれにかぎらずだれかとという意味？　答えを知るため、尋ねた。「慣れないって？」

ケネディは忘れてと首を振った。「睡眠の深さは関係ないの。昔から朝は苦手で。まあ、トイレに男性がいたから心臓が飛びあがったし、その衝撃からはまだ立ちなおれてないけど」

「次のときは一階のトイレを使うよ」約束しながらふたたび椅子に腰かけた。「上のバスルームはきみが使って」

ちょうどまたコーヒーを飲もうとしていたケネディは、それを聞いてゆっくりマグカップをおろした。青い目を丸くして、こちらを見つめる。

「どうした？」

二度まばたきをした。「次のとき？」

しまった。次はどうなるか決まっていない。「言葉のあやさ」

ケネディはさらに二秒、見つめていたが、納得したようにうなずいてふたたびカップを口元に運んだ。

「朝食は？　ベーコンエッグなら作れるし、パンケーキもできるよ」

「朝はそんなに食べないの」ゆっくりマグカップを手のなかで回す。「その、どうか誤解しないでね。あなたのプライベート空間に侵入してるのはわかってるし、やりにくいのはわたしも同じ。別になにかをほのめかしてるわけじゃないわ」

くそっ。どう返したらいいのかわからなくて、ただ待った。

「今日はなにをしようかしら？　クレジットカードは使っても問題ない？　その、長期滞在型のホテルをとることもできるし、しばらくは公共交通機関に頼ってもいい――また自分の車が使えるようになって、保険関係が片づくまでは。だけど、そういうことをしても安全なの？」下唇を噛む。「こんなことを言っても責任を感じないでほしいんだけど、なにもかも、まだすごく危ないって気がするのよ」

彼女の言いたいことに彼女と同じやり方で向き合って、答えた。「きみがなにかをほのめかしてるんじゃないのはわかってる。だけどいちばん重要なのは、きみは一人じゃないってことだ」安全だと確認できないかぎり、目の届かないところへ行かせるつもりはなかった。兄はつかめるだけの情報をつかんできてくれるだろうから、そうしたら、ありふれたホテルなどではないどこかに落ちつかせてやろう。「たしかにそういうことをするのは安全じゃないだろうね。まだ話してなかったけど――」そして、いまこの瞬間まで話したいと思っている自分に気づいていなかったけれど。「――ゆうべきみを襲った二人組は死んだよ」

ケネディがマグカップを取り落としそうになった。急いでテーブルに置いて言う。「死んだ？　あなた、そこまで痛めつけたの？」

「違うって。おれたちがあの場を去ったあとに、だれかが二人を撃ったんだ」ひたいに触れる。「撃ったのがだれにせよ、確実に眠ったままにしておきたかったんだろうな」

「なんてこと」

突然鳴った玄関のチャイムの音に、ケネディが椅子から飛びあがった。

「しーっ。大丈夫」戸棚の横の壁に取りつけてある防犯モニターをあごで示した。「詮索好きなおれの妹だ」

ケネディが向きを変えて画面を見つめた。「テレビだと思ってた」

「違うんだな、これが」未来が決定的に変えられてしまったというあきらめにも似た気持ちとともに椅子を引き、言った。「コーヒーを飲んでて。すぐ戻るよ」

ケネディは最初こそ反論しかけたが、ふと自身の服を見おろして鼻にしわを寄せ、肩をすくめた。「まだ動けそうにないから、言われたとおりにするわ」

ドアを開けた瞬間、マディソンがノートパソコン片手にさっそうと入ってきた。「なんでこんなに時間がかかるの？　ベッドにいたなんて言わないでよ、もうケイドと話したのは知ってるんだから。あと、その格好でいるっていうことは、シャワーもまだなのね」

「まだたいしたことはしてないよ」とはいえ、こうして妹が来たからには、ぜひともジーンズを穿きたい。「ケネディはキッチンにいる」この会話が聞こえないほど遠くないところに。「おれは服を着てくるから、そのあいだ、彼女をビビらせるなよ」

「そんなに簡単にビビったりしないわ」ケネディが声だけで返した。

これにはマディソンもにっこりした。「彼女、気に入った」

「ろくに知りもしないくせに」

妹はノートパソコンを掲げた。「賭ける?」この件は以上と言わんばかりにまっすぐキッチンへ向かった妹を見送りながら、どうするべきかと迷った。

マディソンがやりすぎないよう、見張り役として駆けつけるべきか? そんな状況に、ぴったりした下着一枚で立ち向かうのは賢明なことか?

ここはやはり服を着るべきだという意見が勝ったので、一段抜かしで階段を駆けのぼった。あまり長い時間、二人きりにしておいたら、おれを出し抜く作戦を立てられかねない。

昨日脱ぎ捨てたジーンズを引っつかんで穿き、しわだらけのTシャツを手早く着た。ジーンズのファスナーをあげてボタンをとめながら階段をおりていくと、マディソンの声が聞こえた。「ジョディ・ベントレーというのはだれ?」

長い間が空いた隙にキッチンに戻ったとき、ついにケネディが答えた。「彼女なら、ただの知り合いよ」

マディソンは自分でコーヒーをついで、飲みながらケネディを見つめた。「ふうん。ただの知り合いではなさそうだけど」

ケネディは椅子の背にもたれたまま、肩をすくめた。「わたしと似たような経験をしてる、それだけよ」

「あなたも彼女も人身取引の被害に遭った？」

歯に衣着せぬ妹の言い方に、口を縫い閉じてやりたくなった。

ところがケネディはただマディソンを見つめてこう言った。「その質問は、あなたの調査能力を示してるの？」

マディソンは親指と人差し指をぐっと近づけて答えた。「ほんのちょっとだけね。まだまだこんなものじゃないわよ」ノートパソコンを開いてなにやらすばやく入力し、こちらに向けた画面には、車のそばにいる人影が映っていた。

ケネディの呼吸がやや深くなり、くつろいだ姿勢が崩れた。「ジョディだわ」

「そう」画面の右隅に触れてマディソンが言う。「で、ここが火災現場」

「ジョディもあの場にいたの？」驚きを払うように、ケネディは顔をしかめた。「どうやってこの写真を手に入れたの？」

「角の終夜営業のダイナーに防犯カメラがあるのよ。そのカメラが撮影してくれたというわけ」

「そのダイナーの人が映像をくれたの？」

「うーん」マディソンは自身の爪をチェックしはじめた。「くれたわけではないわね」

レイエスは片手で顔をこすった。妹を無視して椅子に腰かけ、ケネディの両手を取る。

「マディソンは調査担当だと言っただろう？　すこぶる優秀なんだ」

「一般市民の防犯カメラのデータまでハッキングするとは聞いてないわ」

マディソンは平然として言った。「相手がだれでもハッキングするわよ――そうするべき正当な理由があると思えばね」

「おまえ」妹をにらみつけた。「少しさがってろ」

「待って」ケネディは手をほどいて胸を張った。「わたしはすべて聞きたいの。自分がなにに立ち向かわなくちゃいけないのか、ちゃんと知っておきたい」

「そのことだけど」マディソンが言う。「あなた一人で立ち向かうわけじゃないわ」ゆったりと両腕を広げる。「あなたにはもう、およそこの世で見つかるかぎり、軍の出動をのぞけば最高と呼べる味方がついてるんだから」

ケネディの顔をいくつもの感情がよぎった。衝撃、抵抗、恐怖……そして、希望。

咳払いをしてなんとか落ちつきを取り戻し、ケネディが尋ねた。「あなたはどうしてわたしを助けたいと思うの？」

「わたしだけじゃない。兄二人も間違いなく手を貸すわ」マディソンが言い、肘でこづいてきた。「加わるって言うならいまよ」

レイエスは両手を掲げた。「加わるよ――ケネディにはもう言ってあるけど」

「どうしてあなたを助けたいと思うか、だけど、それはあなたが大きな陰謀にすっかり巻きこまれていて、現状、わたしには解決できないからよ。ジョディが関与してるのはたしかだけど、すべてに関わってるわけじゃないかもしれない」

「ジョディはすごくいい子よ」ケネディは言い張った。「被害者でもあって、たまにおかしな思いこみをしてしまう」

「ええ、それは調査済み。彼女、男二人を殺せるかしら？　可能だと思うんだけど」マディソンは言葉を切り、ケネディが認めるのを待ったものの、反応がなかったので先を続けた。「やったのは彼女だと思うかと問われると、そうとは言いきれないわね」手早く画像を入れ替えて、昔ながらの黒っぽいセダンをとらえた一枚を表示する。「車のナンバープレートから彼女をトラッキングしたわ。残念ながらなにも突き止められなかったけど、こっちの車に戻っていく男を見て。黒ずくめで、上着の内側に手を入れてる――まるで銃をホルスターに戻そうとしてるみたいに」

　ケネディの顔に浮かんだ安堵は見逃しようがなかった。「じゃあ、ジョディが撃ったとは思ってないのね？」

　マディソンは勝ち誇った笑みを浮かべた。「やっぱり、彼女にはできるって知ってたのね。おかげで、彼女にはできるか問題が片づいたわ。しかし、彼女はやったのか？」マディソンは肩をすくめた。「この黒ずくめの男と共謀したのか？」ふたたびケネディを見つめた。

ケネディはいっさい反応を示さなかった。

「あるいはノーか。まあ、わたしたちみんなで突き止めましょう」

ケネディはコーヒーを飲み干して、立ちあがった。「シャワーを浴びて服を着替えて、これからどこへ行くか考えなくちゃならないから、ちょっと失礼するわ」返事を待たずにテーブルを回り、ゲストルームに入っていくと、かちゃりと音を立てて鍵をかけた。

「ふーむ」マディソンが椅子の背にもたれた。「窓から逃げだすつもりかしら?」

どうするつもりか、さっぱりわからない。「そうなれば警報が鳴る」まったく、この妹は、まさに恐れていたことをしてくれた。じっくり様子をうかがうことも、慎重に進めることもしなかった。みんながみんな、殺人や暴力や報復がはびこる情け容赦ない世界に生きているわけではないという事実を、マディソンはときどき忘れてしまうのだ。

両目をこすり、その手で顔を撫でおろした。「状況はどのくらい悪い?」

「十段階で?　そうね、八か九かしら」

「くそっ」

「同感よ。彼女はドツボにはまってる」マディソンはさらに画面をスクロールした。「講演で訪れた場所のほとんどは問題なさそう。いくつか録音も見つけた」顔をあげて言う。「データを送っておいたわ。著作の電子版も」

「著作?」

「人身取引の被害者としての回顧録よ。痛ましい内容だけど、けっこう売れてる」

「そういう本にはどんなタイトルがふさわしいんだ？」

「『だれもが危険にさらされている：人身取引の悲しい真実』。社会にひそむ怪物について、まるまる一章割かれてるわ。じつに読みごたえがある一冊よ。いくつかの章では実際に彼女の恐怖を感じるくらいだったけど、それにどう向き合ったかについても、包み隠さず書かれてた」

胃がよじれた。ケネディが経験したことをよりよく理解するために、きっとおれも読むべきだろう。もちろん、どこまで恐ろしいことが起きうるか、まだ知らないわけではない。これまでに何人もの女性や子ども、ときには男性をも助けてきたから、人身取引が及ぼすむごすぎる影響ならじゅうぶんに理解していた。

がしかし、その被害者がケネディだったら？　まったくの別問題だ。

「彼女は講演が上手よ」マディソンが言った。「だれにでもできそうなことを、わかりやすく説明するの。セレブみたいにふるまったり、そういう服装もしない」そう言って画面に表示した画像には壇上のケネディが写っていた。ジーンズに上品なブラウスとブレザー姿だ。「わたしたちと変わらないように見えるから、若者は彼女の話に耳を傾けるの。おんなじだって思えるのよ。今回の講演旅行ではたくさん質問を受けたようね。講演のあとに個人的に話せませんかと学生に言われて、二度承諾してる」

少なくとも一つは講演を通して聞いてみよう。「そのなかに怪しい人物は？」

「いないと思う。とりあえず、見るからに怪しそうな人物はゼロ。それから、カレッジの教授の一人とディナーにも行ってる」マディソンがちらりとこちらを見た。「男性と」すぐに視線をノートパソコンに戻した。

自分のなかの雄の部分が目覚めた。「どんな男だ？」

「言ったでしょう、教授よ。問題なさそうだけど、もちろんもう少し調べてみるわ」

「うん、もちろんだ」妹が調べているあいだに、おれは突き止める……なにを？　ケネディはおれのものではない。おれのものであってほしいとも思っていない。

そんな兄の葛藤など知らずに、マディソンが続けた。「彼女の友達のジョディ・ベントレーだけど、少し思いこみが激しいだけじゃなさそうね。どうやら私的制裁《ヴィジランテ》の執行者を演じてるみたい」

こちらも同じことをしているから、即座に非難はしなかった。「たとえば？」

「ある男が運転してる車を道路から転落させた。殺すつもりだったんだろうけど、警察が近くにいて、未然に駆けつけた。その男には、誘拐と殺人容疑で立派な捜査令状が出ていた。ジョディは男につきまとわれてたと証言して、状況に合っていたから、だれも疑わなかった」

「そのジョディとやらは、社会のためになることをしたように聞こえるな」そして、おれが不安になることを。

「バーから彼女をお持ち帰りした別の男は、その後、二度と姿を目撃されていない。男のバー仲間によると、彼女のほうから迫っていったらしい。彼女いわく、エッチをしに公園に行ったけど、男が乱暴な真似をしてきたから歩いて帰った、と。そのとき彼女は目の周りに青タンをこさえてたから、ここでもあまりあれこれ訊かれなかった」

「が、おまえは不審に思った」

「こういう話をあと六つか七つ見つけたけど、いちばんはね」またノートパソコンをこちらに向けた。「彼女が現場近くにいた火事は、今回が初めてじゃないという事実」

「なんてこった」画面に目を凝らし、痩せぎすの若い女性が野次馬にまぎれて歩道にたたずみ、炎に包まれた一軒の家を眺めている画像を見つめた。

マディソンが人差し指でその女性をとんとんとたたいた。「彼女はほんの一カ月前に、通りの先の家を借りたばかりだった。で、火事の直後に引っ越してる」

緊張で首筋がこわばってきて、決意が全身をめぐった。「ケネディに危害を加えたがってると思うか？」

「そうは思わないけど、なにかがおかしいとは思うわね。彼女に人を殺せるか？　イエス。火災現場に馴染《なじ》みがあるか？　証拠からはそうらしい。気の毒にも痛ましい過去があるか？　間違いない。いまはただ、もっと調査するべきとだけ言っておくわ」

「現場にいた黒ずくめの男は？　銃をしまうようなそぶりをしてたやつ」

「ナンバープレートがないから、調べるのはちょっと難しいわね」

「ちょっと？」妹のテクノロジーマジックは何度も目撃しているが、いまだにときどき驚嘆させられる。

マディソンは肩をすくめてノートパソコンを閉じた。「なにか見つかるかもしれないから、ほかの防犯カメラ映像もチェックしてはみるけど、どうかしらね。いけそうなやつはもう確認したけど、成果はなかったから」

「なにかわかったら――」

「すぐ知らせるわ。もちろん」そこで首を傾けてみせた。「で、兄さんとケネディ、か」

「だめだぞ」人差し指を突きつけた。「なにもするなよ」

妹のいたずらっぽい小さな笑みに、頭のなかで警報が鳴り響いた。

「彼女のことが好きだといいけど。だってこれからしばらくのあいだ、二人一緒にいなくちゃいけないから」

歯を食いしばって言った。「彼女には安全な場所を用意する」

「一人ならどこにいたって安全とは言えないわ」

「ばか言うな。防犯対策ばっちりの施設に避難させて、そこにじっとさせておく」言いながらも、たわごとだとわかっていた。ケネディを一人にしたくなかった。一人で、不安な状態には。

だがそれ以上に、家族に操られるのがいやだった。妹が善意でやっているのは間違いないが、だからといって、おれのためになにがいちばんいいかを知っていることにはならない。

マディソンが腕組みをして目を狭めた。「あらそう？　いつまで？　だって今回の件、そんなにすぐには片づかないわよ。彼女を〝じっとさせておく〟のは一カ月？　二カ月？」

即座に返した。「そんなに長く、おれと一緒にいさせたいのか？」

見るからに失望した顔で、マディソンは首を振った。「いい機会かもしれないから言っておくけど、彼女はほぼ全財産を失ったのよ。残されたのは、短期旅行用の荷物が入ったスーツケースだけ。写真も、雑貨も、服も——自分のものって呼べるすべてが消えてしまったの」

くそっ。妹に背を向けて、キッチンからパティオへ通じるドアに歩み寄り、外を眺めた。ポプラの木々が秋の色に染まって、バターのような黄色、金色がかった琥珀色《こはくいろ》、深く濃い紅色がそちこちを彩っている。そこにオークの赤茶色が加わり、朝日で鮮やかなブルーに照らしだされた空が背景をなしていた。ここはおれの隠れ家だ。おれだけの憩いの場所。ここでフラストレーションを発散し、世界から——そして家族から——ときどきの暗い気分を隠している。

「ケネディのために生活を引っくり返してほしいのか」妹は、そうしてほしいだけでなく、おれがそうするものと思っている。

「ほかにもっといい案があるなら教えてよ。ただし、彼女一人では勝ち目がないことをお忘れなく」

ひたいを冷たいガラスに押し当てて、じっと押し黙った。どうしなくてはいけないかはわかっている。どうしたいかもわかっている。妹が出ていった瞬間、とりかかるつもりだ。それでも、丁寧に築きあげた生活が崩壊するのを大喜びで受け入れるとはかぎらない。

そのとき、ドアが閉じるやや大きな音がしたので、さっと玄関のほうを見たが、すぐに気づいた。閉じたのはゲストルームのドアだ。

すでに閉じていたはずのドア。しかし……ケネディがいったん出てきて、おれたちにはその物音が聞こえていなかったとしたら。

もちろんケネディにはこちらの会話が聞こえていただろう。

妹と視線がぶつかった。

「やっちゃった」マディソンが言う。「彼女、ひそやかちゃんね」

「おまえはそろそろ帰れ」さもないと本当にケネディが窓から逃げだそうとするかもしれない。

マディソンはもう立ちあがってハンドバッグに手を伸ばしていた。「はーい。そうだ、彼女の携帯を使っても問題ないけど、居場所を書いたテキストメッセージやメールは送信しないでね。彼女を追ってるのがだれにせよ、たいしたデジタルトラッキングが可能なほどテクノロジーには詳しくないし、いろんなものにアクセスもできないみたいだけど、ハッカーの知り合いがいないともかぎらない。それと、馴染みのある場所はすべて避けてほしいの。ジョディかその仲間が待ち伏せしてるかもしれないから。だとしたら危険よ」

「おれが一緒なら話は別だ」

満足そうにマディソンの口角があがった。「そうね。兄さんが一緒なら話は別」近づいてきて、兄の頬にキスをした。「幸運を祈ってる」

大いに祈ってくれ。「ありがとう」妹に続いて玄関まで行き、車が去っていくのを見届けた。これ以上、先送りにはできない。

そろそろケネディに説明しなくては。ケネディのほうがその説明を聞きたがっていようと、いるまいと。

「あの女、いったいどこにいやがる?」デルバート・オニールはうなりながら室内をうろつき、ときどき深くたばこを吸った。ケネディはあのアパートメントで自身のベッドに寝ているはずだった。いまや燃えかすになっているはずだった。ところが実際は所在不明で、それはつまり、いまだおれにとって脅威ということだ。

あの女のおかげですべてを失った。長年かけて貯《た》めた金もだ。やりなおさなくてはならなかっただけでじゅうぶんじゃないか？　何週間もろくに飲み食いできないまま、逃げ隠れしなくてはならなかっただけで？

そうとも、じゅうぶんなはずだ。

それなのに、あの女がハイスクールだのカレッジだので口を開くたび、またしてもこちらの身に危険が迫る。

「かならず見つけるさ」ゴリーが現状にまるでそぐわないことを言った。「いまいましい大男が現れていなければ、いまごろおれたちの手のなかだったのにな」

あの女が眠ったまま死ぬよりもはるかに好ましい展開だ。まずはそれなりの詫《わ》びをさせて……そのあと、死んでもらう。首に刻んだ蛇のタトゥーをこすり、なぜ締まりつつある輪縄のように感じるのだろうと思った。

ケネディのせいだ。これもまた。

「落ちつけ」ゴリーが言い、期待でいっぱいのよじれた笑みを浮かべた。「彼女が姿を現したときのために、何人か情報屋を雇ってる。向こうも永遠には隠れていられないだろう。たとえそうしたくたって、いずれはまたしゃべりに出てくるだろうし、そうしたらつかまえられるというわけだ。あるいは、ジョディが彼女のところまで案内してくれるかもしれないな。どのみちあの女はおまえのものだ」歯が二本欠けたところから舌を突きだしたさまに、デルバートは嫌悪感を覚えた。

不気味な笑顔でゴリーがつぶやいた。「そして、もう一人はおれのもの」

ケネディは自尊心に突き動かされて、数少ない荷物をスーツケースに戻していった。愚かでくだらない自尊心。

ここを出ていかなくては。もちろん出ていく。

レイエスは最初から、ここにいてほしくないことをはっきり表明していた。これ以上、あの人の生活をかき乱す権利などわたしにはない。加えて、レイエスの妹に会って落ちつかない気持ちにさせられた。マディソンは背が高くてスリムで、信じられないくらい美しくて――憎たらしい兄二人と同様に――そのうえ、これまた兄二人と同じく、自信家だ。戦う能力についてはそうではないかもしれないが、あの女性は自身の能力をわかっている。その能力を使って、断りもなしにわたしの人生に立ち入ってきた。

まったく、あの家族ときたら、揃いも揃ってできすぎでなくちゃいけないの？　みんなそんなに無敵の存在なの？　マディソンまで？

ケイドには何度かジムで会ったことがあるけれど、どんな状況も掌握してしまえる人物だと一目でわかった。レイエスよりさらに背が高いので、百九十五センチを超すに違いない。鋭い目はなにも見逃さず、静かな自信は生まれつきのものに見えた。

レイエスはやんちゃで、ケイドは自制心のかたまり。

そしてマディソンは陽気な自信家。

いったいどういう人種なの？

ドアを軽くノックする音に、体がこわばった。これまでの人生で何度か、完全に途方に暮れたときがある。ひどく孤独に感じられ、取り乱し、どうしたらいいのかわからなかったときが。

いまもまた、そういうときになろうとしていた。

心を固くしてドアに歩み寄り、落ちつきはらった態度で開けた。「もうちょっとで終わるわ」

レイエスが眉をひそめて室内に目を向け、ベッドの上の開いたスーツケースを見つけた。「なにがもうちょっとで終わるって？」

「ここを出ていく準備よ」ほんの少し、声に緊張感が忍びこんだ。「適当な場所まで車で送ってくれる？　それとも……だれか呼んだほうがいい？」呼べる相手は思いつかないけれど。

レイエスのあごがぴくりとした。一歩入ってきて、その大きさと存在感、むきだしの魅力でゲストルームを満たす。「話をしよう」

「その必要があるかしら。レイエス、あなたがしてくれたことには心から感謝してるわ。これ以上ないほど親切にしてもらったもの。そろそろわたしは逃げ隠れするのをやめにして、大人らしくふるまわなくちゃ」

レイエスは腕組みをしてドア枠に寄りかかった。「きみはいつも大人らしくふるまってるよ。そうじゃないきみなんて見たことがない。少なくとも、ひどい事態になるまでは見たことがなかった。そしてハニー、きみはこの事態に対処するすべを持ってない」

「たしかにそうね」あなたのほうはそういうすべを持っているけれど、乗り気ではないのよね。「それでも、自分でどうにかするわ」

レイエスはその場から動かず、尋ねた。「どうにかって？」

どうしてしつこくするの？　スーツケースの前に戻り、あふれた服を押しこんで、ファスナーを閉めようとした。「人を雇う」

「だめだ」

「だめ？」かっとなって彼のほうを向いた。「だめってどういう意味？　あなたが決めることじゃないでしょう」

「いや、おれが決めることだ」そう言ってドア枠から離れる。

そんな。一歩さがると同時に、レイエスがぴたりと足を止めた。少なくとも、数秒は。すぐさま気を取りなおし、また近づいてきた。「絶対にきみを傷つけたりしないから、怖がらないでくれ」

「だったら追い詰めるのはやめて」ばかなことを言ったものだ。彼はまだ数メートル先にいるのに。

「追い詰めるっていうのは」レイエスが食いしばった歯のあいだから言い、鼻と鼻がくっつきそうなほど身を乗りだしてきた。「こういうことだ」

榛色の目が金色にまたたき、魅了された。片手を胸板に当てて、簡潔に言った。「さがって」

驚いたことにレイエスは従い、くるりと向きを変えて髪をかきあげた。「きみはどこへも行かない。いいね？　出ていくなんてばかげてるよ」

「偉そうなやつ《ディック》」

レイエスが振り返った。その顔にゆっくりと笑みが浮かぶ。「いまなんて？」

「ちゃんと聞こえたでしょう」ノートパソコンはどこに置いた？　携帯電話は？「あなたにとってはどれもこれもジョークでしょうし、自分がこの世のごみを相手にできるほど賢くないと思われてるのもわかってるけど、人身取引の恐怖だって生き延びたんだもの、今回もどうにかしてみせるわ。全知全能のレイエス・マッケンジーは、なんにも気にすることなくわたしにさよならを言っていいのよ」

レイエスが〝偉そうなやつ〟に戻って、じっとこちらを見つめた。「そんなの、出ていくと言いだすよりばかげてる」

まったく……。胸を張って尋ねた。「具体的にどの部分が？」

「全部だよ。だけどいちばんは、きみは賢くないとおれが思ってるって部分。ばかなことを言うのと、実際にばかなのとでは、完全に別の話だ。断言してもいいけど、きみの知性についてはまったく幻想をいだいてない」

そうなの？「よかった。じゃあ、わたし一人でも大丈夫だと――」

「だめだ」

彼の態度に腹が立ち、どうにか意志の力だけで冷静さを保った。こわばった唇に笑みを浮かべさえした。「さっきも言ったけど、決めるのはあなたじゃないわ」

「きみは賢いってことで意見は一致しただろ？　そして」ひとことも差し挟ませずに続けた。「賢い女性なら、安全な場所から動かないはずだ」

「かもしれないけど、プライドのある女性なら、望まれてない場所にとどまらないはずよ」どうだと言わんばかりにあごをあげた。「ここ以外の安全な場所にわたしを避難させるって言ったのを、この耳ではっきり聞いたの。その線でいきましょう」譲歩として、組んでいた腕をほどいて広げた。「じっとしてると約束するわ。わたしの腕をひねりあげて言うことを聞かせる必要もない」

レイエスは考えるようにあごを動かした。「つまるところ、きみはおれがなにを望んでるか、本当には知らないってことだ。だっておれ自身、いまのいままでそれがなにかわかってなかったんだから。さっき妹にぶつけたくだらないセリフは、わけもわからないままわめいただけだった」また近づいてきたものの、今回は手を伸ばして肩をつかんだ。

どうしてそんなに大きいの？　わたしより三十センチは背が高くて、しかもたくましい。ああ、まるで石の彫刻みたいだ――温かいところは違うけれど。

「ケネディ、きみにはここにいてほしい。唯一の問題は、むしろおれが少しばかりきみの存在を望みすぎてることだ」

目を丸くしてしまった。「それはいったいどういう意味？」

「おれは男。きみは女。答えはおのずと明らかだと思うけど」

わからないと首を振った。「それはだめでしょう」

「ああ、おれもとっくに除外してた。きみは現状、おれに頼るしかないからね」

「頼ってなんか……」いえ、嘘はやめよう。いまは頼っている……多少。

「そこにつけ入るなんて人の道に反するし、言うまでもなく、きみにはつらい過去がある」じっと見つめて続けた。「いまも苦しんでるんだろ？　無理もない。だれだってそうなる。だけど知っておいてほしいんだ、おれは、きみにいやな思いをさせたり困らせたりするようなことだけはしたくない。そして絶対に、なにがあっても、追い詰めるような真似はしない」

「いま追い詰めてると思うけど」

「これは出ていかせないためさ」両手で肩をもむ。「そうじゃなくて、性的な意味で。安全のためにそうしなくちゃならないなら、おれは迷わず追い詰めるよ」膝を少し曲げて、まっすぐ目を見つめた。

ああ、その効果ときたら。気がつけばほんの少し身を乗りだしていた。

「そのときは、なんでも必要なことをする。それを知っててほしいんだ。おれがきみに命令しなくちゃいけないときもあるって」

「それはどうかしら」

「きみがその命令に従わなくちゃならないときもあるって」

「冗談じゃないわ」

「だけど正当な理由もなしに命令なんてしないし、また安全が確保できたら謝ったってい い」そう言うと、あの魅力的な笑みを投げかけてきた。これまたじつに効果的。「交渉成立、かな?」

ついにこらえきれなくなって、たくましい胸板にひたいをあずけた。ああ、なんていいにおい。「出ていこうって決心したばかりだったのに」

体にそっと腕が回された。「わかってる。残ってくれる気になった?」

おいしそうなにおいを吸いこみながら、尋ねた。「選択肢を与えてくれるの?」

「誘拐の趣味はないから、かもしれないね」

その言い方に笑ってしまった。本当におかしな人。片手をあげて彼の肩にのせた。「わたしは恐怖を感じてるし、あなたの言ったとおり、賢い女性だから、この状況には自分一人じゃ歯が立たないってわかってる。だから、ええ、ここに残るわ」いまのところは。

「新しい講演の依頼は受けてないから、予定はがら空きだし」

「少し休むつもりだった？　休暇とか？」

「じつは、次の本にとりかかるつもりだったの。作業はここでできるし、あなたの邪魔にはならないわ。ここにいるのも気づかないでしょうよ」

レイエスが鼻で笑った。「断言してもいいけど、気づくよ」手のひらで背筋を上下に撫でられると、癒やされると同時に彼が男性であることを強く意識させられもした。「次の本を書くのか」

「妹さんがあれだけ掘り起こしてくれたんだから、とっくに知ってたでしょう」

レイエスが体を離して顔を見ようとしたものの、こちらがそうさせないでいると、抱きしめられた。「うん、一冊本を出したことは知ってた。新しい本にとりかかってるのは知らなかった」

「人身取引の余波はいつまでも続くの」わたしはいまだ乗り越えられていない。この先も乗り越えられる気がしない。「立ちなおろうとしてる人には、身近な方法が役に立つかもしれないわ。わたしが自分の人生を取り戻すためにやってきたような方法が。それから、眠れないのはよくあることだと知るのも、心の支えになるかもしれない」

こめかみに唇を押し当てられた。「ゆうべはぐっすり眠ったじゃないか」

それは、あなたがいたから。一人ではないことが肝なのかもしれないけれど、それを言ってしまったら毎晩一緒に眠らなくてはと思わせてしまいそうだし、必要以上に重荷になりたくなかった。「ふだんはどんな小さな音も気になって、一度なにか聞こえたら最後、家が鳴ってるだけだとか風で枝が揺れただけだとは思えなくなるの。侵入者に違いないと思ってしまう」

「一度もそんなことはなかったのに？」

体が凍りついた。早く言わなくてはいけないとわかっていても、いますぐ言えるとはかぎらない。けれどレイエスは鋭いので、まんまと気づかれてしまった。

今回、肩にのせられた手にはやけに力がこもっていて、否応《いやおう》なく、あの長い腕で体を離された。探るような目で見つめられ、険しい声で問われた。「いつのことだ？」

5

あのときのことを思い出すだけでケネディの神経は過敏になり、情けないことに声は震えた。「一カ月ほど前のある夜、アパートメントのバルコニーから物音が聞こえたの」ふと気づいて、ユーモアを欠いた笑いを漏らした。「というか、元わたしのアパートメントね。ふだんどおり、ベッドを出て様子を見に行ったわ」レイエスの目を見ていられなくなり、視線を胸板に落としてささやくように言った。「男がいた。ちょうど手すりを乗り越えてきたところだった」

「くそっ」また抱きしめて、レイエスがやさしく体を揺すってくれた。「なかには入ってこなかったんだな?」

無言でうなずいた。こうして抱かれているほうが、話すのはずっと楽だった。「わたしは銃を手にしてて——」

また体を離されて、まじまじと見つめられた。「きみ、銃を持ってるの?」

当然でしょうと表情で語った。「あの夜はレーザーサイトつきの小さな三八口径しか持ってなかったけど、いまはグロックも持ってるわ」ふうっと息を吐きだした。「ばかなことに携帯をナイトテーブルに置いてきてしまって。わたしはただその場に突っ立って、男を見ていることしかできなかった。銃を構えて、赤い点が男の胸で光ってて、そうしたら、男はにやりとしてまた手すりを越えて、去っていった」

もう一度、抱きしめられた。「警察には通報した？」

「ええ。すぐに来てくれて、男の人相を聞いて周囲を捜索してくれた。結局、ただの物取りだろうってことになって、朝までパトカーで巡回してもらえることになったんだけど、わたしはもうそこにいられなかった。ホテルに移って、翌朝には部屋中に取りつけられるよう、また防犯装置を買ってきた。すべての出入り口用の警報装置とか、バルコニーのドア用のかんぬきとか」咳払いをする。「ブザーも買ったわ――手に持てる大きさで、ボタンを押すとものすごい音が鳴るやつ。それからスタンガンも」

レイエスの口元が不満そうにこわばったものの、気にしている場合ではなかった。自分を守るための道具が必要だったのだ。頼れる人はいなかったのだ。

「警察はきみの過去を知らなかったんだな。知っていれば――」

「対応は違った？　わたしを悪夢から守ってくれた？　そんなに単純じゃないことはあなたもわかってるでしょう」

レイエスがそっと髪を撫でてくれた。「ああ、そうだね」ちらりとスーツケースを見る。

「銃はいま持ってる?」

「ええ」持たずに出かけることはないし、旅行のときも必携だ。だから常にかばんをチェックする。

スーツケースに歩み寄ってふたたび開き、セーターとジーンズをどかせてから、銃を収めた重厚なケースを取りだした。ごく慎重に、二丁をベッドに並べて置いた。

レイエスのほうはそこまで慎重ではなく、むしろ慣れた手つきで銃を取り、しげしげと見た。「弾の用意は?」

「ここに」ケースのクッション材をめくって、下に収められた銃弾を見せた。

「スタンガンは?」

「いまはハンドバッグのなかよ。空港を出たときにスーツケースから出したの。ウーバーに拾ってもらう前に」ゲストルームを出て螺旋階段を軽やかにのぼり、レイエスの寝室に入った。胸の鼓動が少し速いが、昨夜とはまったく別の理由からだ。

レイエスも寝室に入ってきた。銃はケースに戻したのだろう、もう手は空いている。追ってくる音はいっさい聞こえなかったけれど、驚く話でもない。この男性はとくに理由がないときでさえ、じつに静かに動けるのだ。まるで生まれつきの才能であるかのように。

こうしてまた二人で寝室にいると、口が勝手にしゃべりだした。「これよ」使い方を示そうと、スタンガンの握りをつかんだ。メリケンサックのようにしっかり握ることができる。「よくできた道具よね。長い棒で相手を突いたりするんじゃなく、ただ握ればいいんだもの。しかも、すごく明るい懐中電灯機能つき。それに見て、このとげとげ。取りはずせるんだけど、はずすわけないわよね？」

「いつなんどき、敵の目玉をえぐる必要に迫られるか、わからないものな」

大まじめな口調に、肌がざわついた。

レイエスがそっと手で手を包み、スタンガンを抜き取った。「ほかにどんなことが起きてるのか、話してくれるね？」

話すべきなのだろうけれど、その前に寝室から出なくては。急いでレイエスの脇をすり抜けて階段をおりた……が、どこへ行けばいいのかわからなかった。周囲を見まわし、選択肢を考える。キッチンにしよう。

椅子にお尻をのせたとき、レイエスが現れた。「これで」片方の眉をあげる。「家のなかの鬼ごっこは終了かな？」

間抜けな気分でうなずいた。

レイエスが向かいの椅子を手で示す。「おれがここに座っても、キッチンから飛びだしていかない？」

「ええ」

脅威はないことを示そうというのか、大げさにも両手を掲げてから、ゆっくり椅子に腰かけた。「怖がらせるつもりはなかったんだけどな」

笑ってしまった。「怖がらせてないわよ」あなたは怖くない。怖いのは過去だ。あの夜が突きつけてきた厳しい現実。じわじわと広がる恐怖。すべて語ったほうがいい。「バルコニーに不審者がいた夜から十日ほど過ぎたころ、スーパーの駐車場でまた事件があったの。昼日中で、周りに人がいるときに」あの襲撃の厚顔さを思い出すと、口のなかが乾く。「買い物袋をショッピングカートから後部座席に移してたら、男が近づいてきて、カートを使ってもいいかと訊いてきた。もちろんと答えて最後の袋を取ったら、まだ手がふさがってるうちに後部座席に押しこまれそうになって、気がついたらもう別の男が運転席に乗りこんでた。わたしの車はキーレスエントリーで、キーはわたしがさげてたハンドバッグのなかだったから、難なくエンジンをかけられた」

レイエスの榛色の目で暴力的ななにかが光った。「きみは逃げたんだな」

「まずは叫ぼうとしたわ」のどが狭まり、満足に息が吸えない。「だけど男に手で口をふさがれて、あごが砕けるかと思った。持ってた買い物袋も手放してしまって、豆の缶が膝に落ちてきた」

レイエスは無言の支えを差しだすように、ただじっと耳を傾けて目を見つめていた。

「その缶で男の顔を殴ったの」

「よっしゃ！」突然の叫びにびくっとしたのを見て、レイエスが口調をやわらげた。「やるじゃないか、ハニー」

　どういうわけか、ほめられて気分が少し楽になった。「血が飛び散ったわ。たぶん眼窩《がんか》に命中したのね。鼻もつぶれてた」ごくりとつばを飲む。「それで、もう一度殴った」

　レイエスがゆっくり笑みを浮かべた。「よくやった」

　こんな状況でなければ、偉そうな言い方にむっとしていただろう。けれどいまは、過去の行動を認められてただただうれしかった。

　うれしい気持ちのまま続けた。「逆に男のほうが叫んで、大声だったから周囲が気づいたの。わたしも一緒になって叫んだら、すぐに人が集まってきた。黒い車がわたしの車に横づけしてきて、男二人はそれに飛び乗って、あっという間に走り去った。全部でたった三分ほどだったと思うけど、冗談じゃなく、一生くらいに思えたわ。連れ去られてたらどうなってたか、なにをされてたか、わかってたし、だからこそ恐ろしかった」

「本当にきみが誇らしいよ」レイエスが重々しい口調で言った。片方の手のひらを上に向け、ゆっくりテーブル越しに差し伸べる。触れ合いを差しだしているのだ。つながりを。

　どうしたら拒めるだろう？　拒めるわけがないので、はるかに小さな自分の手をそこにのせると、すぐに心安らぐ強さに包みこまれた。

「襲われたときに冷静でいるのはものすごく難しいのに、きみはやってのけたんだな。必死に戦った。そうしてこそ、状況をがらりと変えられることがある」

うなずいて、ぎゅっと手を握った。「まったく変えられないことも」

しばし無言で真実の重みを味わった。

レイエスがこちらを見つめたまま手を口元に掲げ、指の関節にそっとキスをした。「おれのジムであれほど熱心にワークアウトしてる理由がわかってきたよ」

もはや事実をごまかす必要もない。この男性はもうすべて知っている。「自分が小柄なのはわかってるし、腕力もたいしてないけど、たとえ相手が男性でも攻撃を遅れさせる方法はあるでしょう? わたしはそれを身に着けようとしてるの。男性を倒すとまではいかなくても、抵抗はできるし、そうすれば逃げるチャンスだって生まれるはずだから」

なにか決心したような顔でレイエスが言った。「ここを出ていく話はもうやめだ。いいね? この件がすべて片づくまでは」

「時間がかかるかもよ」というより、永遠に終わらないかも。

「それはない。マディソンも言ってたけど、きみにはもう仲間がいるんだ。だからいくつか約束しよう」そう言うと、あのレイエス・マッケンジーに可能なかぎり、事務的な態度に切り替えた。「一つ、きみはここにとどまって、もう出ていくとか言いださない。二つ、きみの車を取ってくるけど、逃げださないって約束する」

安全だとわかるまでは一人でどこへも行きたくなかったので、肩をすくめた。「異議なしよ」また連れ去られて囚《とら》われの身になると考えただけで、恐怖で動けなくなる。

「三つ、これからの数日は、きみが失ったものを取り戻すことに費やす。一時間後から始めよう。おれがきみのエスコート兼ボディガード兼その他全部になるから、我慢すること。いいね？」

笑みがこみあげてきた。「あなたのことがわかってきたから、一緒にいるのもそれほど苦じゃなくなってきたわ」

疑り深そうに目を狭める。「へえ、そう？　まあ、そう思いたいなら思ってればいいさ」この男性ときたら、ありのままでいるだけで、こちらの気分を明るくする。「どの部分のこと？」

「おれのことがわかってきたって部分」

つまり、〝一緒にいるのが苦だった〟という部分は否定しないのね。「まだ謎めいた存在でいたい？」

「おれは、ほぼなんでもできる、死を招く夜の亡霊さ」そう言ってにやりとした。

「ほぼなんでも？」

笑みがやさしいものに変わった。「きみを傷つけることはできないからね。それはわかっておいて」

即座にささやいた。「わかってるわ」

満足した顔でレイエスは続けた。「四つ、おれがジムに行かなくちゃいけないときは、きみも一緒に来る。そうすれば必殺攻撃を教えてやれるし、ケイドがいたら、兄貴から助言をもらうこともできる」

ありがたいけれど……。「八時間もトレーニングはできないわ」

「だよね。だけどジムにはオフィスがあって、専用のトイレとゆったりくつろげる椅子と、ネットに接続しても安全なパソコンと、ミニ冷蔵庫がついてる。おれの仕事が終わるまで、好きに使ってくれていい」

なんと言えばいいかわからなくて、ひとこと返した。「どうもありがとう」

「礼なんか。おれは自分にできることを、したいときにしたいようにしてるだけ」手を放して伸びをしたので、当然ながら、見つめてしまった。レイエスが言う。「シャワーを浴びてひげを剃ってくるよ。必要なもののリストを書いておいて。とりあえず今日、ゲットできるものをゲットしよう。でもその前に、どこかで朝食だ。きみは違うかもしれないけど、おれは一日にとりかかる前に燃料を入れたいタイプなんでね」

「わかったわ」考えながら言う。「紙とペンはパソコンケースに入ってるから、さっそくリスト作りにとりかかる」

「なあ」レイエスの手が腕に触れた。「ノーパソは使っていいし、そうしたいなら携帯も使っていい。でもジョディには連絡するな。向こうから接触してくるかどうか、待ってみよう」

「かもしれないけど、それなら火事の現場にいたのにどうして連絡してこないんだ？　きみの無事を確認するだけのためにも」

「わからないけど、きっと納得できる事情があるのよ」気の毒なジョディの潔白を証明しなくては。

レイエスはその機会を与えなかった。「その話はまた今夜、ケイドとマディソンを交えて電話会議のときにでも。そうすればみんなの意見も聞けるから。どう？」

あまり気は進まなかった。レイエスを信頼してはいるけれど、彼について知らないことが多すぎるし、新しいなにかを知るたびに疑問が生じるように思えるのだ。

レイエスが歩きだしたので、どのみち返事は待っていなかったのだと気づいた。

「のんびりしてて。すぐ戻るよ」そう言って去っていった。

一人残されたケネディは、レイエスについてしばし考えた。レイエスがしてくれていることすべてについて。

彼が裸でシャワーを浴びることについて。

事態はひどく厄介になってきたけれど、レイエスを責められはしない。悪いのはわたし自身だ――彼を魅力的だと思うなんて。

「彼女は友達よ」

兄のケイドから電話がかかってきたのは、まだ運転中のときだった。ジョディについて話したいというので、レイエスは電話をスピーカーフォンに切り替えた。「その話は今夜しようって、ケネディには言ったんだけど」

「いまでないとまずい」ケイドが言う。「ジョディが今朝、おまえのジムを見張ってたんだって？」ちらりとケネディを見ると、彼女の顔にも驚きが浮かんでいた。「ケネディを捜してたのかな」

「そう考えるのが妥当だろう。会って話がしたかったのかもしれない」

ケネディはもう首を振っていた。「ジムに通ってることはジョディに話してないわ。彼女が知ってるとしたら、きっと……」

その先は聞かなくてもわかった。「きみを見張っていたから？ ますますその子が好きじゃなくなってきたな」

マディソンが割って入った。「ちょっと、レイエス。彼女はケネディの友達で、かつて餌食にされたのよ」

ケネディがごく小さな声でささやいた。「餌食にされた経験は、過去に置いていけるものじゃないわ」

レイエスはさっとケネディを見た。「つまり？」

ケネディはわずかに肩をすくめた。「回復して、気力体力は取り戻すけど、同時に学ぶの。だから絶対に忘れないし、めったにガードを緩めないし、たやすく人を信用しない」

「おれの妻は同意しないだろうな」ケイドが言った。

ケネディが目を見開いた。「じゃあ彼女も――」

「ああ」ケイドが間を空けて言う。「そして、おれの知るなかでもっとも強い人でもある」

「残念だけど、強さで被害の余波は消せないわ。たしかに前進はするでしょう」ケネディが続けた。「生き延びて、うわべを繕って生きていく――けれど、その後はずっと、人生でなにが起きうるかを知った状態で過ごすの。たいていの人はそんな危険について考えもしない。自分は安全だ、この先ずっと危険はないと気楽に思って毎日を生きていく。その〝安全でふつうの暮らし〟がどんなにあっという間に壊されてしまうか、気づきもしないで」息を吸いこむ。「でもわたしは知ってる。生き延びた人は知ってる。そして絶対に忘れない」

深く考えさせられる言葉に、重苦しい沈黙が垂れこめた。レイエスが手を伸ばしてケネディの膝をつかむと、ケネディがそこに自身の手を重ねた。

つながっている、とレイエスは思った。ほかの女性とのあいだには一度もなかったかたちで、おれとケネディはつながっている。あまりにも異例のことなので、衝撃すら感じた。

「きみの言うとおりだ」ケイドが低い声で言った。「そういう経験は人を変える」

レイエスは尋ねた。「ジョディも変わった?」

「ええ」ケネディが重ねた手を撫でて、ごつごつした指の関節をなぞり、指のあいだの繊細な部分に触れた。そこに触れたのはわざとではなく、苦い思いから逃れるために必要だったからだろう。「ジョディと出会ったのは四年前、彼女が二十歳のときよ。わたしは初めての講演をカレッジでおこなったところで、講演後に帰ろうとしたら、彼女がついてくるのに気づいたの。ぶかぶかのパーカーのフードを目深にかぶった、不良っぽい印象の子だった。なにかがおかしいと感じたわ。わたしの目を見たときの目が、そう感じさせた」

「どういう目だった?」レイエスは尋ねた。

「必死な目よ」

兄と妹が黙っていてくれるのがありがたかった。おかげでケネディは電話越しに二人が聞いていることを忘れられる。とはいえ、本当に忘れはしないだろう。この女性は鋭すぎるし、周囲を意識しすぎている。二人の沈黙が与えてくれるのは幻想のプライバシーにすぎない。

「わたしはめったに他人に気を許さないの。男性だろうと女性だろうと、若かろうと大人だろうと」

「賢明だね」ああ、手に触れられているとじつに気が散る。「悪ってものには性別も年齢もないから」

「知ってるわ」指先の探索が親指に移動する。「だけどジョディはなにかが違った。ひどく頼りなくて、わたしを必要としてるみたいだった。だからランチに誘ってみたの。ジョディもめったに人を信用しないんだけど、それでもついてきて、結局二時間しゃべったわ。ジョディからは、ほぼ人生をあきらめてしまってるという印象を受けた」

「そんな彼女がどうしてカレッジに？」

「たぶん、なにかを探してたんだと思う。なんでもいいから、目標を与えてくれるものを。過去のつらい経験ばかり振り返っていなくて済むように」入念な手の観察を終えて、腕組みをした。「わたしが話すようになったのもそれが理由よ。話をすると、だれかの力になれるって思えるの」

「本を書くのもそれが理由？」

「心の浄化作用があるのよね」ケネディは言った。「いったんすべてを外に出すことで、より理解できるようになるし、自分を取り戻すことができる。ジョディはまだ方法を見つけていなくて、いまも恐怖と憎しみのなかでもがき苦しんでるけど、わたしと友達になったことは、彼女の助けになってると思うわ」

「思う？」レイエスは尋ねた。

「ジョディにはまだ不安定なところがあるの。一カ月連絡してこないと思ったら、いきなり三日連続でテキストメッセージをよこしたり。彼女の場合、どうなるか予測がつかないのよ」

「つまり」ケイドが言った。「彼女がなぜジムをチェックしてたのか、たしかな理由はわからないということか」

「こそこそした様子だったのよね」マディソンが言う。「通りの向かいをぶらついて、見張ってるってわからないように」

ケネディがこちらを見つめた。「過去に何度か、わたしがトラブルに巻きこまれてるってジョディが思いこんだことがあるの。そういうとき、彼女はわたしになにも訊かずに行動を起こした」

「たとえば?」ケイドが尋ねた。

「あるカレッジで講演したとき、一人の男子学生がデートに誘ってきたの。大きな声で偉そうに、きみの問題はすべておれが解決してやる、なんでもないことだ、みたいな態度で」口元がこわばる。「わたしはほぼ無視してた。そういうことはときどきあるから。わたしの話を聞いて居心地の悪くなる人は多くてね、男子は笑い飛ばそうとするし、女子は意地悪なことを言ったりする。自分で招いたことなんじゃないか、とか」

「なんにもわかってないお子ちゃまたち」マディソンの声は熱を欠いていた。

ケネディが同意する。「若くて愚かで、ありがたいことに、まだ現実に打ちのめされていない。彼らになにを言われても、わたしはそれほど気にしないわ」

それほど? おれはきみをだれからもなにからも守りたいのに。口ばかり達者で頭は空っぽのカレッジ生からも。

「それで、わたしが軽んじられると、ジョディは我がことととして受け止めるの。きっとその日も講演会場にいたんでしょう、その男の子を待ち伏せして――」

「男だ」ケイドが訂正する。「カレッジに通う年齢なら男だし、男としてふるまうべきだ」

ケネディの唇に愉快そうな笑みが浮かんだ。「あなたとレイエスにとっては、〝男である〟というのは一般的な意味とは異なるみたいね」

否定できなかった。ティーンになる前から父には男として扱われてきた。ごく若いときにたたきこまれた――愚かさは許されないし、残酷さは免罪されないし、そこに女性が関わっていればなおさらだと。

「とにかく」兄も妹も口を挟みはじめたいま、話を戻そうとしてケネディが言った。「その夜遅く、ジョディは彼が一人のところを狙って、後頭部を殴ったの。彼は脳震盪《のうしんとう》を起こして、十二針縫ったわ」

なんとまあ。友達を守りたいというジョディの気持ちもわからなくはないが、ずいぶん手荒なやり方だ。

「やったのは彼女で間違いないの？」マディソンが尋ねた。

「最初はわたしも知らなかった。警察から連絡があったのも、その男性がわたしにいやなことを言っていたとほかの学生が話したからで。だけど彼が殴られたとき、わたしはホテルのレストランで食事をしてたから、わたしじゃないことは確認してもらえた。そのときはなにが起きたのか、まったくわからなくて。だけど冷静になって考えてみると……その、胸騒ぎというの？　それで翌朝、ジョディに連絡してみたら、すごくいい講演だったと言うから、彼女もあの場にいたことがわかったの」

レイエスは眉をひそめた。「ジョディはきみが講演したカレッジの近くに住んでる？」

「じつを言うと、彼女がどこに住んでるか知らないの。しょっちゅうあちこち引っ越してるみたいで」

あるいは、ケネディについてまわっているのかもしれない。不気味だ。「その男のことについて、ずばり訊いてみた？」

「ええ。ジョディは認めなかったけど、否定もしなかった。ひとことで言うと、わたしが講演のときに口を酸っぱくして言ってることの一つを何度も返してきただけだった――〝あなたを軽々しく扱っていい人などいない〟と」

全員が押し黙り、長すぎるほどの沈黙が広がった。

ついにマディソンが口を開き、レイエスに向けて言った。「いくつか防犯対策をとったの。もしジョディがまたジムに来たら――かならず来ると思うけど――そのときはすぐにわかるわ」

「おれは直接的なアプローチを推奨するが」ケイドが言った。

ケネディが身を固くした。「直接的って？」

「おれが彼女に近づいていって、なにをしてるのか突き止めるってこと」レイエスは片方の肩をすくめた。「たいしたことない」

「あるわよ！」ケネディが半身をこちらに向けて言った。「それよりわたしが彼女に電話して――」

「だめだ」レイエスは言った。

ほぼ同時にケイドとマディソンも却下した。

「もし彼女が今回の火事に関与してるなら」マディソンが説明する。「わたしたちのやり方のほうがいい」

「関与していないとしても、害はない」ケイドが言った。

ケネディが暗い顔でこちらを見た。「あとで二人だけで話しましょう」

「おれの弟は賢いぞ、ケネディ。二人だけになったくらいで思うようにはならない」

兄の言葉にレイエスはにやりとした。ケネディはあれこれ説得を試みて、おれを思いどおりにしようとするだろうか？　おそらく。

マディソンは、ケイドより包み隠さぬ物言いをした。「わたしたちは自分がなにをしてるのか、本当にわかってるの。だから信じて。ね？」

ケネディの目が狭まった。「あなたたちがなにをしてるのか、わたしにはまるでわからない。いまが聞かせてもらういいチャンスかもしれないわ」

　当然ながら、だれも口を開かなかった。レイエスは兄と妹に向けてうなるように言った。

「助かるよ。まあ、この件はおれがどうにかする」

「いい考えね」マディソンが言った。「楽しい一日を」

「やりすぎるなよ」ケイドが忠告する。「こまめに経過を報告しろ」

　通話が終わると、レイエスはどこで朝食にしようかと考えはじめた。通りを眺めて、あまり混んでいない店を探す。

「それで？」ケネディが発したそのひとことは、もどかしさでいっぱいだった。

　どうしてこの女性の言うことなすことすべてに、にんまりしたくなるのだろう？　これほど小柄でありながら、その態度ときたらたいしたものだ。こんな状況に追いこまれているというのに――ごろつきに襲われ、友達の行動は怪しく、財産はほぼ喪失。

「ざっくり話すってことで、どうかな？」それで満足してくれるといいのだが。微に入り細を穿《うが》って話すわけにはいかない。〝マッケンジー・オペレーション〟のすべてを知っているのは、直近の家族と、一家の助手にしてシェフにして執事――加えていまでは猫さらい――であるバーナードだけだ。たしかにケイドはスターリングにすべて打ち明けたが、それは兄があの女性を愛したからだ。

　考えただけでにやりとしてしまう。

ケイドとはいろんな点で似ているものの、違う点も多い。一つには、おれは結婚する気がない。いまだけでなく、おそらく永遠に。

「どんな嘘をつこうかと考えてるなら、いますぐやめて」

その言い草にますます笑みが浮かんだ。ここまでの騒ぎにも心が折れていないのだとわかって、うれしかった。「そんなことは考えてないよ。ちょっと人生に思いを馳せてただけ」ちらりと助手席を見ると、まったくわけがわからないと言いたげな表情を浮かべていたので、笑ってしまった。「ひとまず大枠を語ろう。おれの家族は人身取引の被害者を助けるために働いてる。法の力を借りるときもあるし、借りないときもある」たいていは借りないが、そこのところはあまり深く語らないほうがいいだろう。「機動部隊《タスクフォース》みたいなもので、いろんな面をカバーしてる。救出、助言、金銭的な支援、そういうのすべて」

ケネディはずばり尋ねた。「人を殺したことはある?」

おっと。不意をついてくれるじゃないか。「それは大枠に含まれるかどうか」

「知りたいの。イエス?　ノー?」

「イエスかな?」急いでつけ足した。「殺されて当然の虫けらだけだよ」

じつにおかしなことが起きた。ケネディは怖気《おぞけ》立《だ》つどころか、しっかりとうなずいてこうつぶやいたのだ。「よかった」

意外だな。しかし、ぞっとしないでくれて助かった。

ケネディが言った。「ジョディも同じように考えてることはわかってもらえるわね」静かな笑みをこちらに向けた。「彼女も、自分が罰した全員のことを、殺されて当然だと思ってる」

罰した全員、だって？　なんだか雲行きが怪しくなってきた。

ジョディがなにに首を突っこんだにせよ、かばわなくてはいけないとケネディは思っていた。恐怖心と友情がせめぎ合う。もしもレイエスがすべてを知ったら、ジョディは逮捕されるべきだと考えるだろうか？　それは耐えられそうにない。

レイエスにはきちんとわかってほしくて、考えを整理していった。ありがたいことに、彼はせっついてこない――いまのところは。レイエスが切りだしてきたのは、リッジトレイル郊外にあるしゃれたレストランのテラス席に通されてようやくのことだった。

「それじゃあ聞かせてもらおうか。ただし声は落として」

ケネディは周囲を見まわし、だれに聞かれると思っているのだろうと考えた。少し肌寒いくらいの朝で、山の眺望に誘われた人は多くない。外を選んだ勇気ある人たちも、テラス席の反対側にいた。

「人がものごとに慣れる速さって、すごいわよね。ここはこんなに美しいのに、ほとんどのお客さんは店内にいる」ケネディは首を振った。

「きみはこの景色に慣れた？」

「いいえ。山を見るたびに感動するわ」

「おれもだ」レイエスが言い、若いウエイターが水を持ってきてコーヒーをそそぎ、メニューを置いて去るまで待ってから、続けた。「カフェインのとりすぎだぞ」

「わたしはゆうべ、全財産を失ったの。コーヒーくらい好きに飲ませて」

レイエスがにんまりして、メニューに目を通さずに尋ねた。「なにが食べたいか決まった？」

この店は初めてだが、レイエスのほうは来たことがあるのだろう。そう思いながらメニューを開いたとたん、金額にぎょっとした。「ええと……わたしがいま、すっからかんだということは覚えてるわよね？」

表情がやさしくなった。「その件はあとで解決しよう。ここはおれのおごり」

フレンチトーストの値段をちらりと見て、顔をしかめた。必需品を買いなおしてくれるという申し出に加えて、この食事は。贅沢《ぜいたく》すぎる。「失礼な質問で申し訳ないんだけど、当面、わたしの出費を肩代わりしてくれるとして、あなたのお財布は大丈夫なの？」

「ああ。まったく問題ない」

心配するのはやめにして、メニューを脇に置いた。けっこう。この店を選んだのは彼だし、通い慣れてもいるようだから、一度の朝食でへこへこするのはやめだ。「ええ、食べたいものは決まったわ」

「よし。おれは腹ぺこだ」そう言って片手をあげると、すぐさま先ほどの若いウエイターが現れた。

ケネディはフレンチトーストに摘みたてベリーの盛り合わせ、ベーコンを頼んだ。レイエスは同じものと、スクランブルエッグに自家製のフライドポテトを追加した。それだけの量を食べながらどうやってこの体型を維持しているのか、想像もつかない。もちろんジムを経営しているし、一日中、じっとしていることがないから、それでエネルギーを燃焼させているのだろう。

「それじゃあ、料理が出てくる前に聞かせてもらおうか。ジョディはいったいどんなあくどいことに巻きこまれてる？　事実をごまかすのも、隠し事もなしだぞ。なにに向き合うのか知っておかなくちゃいけないんだ」

そう、公平であるために、すべて話しておかなくては。勇気をもらうべくコーヒーを一口飲んで、咳払いをした。「まず、ジョディについて少し説明させて。わたしがほかの女性たちと一緒に監禁されて――」そして、貸し出されて。「――いたのと違って、ジョディはある男に買われて、所有されていたの。ジョディの話によれば、邪悪そのものの男に」

「人身取引に少しでも関わった人間は、全員悪だ」レイエスが片手をあげた。「だけどきみの言いたいことはわかる」

「その男はときどきジョディを地下の小部屋に閉じこめた。それは、そいつの求めるレベルに彼女が達していないと思われたときの罰だった。あるとき、二日間、放置された。食べ物も飲み物も与えられずに。外に出してもらえたときには心が折れていたそうよ。そのときの望みはただ、食べることと体を洗うこと——そして二度とその地下室に閉じこめられないことだった」激しい怒りがのどを締めつけ、声はかすれたささやきになった。「だけどジョディがなにをしようと、そいつは何度も理由をつけて、彼女をその部屋に閉じこめた。いつまでその罰が続くのか、ジョディにはわからなかった——一時間か、一日か、死ぬまでずっとか。そこがなにより恐ろしかったとジョディは言ってたわ——わからないことが」

いままではしばしばやるように、レイエスが手を伸ばしてきて、そっと触れてくれた。頼もしい指でやさしく腕をつかみ、そのまま手のほうに滑らせて、大きな手で包みこむ。

この男性に触れられると、驚くほど心を癒やされた。たったいままで、ジョディがくぐり抜けてきた地獄に迷いこんでいた。

左手を胸に当てて、鼓動を数えた。自分は生きていて、レイエスが守ってくれているという二つの事実に、落ちつきが戻ってきた。

「しょっちゅうそれをやるね」レイエスがそっと言った。

気がつけば視線をテーブルに落としていたらしい。いまの言葉に、はっと顔をあげて彼の目を見た。

するとレイエスがあごでこちらの左手を示したので、言葉の意味がわかった。

とても重要なこの仕草については、だれにも――ジョディにさえ説明したことがない。ごく私的な行為、いまなおわたしを蝕《むしば》む過去との戦いにおいて、とても重要なものだ。

「心臓が飛びださないようにしてるのかな？」レイエスがやはり穏やかな口調で尋ねた。

安らぎを与えてくれる頼もしい手と、深い理解をたたえた榛色の目に背中を押されて、言葉が自然に出てきた。「心臓の鼓動を感じてるの」

レイエスは親指で指を撫でるだけで、なにも言わなかった。

「ばかみたいよね」少し気恥ずかしくなって言った。

「そんなことないさ。生きてるって思い出させてくれるなら、なんだっていいことだ」

ああ、本当に理解してくれたの？　押し寄せる感情に呑まれてなにも言えずにただうなずくと、レイエスも無言で受け入れて、ただこちらを見つめた。まるで、女性を見たことがなかったように――あるいは、わたしのどこかに魅了されたかのように。

変な女だなとおもしろがっているだけ？　そうじゃないといいけれど。

そこへ料理が運ばれてきたので、気まずいひとときから救われた。レイエスがウエイターに礼を言い、すごくいいにおいだと伝えて、コーヒーのおかわりを頼む。こちらはそのあいだに冷静さを取り戻すことができた。

ウエイターが去ってまた二人だけになるのを待ってから、言った。「ありがとう」

レイエスがにやりとして、たしなめるように言う。「それはもうなし。忘れた？」

「だって」あなたがそんなにすばらしいから。まさかここまですばらしい男性が存在するとは思わなかった。とりわけそれがレイエスのような、大柄でセクシーな〝群れのなかの雄〟タイプなら。「本当に感謝してるのよ……なにもかも」わたしの心の奥底を理解してくれたことについては、とくに。

「それで少しは楽になるかな？」レイエスが尋ね、ナプキンを振って広げると、身を乗りだして膝の上にのせてくれた。その間ずっと、こちらの体が硬直してなどいないような態度で。「話すことで、って意味だけど」

「どうかしら」自分のなかの講演家が前に出てきて、フレンチトーストを切り分けるあいだ、つらつらとしゃべってしまった。「自分の経験をあらいざらい話したことはないの。講演で語るのは多くの人、多くの状況に当てはまる一般的な内容だから。わたしに起きた具体的なことは……いくつかは本に書いたわ。書くことと語ることは、まったくの別物なのよ」

「もっと話すべきかもしれないね」レイエスがフォークでたまごをすくう。「おれに」

ええ、あなたにならきっと話せる。最初からレイエスはほかの人と違った。うぬぼれ屋ではあるけれど、それを裏づける能力を備えている。自信家だけれど、とてもいい意味でだし、責任感のかたまりだ。

おまけに注意深くもあって、なによりそこに不安にさせられた。わたしは必死に人生を取り戻そうとしてきたが、レイエスはそんなわたしの表の顔をあっさり見透かし、神経過敏でけっして警戒を緩めない、いまなおひどく怯えている女の子を見つけてしまった。この世の残酷さに一人では太刀打ちできないと知っている女の子を。

6

心の奥底にあるものや、根源的な恐怖、屈辱にまみれた記憶を打ち明けると思うとぞっとしたので、ケネディははぐらかした。「ジョディについて知りたいんだと思ってたわ」

「それも知りたいよ」今回もレイエスはせっつかなかった。「さあ、食べようか。なにも急ぐことはない。今日は一日、フリーなんだ」

異論なし。やっとお腹が空いてきたし、朝食はとてもおいしい。食べながら、ジョディの特徴をいくつか語った。一人でいたいと言い張る強情なところ。男性に危害を加えられた女性ならだれでも熱心に守ろうとするところ。とても貧しい暮らしぶり。

「ジョディはどのくらいのあいだ、そのくず野郎に囚われてた？」

「数カ月だと思う。正確な日数は聞いたことがないけど、希望を捨てるにはじゅうぶんな長さだったんでしょう。わたしと違って、ジョディは一人だった。わたしにはシャーリーンやほかの女性がいた。あの状況下のわたしたちは、妙に聞こえるだろうけど、家族みたいなものだったの」

「ちっとも妙じゃないさ。つらい状況でも、数は慰めになるものだ」

ああ、この洞察力。感心せずにはいられない。「ジョディは一人で、虐待されて、希望をとりあげられていた。彼女を責めないでほしいの――」

「たとえ彼女がそのけだものを殺しても、おれは喝采を送るよ」

「殺したわ」言葉が口から出たとたん、じっと黙ってレイエスの反応をうかがった。驚いたことに、レイエスの反応はなかった。

食事をしながら彼が尋ねる。「どうやって？」

これはジョディの秘密であり、いままで人に話したことはない。「だれにも言っちゃだめよ」

「オーケー」レイエスが言い、こちらの皿をあごで示す。「食べなよ、ハニー」

そんなにあっさり……。「〝オーケー〟だけ？　ケイドにもマディソンにも言わない？」

「言う理由がないからね。とっくに二人とも、ジョディは何度か一線を越えてるんじゃないかと疑ってるし、マディソンの場合、もし詳しいところを知りたいと思ったら自分で探り当てられる」片方の肩を回した。「これだけは覚えておいて――おれの言葉は疑わなくていい。秘密にできないと思ったら、ちゃんとそう言う。秘密を守ると言ったら、かならず守るよ」

わたし、あなたの気持ちを傷つけた？　いえ、そうじゃない。これは、わたしを安心させようとしているのだ。また。「あなたを疑ったわけじゃないわ。本気では」

「よかった。で、彼女はどうやった？　その男が武器を放置するとは思えない」

「ええ。男自身は武器を持っていて、ジョディを脅すために使うこともあったけど、すべて彼女の手が届かないところにしまいこまれて鍵がかけてあったの」

潮目が変わる瞬間まで。

胸の鼓動が少し速くなった。緊張するとこうなる。レイエスはこのささやかな打ち明け話をたいしたことではないように扱うかもしれないけれど、ジョディにとっては想像しうるかぎり最大の裏切りだ。それでも、話す以外の道は思いつかなかった。「ジョディが閉じこめられた部屋は小さくて暗かった。ドアは外側から鍵がかかるようになっていた。コンクリートむきだしで、壁はじめじめしていたそうよ。そして、いつも寒かった」想像すると身震いが起きる。「部屋のなかにあったのは、トイレ代わりのバケツと、床に置かれた木製パレットだけ。毛布も、食べ物も飲み物もない。寒さをしのぐ手段はなにもなかった」ジョディが味わっただろう寒気を感じて、両手でコーヒーカップを包んだ。

レイエスが目を狭めて言った。「そいつが楽な死に方をしなかったことを祈るよ」

店内を見まわした。近くにはだれもいない。こちらに注意を払っている人がいるとすれば、レイエスを目で誘っている女性数人だけだ。とはいえ、その女性たちを責められはしなかった。レイエスはその存在感と体格、そして整いすぎた顔立ちで、この空間を支配しているのだから。

ほとんど聞こえないくらい声をひそめて、おぞましい話を続けた。「ジョディは木製パレットを壁にぶつけて、端を壊すことに成功したの。それを硬いコンクリート壁で削ってとがらせた」

「賢いな」

わたしもそう思った。「また男が現れる前に飢え死にしてたかもしれないけど、ジョディはみじめさを燃料にして、怒りをたぎらせつづけた。ドアのそばで待っていたら、ついに男が入ってきた」

「それで?」レイエスがうながす。

また頭のなかで光景が立ちあがり、その醜悪さに吐き気を覚えた。「ジョディはとがった木片で男を刺した。それだけで死にはしなかったけど、木片が脇腹に刺さったまま折れて、ジョディが準備していた木片はそれ一つじゃなかった。何度も何度も……男が倒れて起きあがらなくなるまで、切りつけては刺した」

「すごいな」うろたえた気配もなくレイエスが言う。「で、その部屋から脱出したんだね?」

違うと首を振った。「その前に男を部屋に閉じこめて、ドア越しに叫んだの――金庫の鍵の番号を教えるなら救急車を呼んでやる、と。男はろくにしゃべることもできなかったそうよ。大怪我をして、あたりは血だらけだった。ジョディはきっと……顔も切りつけたんでしょうね、頬は裂けて眼球まで傷ついてたみたい。男は助けてくれと言ったらしいわ、目が見えなくなる、と」

「ふざけんなよ」レイエスがあきれた声で言う。「ジョディはささやかな報復ができたみたいだな」

「男は必死だったから、鍵番号を教えた。ジョディは金庫のなかから現金と武器だけでなく、彼女のハンドバッグも見つけた。身分証明書やなんかは入ったままだった。じゅうぶんな距離まで逃げたら着替えられるように、男の服を何着か奪った。それから男の車の鍵を見つけて……」首を振って締めくくった。「逃走した」

「救急車は呼ばなかった？」

依然としてレイエスにうろたえた様子はない。「ジョディはだれにも話さなかったし、二度と戻らなかった。だれかが見つけていないかぎり、男はその部屋で死んでるわ」

「似つかわしい死に方だな」

「ジョディは何度かその家に戻りたがった。男が死んだことをちゃんと確認したいと言って。そのたびに、わたしはやめるよう説得したわ」

「それでいい」レイエスはまた食べはじめた。「現場に戻るのは危険だからね」

「そういうことに詳しいの？」

レイエスはふふんと笑っただけで、口を滑らせはしなかった。皿をつついて、食べるようにうながす。「それ以来、ジョディは人を狙うようになったのかな?」

その話は本当にしたくなかった――が、するしかない。「名前も詳しいことも知らないけど、ジョディから、妻を虐待してた男の話を聞いたことがあるわ。ジョディはその男の車に細工をして、車は橋から転落したそうよ。男は死にはしなかったけど背中を痛めて、二度と歩けなくなったと、ジョディは満足そうだった。これでもう妻をいたぶることはできなくなった、と」

レイエスは称賛も非難もしなかった。

ケネディはひたいをこすって続けた。「それから死体で見つかったポン引き二人と、そのうちの一人から十七歳の少女を買った男についても、自分のしたことだとジョディは認めてる」

「それで全部かな?」抑揚のない声でレイエスが尋ねた。

また首を振った。「子どもを餌食にしていた薬物の売人を狙って、その男も死んだわ。オーバードーズで」

レイエスがそっと言った。「ジョディは精力的だな」

「どの話も本当なら、ええ、そうね。わたしはどうにかしてやめさせようとした。そういうことはやめて、自分のためによりよい人生を築くほうに集中してほしいと訴えた」

「が、彼女にはまだそのやり方がわからない」

「ええ、そうなの。だけどこんなことを続けていたら、やめられなくなるんじゃないかと心配で――だれかがやめさせないかぎり」

「きみは心配だろうな」レイエスがまた皿をつついた。「そういうことなら、料理が冷める前に食べてくれない？　今日はあれこれ買い物しなくちゃいけないからね」

彼には考える時間が必要だったのだろう。そのあとしばらく無言だった。

食事を終えると、コーヒーのおかわりをもらった。

「あのさ、ハニー、まじでカフェインのとりすぎだよ」レイエスが言う。

「あなたにはあなたの悪癖があるでしょう？　わたしにもわたしの悪癖があるの」

「おれのはもっと楽しい」

きっとセックスがらみなのだろう。やれやれと首を振って言った。「ジョディは自分がしたことをわたし以外の人には打ち明けてないわ。一人めについては、わたしは彼女を責めない」

「当然だ」

もしもわたしがもっと勇敢で強かったなら、ジョディと同じことをしていただろう。実際はただ怯えていただけで、挙げ句、シャーリーンの命と引き換えに自由を取り戻した。

そう、わたしはジョディを責めない。むしろしょっちゅう自分を責める。

だけど一人め以外は？　ジョディが傷つけた、あるいは殺したと言っているほかの人たちについては？　どう考えたものか、本当にわからなかった。

一週間がめまぐるしく過ぎた。自宅に女性がいると、思っていた以上に楽しいときがある一方、もどかしくてたまらないこともあった。たとえば、いまではケネディがゲストルームで眠ることとか。

つまらん。

こちらとしてはケネディに腕を回して眠った夜を気に入っていたのに、彼女のほうは、次の夜にはもう自分がどうしたいかを静かに示して、以来、別々に眠っている。

一緒のほうが眠りやすいのではとそれとなく言ってみた――おれのベッドはじゅうぶん広いし、マットレスはこちらのほうが快適だと――が、腹の立つ態度が返ってきただけだった。

ケネディは礼儀正しくこう言ったのだ。「ゲストルームはすごく快適よ。どうもありがとう」それ以上、食いさがろうとすれば、彼女をせっつくことになる。

それだけはしたくない。

どうしていまさら強情になって、おれたちの相性を否定するのだろう？

別々に眠るというルールをのぞけば、なにもかもが予想以上に簡単だった。おれが――

レイエス・マッケンジーが――私生活の周りにきっちり境界線を引いていたこの独身男が、いまでは家に女性がいる生活を楽しんでいる。

それもただの女性ではなく、触れられない女性。

よもや自分がこんな状況に陥るとは、そしてそれを気に入るとは、思ってもみなかった。

最初の数日は、へとへとになるまで買い物につき合わされた。いわく、わたしを目の届かないところへ行かせようとしないあなたが悪いのよ、だそうだ。たしかに、必要なものを買い揃えてくるからモール内のレストランで待っていてと言われたのだが、こうやって苦しむのが好きなうえ、ケネディについては過保護になっているので、影のようにぴったりついて離れなかった。

支払いも面倒を見たが、ケネディはその点をずっと気にしているらしい。これまで人に助けてもらったことはないのか？　負担ではないから気にしなくていいと何度言っても納得せず、預金をおろせるようになったらすぐに返すと言い張った。

こちらも自立心旺盛なので、気持ちはわかる。だがどういうわけか、ケネディにあれこれ買ってやるという行為を男として楽しんでいる部分があった。

つまり、おれにも原始人の遺伝子が備わっていたということか？　はてさて。

結局、ケネディが値段と快適さを基準にして選び抜いたものは、どれもいい買い物と言えた。寒くなってきた秋の気候にちょうどいい暖かな服だけでなく、いまでは日課になっている夕方の散歩用にハイキングブーツも手に入れた。

幸い、ケネディも山が大好きだった。小川を見つけたり、小さなほら穴を探検したり、鳥の名前を覚えたりして、いつまでも歩いていられるらしい。二人で楽な道を行くときもあれば、手強《てごわ》い領域に赴くときもあった。どちらも楽しかったし、ケネディと一緒だとなぜか特別に感じられた。

いまやキッチン戸棚にはケネディの好きなスナック菓子も常備されている。レイエス自身はほぼ食べないが、彼女がおいしそうに食べるのを見るのが好きだった。

異常だろうか？　おれは大の大人で、セックス方面についてはどこまでも経験豊富なのに、ケネディがクッキーを食べながら唇を舐めるだけで、しびれてしまうというのは。

まじで女性を抱いたほうがいい。それも早急に。

が、そのためにケネディを一人にする気はないから……当面は禁欲生活というわけだ。

とはいえ、ケネディとの時間が楽しくないというわけではない。

「シャワーを浴びなくちゃ」ケネディがトラックに乗りこみながら言った。

「ジムのシャワーを使っていいんだよ」午前中と午後はジムで過ごすことになっていた。

ケネディはすでに基本的な動きのいくつかを上達させたが、レイエスの義理の姉であるスターリングと違って生まれつきの才能は有していない。言い換えると、ケネディには殺し屋の本能も、殺傷能力を磨きあげたいという強すぎるほどの願いも、備わっていないのだ。

むしろ重要なのは生き延びること。ジョディのように相手に重傷を負わせたいわけではないし、スターリングのようにその場にとどまって戦いたいわけでもない。

ケネディが求めているのは、逃げられるだけのアドバンテージだ。

「共同シャワーってちょっと苦手で」ケネディがそう言って鼻にしわを寄せる。「いつもほかの人がいるでしょう?」ちらりとこちらを見た。「女性が平然と裸で歩きまわるって知ってた? 髪を乾かしたり、友達とおしゃべりしたり、化粧をしたり、そのあいだずっとすっぽんぽん」

いや、それは知らなかった。興味深い。「きみにはできない?」それとも過去のせいで、人前で体をさらすことに強い抵抗を覚えるようになった?

ああ、そのほうがありうる。顔をしかめ、付近にジョディを含めてだれもひそんでいないことを確認しながら、運転席に乗りこんだ。

「昔から、体にはあまり自信がないの」

「理由がわからないな」正直に返した。

ケネディは苦笑いをし、目を伏せて続けた。「オフィスの洗面台を借りて顔は洗ったし、服も着替えたけど、ゆっくりシャワーを浴びるのとは違うから」

たしかにそうだろう。しかし、いまはケネディが温かいしぶきをのんびり浴びているところは想像したくなかった。

数えきれないくらいたくさんの面で、ケネディは兄の妻と正反対だ。スターリングなら、似たような状況に置かれたとしても、シャワーばかりかそこにいる全員まで牛耳るだろう。ある意味、そういうリーダー的な性格だからこそ、ケイドにとって完璧な相手になりえているのだ。

だがおれは、自分と同じくらい容赦ない女性にそばにいてほしいとは思わない。

「本当だよ。きみはすてきな体をしてる」

ケネディの目が丸くなった。「わたしの体を見たことはないでしょう」

「ぴったりしたショートパンツ姿なら見たことがある」片方の肩を回した。「極上のヒップをしてるよな」

ケネディが危うくむせかけた。「ごくじょ……」やれやれと首を振った。「ええと、ありがとう？」

体をさらすことに抵抗があるのは性格の一部であり、過去の置き土産ではないとわかったので、かわいらしいと思えた。「まずいことを言ったかな？ ごめん。シャイな女性はあまり知らないんだ」

「シャイってわけじゃないわ。たいていのことについては」

「ヒップについてだけ？」

ケネディが笑って肩をたたいてきた。「今日はかなり作業が進んだ。あなたのオフィスは居心地がいいわね」

ジムにいるときのケネディは、数時間レイエスの指導を受けたあと、オフィスにこもって本の執筆作業をする。すでに刊行されている一冊はあらかた読んだが、それでますますこの女性から離れがたくなっていた。

視界のなかにいてくれたほうが、ずっと安心できる。

「そう言ってもらえてよかった」

家へ向かう幹線道路に出ると、ケネディがハンドバッグから携帯電話を取りだして、テキストメッセージを確認しはじめた。いつものパターンだ。訓練や執筆のあいだは、気が散らないように携帯電話はバッグのなか。

いま、助手席でメッセージをチェックしていたケネディに異変が生じた。

トラックを停めて全神経を彼女のほうに向けたい気持ちと、すぐにでも安全な家に連れ帰りたい思いがせめぎ合った。おれはケイドではない。常に冷静沈着な男では。「どうした？」

「きっと気に入らないわよ」

だろうな。きみの顔にそんな心配そうな表情を浮かべさせるものは、なんであれむかつく。「それでも教えてくれ」

うなずいて、ふたたび携帯の画面に視線を落とした。「ジョディからメッセージが届いたの」

別に悪いことではない。というか、そうでないよう願いたい。「ずいぶん時間がかかったな。彼女、なんて言ってる？」

ケネディは下唇を噛んだ。「その、わたしに忠告してきたの、あなたは危険だって」

「おっしゃるとおり」ちらりと助手席を見た。「でも、きみにとっては危険じゃない」

「あなたは行く先々に破滅をもたらすって」

鼻で笑ってしまった。どうしてジョディが知っているんだ？「ちょっとオーバーだね。まあ、好きなように言えばいいけど」

「わたしは気にしないわ。あなたが容赦ないこともできる人で助かってるもの」

「じゃあ問題は？」

「今夜、わたしに会いたいって」

「だめだ」

「彼女のところに来ればいいって――」

「絶対にだめ」

ケネディが眉をひそめた。「あなたって、怒ったりびっくりしたりするといつも語彙力が低下するのね。気づいてる？」

「おれはびっくりしたりしない」心外だと言わんばかりに顔をしかめた。「ただ、どこへも行ってほしくないんだ。きみの友達は不安定な状態かもしれないから」

ケネディは否定しなかった。

もしもケネディがおれのもとから逃げだすことに決めたらどうしよう？　まだ安全ではない。というより、たしかなことはまだなにもわかっていないし、わからない以上、なにも解決できないので、ケネディはいまだ危険にさらされている。「ジョディが火事の現場にいたのは覚えてるよね？」

「忘れられると思う？」

せめてもの救いだ。状況をざっと検討して、家族ならなんと言うだろうかと考え、肩をすくめた。家族はここにいないのだから、おれが決めるしかない。家に着いたらケネディはまたゲストルームに立てこもるだろうし、そうなれば説得の道は絶たれてしまう。「どうしてあの場にいたのか、訊いてみるいい機会かもしれないね。反応を見るためにも」

ケネディはしばし考えてから、言った。「訊けば、どうして知ってるのかと訊き返されるわ」

「あるいは否定されるか」

「わたしに嘘をつくとは思えない。わたしの知るかぎり、ジョディは一度もわたしに嘘をついたことがないもの」

「じゃあ本当のことを言えばいい。通りの先の防犯カメラが彼女の姿をとらえてたって。

もちろんマディソンについて触れる必要はない」

「隠し事をしながらうまく質問できるかどうか」

「残念だけど、ハニー、やるしかないよ。ジョディがどう関与してるのかわからないかぎり、本当には彼女を信用できないんだ」

迷っているのだろう、携帯電話を見つめるケネディの眉根は寄せられていた。「わかった。電話にするべき？　それともテキストメッセージ？」

「電話だな。スピーカーフォンでしゃべって」

ケネディは深く息を吸いこんで、胸をふくらませた。「ああ、ひどい裏切りを働いてる気分よ」

「ごめんな」本心から言った。「だけどきみの安全が第一だ。ね？」

うなずいて携帯の画面に親指を近づけ……ついに電話アプリのアイコンに触れた。

一度の呼び出し音で、切羽詰まった声が応じた。「ケネディ、よかった。ねえ、無事だって言って」

「ええ、わたしは無事よ」

「だれかがあなたのアパートメントにわざと火をつけたんだよ」

さっとこちらに向けられた目は、〝ほらね？　彼女に嘘はない〟とでも言っているようだった。「知ってる。わたしはちょうど旅行から帰ってきたところだったの。ぞっとしたわ」

「だからあんな大男と一緒にいるの？」

「通ってるジムで知り合った人よ」携帯電話を口元に近づけて言う。「ジョディ、あの夜、わたしのアパートメントでなにをしてたの？」

「あなたのために見張ってたの。まだ旅先だって知らなかったから、建物が火に包まれてるのを見たときは気が動転しちゃった。なかにいるって思って」

「でも、どうしてあの場にいたの？」問いを重ねた。

「それより聞いて。あの大男にあれこれしゃべっちゃだめ。あの男は信用できない。すごく怪しい」

「そんなことないわ」ケネディが言う。「ジョディ、彼は善人の一人よ」

「善人なんてこの世に存在しない。どいつもこいつも汚らわしいうじ虫だよ。そんなの、とっくにわかってるはずでしょう！」

レイエスは手を伸ばしてケネディの膝に触れ、気にしていない、むしろジョディが怒るのは当然だと無言で伝えた。

ケネディはうなずき、穏やかに言った。「わたしのことは信じてるでしょう？　だったら、わたしには怪物と守ってくれる人の見分けがつくと信じて。レイエスはわたしを傷つけたりしない。絶対に」

「肉体的にはそうかもね」ジョディがあざけるように言った。「男のなかには女性を便所代わりにするのもいる。あれはそういうタイプだよ。あいつが複数の女性とヤッてるって知らないの？　あなたを連れていったあとにだよ？」

ケネディの両眉があがった。「わたしを火災現場から救いだしてくれたあと、彼はどこにも行ってないし、空いてる時間になにをしようとそれは彼の自由だわ。わたしたちはそういう意味で一緒にいるんじゃないもの」

どういうわけか、ケネディのその言葉が気に障った。そりゃまあ、たしかにそのとおりだが……。

ジョディは不信もあらわに、鋭く言い放った。「そいつが女性を利用してることは気にならないの？」

口調が激しくなった。つまり怒りの瀬戸際で、軽く押せば一線を越えるということだ。

「ジョディ、あなたは彼をよく知らないけど、わたしは知ってるわ。彼がだれかと肉体関係にあるとしても、それはまず間違いなく、合意のうえでよ。彼が相手の女性を嘘でだますとも思えない。きっと女性のほうも束縛のない関係に満足してるはずだわ」

そう話すあいだ、ケネディはこちらの目を避けていた。

新たな不安が芽生えた。最近は女性三人としか会っていないが、もしジョディが彼女らの存在を知っているのなら、少し前からおれを見張っていたことになる。

であれば、おそらくケネディのことも見張っていて、ジムでおれと一緒にいるのを目撃しているに違いない。

ケネディも同じ結論にいたったのだろう、こう言った。「ねえ、ジョディ。いくつか教えてほしいことがあるの。まず、どうしてわたしのアパートメント近くにいたの？」

ジョディの声からいっさいの熱が消えた。「あなたはわたしにとって家族みたいなものだから。わたしにとって唯一の家族。少し前から見守ってた」

ケネディが助手席の背にもたれて青ざめた。「見守るって、うちのアパートメントの外をうろついて？　わたしのあとを尾《つ》けて？」

「ときどきね。あなたを困らせてた豚野郎を覚えてる？　わたし、あなたを困らせるやつは確実に消したいんだ。わたしと違ってあなたは戦わないから」

ケネディはつかの間、目を閉じて、うなずいた。「そうね。戦う技術を覚えようとしてるし、少しは上達したわ。だけど戦士の心意気をもってるかと問われたら、答えはノー」

ちょっと待て！　いまの声にひそんでいた羞恥心はなんだ？　この女性は間違いなく戦士の心意気をもっているのに。だれの目にも明らかなのに。

「あなたが町を離れてたのは知ってた」ジョディが続ける。「あなたの予定は把握するようにしてるから」

ケネディがこちらの目を見た。

胸が騒ぐのを感じながら、家へ向かう私道に入った。うなじの毛が逆立って、ふだん以上に慎重に周囲をチェックした。

「そうなの」ケネディが落ちつかせるような声で言う。「あの場にいて、なにか見た?」

「もうあなたは戻ってるんだと思ってた。戻ってるはずだったから」

「いろいろと遅れて」ケネディがひたいをこする。

「よかった。だってもしそうじゃなかったら、いまごろ……」言葉が途切れ、激しさとともに戻ってきた。「変な男二人があなたのアパートメントの周りをうろついてるのを見たの! 怪しいと思ったけど、やっぱりそうだった」

ケネディが言う。「わたしは火事に気づいて、レイエスに電話したの。レイエスは車で迎えに来てくれた。それは見た?」

「ううん。全員がアパートメントから避難したって聞いて、あの場を離れたの。そのときだよ、あなたがなかにいなかったって知ったのは」

ジョディがすでにあの場を離れていたなら、二人組を殺したのはだれだ?

ケネディはまさにその点を突いた――意外にも、ずばりと。「さっきあなたが見たと言った怪しい二人組は、頭を撃たれて遺体で発見されたわ」

「知ってる」ジョディが言う。「いい厄介払いだね」

ケネディの身がこわばった。「まさかあなたが……?」

「やってないけど、チャンスがあったら確実にやってた」重い決意に声が低くなる。「ああいうのが存在しないほうが世界はよくなる。わたしにはチャンスが訪れなかったから、ほかのだれかがやってくれたならうれしいわ」

「でも、だれが？」

「あなたのボーイフレンドだと思ってた」

「彼はわたしのボーイフレンドじゃないってば。もう言ったでしょう」

「ごめん。そんなに怒らないでよ。ちょっと言ってみただけなんだから。だってあの人ならできそうだし。あの人じゃないって断言できる？」

「できるわよ。言ったでしょう、彼はわたしと一緒にいたの」

「そうだよね、わかった。じゃあ、別のだれかがやってくれたんだ」

ケネディは刻一刻と疲れた顔になっていく。「レイエスのことも尾行してたの？」

「たまに。だって、うちのかわいい娘を安心して任せられると思う？」せっかくの冗談も滑って終わった。「あの男は不気味だよ」

疑念を深めてケネディが尋ねた。「彼がつき合ってる女性たちのことは知ってるの？」

「知らない。調べようか？」

「だめよ！　絶対にだめ」

レイエスはケネディの膝をぎゅっとつかんでから、車庫のリモコンのボタンを押して車をなかに入れると、すぐにまた扉を閉じた。

これでもうケネディは少々危ない友達にさらされていないと思うと、気が楽になった。尾行している者はいなかったが、ジョディがじつは優秀で、家の敷地内のどこかにうまく身をひそめているという可能性もゼロではない。

ケネディが深く息を吸いこんで、気を静めようとした。「ジョディ、お願いだからなにもしないで。本気で言ってるのよ。わたしは大人だし、自分の面倒は自分で見られるわ」

「うん、そうだよね」その声には皮肉がこもっていた。

対照的にケネディの声はやわらかだった。「いまのはやさしくないわよ、ジョディ」

数秒が流れ、ジョディが言った。「ごめん。わたしはただ、またあなたが傷つくのを見たくないだけ」

「だったらレイエスのあら探しはやめて、彼のガールフレンドも放っておいて。それと、どうかわたしの直感と頭を信じて」

「つまり、この先もあの男のところにいるってこと?」

「彼がどこに住んでるか、知ってるの?」背筋を伸ばしてささやくように尋ねた。「家まで尾けたの?」

「ううん。でもジムで見かけたし、それぞれの女性の家を訪ねていくのも見たよ」間を空けて言う。「用心深い男だよね。尾行するのは難しい」ふうっと息をついた。「ねえ、いつ会える？」

　会う約束をしてほしくなくて、レイエスは首を振った。

　ケネディはすんなり受け入れた。「いつになるかしら。いまは本の執筆作業を進めつつ、火事だなんだでがたがたになった人生を立てなおそうとしてるところだから」

「プラス、一人で出かけるのは安全じゃないから？」

「ええ、それもある」

「わかった。じゃあその大男のところにいればいいよ。でも約束して。もしそいつがなにかしたら、どんなかたちでもあなたを傷つけたら、すぐに知らせるって。わたしがこの手で息の根を止めてやる」

　まったく、尋常じゃない。ちらりと見ると、ケネディがぞっとした顔をしていたので、もう一度、首を振って伝えた――おれは心配していないから、きみも心配しなくていい、と。

　こちらの目を見つめたまま、ケネディが言った。「どんなかたちででも彼を傷つけようとしたら、絶対に許さないわよ、ジョディ。わかった？」

「了解。どうせいまはほかの男のことで手一杯だし」

「ええ？　どういうこと？」

「また連絡するね。それと忘れないで――わたしが必要なときは、電話一本で飛んでいく」

ケネディが身を乗りだした。「ジョディ、待って――」

通話は雷鳴の静けさで切れた。ケネディはすぐさまかけなおしたが、今回、ジョディは応じなかった。

「大丈夫だ」レイエスは言った。ジョディのせいでケネディが動揺しているのが気に入らなかった。「深呼吸しろ、ベイビー」

ケネディは大きく息を吸いこんだが、たったいま聞かされたすべてにうろたえているのが傍目《はため》にもわかった。時間を与えたくてそのまま待っていると、頭上の照明が自動的に消えて、車庫内を影で満たした。

きびきびとトラックのドアを開けて外に出た。ケネディの表情が気になってしょうがなかった。この女性はすでにじゅうぶん心配事を抱えているのだから、そこにジョディまで加わらなくてもいいじゃないか。

目的をもった足取りでトラックのボンネット側を回った。さすがに今回はケネディもまだ助手席に座ったままだった。こちらの紳士的な行動を待っているのではなく、恐怖のもやに包まれて動けないのだろう。

シートベルトをはずしてやった。「おいで、ハニー。きっと大丈夫だ」ハンドバッグとジム用バッグを拾ってから腕をそっとつかむと、ついにケネディも反応した。

こちらを見て、ささやくように言う。「ジョディはどうかしてるわ」

「そのようだね」トラックからおりさせつつ、その小柄さをいつも以上に意識した。ウエストに片腕を回し、家のなかへ導く。「だけどそれはきみが解決すべき問題じゃない」

「ジョディはわたしの友達よ」

「ジョディはきみに執着してる」明白な事実をだれかが指摘しなくては。「健全じゃない」

「あなたも聞いたでしょう」ケネディはマッドルームで足を止めてスニーカーを脱ぎ、ジム用バッグとハンドバッグを受け取った。「ジョディにはわたし以外に頼れる人がいないの」

ジムでワークアウトしたせいでくしゃくしゃになっている髪をそっと撫でた。青い目は大きく繊細で、唇は震えている。

これまでほかの女性に感じたことがないほど、この女性を抱きたいと思った。

「一緒に解決しよう、な？　だけどまずは、ジョディがおれを尾行してたことをマディソンに知らせないと。だって、ジョディは知ってる……」しまった。後頭部をさすった。

「あなたのお相手の女性たちのことを？」ケネディの口調はどうでもよさそうだったが、少しばかり大げさで、本当らしく聞こえなかった。「そうね、マディソンに知らせたほうがいいわ」くるりと背を向ける。「ああ、早くシャワーを浴びたい」

そのまま行かせた。なにを言えばいいのかわからなかった。

ケネディはおれを熱心に弁護してくれた。女性を軽々しく扱ったりしないとはっきり請け合ってくれた。アネットとキャシーとリリのことまでかばってくれた——三人ともしっかりした女性で、自分のことは自分で決められるはずだと、正しく事実を見きわめて。

嘘をついて女性をベッドに連れこんだことはない。

これからも絶対にそんな真似はしない。

望んでいるのはセックスだけ——そういう女性とのみお近づきになってきた。

そんなおれが、こうしてケネディのそばにいる。守ってもらうことしか望んでいない女性のそばに。

いまはそれもどうでもいいことに思えた。ケネディはほかのどんな女性よりもおれを知っている。ある意味では、おれの家族よりも。

ジョディが自分の犯行として認めた事柄についても調べなくてはならない。

ケネディを守ることがいまなお優先順位の一位だ。そのためにも、そばにいなくては。

家のなかを歩きながら、同時進行で片づけなくてはならないあれこれについて考えた。

頭のなかの混乱もどうにかしなくてはならないが、いまは妙に……満ち足りていた。

理由はケネディ。それについてはどうしたらいいのか見当もつかない。おれはいまだに頑固な独身貴族だ。兄のケイドはこの七面倒な〝真剣な関係〟というやつを、ものの見ごとにゴールまでもっていったが、しょっちゅう自分に言い聞かせているとおり、おれは兄貴とは違う。おれの人生に女性はうまく収まらないのだ。父によってかたちづくられたこの人生には。

とはいえ、ケネディがおれの人生の一部になりたがっているとも思えない。それならどうしてこんなにくよくよ悩むのか？

なぜって彼女が欲しいからだ。猛烈に。

それなら手に入れられるかもしれない……ただし、彼女のほうも同じものを望むなら。

7

「このままあんたに任せておいて、本当に大丈夫なんだろうな？」デルバート・オニールは尋ねた。この荒れ果てた山小屋で、たばこを吸うか考えるか以外にやることもないまま腐っているのにも、ほとほとうんざりしていた。通りに戻りたかった。コネを駆使して女を手に入れ、貸し出したい。それができるようになるまでは、わずかな蓄えを食いつぶすのみ。

「我慢ってものを覚えろよ」ゴリーに言われるのも、もはや百回めだ。「我慢の見返りは大きいぞ」

なにをくだらないことをと腐しつつ、こいつとは共通点がほぼないなとも思った。デルバートにとって、女を売るのはビジネスだ。が、このみじめったらしい計画の相棒にとっては、そうではないらしい。ゴリーは骨と皮のようなある女に執着していて、そいつをつかまえて実行したいイカれたあれこれを用意しているのだ。

おまけにとことん嫌悪感を催させる。本気で吐き気を覚えるようなやつにも会ったことはあるが、一人としてこの男ほどヤバくはなかった。前歯が二本欠けていて、はげ頭はいつも汗ばんでおり、シャツの裾からはほぼ常に腹が出ているだけでじゅうぶんだろうに、脳みそが誤作動を起こしているかのごとく、始終にたにたしているのだ。

胸くそ悪い。

意を決してたばこをもみ消し、立ちあがってゴリーをにらみつけた。「もう少しだけ待ったら、おれは先へ進むぞ」

そうとも、おれはケネディをつかまえたいんだ。おれを怒らせたことへの詫びをさせたいんだ。なにより、脅威としてのあの女を排除したいんだ。世間はおれを忘れたかもしれないが、ケネディだけは――

絶対に忘れないだろう。それは間違いない。時間はかかったが、ようやくここコロラド州にいるとわかった。永遠におさらばできるまであと一歩だが、慎重に進まなくてはならない。だからこそ、いま木の椅子を揺らしながら鼻歌を歌っている不気味野郎と手を組むことにした。

あの異様な態度よりさらに薄気味悪いのは、あいつの顔だ。どうせ生まれたときから不細工だったのだろうが、病的な執着のせいで地獄から来た悪魔のような趣が加わった。

そこに、にたにた笑いがいっそう拍車をかけている。

ああ、やはり早々にケネディが見つからないなら、とっとと損切りをして先へ進もう。

新たなたばこに火をつけた。

どんな女にも、これほどの手間をかける価値などない。

その夜、ケネディはいつものようにゲストルームにこもるのではなく、おずおずとリビングエリアに出ていった。これまでは、なるべくレイエスの空間を侵さないようにしてきた。

こちらに合わせるために、レイエスはもうじゅうぶん生活を組み立てなおしている。こんな人がいるだろうか？　ただの知り合いにここまでしてくれる人がいる？

ここに一人、いたらしい。

たしかにレイエスはときどき傲慢だし、自身の能力を高く評価しているのも否定しようがないし、露骨なまでのセクシーぶりは、その身長や恵まれた容姿と同じくらいこの男性の一部だ。

けれど、それだけではない。賢くて、思いやりがあって、やさしくて、問題解決能力があって、有能で。

誇り高くて。

ゴージャス。

もうさんざん迷惑をもちこんでいたのに、ジョディの気まぐれでさらに困らせるようなことになってしまった。これ以上を求めるなんて身勝手このうえないとわかっていてなお、わたしはこうしてここにいる。

　レイエスはソファの上に寝転がって頭を肘かけの隅にのせ、たくましい片脚は座面に沿って伸ばし、もう片方の脚は床におろしていた。引き締まったお腹にノートパソコンをのせて、なにやら熱心に読んでいる。

　それでも当然のように、こちらの静かな足音は聞き逃さなかった。この男性が気づかないことなどそう多くない。

　レイエスが視線をあげて、用心深い表情になった。「やあ」

　夕食の後片づけはわたしがやると言い張って、できるだけ長くキッチンにとどまったのは、あまりにも胸が騒いで一人になりたくなかったからだ。八時半を回ったころ、ようやくゲストルームに向かった。それが一時間ちょっと前。最近の日課から、朝まで出てこないものとレイエスは思っていただろう。けれどゲストルームでうろうろしていると、一秒ごとに不安が募ってきた。この暴れまわる感情をどうにも静められなかった。

　そして、レイエスについて考えるのをやめられなかった。

　ジョディを信じていないわけではない。実際、信じている。ジョディがわたしに危害を加えるとも思わない。レイエスも言ったように、ジョディはわたしに執着しているだけだ。けれど、もしジョディがレイエスに危害を加えたら？　レイエスはそんな可能性さえ否定するだろうけれど、人間は銃弾をよけられない。ジョディは高性能ライフルを持っている？

　正直、わからない。

　もう一つ、頭のなかにもぐりこんできた心配の種は、ジョディが境界線というものを理解できない点だった。わたしを守るとなると熱が入りすぎて、正しいこととそうでないことの区別がつかなくなるのだ。

　ジョディはやりすぎるだろうか？　その結果、怪我をするだろうか？　おそらく。

　そしていま、わたしはここにいる。レイエスを案じて、罪悪感に苛まれて、ジョディを心配している――レイエスのお相手の女性たちも心配だ。

　レイエスがノートパソコンを閉じて脇に置き、上体を起こした。「大丈夫？」

　こうして向き合ってみると、思っていた以上に気まずかった。

　首を振って、大丈夫ではないと伝えた。

　瞬時にレイエスが立ちあがり、両手で肩をつかんで引き寄せてくれた。「ジョディのせいで落ちつかない？」

「ええ」この男性に抱きしめられるのは気持ちがいい。よすぎる。こんなにレイエスに依存するのは危険だと思い、体を離して物理的な接触を断った。「ずっと考えてたの」

　レイエスは続きを待ったが、その先をうまく言葉にできずにいるのを見て、そっと相槌《あいづち》を打った。「そうか」

これには笑みが浮かんだ。ばかなレイエス。いつだってわたしを安心させようとして。いつだって成功する。「座ってもいい？」

「もちろん」そう言って場所を空けたので、並んで腰かけた。

こんな〝おれさま〟気質の大男が、いつもやさしくしてくれる。きっと混乱させてしまっただろうと思いつつ――というより、わたし自身も混乱している――レイエスに寄りかかった。

ああ、温かくてたくましい。片手を胸板にのせて、肩のラインに寄り添った。「話があるの、聞いてもらえる？」

「いいよ」

「女性のところへ行きたいなら、そうして」

レイエスの動きが完全に止まった。が、一瞬のことだった。「おい、ケネディ――」

「最後まで言わせて」

レイエスは唇を引き結んでこちらを見おろしていたが、ついにしぶしぶうなずいた。

「わたしのそばにいなくちゃいけないと思ってるのは知ってるけど、ここにいさせてくれるだけでじゅうぶんよ。仮にあなたがいなくても、ここなら安全でしょう？　一人で外に出ないって約束するわ。わたしのせいで、あなたまで閉じこもる必要はない」

「もうしゃべっていい？」

「まだよ」ああ、難しい。「もし今夜は出かけないなら――」

「出かけないって知ってるだろ？」

ああ。安堵でへたりこみそう。だけどわたしが許可したからというだけで、彼が一目散に駆けていくと、本気で思っていたの？

許可以上のことをするべきなのかもしれない。

背中を押すべきなのかも……欲求を満たしていらっしゃいと。

考えただけで心がささくれ立ちそうだけど、もう決心したのだ、レイエスにはフェアであろうと。「あなたが夜を自宅で過ごさないことはうすうす知ってたわ。ジョディのおかげで裏づけられたし、だから、そういう意味で遠慮しなくていいのよ。あなたにはあなたの人生を楽しむ権利がある」

「おっしゃるとおりだね」そう言うと、まるでクッションを扱うようにやすやすと、こちらを抱きあげて膝の上にのせた。たくましい腿に着地した瞬間、神経がお尻に集中する。

「あれをしろ、これをするなとおれに命令する人はいない。ケイドはときどきやろうとするし、父もしょっちゅうがんばるし、バーナードさえ一度や二度はやってみようとした」

わたしはレイエスの膝に乗っている。たったいま彼が言ったことはすべて右から左へ抜けていった。

こんな体勢は生まれて初めてだ。最後にだれかに抱っこされたのはいつのこと？

思い出せないくらい昔。

「聞いてる？」

いえ、あまり。なぜかレイエスは家族をつらつら挙げたけれど、その人たちはこの状況に関係があるのだろうか？　考えてもよくわからない。

膝の上で固まったまま、ちゃんと話を聞こうとした。けれど……。

思いきってゲストルームから出てきたときに、こんな展開は予想していなかった。

大きな手が顔に近づいてきて、そっと頬を包んだ。「聞いてくれって」

素直にうなずいた。「ええ、聞いてるわ」

レイエスは疑わしそうな顔をしながらも、親指であごをすくい、上を向かせた。「出かけたいと思ったら、出かけるよ」

「ここでわたしと閉じこめられていたいわけがないもの」

「どうして？　きみといると楽しいよ」あごの下の親指がゆっくりと愛撫《あいぶ》しはじめる。

「少なくとも、きみがあの部屋に隠れてないときは」

隠れる、か。みごとな要約だ。「その、なにもかも勝手が違うから。わたしは一人でいることに慣れてるの。どうしたらいいかわからない」

「おれを？」

その訊き方はなぜかセクシーに響いて、愚かにも、体の奥のほうがぞくぞくした。動揺とも不安とも違う理由で。「わたしはデートしないの。リラックスして男の人となにげない会話を楽しんだりしない。男性の膝に座ったこともない」

「だから？」

そうよね。わたしはなにが言いたいの？　「講演をして、聴衆と向き合って、質問に答えて、家に帰って本を書くの」

「一人で」

「そのほうがいいの」というか、前はそのほうがよかった。いま、ここに――レイエスの膝の上に――いると、もはや一人でいるのもそれほど魅力的には思えなくなっていた。

目で目を探られた。「つまり、おれはここにいないほうがいいって言いたいのかな？　おれと一緒じゃない時間がほしいってこと？」

「違う！」この人をこの人の家から追いだすなんて、絶対にしたくない。両手のやり場に困って、自身の膝の上で重ねた。レイエスのほうはこの体勢を意識していないかもしれないが、わたしは意識しまくっている。「じつは、お願いがあるんだけど」

「なんでも言って」

一人でぐずぐず悩んでいるより、言ってしまったほうが楽だろう。早口に尋ねた。「出かけないなら、また一緒に眠ってもいい？」

家のなかがしんと静まり返り、一定のリズムで脈打つ胸の鼓動まで聞こえた。

レイエスが咳払いをした。「寝る支度はできてる？」

まだ夜の十時だけど……。「できてるわ」

「そりゃよかった」言うなりこちらを膝の上から床におろして、ノートパソコンをテーブルに移動させると、照明を消しはじめた。

それを眺めながら言った。「ジョディと話したせいで、思ってたより神経が高ぶってしまったみたいで」

「あんなお嬢さんにはだれだって不安にさせられるさ」レイエスが言い、唯一、まだ灯《とも》っている階段近くの明かりの下に立った。

「一人では眠れそうにないの。いろんな問題をずっと考えてしまいそうで。だけどここでの最初の夜は、あなたのとなりでよく眠れたから」

レイエスが片手を差し伸べた。「きみが言ってることも、言ってないことも、ちゃんとわかってるよ。妙な勘違いはしないから、安心して」

二歩近づいて、足を止めた。「出かけろって言った直後に一緒に寝てくれと頼むなんて、筋が通らないわよね」

「完璧に通るよ。で、おれは出かけないんだから、同じベッドで横になったほうがいい」

なにも訊かずに受け入れてくれるのだから、驚いてしまう。こんな状況に陥ったことなんてないだろうに。

本当に、わたしをそこまで理解してくれているの？　差しだされた手をつかまずにはいられなかった。何度も差し伸べられてきた手を。歩調を合わせてくれる彼と一緒に階段をのぼった。

買い物ツアーのときに暖かいパジャマも手に入れていた。体にぴったりフィットするあったかズボンと、揃いだけれどこちらは締めつけのないトップスだ。シャワーのあと、忍び寄る頭痛を追い払おうと、髪はおろしていた。歯は磨いたし、スキンローションもつけたし、あとは……あとは、四方八方に飛び交ってどんどん不穏になっていく思考をどうにか落ちつかせたい。

寝室のドアを開けながら、レイエスが言った。「歯を磨いてくる。先にベッドにもぐってて」バスルームに入ってドアを閉じた。

ジムでシャワーを浴びているはずだから、ジーンズを穿いているのはこちらへの配慮ゆえだろう。わたしがゲストルームで暮らすようになってからの、レイエスの習慣だ。

別の部屋で寝起きするようになったのは、彼にとってふだんどおりだという、あの裸に近い格好に恐れをなしたからだと思われているのかもしれない。

実際は、ああいう姿を見るのは好きだった。過去の落とした影からは一生逃れられないとしても、別に目が見えなくなったわけではない。いろんな意味で、レイエスは芸術品と言える。きれいな骨格と、盛りあがった筋肉と、そそる胸毛が魅惑的な、生きた彫刻だ。

ドアが開いてレイエスが戻ってきたときもまだその場にたたずんでいた。

片方の口角をあげて、レイエスが言う。「動かなかったんだね」

「考え事をしていて」

「へえ？　ジョディのこと？」

首を振って尋ねた。「どうしていつもジーンズを穿いてるの？」

レイエスが足を止め、穿いていたのを忘れていたかのように自分を見おろしてから、あごを掻いた。「そうするのが礼儀かなと思って」

ため息が出た。「わたしが落ちつかないんじゃないかと思って？」

「それもあるし、危険は冒したくなかったからね」

ベッドに向かいながら言った。「それはないから安心して。もしあったとしても、わたしに合わせて日常を変えないでほしいの。あなたが快適に過ごせることが第一よ。わたしはそうしてほしい。ね？」

「じゃあ、おれが裸で家のなかをうろつきまわってもかまわないんだね？」

ふとんをめくってマットレスに片方の膝をつき、もぐりこもうとしていたところにそんなことを言われて、顔から突っこみそうになった。「裸で？」床に足を戻して腰に両手をつき、疑いの目でレイエスを見た。「からかってるだけでしょう。あなたが裸のままふんぞり返って歩くわけがない」

「ふんぞり返りはしないかな」

頭に光景が浮かんだ……。「ふざけないで、レイエス」とがった声にレイエスが笑った。「ごめんごめん。楽しめるときに楽しまないとって主義でね」大きな笑みを浮かべてジーンズを脱いだが、ボクサーパンツは穿いたまま、明かりを消してベッドにもぐった。

一人残されては間抜けな気分だった。「じゃあ、全裸で家のなかを歩きまわることはしないの？」

「しょっちゅうはね」

これには吹きだしてしまった。動揺させたくてそんなことを言ったに違いない。ひんやりしたシーツのあいだに滑りこむと、すぐさまレイエスに引き寄せられて、大きな体にぴったり密着した。

ミントの香りの息が頬をくすぐる。「おれから離れないなら、どんな格好でもいいから、楽なようにして。で、一緒に眠ろう」

「あなたにも楽にしてほしいんだけど」ひそひそ声で返した。

「一応言っておくと、このほうがずっと楽だよ、きみと別々の部屋で眠るより」

彼のほうに首を回したものの、目はまだ暗さに慣れていなかった。すぐ近くにいることは感覚でわかっても、表情まではわからない。「前に言ってたわね、ここに女性を連れてきたことはないって」

「ないよ」大きな手が髪を撫でて耳の後ろにかけてくれる。そのやさしさが胸に響いた。

「家に一人でいるのと、下で女性が眠ってるって知ってるのとでは、別物だ」

体温が上昇したのだろう、漂ってきた彼の香りに包みこまれた。「こうしてると気持ちいい」

「すごくね」そう言って、頭のてっぺんにキスをする。「さあ、眠ろうか」

大きな体に寄り添って、深くなっていく呼吸を聞いていると、やがて体に回されている腕がだらりとしてきた。眠ったのだろう。

レイエスのような男性はどこにもいない。

考えもせずにささやいていた。「あなたがわたしを求めてなくてよかった。そうでなかったら、こうできなかったもの」

とたんにぐいと引き寄せられ、低くざらついた声が耳元でささやいた。「一目見たときからきみを求めてるよ。そこは誤解しないで」

目を見開いてしまった。

「お互い、同じベッドで横になるのが気に入ってるんだから、これからは一緒に眠ろう。眠るだけ。で、もしそれ以上が欲しくなったら、ひとこと言ってくれるだけでいい」話はおしまいとばかりに耳にキスをして、言った。「さあ、寝よう。こんな話を続けてたら、ムスコが目を覚ましちまうし、そうしたらきみは気まずくなって、二人ともぜんぜん休めなくなるぞ」

レイエスがわたしを求めている？　話しているだけで固くなるほどに？　なにを言えばいいのかまるでわからなかった。ただ目を丸くして闇を見つめ、心臓はギャロップで駆けて……じつに馴染みのないぞくぞくする感覚が胸をとらえた。

信じられない。レイエス・マッケンジーは不可能を可能にした。

わたしの好奇心を目覚めさせた。こうなったら、それについてどうしたらいいのか、ぜひとも突き止めたい。

ふたたびの週末、レイエスは口笛を吹きながら家のなかを歩いていた。性的欲求不満を抱えていてもこれほどハッピーでいられるとは知らなかった。ケネディを相手に禁欲を貫くことには大きな意味がある。一緒に眠るようになって数日が経っていた。

ケネディは日々、いつ、どうやってこの家を出ていこうかと考えている。無理もない。調査は新たな手がかりも追うべき情報も見つからないまま、行き詰まっているのだから。ケネディは人生を先へ進めたいと思っている。

おれは日々、もうしばらく彼女をとどまらせるほうにますます気持ちが傾いていた。

いつまでかはわからない。いずれケネディには自身の家が必要になるが、それについて考えるたびに、いやな予感がするのだ。なにかがおかしい。ケネディを狙った人物がだれにせよ、いまは身をひそめているだけだ。かならずまた影から這いだしてくるし、そのときにはケネディのそばにいて確実に守ってやりたい。

そのケネディはいま、キッチンテーブル用の椅子に腰かけ、例によってコーヒーを飲みながら、考え事をしているようだ。

いまではコーヒー二杯分ではなく、ポットになみなみ淹《い》れるようになっていた。たまにこの女性は、不安とカフェインとを糧にして生きているように思える。それと、ほかの人に自分と同じ運命をたどらせないという固い決意と。

「今日は土曜だ」言いながら、彼女の視線がこちらの体に向けられるのを感じた。言われたとおり、朝はボクサーパンツ一枚というスタイルに戻っていた――少なくとも、日々の身支度をするまではこの格好だ。眺められていることに気づいたのも一度や二度ではない。

あの熱心な観察はいったいなにを意味しているのだろう？　これがほかの女性であれば、まあ、容易に察しがつく。だがこれはケネディだ。つらい過去をもつ女性。

「そうね」笑顔が返ってきた。「パンケーキ、おいしかったわ。一、二分待ってもらえたら後片づけをするから」

「最近はきみばっかり後片づけをしてるじゃないか。今日はおれがやるよ」

「わたしが後片づけをするのは、料理をするのがあなたばかりだからよ」気にしているような口調だ。「その、わたしだって料理はできるのに」

皿を食器洗浄機に運びながら言った。「うん。いつでも好きなときに夕食を作ってくれてかまわないよ」

「本当にそう思ってる？　毎回、なにかしら理由をつけて作らせてくれないじゃない」

肩をすくめて答えた。「義務みたいに感じてほしくなかったんだ。でもまあ、そんなに気になるなら。ただし今夜はだめだ。土曜だから出かけるぞ」

ケネディがしゃんと姿勢を正した。「出かける？　どこへ？」

その声に高揚感を聞きつけて、自分のばかさ加減に気づいた。出かけたいに決まっているじゃないか。レストランで朝食をとったあのときをのぞけば、現状、ケネディの社会生活はジムとここの行き来にかぎられている。危険はまだそこにあり、こちらとしても取り組みようがないので、彼女の人生は待ったをかけられた状態だ。

「ディナーと映画は？」提案してみた。

ケネディは立ちあがり、空になったマグカップを持ってきた。「それより、噂のバーナードに会いに行きたいわ。そうすればキメラにも会えるでしょう。あの子はいまもおれのものだってあなたはずっと言ってるけど、ここに来てからもぜんぜん姿を見かけてない。それに」口を開きかけたのを制するように言う。「会いに連れていってもくれない」

「それは、いろいろ複雑だから」

キュートなパジャマ姿のケネディが怖い声で言う。「あの子はいるの？　いないの？」

「わかったよ」降参だ。「キメラに会いたいんだね？　あとでバーナードに電話して、いつなら行ってもいいか訊いてみよう」

ケネディは疑わしそうに目を狭めた。「ものすごく譲歩したみたいな言い方ね」

だっておれはきみとお出かけしたかったんだ、父の家に連行するんじゃなく。あそこへ行けば、きっとケネディはみんなに細かく分析されるし、おれとの関係が議題にのぼる。父のお説教がいまから聞こえる気がした。

そんなの、いるか？

「なあ」なにかまずいことを言ってしまいそうになったとき、玄関のチャイムが鳴った。

ケネディが動揺する前に、悪態をついた。「妹だ。うわ、あいつ、スターリングも連れてきたぞ」足音もやかましくキッチンを出て玄関に向かい、インターホン越しにどなった。

「服を着てないから五分待て」

「見ないわよ」スターリングが言い、小ばかにしたように笑った。

背後をなにかが飛んでいったと思って振り返ると、ケネディがゲストルームに走るところだった。「隠れなくていいよ」背中に呼びかける。

「着替えてくるだけ！」ケネディは言うなりドアの向こうに消えた。

くそっ。玄関を開けて、妹と義理の姉を招き入れた。「キッチンにコーヒーがある。ケネディはパジャマから着替え中。おれはすぐ戻る」

スターリングが露骨にじろじろこちらを見て、鼻で笑った。「そのボクサーパンツ、あなたがワークアウトのときに着てるショートパンツと変わらないじゃない」

兄が着ているものになどまったく関心がないマディソンは、ノートパソコンを手に、まっすぐソファに歩み寄った。「どうせケネディに会いに来たわけだし」

その言葉で、階段をのぼりかけていたレイエスはリビングエリアに戻った。「なんのために?」

「警察が州をあげて、行方不明の未成年者の大規模な捜索をおこなったの。たくさん見つかったし、その過程で、複数人が人身取引の容疑で逮捕された。そのなかに見覚えのある人物がいないか、ケネディに写真をチェックしてほしいのよ」

なるほど、それは興味深い。「了解」二階に急いですばやくシャワーを浴び、歯を磨いてひげを剃った。長袖のプルオーバーシャツに穿き古したジーンズを着てから、靴と靴下を手に、ふたたび下へ向かった。

ケネディはもう、ネルシャツにスキニージーンズ、分厚い靴下という姿でそこにいた。髪は高い位置でポニーテールにまとめ、軽く化粧もしている。

かわいいな。おれの家族にきちんとした印象を与えたかったのか。

だとしたらやり方を間違えているが、それを本人に言うつもりはない。

見ればスターリングはコーラを、マディソンはミネラルウォーターのボトルを手にしている。椅子にちょこんと腰かけたケネディはいくつも質問を投げかけていて、それをスターリングが鮮やかにさばいていた。私的なことはいっさい明かさず、公にしていいことだけを答えて。

質問の内容はほぼ戦い方についてで、ケネディは回答にいたく感心しているようだ。

スターリングが自身の背中に手を回し、隠し鞘《さや》から恐ろしげなナイフを抜いた。「わたしの新しい子を見てよ」

ケネディはおそるおそる受け取って、手榴弾《しゅりゅうだん》であるかのように扱った。

マディソンのノートパソコンは開いているが、いまはだれも画面を見ていない。そこでお先に拝借し、経験豊富な目で画像を見ていった。見覚えのある人物はいなかったが、それこそ、増加しつづけるこの犯罪の問題点だ。

女性陣の話題がファッションに――スターリングに関してだけはファッションへの無関心に――移ったので、いまが席をはずすいい機会だと判断した。父と話をして、ケネディを連れていくことになりそうだと伝え、バーナードにもあの猫――キメラをあまりひとり占めしないよう忠告しておかなくては。

そう、キメラは実質、バーナードのものになってしまっている。あの毛玉を前にしたとたん滑稽なほどめろめろになったバーナードに、飼い主の立場を譲ったのだ。たとえこちらが所有権を主張しても、バーナードは争う覚悟だっただろう。

そうなれば父が不機嫌になるし、マディソンも怒る。なぜって、みんなバーナードを家族の一員と思っているから。

首を振りながら言った。「おーい、女性陣。ここでゆっくりしててくれるなら、おれは父さんのところへ行って……様子を見てくるけど」

マディソンがしっしっと手で払った。「三時間あげる。そのあいだにケネディと仲よくなってるわ」

仲よくなる？　そんなの、容疑者画像のチェックになんの関係があるんだ？　なんだか気に入らなくて抗議しようとしたとき、スターリングがさっと立ちあがった。

「ずるい」こちらに人差し指を突きつけて言う。「あの家に行くのはケイドとスパーリングしたいからでしょ。わたしも仲間に入れなさい」

どうしてこの義理の姉はマディソンみたいに流れに乗ってくれないんだ？　気になることがあれば絶対にそのままにしないし、技術を磨くチャンスは絶対に逃さない。

顔が引きつるのを感じながらどうにか笑みを浮かべた。「ケネディに会いに来たんじゃなかったの？」

「は！」スターリングは目を狭めてこちらを見た。彼女のこの表情はじつに効果的で、あざわらうようでもあり、どこか恐ろしくもある。「知ってのとおり、わたしは〝ガールズトーク〟に興味がないの」

マディソンがむっとした顔で見あげた。「人身取引の犯人捜しはその表現に当てはまらないと思うけど」

「いましゃべってるのは虫けら野郎どものことじゃなく、おべべについてでしょ」

「容疑者画像のチェックもするんだろ?」矛先をそらそうとして、レイエスは言った。

スターリングはふうっと息を吐きだした。「確認作業にどのくらいかかるっていうの? で、それが済んだら話題は女の子っぽいものに移るってわかりきってるじゃない」

「おもしろいことを教えてやろう、スターリング。きみも女の子だ」

スターリングは天を仰いだ。「どうかしら」

まったく……。「兄貴は同意しないと思うぞ」

「あなたのお兄さんはすごく変わってるから」肩をすくめて言う。「いままで生きてきて、女でよかったと思わせてくれたのは彼一人ね」

ケネディが興味津々の目で言う。「どうして女性でいることが嫌いなの?」

スターリングをいらつかせるだけのために、本人より先に答えた。「体格でも腕力でも劣るっていうのが我慢できないんだよ。スターリングは髪を整えるより悪者退治がしてたいんだ」

「ちょっと」マディソンににらまれた。「両方を楽しむ女性もいるんですけど?」

「それはまあそうだ」が、スタ−リングは違うという含みをもたせた口調で言った。「おまえは立派に戦えるしフェミニンでもある。でもどうやら、たいていの女性はそのバランスをつかめないらしいんだな」

スタ−リングがゆっくり笑みを浮かべた。「あーあ、本気でスパ−リングが楽しみになってきたわ。流血が見られそう」

レイエスはうめいた。このモードに入ったスタ−リングはどこまでも容赦なくなる。実際に血は流さなくても、いくつか新たなあざをまとうことにはなるだろう。「きみとスパ−リングするとは言ってないぞ」

「することになるわよ」

にらみつけて言った。「やられただけやり返すぞ」

「やってごらんなさい」

おれがスタ−リングを倒せることはお互いわかっている――ただし、こちらがそうしようと思えばの話で、面倒なことに彼女は兄の妻なのだ。ケイドは自分の命よりもスタ−リングを愛しているので、弟のおれのやり方が少しでも荒っぽくなりすぎたら、こちらに照準を定めてくるのは間違いない。「やるのはス、パ、ー、リ、ン、グ、だからな」強調して言った。「必殺攻撃は自分の夫にとっとけよ」

「怖がり」

挑発を無視し、衝動的にかがんでケネディのひたいにキスをした。「なにかあったら電話して。マディソンがここを出る前には帰ってくるよ」

愛情のこもった〝おでこにチュッ〟からケネディが立ちなおるまで、数秒がかかった。何度かまばたきをしてから、あごをあげた。「あなたたちのスパーリングに興味が湧いたわ。見学したら楽しいでしょうね」

「また今度」さらりと言って、食いさがられる前に体を起こすと、怖い顔で妹に釘を刺した。「やりすぎるなよ」

マディソンはこちらにひらひらと手を振ってから、ノートパソコンをコーヒーテーブルにのせ、並んで一緒に画像を見ようとケネディを手招きした。

スターリングがケネディのほうを向いて早口に言う。「来てすぐ帰ってごめん――」

「大丈夫よ」安心させるようにケネディが言った。

それでもスターリングは説明した。「男性とのスパーリングは特別なの。いつも新しいことが学べるから」

「気にしないで。わたしも気にしてないから」ケネディが言った。「楽しんできて」

楽しむ、か。リビングエリアをあとにすると、すぐ後ろをスターリングがついてきた。

廊下を進んで車庫に出るあいだもずっと、背後に義理の姉の存在を感じた。置き去りにできると思っていたら、そうしていただろう。

だがしかし、スターリングについて学んだことが一つある——この女性は御しやすい相手ではない。それが目下のやる気満々モードとなると。

御するなど、まずもって不可能だ。

8

「マディソンの車で来たの」スターリングが言った。「先に帰るつもりじゃなかったから――あなたがもっと楽しい遊びを提案するまでは――家まで乗せてってよ」

すばらしい。これでますます義理の姉と二人だけの時間を過ごせる。口をつぐんでおけばよかったと思いつつ、心にもない笑みを顔に貼りつけた。いらついたことに気づかれたら、もっとつつかれるだけだ。「ちっともかまわないよ」

その反応に、スターリングが声をあげて笑った。「わかりやすい人ね。この嘘つき」助手席のドアを開けようとそちら側へ向かいかけた義理の弟に不満そうな声を漏らしてから、自分でドアを開けてトラックに乗りこんだ。

レイエスは足を止めて彼女を見つめ、腰に両手をついた。「おれがバイクで行くつもりだったらどうしてたんだ?」最近はハーレーに乗ってやっていない。今日は涼しいが、日は輝いている。

トラックから飛びおりながらスターリングが言った。「やった。バイクで行きましょ」

喜ぶとわかっているべきだった。もしもスターリングを腰にしがみつかせた状態で父の家に乗りつけたら、ケイドが激怒するに決まっている。兄はどこまでも冷静沈着な男なのに、妻のこととなると、おかしいほど縄張り意識むきだしになるのだ。「いや、やめとこう」

「つまんない」言いながらも、あっさりまたトラックに戻った。そこでこちらも乗りこんで車を転がしはじめると、スターリングが癇《かん》に障る、歌うような声で囃《はや》した。「レイエスにガールフレンドができた」

本音を言うと、義理の姉のことは大好きだ。なによりケイドを家族の輪に連れ戻してくれたから。兄は軍のレンジャー部隊に加わることで、その義務を避けてきた。任務の際に飛行中の機体から何度も降下したせいで膝を壊し、ついに医療除隊したあとは、しぶしぶ家族のもとへ戻ってきた……が、心の距離は遠のいたままだった。

ケイドは最初から父の鉄の意志に逆らってきた。父の計画に従って進むのではなく、自分の行く先は自分で選びたかったのだ。

ところがスターリングと出会ったことで、家族というものについて新たな視点をもつようになった。ひとえに、スターリングがそもそも家族らしい家族をもっておらず、マッケンジー家を気に入ったから。

一家全員で協力して、スターリングの危機を救った。それでおれが彼女を容赦なくからかわなくなったりは、もちろんしなかった。最初はスターリングのことを、タフを気取ったアクの強いお嬢さんと思っていた。が、なにも気取っていないことはすぐにわかった。

この女性は、底知れないスタミナと鋼の精神、果てしない勇敢さと飽くなき向上心を備えていた。好きになった。だけでなく、尊敬するようになった。

それを伝えて、あまり巧妙ではないこの争いを終わらせたほうがいいのかもしれない。

いや待て。あちらもこれを楽しんでいるに決まっている。少なくとも、こちらがケネディの心配をしていないときに楽しんでいるくらいには。

「あら、否定しないんだ」

日よけ板からサングラスを取って、かけながら言った。「否定ってなにを？　いまなにか言った？」

スターリングがにっと笑った。長身で大胆なこの女性は、くっきりした顔立ちと頑丈でしなやかな体つきを有し、ファッションセンスは皆無ときている。そんな彼女の笑顔は文句なしに美しい。

「彼女のことが好きなんでしょ。認めなさい」

「好きだよ」好き以上だ。それについてどうする気もないが。

「へーえ」予想外の答えだったらしい。「彼女のほうはどう思ってるの？」

ふと、義理の姉ならいい意見をくれるのではないかと思いついた。この女性もケネディがくぐり抜けたのと同じような痛ましい経験をしている。大きな違いは、スターリングは立ちなおったように見えること。彼女はボクサーのごとく、いかなるかたちでも弱さを見せようとしない。ケイドと出会うずっと前までは、もっともながらセックスに対して不安を覚えていた——が、それでも前へ進み、くり返し自身をセックスがからむ場に置くことで、ついにはそんな状況でも凍りつかなくなった。それもこれも、脅威を前にして身がすくむ可能性を排除するために。スターリングの目的は人助けで、それにはセックスを恐れて動けなくなっていてはだめだとわかっていたのだ。

その決意があったからこそ〝やりすごす〟ことができるようになった。行為のすべてが好きではないという事実をだれにも気づかせないままに。

それがケイドと出会って……。いまや二人とも、常に相手に触れずにはいられないほどだ。スターリングも肉体の営みについては、〝いやじゃない〟レベルから〝どっぷりハマっている〟レベルに移行した。

それはつまり、このごろは兄もよくほほえむようになったということだ。

「断言してもいいけど」スターリングが言った。「そんなに考えなくちゃわからないなら、彼女は脈なしってことね。女性はそんなにわかりにくくない」

歯に衣着せぬ義理の姉といると、退屈している暇がない。この女性の鋭いウィットには感心させられてばかりだ。「ちょっとアドバイスがほしいんだけど」

スターリングが片手で左胸を押さえ、気絶してドアにもたれかかるふりをした。

「やめろって。真剣なんだ」

自分の耳が信じられないような顔でスターリングが言った。「わたし、わたしのアドバイスがほしいの？」

まったく、そのくらいにしてくれよ。「もういい。言うんじゃなかった」

「ちょっと、なによいまさら。見よ、この真剣な女性を。なにが心を悩ませているのか話してみたまえ。ちゃんと聞くから」

つい笑ってしまった。「どうしたらケイドはその皮肉っぽいところを我慢できるんだろうな」

「ケイドは皮肉を浴びせられるようなことをしないから、我慢する必要もないの」顔が見えるよう半身を向けて、まじめな顔で言った。「ほら、言ってみて。いつもいびり合ってるけど、あなたはわたしの弟で、大事な存在なんだから。できることなら力になりたい」

ああ、これこそおれの愛する義理の姉貴だ。どんな危険にもひるまず突っこんでいけるうえ、その心は美しい。「ケネディがどんな目に遭ったかは知ってるよな？」

「ええ。彼女をそんな目に遭わせたくそ野郎には土の下で眠っててほしいわ」

一人はそうなった。もう一人はわからない。「ケネディはいまも……慎重なんだ」

いつもどおりの物言いで、スターリングが尋ねた。「セックスに対してってこと？　あ話を聞いてくれない？」

義理の姉がずばずば斬りこんでこないと、どうしておれは思った？「あのさ、おれのなたとの？」

「セックスの話じゃないってこと？」

顔をしかめて言った。「先走りすぎだよ」

スターリングが口をファスナーで閉じる真似をした。

本当に黙っているよと目で制し、彼女が無言で待っているのを確認してから、大きく息を吐きだした。「おれたちはいまのところ、甘いムードになったこともない。女性のことなると、おれはばかじゃないからね、いろいろ気づくさ。ケネディにその気はない。おれとのことにかぎった話じゃなく、相手がだれでもなんじゃないかな。だからって、彼女は別に……」壊れてなどいない。絶対にそれはない。「つまり、犯人のもとから逃げて以来、セックスについては考えたこともないんだと思う」

「もうしゃべっていい？」

もちろん。「どうぞ」

「ケネディは自分がなにを逃してるか、わかってないんでしょう。彼女にとってセックスはいまも屈辱を意味してて、選択肢を奪われることや苦痛とイコールなの――つまり〝楽しい〟の真逆よね。で、彼女の経験を考えれば、それを変えようとは思ってないはず」

「きみは変えた」

「まあね。だけどわたしって、人だろうとものだろうと、脅かそうとしてくる存在には我慢できないタイプじゃない？　わたしにとってセックスは、乗り越えるべき障壁だった」

「そしてみごとに乗り越えた」ケネディに同じことはできるだろうか？

「そうね。セックスは苦痛じゃなくなったけど、〝楽しい〟ともほど遠かった」両眉を上下させて続けた。「かっこよすぎるあなたのお兄さんが相手なら、まったく別のお話」

「なるほど」スターリングとこんな会話をするのは奇妙でもあり自然でもあった。「おれはさ、ケネディを怖がらせるようなことだけはしたくないんだよ。一緒にいても安全だと感じてほしい」

「感じてるわよ。保証する」

「へえ？　ほんとにそう思う？」

「彼女は賢いんでしょ？　あなたを信頼してなかったら、とっくにあの家を出てるはず」

たしかにそれは言える。

「わたしなら、まずは」スターリングが切りだした。「その信頼をもとに関係を築いていくわね。さっき、行ってきますのキスをしたでしょ？　あんな感じで。向こうはびっくりしてたけど、いやがってはいなかった。純粋に、ああいうのに慣れてないだけ。ほっぺに軽くキスできるほど男を近寄らせたこともないいんじゃないかな。あれをもう何回かやってみる」

それなら簡単だ。「その先は？」

「信頼は別のものにつながってる。いまは彼女もガードをあげてるわ——相手があなたでもね。当然よ。賢い女性なら、また傷つくような危険を冒したりしたくないもの。つまり、あなたが危害を加えるとは考えてないけど、それでも自衛はしてるってわけ。そのガードを緩めたら、彼女もいろいろ気づくでしょ」

「たとえば？」

「たとえば、あなたの垂涎《すいぜん》もののボディとむんむんの色気とか。まあ、そこはもう薄っすら気づいてるだろうけど、それをどうしたらいいかはまだわかってないのね」

熱がうなじをのぼってきた。スターリングにほめられるなど、なんとも落ちつかない。

義弟のそわそわに気づいていないのか、それともあっさり無視したのか、スターリングは続けた。「誘惑のやり方は知ってるんでしょ？　だってケイドの弟だし、だったら——」

むっとして、うなるように言った。「やり方を知ってるのと、やっていいと思うのとは、わけが違う」

スターリングがなだめるような口調で説明した。「セクシームードむきだしで迫れって言ってるんじゃないの。それは完全に間違ったやり方。そうじゃなくて、向こうが馴染むのを手助けするのよ。彼女がストップサインを掲げたら、あなたは当然、それを尊重するでしょ？」

「もちろん」

「さすが。それじゃあ、彼女が触れ合いを気に入って、キスは醜悪でも不快でもないって悟ったら——もう少し先へ進みたいって気持ちになったら、あなたはそれに応えればいい。だけど本当に少しずつよ」友達同士らしく、肩を軽くパンチする。「マッケンジー家の血筋にすっぱらしい遺伝子が流れてるのは知ってるけど、それでも、男は男だからね。彼女にその気がないかもしれないときに、乗り気だなんて誤解しないこと。なにを求めてるか、向こうがはっきり示してくれるまで待つの」

「おれは急かしたりしない」なぜか、その点はスターリングに理解しておいてほしかった。

「わかってる」言葉に嘘はないと伝えようとしてか、義理の姉はそっと腕に触れてから手を引っこめた。「それでスパーリング？　たまったもやもやを運動で解消したくて？」

そんなところだ。「腕が鈍らないようにしたいだけだよ」

「なんとでも」

わたしの目には欲求不満で爆発しそうに見えるけど、と言わんばかりの口調だった。

スターリングのことは大好きだ。なにはなくとも、いつだって本音でぶつかってくれる。

二人だけになると、さっそくマディソンが作業にとりかかった。「この一カ月、地元の人身取引特別対策本部は州と協力して大規模なおとり捜査をおこなったの。行方不明だった未成年者が大勢見つかったし、人身取引に関わってた人間もたくさんつかまったわ」

ケネディは恐怖にぞっとして、ささやくように尋ねた。「未成年者は無事なの？」

「ええ、もう心配ない。家出をした子も多くてね、いまはしかるべきサポートを受けてる。体を売るようグルーミングされてた子もいたけど、ほとんどは未然に阻止できた」

ああ、よかった。

マディソンが近づいてきた。「全員があなたと同じ状況に置かれてたわけじゃないわ」

「それはわかってるけど、どんな状況も地獄よ」

「そうね。だけどわたしが言いたかったのは、若い子みんなが強制されるんじゃなく、うまい具合に誘導される子もいるということ。だれもこっちを向いてくれなかったときに、だれかが見てくれるようになったり――なかには、周囲に誤解されたと思いこんだり、親への反抗心からというケースもある。食べ物ときれいな服を与えてくれる〝庇護者《ひごしゃ》〟がいるというのは魅惑的なことよ。で、そのうち性的なお願いをされるようになって、いったんそれに慣れてしまったら――」

「連中はその先を求めるようになる」全員が憎い。無力な者を餌食にして、感情を操り、肉体をいたぶる怪物どもが、一人残らず憎らしい。

「ええ」マディソンの手が手に触れた。「だけどみんなもう救出されたし、罪を問われるべき人間は起訴されるわ。あなたにはこれから、そいつらの画像を見て、知っている顔がないかどうか、チェックしてほしいの」

ケネディはノートパソコンを受け取って、ソファに深く座りなおした。男性の画像だけでなく、なかには女性も数人いるが、いずれも正面と横顔をとらえた写真が画面いっぱいに広がっていた。「どうやって手に入れたの？」正真正銘、警察の資料に見える。

マディソンはにっこりしたが、答えなかった。「画像をクリックすると拡大されるわ」ぽんとこちらの手をたたいてから立ちあがる。「コーヒーをもらおうかな。できたらクッキーも。あなたは？」

「いいわね。用意しましょうか？」

いまではレイエスの家にもずいぶん慣れていた。危険なことだ。心のどこかではわかっている――自由な時間が少しでもあれば、どうすればここを出ていけるかを考えるべきだと。それなのに実際は、ますますここに腰を落ちつかせていた。

「おかまいなく。あなたは画像を見てて。すぐ戻るわ」

一時間後、頭痛の予感と目の疲労を感じつつ、ケネディは負けを認めた。「申し訳ないけど、一人も見覚えがないわ」つまりこの世には恐ろしい人間が山ほどいるということ。

「いいのよ。やる意味はあったもの」

それからの一時間はおしゃべりと作戦会議に費やした。マディソンは好きにならずにいられない女性だった。子鹿を思わせる髪の色に、レイエスと同じ榛色の目をした彼女はとても美しい。身長は百八十センチくらい、スリムではあるがほどよく筋肉もついていて、たおやかな女性らしい雰囲気をまとっているものの、いざというときは相手に深刻なダメージを与えられるに違いない。

マッケンジー家の人間をけっしてあなどるなかれ。

突然、玄関のチャイムが鳴ったので、飛びあがりそうになった。

「いけない」マディソンがいちばん近くのモニターをのぞいて言う。「あんまり楽しいから、だれかが近づいてくるのも気づかなかったわ」

こちらはそんなに落ちついていられず、緊張で狭まるのどからかすれた声を絞りだした。

「だれだと思う？」

「ほら見て。彼、まっすぐ防犯カメラを見てる。賢いと思わない？」

ぽかんとしてマディソンを見つめた。

「あのね、隠しカメラなの。それなのに彼は見つけたわけ」こちらがとなりで凍りついていることにようやく気づいたのだろう、マディソンはにっこりした。「心配しないで。あれはアルバートソン刑事。訪ねてくるなんて意外だわ」

「知り合いなの？」少し緊張がとけた。

「じかに会ったことはない。あちらがうちの家族を見張ってるから、わたしも彼を見張ってるだけ」

マディソンが玄関に向かおうとしたので、慌てて止めた。「待って！　ドアを開けて大丈夫？」

やさしさと理解のこもった声でマディソンが言った。「大丈夫よ、約束する。あなたのことはわたしが守る」

わたしが守るって……。まったく、マッケンジー家の人は揃いも揃って自信家なの？　マディソンが有能なことは疑っていないけれど、訪ねてきた男性は大柄でたくましいうえに、きっとさまざまな能力を備えているはずだ。

さっと立ちあがってキッチンとの境まですばやくさがり、廊下全体が見える位置についた。いざ逃げる必要に迫られたら、ゲストルームに駆けこんでドアに鍵をかけ、銃を取りだす。というか、もうそうしておいたほうがよかったかもしれない。

手遅れだ。

マディソンはすでにドアをさっと開いていて、現れたのは……。わーお。防犯カメラのモニター越しではなく生身で見るその男性は、まさにモデルのようだった。レイエスやケイドほど長身ではないけれど、そんな人はほとんどいない。この男性はそれでも百八十五センチは超えていて、広い肩幅を高価そうなスーツで包んでいた。

黄色がかった茶色の髪はところどころ金色の筋が入っているので、マディソンの髪色よりやや明るく見える。漆黒の目と相まって、驚くほどハンサムだ。

マディソンがにっこりして言った。「どうも、アルバートソン刑事。来てくださってうれしいわ」

刑事は驚いたような魅入られたような目でマディソンを見つめていたが、やがて彼女の言葉が脳に到達したのだろう、警戒したように背筋を伸ばした。「お会いするのはこれが初めてだ」

「そうね」マディソンが認める。「これが初めて」

刑事が家の奥に目を向けてこちらを見つけたので、一瞬、心臓が止まるかと思ったが、彼はすぐにまた視線をマディソンに戻した。「ミス・マディソン・マッケンジーですね」

名前を呼ばれて、マディソンはうれしそうだった。「できたら〝ミズ〟で」

刑事はわかったとうなずいた。「あなたのお兄さんと話したい」

「どっちの兄かしら？」

「ここに住んでいるほうかな？」

マディソンは笑ったが、本気で愉快だと感じているようには聞こえなかった。

ああ、やっぱり逃げだしたい。

「申し訳ないんだけど、刑事さん、その兄はいま出かけてるの。お入りになる？」

危うくむせそうになった。赤の他人をこの家に入れたくない！

そんな動揺を察知したのか、マディソンがちらりと振り返って言った。「大丈夫よ。アルバートソン刑事はとっても善良で実直な方だから。そうでしょ、刑事さん？」

馴れ馴れしく言われて面食らったのか、刑事は片手で口をこすった。「私のことをよく調べられたようだ」

「それはお互いさま、でしょ？」

色目を使っている？　マディソンは刑事に色目を使っているの？　マッケンジー家の人たちはみんな常識の枠に収まらない……けれど同時に有能だ。マディソンにしても、自分のしていることを理解している。はず。

たぶん。

アルバートソン刑事はしばし迷っていたが、ついにうなずいて入ってきた。「失礼する」

「コーヒーはいかが？」マディソンが尋ねながらソファに向かい、さりげなくノートパソコンを閉じた。

見逃さなかった刑事は、疑わしそうな目をパソコンに向けた。「いただこう」

マディソンがこちらを見た。「お願いできる？」

「わたし？」ケネディはぶるっと首を振って我に返り、言った。「もちろんよ」そして急いでその場を離れた。少し一人になりたかったので、お願いされて助かった。コーヒーをそそぎながら考えよう。

レイエスが知ったら激怒するに違いない。怒られるのはわたし？　それとも彼の妹だけ？

どうでもいい。わたしが信じているのはレイエスで、ほとんど知らない彼の妹ではない。だから携帯電話を取りだして、すばやくレイエスあてにテキストメッセージを送信した。

〝いま、妹さんがアルバートソン刑事を家に入れたの。二人で話していて、問題なさそうだけど、知らせておいたほうがいいと思って〟

瞬時に返信が来た――〝すぐ帰る〟。ポケットに携帯を戻そうとしたとき、次のメッセージが届いた――〝マディソンの後ろに隠れてろ〟。

妹ならわたしを守れると心から信じているのだ。いまのところは、それでじゅうぶん。

「それで」マディソンは、ハンサムな刑事に見とれずにはいられなかった。黄色がかった茶色の髪はちょっぴり長すぎで、毛先がくるんとカールしているから少年っぽく見えてもおかしくないのだけれど、あのしっかりしたあごと悩ましい漆黒の目がそんな印象を許さない。明るい髪色に濃厚なチョコレートの瞳だなんて、はっとさせられるほど対照的。あんな兄が二人もいるから、たいていの男性は平凡としか映らないのに。

クロスビー・アルバートソンは別。初見で胸キュンどころか体に電気が走るなんて、初めて。ため息が出ちゃう。

善良な刑事が疑いに満ちた目をこちらに向けたので、笑みを返すと……あら、ますます警戒させただけみたいね。

注目すべきはルックスだけではない。刑事はこちらを調べていたのだから、兄二人がとても危険な人種だということも知っているはずだ。兄二人のみならず、わたしもそういう人種だと。それでもこうしてここに、レイエスの家にやってきて、慎重な関心をたたえた目でわたしを見ている——並の男性にはできないことだ。

あの漆黒の瞳のせいで、体に異変が起きた。この刑事さんには少しずつ慣れていったほうがよさそう。「理由があって来られたのなら、その話をしましょうか」

それを聞いて刑事はほほえんだ。「なぜ急ぐ？」

「それはね、ケネディが下の兄にテキストメッセージを送ったはずだし、そうしたら兄は一目散に帰ってきてあなたを放りだすだろうから——文字どおり、ぽいっとね——そういうわけで、まずは訪ねていらした理由をうかがうのが賢明だと判断したの」

これには刑事の笑みも消えて、苛立たしげに眉根が寄った。眉は髪よりやや色濃くて、その顔立ちをいっそう興味深いものにしている。

「お兄さんを武器に私を脅そうとしているのか？」うなるように言った。

「そんなばかな。やっとじかにお会いできて喜んでるのよ。コーヒーをいかがと言ったのをお忘れになった？」キッチンにも聞こえるように、少し大きな声で続けた。「だけど、もしかしたら新しく淹れなおしてるのかも。ずいぶん時間がかかってるから」

ケネディが頬を真っ赤にして、ついにこそこそとリビングエリアに戻ってきた。コーヒーテーブルにコースターを敷いて、そこにカップをのせてから、安全な距離までさがる。

どうやらアルバートソン刑事を信用していないらしい。なんだか愉快。「クロスビー、とお呼びしてもいいかしら？」答えを待たずに、ケネディに向けて言った。「クロスビーなら大丈夫よ。わたしが保証するし、わたしの人を見る目は信じていい。それはさておき、レイエスに知らせたことは気にしてないわ。だから赤面する必要もない」

これにはケネディまで眉根を寄せた。「わたしを困らせようとしてるのね」

「とんでもない。わたしはただ、みんなに正直であってほしいだけ」クロスビーに向きなおる。「それで、どうしてここにいらしたの？」

刑事は関節のごつごつした手で口をこすった。「先日、われわれは不審な人物を大量に逮捕した――」

「知ってるわ」

「だろうな。しかし、私がある特定の男を追っていることは知らないのでは？　その人物は逮捕者のなかに含まれていなかった。この件について、なにか知っていることがあるのでは？」

手をたたきたくなった。「協力するってこと？　わあ、楽しそう！　写真はあるの？」

「ある。ちなみに、私の上着の内ポケットのなかだ」

「そこに手を入れたとしても、銃を出すわけじゃないということね？」

「ああ。だから過剰反応しないように」

こちらを見くびっていないのだとわかって、うれしくなった。わたしの能力を認める男性はほとんどいないし、敬意を払うとなるとさらに少ない。

刑事がゆっくりとしわだらけの小さな写真を取りだし、こちらに差しだした。

「ふーむ」白黒写真に写っていたのは頭が薄くなりかけた男の横顔で、まばらな髪はうなじのところで一つにまとめて垂らしてある。頼りないあごに、醜い笑顔、何本か歯が欠けている。「申し訳ないけど、見覚えはないわ」

ケネディが刑事への警戒心を捨てて、自分も写真を見ようと近づいてきた。しばし無言で見つめてから言った。「この男の名前はわかりますか？」

マディソンは横目でケネディを観察した。はっきりだれとわかったわけではなさそうだけれど、なにか引っかかるものはあったらしい。

クロスビーが呪いの言葉を吐くようにつぶやいた。「ロブ・ゴリー」

ケネディがさっと顔をあげた。怯えた目でクロスビーを見つめるさまに、刑事が勢いこんで身を乗りだした。

「知っているのか？」

「いいえ」ケネディが言い、こちらに一歩近づいてきた。「知りません」

彼女の腕にそっと触れた。「でも、名前は聞いたことがあるの？」誘拐されてから逃げだすまでのどこかの時点で耳にした？

それとも……このくず男は、なんらかのかたちでジョディにつながっている？

ケネディが震えだし、刑事に尋ねた。「どうしてこの男を捜してるの？」

クロスビーが彼女の動揺に気づいて、静かに椅子を手で示した。

新たなしわが加わるほど強く写真を握ったまま、ケネディが椅子に腰をおろした。

そこでこちらもソファに腰かけて、刑事をうながすように、となりをぽんぽんとたたいた。

クロスビーはそれを無視して反対端に――わたしからできるだけ遠い場所に座り、コーヒーを手にした。一口飲みながら、どこまで話すべきかを計算しているのがわかった。

「わたしには話してくれていいのよ」保証するように言ってみた。「わたしは完全に信用できるから」

刑事がうさんくさいものでも見るような目を向けた。「私なら、あなたを表現するのに〝信用できる〟という言葉は使わない」

賢い人。「まあいいわ。それで、ロブ・ゴリーというのは何者で、どうしてあなたはその男を追ってるの？」

クロスビーは、視線をケネディに据えたまま答えた。「追っているのは少し前からだ。正確には二年前から。女性を虐待することで知られていて、およそ想像しうるかぎり、最低最悪のくず野郎だ」

「それはどうかしら」小声でつぶやいた。「わたしは想像力がたくましいから、もっと下劣な生き物も思い浮かべられそう」

ケネディが愕然《がくぜん》とした顔で言った。「よく軽口をたたけるわね」

なるほど。ケネディは間違いなくこの男についてなにかを知っている。「ごめんなさい」やわらかな口調で謝った。「軽く扱うつもりはなかったわ」

ケネディは唇を引き結んでうなずいた。

ちらりとクロスビーを見ると、この男の写真を見てケネディの体に緊張が走ったことに刑事も気づいたようだった。「続けて」

クロスビーがうなずいた。「ゴリーは一箇所に腰を据えない男で、古い家を借りては、そこに女性を監禁する。私はついに最後の根城を突き止めた」

端でわかるほど、ケネディが息を詰めた。

それもクロスビーがこう続けるまでだった。「だがゴリーはそこにいなかった」

ケネディは片手で口を覆い、眉をひそめた。「どういうこと、そこにいなかったって？根城じゃなかったということ？」

「いや、根城には違いなかったが、ゴリーはすでに消えていた」

「違いなかったって、どうして断言できるの？」マディソンは尋ねた。

「あらゆる証拠が残っていた。地下室が監禁部屋だったらしく、ドアには多すぎるほどの錠が施されていた」右手をこぶしに握り、かすれた声で言った。「床には血痕があった」

「おぞましいわね」マディソンはささやいた。もう色目を使う気分ではなかった。

「人間が想像しうるなかでもっとも恐ろしい悪夢だ」クロスビーが身を乗りだし、ひたとケネディを見据えた。「突き止めた家が間違っていなかったのはわかっているが、ゴリーはすでにそこを去っていたし、最後の被害者も消えていた」

ケネディはなにも言わなかったが、その目は流されない涙でうるんでいた。

基本に立ち返って、マディソンは尋ねた。「庭は調べた？　なんだかそのゴリーっていう男は敷地内に遺体をうめてそうな気がするわ」

「その家ではなにも見つからなかったが、別の家で遺体が発見された」

いつまでケネディがもちこたえられるかわからなかった。いまにも爆発しそうに見える。恐怖で。怒りで。じきにレイエスが駆けこんできて、一悶着《ひともんちゃく》起きるだろう。家の前で兄の帰りを待っておいて、冷静にふるまうよう忠告してもいいのだが、そうすればケネディをクロスビーと二人だけにすることになるし、そんな真似をしたらレイエスが怒り狂うに決まっている。かといってケネディを連れていけば、クロスビーをこの家に一人で残すことになり、これまた兄にとっては犯罪行為だ。

さあ、どうしよう？

「ねえ刑事さん、あなたはいつ人身取引特別対策本部に加わったの？　とくにゴリーを追ってるのはなぜ？」経験上、男性が自慢したがりなのは知っている。兄二人は別だ――家族以外の人間相手に、そんなことは絶対にしない。けれどたいていの男性は、自慢したいという欲求を基本装備しているらしいのだ。

ところが意外にもクロスビーはこう言った。「私は特別対策本部の一員ではない。ゴリーを追っているのは個人的な理由からだし、そんな質問で気をそらそうとしても無駄だ」そう言って浮かべた笑みに友好的なところは微塵もなく、むしろ明白な挑戦状をたたきつけてきたかに見えた。「それよりあなたについて聞かせてもらいたい。あなたの兄二人と、すべての司令塔である父親について」

9

レイエスはアクセルを強く踏みこんだまま、車の流れを縫うように走った。一分ごとに、一キロごとに、いっそう熱く血がたぎってくる。

妹め、よくもおれの家に他人を入れてくれたな。どうなるかわかっているだろうに。

ケイドとのスパーリングを終えたあと、父が山中に構える巨大な邸宅内の、それぞれの自室にさがってシャワーと着替えを済ませてから、一息入れつつ父と話をした。父はケネディに強い関心を示し、次男が彼女と関わることに少なからぬ懸念を表した。

当然ながら、そういう意味での関わりなどないと否定した。

兄も父も信じなかった。マッケンジー家の人間はかみそりのように鋭くて、熱したナイフがバターに沈むがごとく、どんな嘘も切り裂くのだ。

尋問への心構えはしていた。ケネディが猫のキメラに会いたがっているから連れてくるとバーナードに伝えたときは、とくに。そこへ当のケネディからテキストメッセージが届いて、読んだ瞬間、彼女のもとに駆けつけることしか考えられなくなった。

ケイドのほうは、万一、本物のトラブルが起きているときのために車であとを追うとすばやく申し出てくれたが、父は妹を信じろと言ってきた。

わかっている。訪ねてきた刑事はおそらくマディソンにとって知らない顔ではないと、頭ではわかっている。が、いまそれはどうでもよかった。

ようやく家へ通じる長い私道に入ると、高速回転するトラックのタイヤで土と砂利を跳ねあげながら進み、ブレーキ音を響かせて車庫の前で停まった。シルバーのセダンの横で。頭から湯気を立てながら玄関へ向かう――と、ドアが開いた。

ケネディが言う。「ごめんなさい、わたし、過剰反応したみたい」そして飛びついてくるなり、両腕で首にしがみついてきた。

すぐさま背後に隠れさせ、グロックを手にした。

次に戸口に現れたのはマディソンだった。「刑事さんを撃たないでくれると、本当にうれしいんだけど。実際、すごく力になってくれたのよ」

「そこをどけ、マディソン」

妹は腕組みをした。「いやよ、どかない。兄さんは感情で突っ走ってるし、それが賢いことじゃないのは自分でもわかってるでしょう」

ああ、わかっているが、後ろでケネディが震えているのを感じるのだ、知ったことか。

するとケネディが前に出てきて、ささやくように言った。「お願いだからばかな真似はしないで。わたしは大丈夫だから。それより、どうしてもあなたと話がしたいの。だけどクロスビーとマディソンが帰るまでは話せない」

クロスビー？　どうしておれはいま、むかついた？　「きみ、そいつのファーストネームを知ってるのか？」

「レイエス兄さん」マディソンのため息は長く苛立たしげだった。「頼むからしっかりしてよ」

背後でケイドの車が停まり、ＳＵＶのドアがばたんと不穏な音で閉じた。

マディソンがあきれたように両手を宙に放った。「ケネディが兄さんにメッセしたのは知ってる。彼女が不安だったのもわかってる」戸口を離れて近づいてくる。「だけどね、誓って言うけど、そこにもっともな理由はなかったの」

納得しかけたとき、戸口から男が出てきた。「女性二人が守ろうとしてくれたのは、生まれて初めてだ」

「守ろうとする？」マディソンが言った。「わたしがいなかったら、いまごろあなたは地面に引き倒されてるわよ」

「私はあなたが思っているほど鈍くさい男ではないかもしれないぞ」

くそっ。いったいどうなっている？　レイエスは銃をかたわらにおろして尋ねた。「そいつを殺すか？　殺さないか？」

マディソンとケネディが同時に答えた。「やめて」

「わかったよ」向きを変えて、銃をケネディの手に押しつけると、彼女はぞっとした顔になり、ゴキブリに示すにふさわしい熱意で受け取った。

続いて兄のほうに言った。「さがっててくれ」

するとケイドは両手を掲げた。「かまわないぞ。おれは妹を信じる」

「ありがとう」マディソンがつんと澄まして言った。

大股二歩で、おれの家の玄関前にいる二枚目野郎に歩み寄った。不吉な笑みを浮かべたまま、相手がかわせないほどの速さでこぶしをふるい、あごを殴った。

クロスビー・アルバートソン刑事は悪態をつきながら後ろによろめき、踏んばって攻撃の構えをとった。「こんな必要はないぞ、マッケンジー」

「あるさ。おれに八つ裂きにされたくないならな」アルバートソンの腕をつかみ、玄関ポーチから前庭に引きずりおろした。

今回はアルバートソンも勢いに負けたものの、倒れたままではいなかった。すぐさま飛び起きて、驚いたことに、マディソンに向けて言い放った。「さがっていろ」

「指図は受けないわ」マディソンが冷めた声で言い、二人のあいだに立ちふさがった。

レイエスはかっとなって兄を振り返った。「少し手伝うとか、ないのかよ?」

ケイドは片方の眉をあげた。「で、おれまでマディソンに怒られろって?」

悪態がのどの奥を熱くする。「そいつを殺したりしない」妹に約束した。

「この人は力になってくれてるのよ。どうしてちょっと頭を冷やして話を聞こうとしないの？」

「おれの家に来やがったから」妹にじわりと近づいた。「で、おまえがなかに入れたから」

どうやったのか、急にアルバートソンがマディソンの前に立ちはだかったので、驚きのあまり、固まってしまった。「なんだよ」アルバートソン越しに妹を見たとたん、その悔しそうな表情に吹きだしそうになった。にやにやしながら、介入してきた刑事に尋ねた。

「おれの妹を守ろうとしてるのか？」もしもこいつがそうだと答えたら、マディソンにぺしゃんこにされるに違いない。「おれから？」

「きみは私に腹を立てているんだろう」アルバートソンが言う。「それなら、私に集中しろ。彼女ではなく」

ケイドが鼻で笑った。

ケネディは目を丸くした。

「なんてすてきなの」マディソンは言い、すばやくアルバートソンの腕に腕をからめて、多少なりともそちらに注意を向けさせた。「悪意がないのはわかってるから、気を悪くしたりしないわ」勝ち誇った笑みをこちらに向ける。「ほらね？　この人は尊敬できる刑事さんなの。とっくにわかってたし、それを兄さんに説明したかったのに、聞こうとしないんだから」

レイエスは二人をじっと見つめて――ケネディに手を差しだした。

ケネディは用心深い手つきで銃を持ったまま――あまり武器に慣れていない証拠だ――すぐにそばへ来ると、低い声でまた訴えた。「お願いだからそのくらいにして。二人だけで話がしたいのよ」

うなずいて銃を受け取り、腰の背中部分のホルスターに収めてから、ほかの面々に言った。「今日はもう帰ってくれ」ケネディの手を握って向きを変え、家のなかに入った。ケネディが振り返ろうとしたものの、許さなかった。

勘の鋭いケイドは、こちらが鍵をかけてしまう前に玄関までやってきた。「そうはさせるか」言いながら敷居をまたぐと、マディソンを見て呼びかけた。「入れ。早く」

妹は言われたとおりにした。

しかも、アルバートソンまで連れてきた。

ケネディは両腕でおれの片腕にしがみついたまま――まさかそれで押さえつけられるとでも？――言った。「みんな、悪いけど少し二人にしてもらえる？」そしてゲストルームのほうにおれを引っ張りはじめた。

肩越しに振り返って、兄をにらんだ。「そこにいてくれよ」

「てこでも動くもんか」ケイドが言い、宣言どおり、アルバートソンとマディソンのあいだに陣取った。

「まったく、たいしたもんだな」レイエスはこぼしてから、ゲストルームに入ってドアを閉じた。

すぐさまケネディが説明しはじめた。「刑事さんは写真を持ってきたの。たぶん、そこに写ってたのはジョディをさらった男だと思う」

なんと、これは予想していなかった。すばやく状況を検討しなおして、尋ねた。「どうしてそう思った？」

「いちばん最初に会ったとき、ジョディはロブ・ゴリーのことを話してくれたの。薄くなりかけた頭をうなじで一つ結びにした男で、歯が何本か欠けてて、あごは細いと言ってた。写真の男はその条件すべてに合ってたの」

悲しいかな、その条件に該当する男は多い。「だからって――」

ケネディは首を振った。「そう簡単に忘れない、ちょっと変わった名前でしょう？　それに、クロスビーが語った男の隠れ家の特徴は、ジョディが監禁されてた家にそっくりだった」向きを変え、両腕でお腹を抱く。「少し前からゴリーを追ってたんですって。さっき話を聞いたんだけど……」ぶるっと身震いする。「なんて恐ろしい、悪魔みたいな男。ジョディがどうにかもちこたえられてるのは、自分の手でゴリーを殺したと信じてるからよ。もしもあの男が死んでなかったら、もしまだ生きてたら、ジョディは壊れてしまう」

「それか」先へ先へと考えながら、レイエスは言った。「ジョディはやつが死んでいないことをすでに知っていて、だからきみを心配してるのか。ジョディの知り合いなら、やつの標的にされてもおかしくない。最悪、ジョディにとって大切な人ならだれであれ、復《ふく》讐《しゅう》の道具にされかねない」

ケネディは目をしばたたいた。「自分の心配はしてないわ」

真剣な顔で見つめた。「その必要がないからね。きみは絶対におれが守る」ゴリーだろうとその同類だろうと、ケネディに指一本でも触れようとしたら、このおれが殺す。

ケネディがうろうろしはじめた。「ジョディに確認できるように、あの写真をコピーしなくちゃ」

「だな。おれが手を打つよ」

ぽかんとしてこちらを見つめる。「そんなに簡単にはいかないでしょう。たぶんだけど、クロスビーはあなたたち家族全員を疑ってる。あなたのお父さんを暗に非難までしたの」

冷たいものが背筋を伝いおりた。低くざらついた声でうなるように尋ねた。「具体的にはなんて言った？」

「言葉自体はあいまいなんだけど、言い方が」

「状況を教えてくれ」

唇を舐めて考える。「マディソンが軽いおしゃべりに引きこもうとしたの。モーションないのに」

「あいつは男なんて眼中に

「妹らしくないな」マディソンのやつ、なにを考えている？

をかけてたんだと思う」

「あら、クロスビーのことはしっかり眼中に入ってたみたいよ」

きっと妹なりにあの男の態度を軟化させようとしていたのだろう。不意をついて、言うつもりのなかったことまで吐かせようと。「それがどうしてうちの父につながった？」

「マディソンは、警察内部の情報を聞きだそうとしたの。特別対策本部のことやなんかを。そうしたら彼、自分は特別対策本部には加わっていない、ゴリーを追ってるのは個人的な理由からだって。それについては詳しく語らないまま、むしろマディソンのことを聞きたいと言いだした。あなたとケイドとお父さんのことも。あなたのお父さんを、すべての司令塔だとか言ってたわ」

くそっ。「やっぱり殺せばよかった」うなるように言った。まだ間に合うか？

ケネディがうんざりした声で尋ねた。「自分の妹を信じるの、信じないの？」

「信じるよ」だけどあいつがモーションをかけてたって？

「それに、質問してきたくらいで見境なく人を殺したりしないでしょう？　それが警察の人なら、なおさら」

だとしても、これが最初の機会かもしれない。ケネディににらまれたので、しぶしぶ認めた。「ああ、殺さないよ」

「マディソンはあの刑事を警戒してないわ。防犯カメラのモニターを見て、クロスビーだと認識してた。なにも心配せずに玄関を開けてなかへ通した。わたしは……クロスビーがどういう人かを知らないし、彼が来たことをあなたは喜ばないと思って」行き詰まったように肩をすくめた。「だからあなたにメッセージを送った」

「なあ」ケネディを胸に抱き寄せた。ああ、こうしていると気持ちがいい。ここへ戻って来るあいだずっと、本能とアドレナリン、怒りと不安という強力な組み合わせに突き動かされていた。侵入者が現れるなど考えもしなかった。「ベイビー、きみは正しいことをしたよ。少しでも違和感を覚えたら、いつでもおれに知らせてほしい」

ケネディがひたいを胸板にあずけてきた。「ここへ来てもうすぐ一カ月になるわ。いつまでもだらだらといつづけるわけにはいかない」

とっさに、なぜいけないのかと尋ねそうになって、その反射的な質問を急いで呑みこんだ。なぜいけないか？　理由ならごまんとある。一つめは、おれが〝大切な存在〟を望んでいないこと。この人生が気に入っている。必要なときに悪党をぶちのめして、心の束縛なしにセックスを楽しんで、父の指令を手際よく実行しながら、この任務のおぞましい細部にもけっして呑みこまれずにいる状態を。

「しーっ」両手でケネディの肩をつかんで体を離し、軽く膝を曲げて、きれいなブルーの目をのぞきこんだ。「ようやくきっかけをつかんだときに、出ていく話なんてなしだ。まずやるべきは、ジョディに接触すること。その写真はおれが手に入れるから、そうしたら、おれが状況をコントロールできる安全な場所でジョディと落ち合おう」

「ジョディは、あなたと会うことには絶対に同意しないわ」

「じゃあ、おれがいることはジョディに言わなければいい。ケイドが援護についてくれる」もちろんマディソンも必要な監視とデジタル面での安全を提供してくれるだろう。「危険はない」なにがあってもきみを守る。二度ときみを傷つけさせたりしない。

ケネディは決めかねていたが、ついに勇気をかき集めて言った。「わかったわ。でも、まずは写真がいる。ちゃんと見せられるものもないのに、ジョディを動揺させたくない」

そっと手で頬を包んだ。「おれはきみを心配させたくない」

「レイエス・マッケンジー、いくらあなただってほしいものすべては手に入らないのよ」

ゲストルームを出ていく彼女の後ろ姿を眺めながら、にやりとした。そうだな、たしかにすべては手に入らない。それでも、ケネディなら手に入れられる気がした。少なくとも、お互い楽しい時間を過ごせるくらいのあいだは。

今日のところはそれでじゅうぶんに思えた。


デルバート・オニールは、人を雇って汚れ仕事をさせるのが好きではない。たいてい、そこがいちばん楽しいところだからだ。想像してみろ、この手をかけたときのケネディの表情を……。最近はそのことばかり考えているし、早く想像を現実にしたくてたまらない。ところが実際は、ほとんどしゃべらず、ひたすらにたにたしているミスター不細工との軟禁状態だ。

しかも、イカれ野郎は日に日に異様さを増している。

「なあ、おれにできることを、ガキを雇ってやらせつづける理由はないだろう」

「そうか？」ゴリーが今日も体を揺らしながら、笑顔のままで言う。「おまえは人殺しに慣れてるって？」

「ケネディを殺したいわけじゃない」まあ、これだけの手間をかけさせられたあとだ、すぐには殺さない。一日か二日は生かしておいて——そのあと、命の火を吹き消す。

「そう簡単にあの男から女をさらえると思うのか？」ゴリーが言って首を振る。「ばか言うな。あれはあっさり死ぬようなタマじゃない。複数で狙撃しないと無理だ。仮にそれが失敗に終わっても、トラックにもう二人待機させて、路上で待ち伏せするよう手配した」

「おい、いったい何人雇ったんだよ？」

「仕事を片づけるのに足りるだけさ」

この男は本当にいけ好かない。というより、どこか恐ろしい。その恐怖心は、ゴリーのそばで奇行を目の当たりにさせられるうち、日増しに深まっていた。

いったいいつブチ切れて、目に映る全員を殺しはじめるか、わかったものではない。

体の揺れが不意に止まった。「おれがいなかったら、あの女をつかまえるどころじゃなかったんだぞ。ジョディを追うことを思いついたのはおれだ。ジョディがケネディの友達だと突き止めたのもおれだ。おまえがこの場にいられるのは、ジョディの友達に起きることをジョディ本人に見せてやりたいと、おれが望んでるからだ。おまえがその女になにをするか、ジョディに教えてやりたいとな」

もう百回めになるが、この男と出会ったことを後悔した。こいつと手を組むことに同意しなければ、どんなによかったか。

二人のあいだに接点があると知ったのはまったくの偶然からだった。デルバートはある晩、獲物の品定めのために長距離運転手用の食堂で遅くまで過ごしていた。目星をつけたのは、だれの車にでも乗ってきそうな、ヤク中らしきかわいい小娘だった。ところが娘を車に乗せたとたん、どこからともなくゴリーが現れて、自分まで乗りこんできたのだ。

間違いなく、おれを殺して娘を奪うために。

そうはさせまいと猛スピードで話しはじめ、娘はどうなってもかまわないと説明した。おれはおれでこの筋のビジネスをやっていたことがあるから、理解できると言って。

一つのことが別のことにつながり、最後には食事をしながら、互いの冷酷さを自慢し合って……。あのときはゴリーもじゅうぶんまともに見せかけていた。だまされたもんだ。

そしていま、おれは日に日にイカれ野郎から逃れられなくなっている。今夜、ジョディがケネディと会う保証はないが、当面はジョディを追う以外に手はない。

ケネディは――あの腹黒女は、この世から忽然《こつぜん》と消えやがった。住んでいたアパートメントが焼け落ちると――ぱっ。どこにもいなくなった。

「なんでそんなにジョディがいいんだ？」吸っているたばこの煙越しにゴリーを眺めながら、尋ねた。「見た目もさえないのに。もっといい女が楽に手に入るのに」

体の揺れが速くなった。「あいつはおれから奪ったんだ。絶対に返せないものを取っていったんだ。そのつけを払ってもらう」

けっ。またわけのわからんことを言いだした。背を向けて窓の外を見やり、今夜こそ動きがあってくれと願った。

「つけを払わせる」後ろでゴリーが誓い、揺り椅子をきしらせた。高揚してきたのか、笑いさえした。「払って払って、おれがもうじゅうぶんだと思うまで払わせる。簡単なことさ」

薄気味悪さにぞっとしつつ、尋ねた。「そんなに大事な、なにを盗まれたんだ？」

ゴリーの説明を聞いて、なるほど、納得した。

あの痩せぎす女を気の毒にすら思った――が、もっと気の毒なのはこのおれだ。一刻も早くゴリーから離れなくては。こっちまで標的にされる前に。

夜八時、人気《ひとけ》の少ないエリアに車を停めるレイエスのとなりで、ケネディは身を固くしていた。未舗装の地面はでこぼこしていて、トラックのヘッドライトは背の高いもみの木とピニョンマツ、ジュニパーの影を長く濃く落としている。

不気味で危険な雰囲気だ。そしてレイエスは、やけに静か。

わたしは心の準備ができていない。

レイエスが計画を立てはじめた瞬間から、すべては光の速さで進行した。

レイエスはまず、クロスビー・アルバートソン刑事と少し話をした。どういう人物か見定めるためだ、と言っていた。マディソンとケイドも会話に加わった。

これほど部外者だと感じたのは生まれて初めてだった。三きょうだいがチームとして動いていることも、クロスビーが刑事として身につけた以上の知識まで備えていることも、明らかだった。

それについてレイエスに訊いてみようとしたが、彼はすっかり秘密主義者になってしまって、どの質問の答えにもなっていないささいな情報を選んで話すばかりだった。

そしていま、わたしはジョディと会おうとしている。ただし、友達が現れてくれたらの話だけれど。

こちらと同じで、ジョディも状況に納得していない様子だった。

レイエスがそばで聞いている状態で、ジョディに電話をかけた。二度。二度ともジョディは出なかった。昨夜遅くになってようやくジョディが折り返してきて、深い眠りから起こされた。

わたしは寝ぼけていたけれど、レイエスは違った。ぴったり寄り添っていたわたしをぐいと離れさせるなり、なにを言ってなにを言わずにおくか、すばやくレクチャーした。

彼はとなりでじっと黙ったままだったが、そこにいてくれるだけで、電話に出るのも楽になった。

どうしても会いたいとジョディに伝えると、意外にも抵抗はなかった。

それどころか、会いたいと言われるのを知っていたかのように、この人気のない山中の場所を指定してきた。かつてはキャンプ場だったが、所有者が敷地の整備を怠ったので、いまではわだちだらけの道がだだっ広い土地まで延びているだけの空間だ。

太陽は少し前に沈んだ。

「深呼吸しろ、ベイビー。すべて問題ない。ケイドは徒歩で来てるし、最高の味方になってくれる。トラックには目がついてるから、マディソンはおれたちを追跡できるし、近づいてくるやつがいればすぐにわかる。言ったよな、なにがあっても絶対におれがきみを守るって」

いまのを聞いた？　どこのだれが、よくわからないハイテク監視機器の意味で、トラックに目がついているなんて言うの？　銃を持っていて必要ならすぐにでも撃てるという意味で、最高の味方なんて言うの？

ぎゅっと両手を組んで、尋ねた。「あなたたちは何者なの？」

「しーっ。そろそろ明かりを消すよ。ここから先は歩きで行こう」

そうして開けた土地のなかほどまで行ったら、レイエスは後方で待機する。

わたしは一人、むきだしの状態になる。

いいえ。レイエスは絶対に守ると言ってくれたし、わたしは彼を信じている。ああ、もっと強ければよかった。マディソンみたいに賢ければ、あるいはスターリングみたいに度胸があれば。けれどわたしはわたし。ただのケネディ・ブルックス。心に傷を負ったまま、過去から抜けだせずに、自分の足で立とうとしながら失敗ばかりしている女性。

レイエスが背の高い木々のなかでトラックを停めると、すべてが闇に呑まれた。

「なあ」そう言って固く組んでいた手をほどかせ、片方を口元に運び、指の関節に温かいキスをした。「これはお守りだ、ベイビー。心配するな、おれがちゃんと見てる。約束だ、絶対にきみを守る」

暗くて見えないと知りながらうなずき、小声で言った。「わかってるわ。ただ……」ひどく寒くて空っぽなの。「いいえ、大丈夫よ」

「そうとも。超大丈夫だ」今度は身を乗りだして、頬に、あごに、口角に、軽く唇を押し当てた。

驚きのあまり、全身の血管をめぐっていた氷もどこかに消えた。「なにしてるの?」

「きみを温めようとしてる。うまくいった?」

「それは……ええ、いったみたい」長い息を吐きだした。変なの、本当に心が落ちついてきた。キスでそんなことができるなんて思ってもみなかった。「ありがとう」

「きみって本当にお礼を言ってばかりだね」にっこりした笑みに、この世のどんな言葉よりも励まされた。「おれがそっち側に回るまで待ってて。懐中電灯は持ったね?」

「ええ」頑丈な懐中電灯を助手席の足元から拾いあげた。

ぞくぞくするけれど、それは十月の山中の気温というより緊張のせいだ。服装は適切なものを選んだし、耳が寒くないようにニットキャップもかぶってきた。「ええ——」大丈夫、とまた言いかけたが、超大丈夫などと言われたあとなので、とっさに変更した。「行けるわ」

「寒くない?」

レイエスはもうなにも言わずにトラックをおりると、どうやったのか、まったく音を立てずにこちら側へ回ってきて、助手席のドアを開けてくれた。

すごい、まるで幽霊。彼とその家族がしていることの裏事情をますます知りたくなる。

彼の手につかまってトラックをおりたが、こちらは当然、大きな音を立てた——ハイキング用ブーツで落ち葉や小枝や砂利を踏んで。懐中電灯なしではなにも見えないけれど、レイエスはその点でも問題ないらしい。先を行く彼についていきながら、暴れる鼓動をどうにか静めようとした。

五分ほど歩いただろうか、レイエスに引き止められた。耳元で彼がささやく。「ここで待ってる。この岩のすぐ後ろだ。十歩進んだら懐中電灯をつけろ。倒木が見えるはずだ。そこがジョディの指定した場所」

思い出した。ジョディはかならず一人で来てと言い張った。レイエスは言下に拒否し、道のふもとで待つと約束した。

もちろん嘘だ。

きっとケイドはもう配置についているだろう。マディソンは、ジョディは別の方角から来ると断言して、レイエスもその考えに同意した。

なにもかも秘密めいていて、心が騒ぐ。

慎重にレイエスから離れて、数えながら歩を進めた。一度つまずいて、ジュニパーの枝に頬を引っかかれてから、ようやく懐中電灯をつけた。

倒木はすぐに見つかった。レイエスのそばにいたときは気づいていなかった夜の音も聞こえてきた。風、動物、昆虫。振り返りたい、レイエスがまだそこにいるのを確認したいという思いに決意を試されたが、してはいけないことについてレイエスにしっかり教わっていたし、重要だとわかっていた。レイエスの存在を知られてはいけない。

もし熊が現れたら？　大きな蜘蛛《くも》が？

小枝の折れる音で心臓がのどまで飛びあがった直後、ジョディが木の陰から出てきた。

友達は疑念もあらわに、距離を保ったままだ。「ボーイフレンドは？」

鋭い問いで、みごとに心のなかのなにかが溶けた。これこそジョディだ。聞き慣れたあの口調のおかげで、心のなかに恐怖が消えた。「いざというときのために近くにいるわ」正直に答えた。計画に従わなかったことで、レイエスがうめくのが聞こえた気がした。「ジョディ、元気にしてた？」不安にもかかわらず、純粋な笑みが浮かんだ。「会えてうれしいわ」

ジョディがあごを突きだした。「ほんとに？」

「もちろん本当よ」さらに数歩進んで、懐中電灯であたりを照らした。「おかしな場所を選んだのね。なんだか気味が悪い」

「わたしには安全に思えるの」

「安全って、なにから？」

「人だよ。人間」

ジョディの恐怖を思い出させられて、胸が張り裂けそうになった。わたしはおおむね人生を前へ進めることができたけれど、ジョディはまだ歩きだせていない――し、おそらく今後も前進できないのだろう。

「痩せた?」ジョディは小柄で、出会ったころからスリムだが、態度はまるで女戦士だ。それが今夜は驚くほどか弱く見える。スウェットシャツを着ていても、五キロ近く痩せたのが見てとれた。黒のレギンスは膝のあたりにゆとりができて、ブーツの上ではたるんでさえいる。スウェットシャツは肩の位置がさがっていて、着ている体が細すぎることを物語っていた。

ジョディがさらにあごをあげて、もつれた茶色の髪をさっと後ろに払い、あざけるように言った。「だれかに尾けられてるから、何日か隠れてた。で、何食か食いっぱぐれたの」

そんな。「どうして言ってくれなかったの?」もう一歩近づいて手を差しだした。「わたしにできることならなんでもするって知ってるでしょう?」

「そう? だったらよかった」ジョディも近づいてきた。

ジョディはハグするタイプの人間ではないが、抱擁を予期した――そのとき。

いきなり首に腕をかけられて、木の幹に押さえつけられた。肩が幹にぶつかり、懐中電灯を取り落としそうになる。

理解するまでに数秒がかかった――ジョディに絞め技をかけられている。「なに……するの?」ジョディはこちらが息もできないほど強くのどを締めあげているだけでなく、手には銃まで持っていて、筒先はレイエスが待機しているほうに向けられていた。

「そこにいるのはわかってる」ジョディの声は固く、怒りに満ちていた。「出てこい」

必死に逃げようとしたものの、ジョディの腕にますます力がこもるだけだった。どうやら友達はこの動きに慣れ親しんでいるらしく、完全にものにしていた。

こちらのほうが五センチほど背が高いうえ、体重も十キロ近く重たいはずなのに、ふりほどけない。ふりほどこうとすればジョディに怪我をさせてしまうし、それはしたくない。少なくとも、いまのところは……。

ああ、こんなのばかげている！　両手が使えるように懐中電灯を手放そうかとも思ったが、そうすればレイエスにこちらが見えなくなるかもしれない。

そのレイエスが、自身も銃を構えて現れた。「力を抜け」ジョディに命じる。「彼女が苦しんでるぞ」

それを無視してジョディは言った。「なんでここにいるの？」

自身の安全を度外視して、レイエスが近づいてきた。「彼女を傷つけたいなら」忠告するように言った。「きみの脳みそに銃弾をぶちこむ」

「ケネディを傷つけたくなんかない」心外だと言わんばかりに叫んだ。

「よかった。じゃあ仲よくできるな。おれもきみを傷つけたくないから」

「銃を構えといて、よく言うわ」ばかにしたようにジョディが言った。

「ケネディを守るためだよ」レイエスは落ちついた声だ。「それからジョディ、いざとなったらきみのことも守る」

「嘘つき！」ジョディが叫んだ。

「おれの言葉は信じなくてもいい」レイエスは足を止めたが、その目は少しも揺らがなかった。「だけど、ケネディがきみに嘘をつくと思うか？」

反動でジョディの腕に力がこもった。「あんたが堕落させたから、もうわからない」

「ジョディ……」目の前で小さな星が躍りはじめた。「息が……できない」

「やば」慌ててジョディが腕をほどき、ずるずると木の幹を滑り落ちるこちらを支えてくれた。

懐中電灯が音を立てて地面に落ちる。次の瞬間にはレイエスがすぐそばにいて、ジョディの手から銃を取りあげ、たくましい腕をウエストに回してくれていた。「おれが来たよ、ベイビー。もう大丈夫だ」

「レイエス」ようやく息を吸いこめて、かすれた声で言った。「ジョディは友達なの」

「わかってる。ほら、座って」倒木に腰かけさせてから、正面にしゃがむ。「大丈夫？」

のどは痛むが、それ以外は問題ない。目でジョディを捜した。落ちた懐中電灯が地面に光の円を作り、ジョディのブーツのつま先と顔をほのかに照らしていた。片手で口を押さえ、もう片方の手はお腹に当てている。打ちのめされた様子だ。傷ついて、罪悪感に苛まれ、怯えている……。

「わたしは大丈夫よ、ジョディ」友達の目に恐怖を見て、訴えた。「お願いだから行かないで。どうしてもあなたと話がしたいの」

ジョディは決めかねたようにそわそわし、視線を泳がせている。

レイエスが顔をあげて遠くを見やり、静かに悪態をついた。ほぼ同時に彼の携帯電話が振動した。

「身を低くしてろ」こちらに言い、携帯電話を取りだして画面を見てから、また銃を握った。「ジョディ、聞いてくれ。参加者が増えたらしい」

「そんな」必死にあたりを見まわす。

「きみが来たのと同じ方角から近づいてくる三人を、おれの兄が見つけた」

「兄?」噛みつくように言い、すぐに続ける。「わたしは尾行されてない！　されたはずない！」

落ちついた声のまま、レイエスが言う。「おれのトラックに乗って。早く」

銃声が響き、恐ろしいこだまが夜のしじまを裂いた。すぐさま地面をたたく足音と、茂みが揺れて枝が折れる音も続く。

「きみは撃てるみたいだから銃がいるね」レイエスが言う。「ほら、早くこっちに来い。だけど身を低くしてろよ」

奇妙なことに、ジョディは言われたとおりにした――そしてわたしの前に位置をとった。なんだか恥ずかしい。「わたしはなにをしたら?」切実に、お荷物ではないと感じたかった。レイエスは答えもせずに二人をうずくまらせ、みずからの体を盾にした。静寂が広がり、そのせいでなぜかますます恐怖が増した。銃声がさらに二発、どちらも別の方角から聞こえた。

「三手に分かれたな」レイエスがつぶやいたが、その表情も声も不安そうではない。

「すごいのね。わたし一人がみんなのぶんまで不安になっている。ケイドを案じて。ジョディを案じて。とくにレイエスを案じて。

また携帯電話が振動した。レイエスが取りだしてテキストメッセージを読みあげた。画面に親指を当て、ロックを解除してからこちらに差しだした。

驚いたものの、すぐにテキストメッセージを読みあげた。「"撤退してる。いまだ"」

するとレイエスは立ちあがり、懐中電灯を拾って言った。「急げ、ベイビー、いまのうちに」こちらの二の腕をつかんでうながす。

「ジョディ」ケネディは一瞬だけ抵抗して、友達の手をつかんだ。ジョディはそれをかわして言った。「わたしの車——」

「勘弁してくれよ……」レイエスがこちらの二の腕を放してジョディのスウェットシャツをむんずとつかまえ、女性二人を追い立てはじめた。「ジョディ、きみに見てほしいものがあるんだ。だから抵抗するのはやめ。おれは危険人物じゃない」

協力しようとジョディの腕をつかんだ。「わたしが保証するわ」

ジョディがしぶしぶ歩調を速めた。「いまメッセしてきたのはあんたの兄さん？」

「そうだよ。あとから来る」懐中電灯で4ドアのラム（大型ピックアップトラックのブランドの一つ）全体と周囲を照らし、付近にだれもいないことを確認してから明かりを消した。

「兄さんの車はどこにあるの？」

「だれにも見えない場所」後部ドアを開けて、狭い後部座席に放りこむようにこちらを乗らせてから、懐中電灯を膝の上に置いた。「並んで座って、携帯の画像を確認してもらいたいだろ？」

「画像って？」ジョディも乗りこんできて、ぴったりくっついて座った。

「まだ明かりはつけるなよ」レイエスが有能そのものに、流れるような動きで運転席に乗りこむと、エンジンをかけた。ドアがロックされる。「おれがいいって言うまで」

「わかったわ」たしかに不安だけれど、レイエスは落ちつき払っているし、すべてにおいて有能なので、きっと感じると思っていたほどには怖くなかった。

「きみが誇らしいよ」不意にレイエスが言った。ヘッドライトを消したまま、大きくぐるっと車の向きを変えて、でこぼこ道をやすやすと戻りはじめる。

「わたし？」戸惑って尋ねた。「わたしのどこが？」

「冷静さを失わなかっただろ」レイエスが言いながら、絶えず周囲に目を光らせる。「なにを優先すべきかを見失わなかったし、おれに理解できなかったときも友達をちゃんと理解した。そうでなかったら、きっとおれは……」トラックががたごとと進む。「彼女がきみを羽交い締めにしてるのを見てられなかった」

しばし車内に沈黙がおりたが、やがてジョディがささやくように言った。「あのときはごめん。ケネディを傷つけるつもりはなかった。わたしはただ……。あれは、脊髄反射みたいなものなんだ――脅威に対しての」

「ケネディはわかってたと思うよ」レイエスがふうっと息を吐きだした。「おれにはわからなかった」

「わたしを信じてないの？」ジョディが言う。

「きみがおれを信じてないようにね。違うのは、おれはケネディを信じてて、もし彼女が大丈夫だって言えば、おれはそれを信じるってこと」

きっとジョディは混乱しているだろう。それを察して、友達の腕をぽんぽんとたたいてからレイエスに尋ねた。「いまはどこへ向かってるの？」ジョディにとって情報は力だ。知れば知るほど安心できる。

「コンビニかな。じゅうぶん明るいところ。着いたらきみとジョディで……話すといい」

「あなたの怖い目ににらまれてない状況で？」ジョディが尋ねる。

「目はついてくる」レイエスが言った。「その他諸々《もろもろ》もね。きみが何者で、どれほどケネディに信用されてようと、トラブルに追われてるのは間違いないし、おれはそれをケネディに近づかせたくないんだ」

ジョディが混乱しきった顔で言った。「彼、何者？」

いい質問だ。レイエス・マッケンジーはいくつもの層でできている。その一つ一つをめくってみたい。「善良な人よ」簡潔に答えた。それだけは百パーセント、断言できる。

ジョディが鼻で笑った。「へえ。雪男とかユニコーンと同じか」腕組みをして座席の隅に寄りかかる。「しばらく様子を見て、自分で判断するわ」

トラックが土の道を離れてアスファルトを走りだす直前、レイエスがヘッドライトをつけて速度をあげ、不気味なキャンプ場と危険をあとに置いていった。

というか、わたしはそう思っていた。

10

もう携帯電話の懐中電灯機能をオンにしてもいいかとケネディが尋ねようとしたとき、ハンドルを握っているレイエスが小さく悪態をついた。

バックミラーをのぞいて、彼が問う。「二人とも、シートベルトは締めてるね？」

となりでジョディが急いでシートベルトを締めるのを確認してから答えた。「ええ。どうして？」

「つかまってろ」言うなり、トラックが鋭く右にカーブした。

シートベルトにしか支えられていない状態で、体は激しくジョディにぶつかった。ぎらぎらしたハイビームの光がリアウインドから射《さ》しこみ、心臓が飛びあがる。

レイエスが左の車線に移って急ブレーキを踏むと、別のトラックが猛スピードで追い抜いていった直後、ブレーキ音を響かせながら道路の真ん中で横向きに停まった。

レイエスが今度はアクセルを踏みこみ、道路から半分はみ出しつつ、フロントフェンダーを失いかけながら、トラックを抜き返した。

歯ががたがたと躍る。レイエスは手一杯だとわかっているので、気を散らさないよう、できるだけ静かにし、頭のてっぺんからつま先までぎゅっとこわばらせていた。

「あいつら……わたしを追ってるの？」ジョディが尋ねた。

「おれかもしれないし」レイエスが言う。「ケネディかもしれない。そこはわからないな。でも心配ないよ、おれに任せて」

またしてもジョディが混乱した顔でこちらを向いた。その表情は〝この人、頭がおかしいの？〟と語っていた。

なにも言わずにただ肩をすくめた。

レイエスはどんどんスピードをあげていくが、道路のこのあたりにはほかの車はなく、出口もなく――助けてくれる人もいない。

「ケイドだ」レイエスが言った。

振り返ると、後方に新たな車が現れていた。

「ベイビー、お願いがあるんだけど。ちょっとかがんでくれるかな」

戸惑って尋ねた。「かがむ……？」

「伏せろ！」レイエスがどなった。

ジョディが前かがみになったのを見て、すぐさま真似した。

次の瞬間、銃声が響いて、タイヤの悲鳴と激しい衝突音が続いた。

レイエスが路肩に停車し、こちらが落ちつきを取り戻す前に言った。「おれが出たらドアをロックしろ」そして――

トラックをおりた！

「レイエス！」慌ててドアをつかみ、細く開けて叫んだ。「なにしてるの⁉」

「ちょっと野暮用」そう言ってドアを閉じさせようとする。「ロックしろって」

彼の燃える目と険しい表情に、おとなしくドアロックをかけた。

レイエスは一つうなずいて向きを変え、歩きだした。

驚いた。あんな彼は初めて見た。後部座席からそっとのぞき、後ろ姿を見送る。どこまでも魅了され、死ぬほど身を案じていた。

レイエスはヘッドライトの光をよけつつ、目的をもった足取りで追跡者のトラックに近づいていく。車体はよじれ、フロントエンドパネルは山肌の隆起にぶつかって粉々だ。ここから見るかぎり、車内に動きはない。

ジョディがシートベルトをはずして座面に膝立ちになり、一緒に見守った。「向こうから来るのがあの人の兄さん？」

ジョディに言われるまで気づかなかった。不思議。ケイドはあんなに大きいのに。「そうよ」

「二人とも、ふつうじゃないね」

控えめに言ってもそう。

ジョディにこづかれた。「わたしたちを追ってる連中に負けないくらい、やばいことができるんじゃない？」

「でしょうね」レイエスほど危険な人は知らない。あんな過去をくぐり抜けてきた、このわたしでも。

二人並んで見ていると、レイエスとケイドはまずトラック内部と周辺をチェックした。レイエスが壊れた前部ドアをこじあけて、車内に身を乗りだす。ヘッドライトが消えて、うるさいエンジン音がやんだ。

レイエスが体を戻し、ケイドと短い会話を交わす。危険は去ったということ？

だけど安心できない――レイエスの口から聞くまでは。

「わたしに見せたいものがあるんだよね？」ジョディが言い、いつもどおり用心深く周囲を見まわした。暗がりに目を凝らし、どこまでも延びる人気《ひとけ》のない道路を探る。「だからわたしたちはここにいるんでしょ？」

そうだった。いろいろあったせいで、もはや忘れかけていた。「動揺させるかもしれないけど、これだけは覚えていて。わたしがついてるわ。ずっとついてる」

ジョディは真顔で姿勢を正した。「あの大男はどう言うかな」

正直に答えた。「レイエスについて知らないことはたくさんあるわ」

「だろうね。わたしはあの人のこと、わかったつもりだったけど、ぜんぜん氷山の一角だったみたい」

気取った口ぶりにもだまされなかった。ジョディは怯えている。それは、一度地獄を見た女性が感じる、骨の髄まで凍らせる恐怖だ。そんな恐怖心を募らせているより本題に入ったほうが友達のためだろう。

ポケットから携帯電話を取りだして、設定を調節した。事前に消音モードに切り替えて画面の明度をさげていたのを、もとに戻したのだ。「刑事さんが訪ねてきたの。ある男を追ってるんだけど、その男についてレイエスがなにか知ってるんじゃないかと考えたそうよ。残念ながらレイエスはなにも知らなかった——でも、わたしはその男に心当たりがあるかもしれないと思ったの」

「男？」ジョディの表情が変わった。「あなたをさらったやつ？　逃げた一人？」

「いいえ」どういうわけか、ロブ・ゴリーに比べればあの男も小者に思えた。

そしてレイエスに比べれば、どちらの男も取るに足らなく思えた。あの二人は純粋な悪だが、レイエスのほうがより大きく、勇敢で、賢く、強い。しかもやさしくて思いやりがあって、おもしろい。

レイエスは善良なものすべてだ。だからあんな人たちの残酷さに対して完璧な対抗勢力になる。

問題の画像を携帯電話のデータから選んだ。マディソンのおかげで、クロスビーが持ってきた写真よりも解像度があがっている。もう一度、ちらりとレイエスを見ると、彼はこちらを見つめていた。警戒を絶やさず、わたしを視界に入れたまま、携帯でだれかと話している。妹だろうか？　おそらく。マディソンならこの道路について必要な情報を与えてくれるだろうから。

これ以上、先送りにできなくて、ジョディの手を取って指をからませると、携帯の向きを変えて画面を見せた。

傷ついた動物が立てるような低い声がジョディの唇から漏れた。

知りたかった答えがわかって、胸が引き裂かれた。

「死んだのに」ジョディがかすれた声で言う。

そのはずだった。「しーっ。説明させて。ね？」画像から目をそらさないジョディに語りかけた。「刑事さんはある家に行ったそうよ――おそらく、かつてあなたが連れていかれた家」

ジョディが首を振る。「死体が――」

「死体はなかった」

「わたしが殺したのに」聞こえないくらい小さな声で言う。

「ジョディ……たしかなの？」

「たしかよ!」叫んで手をふりほどこうとしたが、そうさせなかった。

もしいまこの手を放したら、友達はきっとトラックから飛びおりて消えてしまう。それがジョディだ。怯えると逃げ、こちらが必要としていると思ったときだけふたたび現れる。

そこを踏まえてささやいた。「ジョディ、わたしにはあなたが必要なの。なにが起きてるにせよ、一緒ならきっと解決できる」

「わたしなんて必要ないでしょ!」ジョディがぐいとあごで外を示した。「あなたにはもうあの人たちがいるんだから」

驚いて窓の外を見ると、ケイドとレイエスがこちらを見ていた。二人とも、心配そうな顔をしている。

ひとまず二人を無視してジョディににじり寄り、低い声で言った。「あの人たちは男性で、わたしたちがくぐり抜けたようなことは経験してないわ。わたしたちは支え合う——でしょう? ジョディ、あなたはわたしより強い。わたしは今回の件を解決する手助けをしたいけど、そのためには、必要なときにあなたと連絡がとれなくちゃ。あなたは安全だと知っておかなくちゃ」

座席の背もたれに体をあずけて、ジョディがきっぱり言った。「あなただって強いよ。そうでなかったら、いまわたしの指を握りつぶしてない」

「ああ、ごめんなさい!」急いで手を離すと、案の定、ジョディはまたたく間にトラックを飛びおりていた。

そばまで来ていたケイドの声が響いた。「おれたちに追わせるな。外は凍えるほど寒くなってきたし、いつ何時、警官が現れるかわからない」

「それか、別の追っ手か」レイエスがつけ足した。

ケネディは座席を横滑りして、ジョディの側から外に出た。もしもジョディが逃げだしたら、このわたしが追いかける。

兄弟のさりげなさを見習って、のんびりジョディに近づくと、トラックの荷台越しにレイエスに尋ねた。「追ってきたトラックの運転手は？」

「死んだ」レイエスがすでにこちらへ向かいながら言う。「今後の計画を立てたよ」

「偶然だね、わたしも立てた」ジョディが言う。「自分の車に戻ってここを離れる」

ケイドがさりげなく反対側から回ってきたけれど、そのさりげなさは見せかけだ。兄弟はどちらも瞬時に動きだせるよう用意をしている。とはいえ、わたしのためではない。二人とも、わたしが安全な場所から逃げたりしないとわかっている。

けれどジョディは？　そう、ジョディは見るからに世界に立ち向かおうとしている。たった一人で。

「きみの車がどこにあるかは知ってる」ケイドが言った。「おれたちの計画は、おれがまず、きみをそこまで連れていって――」

「いやだ」

ジョディに遮られてなどいないようにケイドは続けた。「——周囲にだれもひそんでないことを確認する。そのあと、主要幹線道路まで送る。そこから先は、どうとでも好きにするといい」

「だけどさ、ジョディ」レイエスがじっと見つめて言った。「きみには応援が必要だ。もしゴリーがまだ生きてるなら、ケネディのアパートメントに火をつけたのはやつかもしれないだろ?」

「わたしをおびきだすために」ジョディが厳しい表情にかすれた声で言い、垂らした両手を握りしめた。

「かもな。だが、いまはすべての可能性を検討してる時間がない。ここに突っ立ってるのは安全じゃないから、どうだろう、居場所を逐一こっちに知らせてくれるっていうのは?」

「どうだろうね」ジョディが顔から髪を払う。「まあ、考えてみる」

「きみの車まで乗せていくあいだに考えるといい」ケイドが言った。

ケイドの口調がじつに合理的でまったく脅威を感じさせないことに、ケネディは感心させられた。この男性は、だれが見ても歩く武器なのに。

レイエスと同じで。

決めかねた顔でジョディがこちらを見たので、歩み寄った。「お願いよ。もしもあなたになにかあったら耐えられる気がしない。あなたは家族みたいなものだもの」

「家族」ジョディが言葉の重みを量るような口調で言った。

「姉妹みたいな」言葉を重ねた。

ジョディの唇がよじれた。「だとしたら、わたしは一家の厄介者だね。だれも会いたがらない嫌われ者」

「そんなことないわ」さらに近づいて、もう一度言った。「お願いよ、ジョディ」

長い間のあとに、ようやくジョディがふざけた口調で言った。「わかったわかった。まあ、その二人がゴリーよりやばいわけないもんね。じゃなくても、ゴリーのふりをしてるだれかより」

その可能性は考えもしなかった。だれかがゴリーのふりをしている？　そんなまさか。

「じゃあ行こうか」レイエスに手をつかまれ、前の座席のほうに引っ張られた。

「きみはあっちだ」ケイドがジョディに言い、自身のＳＵＶを示す。「そろそろこのみじめな夜を終わらせよう。問題を片づけるのは朝になってからだ」

肩越しに振り返ると、ジョディがこちらを見つめたまま、後ろ向きで歩いていくところだった。

耳元でレイエスがささやく。「彼女なら大丈夫だ、ハニー。約束する」

どうしたらそんなことが約束できるのだろうと思いつつ、うなずいて、ジョディに呼びかけた。「かならずまた連絡するわ」

「わかった」そう言って、ジョディは向きを変え、ケイドと並んで歩きだした。

みじめな能なしが。デルバート・オニールは、通話を終わらせたゴリーが携帯電話をそっとテーブルに置くさまをにらみつけた。

「どういう意味だ、二人ともそこにいたが逃げられちまったというのは？」

最初は笑い声しか返ってこなかった。

もう限界だとばかりに言い放った。「答えろ、くそが！」

「おれたちが思っていたよりあの男はできるって意味だ」

おれたち、だと？　ここまでおれは、ほぼなにもさせてもらってないぞ。「へえ？　詳しく聞かせろよ」

「おれたちは罠《わな》をしかけたと思っていたが、実際は逆だった。例のボディガードは、おれたちがあの場にいることを予測していたらしい」

「あの場にって、おれはずっとこの肥溜《こえだ》めにいっぱなしだぞ！」

「ここは肥溜めじゃない、すてきなキャビンだ。おまえ、愚痴が多すぎるぞ」

そんな侮辱を放ったのが別の男だったなら殺していただろうが、この男は……。こちらを見る目つきだけで鳥肌が立つ。「で、どうなったんだ？」

「撃ち合いになって、こちらが雇った男たちは取り押さえられた。待ち伏せのために用意した車のほうもうまくいかなかったらしい」

ここは一つ、思いきって提案した。「じゃあ、次はおれが計画を――」

「だめだ！」ゴリーが両手をテーブルにたたきつけ、立ちあがってこちらをにらみつけた。突きでた腹でシャツの縫い目が破れそうだ。「次はあの女も逃げられない」

「ジョディのことか？　そうか、よかったな。だがおれは、ケネディのせいでまたサツに追われるはめになる前に、あの女を止めなきゃならねえんだよ」

「二人ともつかまえる」ゴリーが言って全身の緊張をとき、またあのよじれた笑みを浮かべた。「ケネディは、おれからおまえへのプレゼントだ」

知ったことか。こいつに借りなんざ作りたくない。そろそろおれ自身の計画を立てるころだ――イカれ野郎とはおさらばして。「なるほどな」だが、ここはひとまずなだめておこう。「うれしいね。ありがとうよ」最初のチャンスが訪れたら、ずらかるとしよう――そうだな、明日の早朝あたりにでも。そのあとは、二度と悪魔とは取り引きしない。なかでも、とことんクレイジーな悪魔とは、絶対にだ。

二人だけになると、レイエスはすぐさまトラックを発進させてその場をあとにした。どこまで行っても、絶えずバックミラーで後方を確認する。以前のケネディならそれを見て不安になっていただろう。いまは、それがレイエス流の〝慎重に慎重を重ねる〟だとわかっていた。

　レイエスの家まであと少しというときに、彼の携帯電話が鳴った。レイエスが片手で運転しながら携帯を耳に当てて言う。「すべて完了？　よかった。うん、五分で家だ。おれからもマディソンにありがとうって伝えといてよ」数秒、耳を傾けてから、ちらりとこちらを見て肩をすくめた。「いいよ、引き受けた。じゃあ、またそのときに」

「ケイドはなんて？」すぐに尋ねた。

「ジョディをきっちりエスコートしてきたってさ。でも彼女はそれを知らないから、本人には言わないように。道が混んでるあたりでケイドははぐれたって思ってるらしい」

「本当は違う？」

「ああ。ぐるっと回ってあとを尾けて、郊外の安モーテルに入るまで見届けた。彼女を困らせるやつがまた現れないようにね。おれたちは徹底してるんだ。ちなみにそのモーテルは州間高速道路I‐70への入り口近くにあって、ケイドのバーの〈ほろ酔いクズリ《ティプシーウルヴァリン》〉から三十分と離れてないらしい」

　バーの店名に面食らって、目をしばたたいた。ほろ酔いクズリ？「おかしな店名ね。冗談でしょう？」

「いいや」一瞬ためらってから、心のなかで肩をすくめたように言った。「おれはジムを、ケイドはバーを経営してて、どっちの場でもいやな話が耳に入ってくる——それがおれたちのオペレーションの一部なんだ」

いま、情報のかけらを与えてくれたの？　新たななにかに神経を集中させたくて、文字どおり飛びついた。「オペレーション？」

「まあ、ちょっと待って。先にほかの話をしなくちゃならない。だけどジョディにはひとことも漏らさないって約束してくれるね？」

これほどレイエスを信じていなければ、その真剣な口調に胸が騒いでいただろう。「約束するわ」

「ケイドはおれたちを追う前に、ジョディの車に発信器をつけた。だからジョディがどこへ行こうと、おれたちにはその位置がわかる。ふだんなら口外しないところだけど、今回はきみが心配しすぎないように、こうして話してる。ジョディは怖くなって逃げだすかもしれないが、そうなったとしても、おれたちには見つけられるというわけだ」

心が、感情が、やわらいだ。「ジョディに危険が迫らないように？」

「そういうこと」

あなたはどこまですてきなの？　「どうもありがとう」

「怒ってない？」

怒るわけがない。「ジョディを助けてくれて心から感謝してるわ」

「ジョディ自身がその助けを望んでないとしても？」

たしかに、ジョディはそんな印象を与える。うわべだけを見れば、一人にしてほしいのだと思うかもしれない。だけど彼女の本心は。

本心では、助けてほしくてたまらないのだ。そしてケネディ自身は、いくつもの理由から、レイエスなら理解してくれると確信できた。だからこう切りだした。「ジョディはすごく傷ついてるの」友のことを説明する。「だれもかれもを疑ってる。だからどんなに助けてほしくても、だれかに助けを求めたことはないんじゃないかと思うわ。ジョディの信頼を得るには時間がかかるの」

「でもきみは彼女の信頼を得た」

「それは、共通の過去があったから」

その言葉にレイエスが悲しげな顔になった。「明日、おれの父の家でケイドとマディソンとランデブーだ」

「お父さん？」のどがつかえた。

「父を前にしても怖じ気《おけ》づかないでほしいな。どんなに怖い顔でにらまれても」

「どうしてお父さんがわたしをにらむの？」そんな可能性を考えただけでむっとしてしまった。わたしは最近、ひどい目に遭った。いくらレイエスの父親でも、失礼な態度はとってほしくない。

「父は不機嫌がデフォルトなんだ。でもほら、やっとまたキメラに会えるよ。バーナードにもね。バーナードのことは好きになるんじゃないかな。彼はキメラを崇拝してるから」

「つまり、わたしはバーナードのことを好きになるけど、お父さんのことはそうでもない？」

「猫泥棒じゃないときのバーナードは、すごくいい人なんだ」

笑いがこみあげた。「バーナードはわたしたちの猫を盗んだの？」

レイエスが天を仰いだ。「あのときはちょっと笑えたよ。おれがキメラを家に連れていって、バーナードがめろめろになるのを目の当たりにするまで、彼が動物好きだってことは家族のだれも知らなかったんだ。これがどんなにおかしなことか、バーナードに会ってみればわかるだろうけど、彼、キメラに赤ちゃん言葉で話しかけてさ。そのうえ子猫たちだ、あれこそ一目ぼれってやつだね。バーナードはあの猫たちを文字どおり盗んだんだけど、すごく幸せそうだったから、おれも本当には気にしてない。純粋にバーナードへのいやがらせとして、気にしてるふりをしてるだけ。わかるだろ？」

いいえ、わからない。だけど人をいらいらさせるのは、とりわけ家族を苛立たせるのは、レイエスお気に入りの気晴らしなのだろう。

レイエスの家族とバーナードに会うと思ったら、少し不安になってきた。家族に会わせるために女性を家へ連れていくとして、これはよくある理由ではないはずだ。よくある状況では。むしろ安全面への配慮ゆえだろう。それこそ、レイエスがわたしをそばに置く第一の理由なのだから。

不安になるのも当然だ。自分の人生が危険にさらされているという事実はもう受け入れているけれど、レイエスたち全員まで巻きこむのは……。思っているより悪いことかもしれない。

少し時間がほしくて、窓の外に目を向けた。過ぎていく景色を見るともなしに見ていると、やがてトラックはレイエスの家の車庫で停まった。なんて盛りだくさんの一日だったのだろう。まだ胃は落ちつかないし、全身の神経が引きつっている気がする。

わたしの世界はまた恐ろしい場所になってしまったけれど、そこに立ち向かうわたしは一人きりではない。ジョディも。

そう思うとなぜか気分が楽になった。なにもかもレイエスのおかげだ。

このすばらしい男性のおかげ。

ちらちらとこちらを見ながらレイエスがトラックのエンジンを切り、外に出て助手席側に回ってくると、やさしく手を貸しておろしてくれた。いつばらばらになってもおかしくないと思っているみたいに。

たしかに少し泣きそうだけど、それは感謝のせいだ。

レイエスがしてくれたことすべてを思うと、きつく抱きしめたくなる――抱きしめ返してもらえるように。レイエスとケイド、そしてジョディまでもが、勇敢に脅威と戦っているそばで、わたしは愚かにも不安に苛まれているだけだった。

二人一緒に家のなかへ入った。ああ、家に帰るってなんて安らぐの。たしかに自分の家ではないけれど、誘拐されたあの日以来、ほかのどこよりここを我が家だと感じていた。

「ジョディの言ったとおりだね」レイエスが先に立ってリビングエリアに向かいながら言う。「きみは自分で思ってるより強い」

小さく笑ってしまった。「あのときは、緊張しすぎてジョディの指を握りつぶしそうになったの」

「おれが言ってるのはそうじゃなくて」言葉を切り、指でこちらのあごをすくった。「今夜みたいなことがあれば、だれだって動揺する。ほかの女性ならパニックを起こしてたかもしれない。だけどベイビー、きみは迷わず指示に従ったし、泣かなかったし、取り乱さなかったし、そのうえジョディの面倒まで見た」髪に指をもぐらせる。「ジョディは自分をタフだと思ってるけど、実際は危うい。一人にさせておくのは大間違いだ。そんな彼女にきみは、その広い心と筋の通った論理で接した。ほかのだれにもできないことだよ」

「レイエス」心の求めるままに、たくましい体に両腕を回してその強さに頼った。これほど近くにいて、鼓動を感じ、香りを吸いこんでいると、ゆっくり神経が静まってきたものの、体の震えは止まらなかった。

それでもレイエスはそこを指摘したりしなかった。むしろわたしのいちばんいいところを見てくれた。ああ、そんなことをされたら、本当に好きになってしまう。

「あなたってすばらしい人ね」ささやいて、正直に打ち明けた。「あなたがいなかったら、いまごろわたしはどうなってたか」

レイエスは、こんなふうに女性に抱きつかれたことがなかった。抱きつかれたときはかならずセックスのおまけがついてきたし、そもそも受ける印象が違った。ああいうときのそれは、欲求であり、誘惑だ。

感謝ではない。

ケネディの強い抱擁と、速い鼓動と、首をくすぐる吐息に、おれのなかでなにかが起きた。なにか馴染みのないことが。彼女を抱きしめて、安心させるようにささやいた。「きみなら大丈夫だよ」

「あなたのおかげでね」胸板に顔をうずめる。「聞きたくないのは知ってるけど、でも、ありがとう」

「しーっ。いいんだ」そんなつもりはなかったのに、こめかみのやわらかな肌に唇を押し当てていた。

ケネディがこちらを見あげると――不意に顔と顔とは間近にあって、互いの息を感じ、目を見つめ合っていた。

おれにとっては官能的な瞬間だが、ケネディのほうはまずもってそう感じていないだろう。

体を離そうとしたとき、回された腕に力がこもった。「わたし、動揺してないわ」

「そう?」動揺してもまったくおかしくないのに。自分か、ジョディか、あるいは二人ともが何者かに追われているのだから。もしもトラックに乗っていた連中が生きていれば、尋問できていたのだが。実際は、財布を抜いてケイドにあずけることしかできなかった。明日、マディソンが調査結果としていろいろ教えてくれるように祈ろう。

「いまはもう動揺してない。でもあのときは」ケネディが認める。「銃声に驚いて――」

「あれはケイドが面倒を見てくれたし、たとえ二人組の一人がケイドから逃げおおせてたとしても、そのときはおれが対処してた」

「自信満々ね」からかうように言う。

「準備がいいんだ」まじめに返した。「訓練を積んでる」

そして……きみを大事に思ってる。

「そうね、あなたならきっと立派に対処してたはず。だけどレイエス、あの人たちはこっちの車を道路から追い落とそうとしたのよ」

「で、結果はどうなった？　死体が二つだ」

ケネディが首を振った。「あなたには驚かされるわ。最初から最後までものすごく冷静だった」

彼女の手を取ってソファに導いたが、今回は膝の上に抱きあげなかった。やけに縄張り意識が活発ないま、その動きは危険すぎる気がした。そこで、肩を抱いてやさしく引き寄せるにとどめた。「明日、父に会うなら、いくつか説明しておいたほうがいいね」

「説明？」

「遠い昔……」やれやれ、これじゃあまるで『スター・ウォーズ』の冒頭だ。「具体的にはおれが十三歳のとき、母が誘拐されて、人身取引の被害に遭った——そして父は変わった」

ケネディがぞっとしたように唇を噛んだ。「なんてこと」

「父は母を見つけた。母のためなら父は地獄にも突っこんでいっただろうし、実際、何度かはそうしたんだと思う」

ケネディが片手でそっと胸板に触れた。「お母さんはもう大丈夫なの？」

首を振った。「一年後、自殺した」そのときのことはあまり長々考えたくない。「ああいう虐待が人間になにをしうるか、おれは知ってる。自分の母親がその例だし——父もそうだ。父は変わってしまった。父も母も裕福な家の出で、一緒になってからはもっと豊かになった。金持ち自慢をしてるわけじゃなくて、純粋に、父には資金があったと言いたいんだ。それと、人身取引に手を染めるけだものどもを倒すことだけに人生をかける動機が」つややかな髪にあごをのせて、心安らぐ香りを吸いこみながら、どうにか感情を排した声で続けた。「父の決意には、おれたちを養成することも含まれてた――ケイドとおれとマディソンを武器の達人にすることも。まずはあらゆる戦闘技術を学んだが、教えてくれるのは最高レベルの指導者たちだった。素手での戦いに始まって、ボクシングや総合格闘術まで。おれたちはすべてに熟達してる」

「マディソンも？」

「ああ。父は、妹にはおもにコンピューター関係を仕込んだけど、全員が全方面を習熟することを願った」

「そこに愛情の入る余地はあったの？」ケネディがそっと尋ねた。

「たぶんね。でもまあ、難しい時期だったな。ケイドは反発した」ほほえんで続けた。「兄貴は命令されるのが嫌いなんだ。おかしな話だよ、父のもとを逃れていった先は軍だったんだから。で、そこで優秀な働きをした。だけど父とはあんまり似てるものだから、以前はしょっちゅうぶつかってた」

「いまは？」

「スターリングのおかげでいろいろ変わった。たぶん彼女と出会ったことで、兄貴の怒りと思ってた」

「その言い方、スターリングのことが好きみたいね。あなたたちはあまり仲よくないのかも反発心も薄れたんじゃないかな」

「義理の姉だからね、大好きだよ。でもまあ、彼女をいじると楽しいんだ」

「彼女だけじゃなく」ケネディが言い、腹をつついた。「みんなを、でしょ」

「かもな」この会話は、覚悟していたよりずっと楽だった。それもこれもケネディが、一緒にいるのがとても楽な人だからだろう。「ケイドもおれたちと同じように訓練を受けた。兄貴のプライドが、最高であることを要求したんだ」

「お兄さんはいくつだったの？」

「十五」しゃべりはじめてみると、ほかのことも打ち明けたくなった。だれとも、兄や妹とさえ、話していないようなことまで。「ケイドとは半分しか血がつながってないんだ。もしかしたら兄貴がずっとあんな感じだったのはそのせいもあるのかもな」

「お母さんが違うの？」

「ああ。ケイドが生まれたとき、母親は赤ん坊を父にあずけて出ていって、それっきり。ケイドは母親に会ったことがない。でもマディソンとおれにとっては間違いなく兄貴だし、なにがあってもそこは絶対に変わらない」

「もちろんよ。三人、一緒に育ったの？」

うなずいて答えた。「おれの母はケイドの母だった――この世を去るまでは。あのときはみんな打ちのめされたよ。そうしたら父が決心を固めて、おれたちには実質、嘆き悲しんでる時間がなくなった。戦闘技術に加えて、武器の扱いもプロ並みだ。そのへんにあるものを即興で武器にして戦うこともできるし、軍レベルのものも余裕で扱える」

「あの凄技《すごわざ》運転技術も教わった？」

「父はあらゆるシナリオを想定する」きっぱりと言った。「まるで傭兵《ようへい》だと言われる前に教えておくと、父はタスクフォースも始動させて、救出された人たちに法的な代理人を用意したり、必要なカウンセリングを手配したり、再出発のための資金援助をしたりもしてる」

「驚いた。あなたのお父さんは本当にすごいのね」

「そうなんだ」おまけに横柄で横暴で、ときにはひどく冷たい。だったのだが……そんな父のこともスターリングがほんの少し変えた。ケイドをふたたび息子にしてくれたから、かもしれない。考えながら言った。「おれは手のつけられない悪ガキだった」

「嘘でしょう？」驚いたふりをしてケネディが言う。

こいつめ、とばかりに抱きしめた。「父は、おれが怒りとエネルギーを父の考える正しい方向へそそいでるかぎりは気にしなかった。つまり、だれかを助ける方向へ。だけどケイドは……兄貴はどこまでも軍人でね、自制心を重んじる。だから、おれのなかの悪ガキを迷わず踏みつぶした」

ケネディが体を離し、聞き捨てならないというように眉根を寄せた。「どういう意味？」

すぐさまかばおうとしてくれたことに、笑みが浮かんだ。「つまり、おれがいらついてきたら、ケイドが毎回、兄貴の静かな自制心はおれの怒りに勝るってことを証明したって意味だよ。兄貴はいつも教訓にしてくれた。たとえば、おれのパンチをやすやすと防いでおいてから殴ってきて、なぜそんなに簡単にできるか説明するって感じでね」

ケネディの眉間のしわが深くなった。「お兄さんがあなたを殴るのはいやだわ」

「ああ、ハニー、ケイドとおれは十代になりたてのころからスパーリングしてるんだ。これもそれと同じ。で、おれは学んだ。おかしいのは、父が満足そうな笑みを浮かべて見物してたこと。ケイドがおれを指導するさまがうれしいみたいに」首を振って短く笑った。「間違いなく、おれはケイドのおかげでましな人間になれたんだ。戦うにしても戦略を立てるにしてもましになったし、たぶん息子としても弟としても兄としても、ましになった」

「銃もケイドに教わったの？」

「じつは、そこだけは兄貴よりおれのほうが優秀だ。射撃については一流でね。ケイドもうまいよ――たいていの人より上手だ――けど、おれにはかなわない」

「あなたの家族って、どこまでも興味深い」

気がつけば、賢明ではないほどにこの会話を楽しんでいた。ケネディが寄り添っていて、その手がゆったりと腹筋にのせられていて、眉間のしわもやさしい笑顔も、その信頼も、すべてが驚くべき贈り物に思えた。

「きみの家族は？」

ケネディがまた胸板に顔をうずめてきた。「父と母だけ。すごくいい両親よ」

「今回のことは話してないんだろう？」

「心配させるだけだから」言いながらネルシャツのボタンをいじっていた指先が、へその手前で止まる――ああ、気が変になりそうだ。「物静かで、教会活動に熱心で、わたしがさらわれたときは深く深く傷ついたの」

目を狭めて、ケネディに上を向かせた。「きみを責めたなんて言うなよ」

「まさかそんな。わたしが家に戻ったときは、父も母も何日も泣いたわ。悲しみのせいで二人ともぐっと老けこんでしまって」視線を落として続けた。「娘のわたしを愛してくれてるし、わたしも両親を愛してるけど、もうフロリダにはいられなかった。ああいう悪を理解するのは、両親にとってはすごく難しいことだった。母は、わたしを見れば泣き崩れるし。どちらにとってもつらすぎた。父はそんな母を見てられなくて、わたしに対しては、なんというか、父親失格だと感じていたし」

「だから引っ越した？」

「そういうことでもないのよ。わたしはもう大丈夫だって両親が納得できるまでフロリダにいて、そのあと明るく送りだされたの。わたしは大冒険に出かけるんだって二人に思わせてね」ため息をついた。「しょっちゅう電話するし、年に一度は会いに帰るようにもしてるけど、わざわざ両親を心配させるようなことはもうしたくない」

「なあ」抑えきれなくて眉間にキスをした。まだ不安のしわが寄っているところに。「きみは被害者で、親は子どもの心配をするものだ。悪いのはきみじゃない。きみをさらった悪魔どもだ」

ケネディの表情がほっとやわらいで……視線が唇におりてきた。頼む、それ以上されたら本能に押し流されそうだ。やめろと自分に命じる前に、熱く飢えたキスをしてしまう。

ソファの上で姿勢を正し、なるべくさりげない口調で言った。「お、もうこんな時間か」立ちあがってケネディを助け起こした。「二十分で寝る支度ができる。きみは?」

目でこちらの顔を探るケネディは、戸惑ったような、少し気まずそうな表情を浮かべていたが、やがて顔の筋肉だけで笑ってみせた。「わたしは三十分かかるから、急がないで」

ゲストルームに向かう後ろ姿を見送りながら、思った――今夜もとなりで眠るだけ。じつに長い夜になりそうだ。

11

やっぱりおれは間違っていなかった。一時間が過ぎてもまだレイエスは天井を見あげたまま、葛藤と渇望に苛まれていた。欲情しつつも、胸のなかは思いやりでいっぱいだった。こちらが急に体を離したときの、ケネディのあの表情……。おれがあんな顔をさせてしまったのだ。

じゃあ、どうすればよかった？

スターリングの助言を思い出してみた。徐々に馴染んでいく、というやつだ。やってみるとは言ったものの、実際は大失敗した。

人生において恐れているものはほとんどないが、ケネディを急かすのだけは怖かった。おれの欲望のせいで居心地悪い思いをさせるのも。

「レイエス？」眠気でハスキーになった声が聞こえ、ケネディがもぞもぞとこちらを向いた。

「どうした？」

「どうしてまだ起きてるの?」

きみが欲しくてたまらないから。きみがすぐそこにやわらかな体を横たえていて、シャンプーとローションの香りを漂わせ、さらに温かくてセクシーな肌のにおいでもって鼻孔をくすぐり……そういうもろもろで気が変になりそうだから。

もちろん、どれも口にはしない。「ちょっと考え事をね」

「どんな?」

それは……脳みそがまた彼女にしたいあれやこれやを浮かべはじめた。横向きになって、腕を頭の下に敷いた。「きみはどうして起きてる? もう眠ってると思ってた」

「うつらうつらはするんだけど、今日のことが頭から離れなくて」

「キャンプ場でのこと? もう終わったよ、ベイビー。きみはおれと一緒にここにいる。危険はない」

ケネディがほほえんでこちらに手を伸ばし、頬に、むきだしの肩に触れた。「そうじゃなくて、さっき、ソファに座ってたときのこと。あなたを居心地悪くさせてしまったときのことよ」

なんだって? 「させてない」

「あのときね……わたしを見つめるあなたの目で、その、キスされるのかと思ったの」

実際はキスよりはるか先のことまで考えていたが、それは言わなかった。「おれは絶対に立場を利用したりしないよ」

「わかってる」指先がゆっくりと胸板を横断する。「でも、あれは完全にわたしの勘違いだったの？　男性に意識を向けなくなってもう何年も経つから、サインが読めなくなったのかもしれない。だとしたら、すごく恥ずかしいわ」そう言うと、深く息を吸いこんでから尋ねた。「正直に教えて。キスのことを考えてた？」

くそっ。ケネディに嘘はつけない。こんなに頼りない声で問われては、なおさら。心のなかで肩をすくめ、認めた。「ああ、きみにキスすることを考えてたよ――キスより先もね。きみのそばにいると抑えられないらしいんだ。だけど心配ない、おれは絶対に――」

「わたしがしてほしいと思ってたら？」ケネディが遮った。「じつは、してほしいの。すごくおかしな気分よ。こんなに長いあいだ考えもしなかったことを求めるなんて」

ごくりとつばを飲んだ。厳密には、おれになにを求めている？

「やめたほうがいいと思うなら、それでいいんだけど」

「問題はそこじゃない」ああ、部屋がもっと明るくて、ケネディの顔をちゃんと見られたらよかったのだが。暗い窓から射しこむ月光でおぼろげに輪郭がわかるだけでなく。「どうしておれにキスしてほしいのか、教えてくれないかな？」声に出してみると、説得力に欠けて聞こえた。

欲望を説明してくれなどと、女性に言ったことはない。

ケネディがさらににじり寄ってきて、手のひらを左の大胸筋に当てた。「つい最近までは、男性にここまで近づくなんて、考えただけで吐き気がしてたの」

「でも、変わった？」

「その男性があなたなら」手のひらを這わせる様子は、まるで胸毛の感触を楽しんでいるようだ。ケネディがおれを探索している――最高にそそられるじゃないか。「いまではそのことばかり考えてるわ。あなたとのキスだけじゃなく、キスより先のことまで」

度肝を抜かれた。「ケネディ――」

「なにも深い意味はもたせないって約束する」急いで言う。「こうして間借りさせてもらってる以上、勝手な思いこみをしたら気まずいことになるのはわかってるもの。それでも……もしかしたら、迷惑というほどではないんじゃないかと思って」二の腕に胸のふくらみが押しつけられた。「特別じゃない、ただのキスでいいの――」

唇で唇に触れた。できるだけ軽く、やさしく。だがしかし、耳のなかでは轟音《ごうおん》がとどろいていた。

これはケネディだ。

渇望が真っ赤に燃える。

ゆっくりだ。落ちつけ。

彼女が怖じ気づくぞ。

両手でそっと顔を包み、やさしく仰向けにさせた。「いつでも迷わず言ってくれ、もし少しでもいやだと――」

わずかに体を起こしたケネディに唇で唇を封じられた瞬間、自分がなにを言おうとしていたかを忘れた。

それどころか、自分の名前すら忘れた。重ねられた唇がうごめき、この女性が被害者だったこと、こちらが彼女の庇護者であることを忘れさせる……。

キスだけのはずだったことも。

しなやかな両腕が首にからみついてきて、舌で触れると唇が分かたれた。

いまや半分のしかかるようにして、もっと深く口を味わえるように首を傾け、体の奥で燃える欲求をくちづけで表現した。

ケネディがやわらかなうめき声を漏らして片方の膝を曲げ、腰に脚をこすりつけてくる。

それがたまらなく気に入ったので、片手で脇腹を撫でおろし、豊満でやわらかなヒップを手のひらで包むと、もっとぴったり密着させた。

なにが起きているのか、脳みそは把握できずにいるらしい。ずっと前からケネディを欲してきた。それがいま、あの魅惑のヒップを大きな手で愛撫しながら、耳を舌で味わい、一緒に息をはずませている。

これはケネディだ。

こんなに熱くなっている。

過去の虐待に囚われたままの女性とはまるで思えなかった。怯えてもいなければ控えめでもない。与えて奪う――この世でもっとも自然なこと。

こちらが一瞬、正気に戻ったときでさえ、すぐさまケネディのほうからめくるめく世界へ連れ去りに来た。このままではまずいと、唇を離してのどにキスをし、どうにか自制心を取り戻そうとした。「ベイビー……」

「やめないで。お願いだから」髪に指をもぐらせて、ぎゅっとつかむ。「お願いよ」

「きみがやめろって言うまでやめないよ」

「よかった」うっとりと言って、また唇に唇を誘った。

なんてことだ。どうやらおれが彼女を求めているのと同じくらい、彼女もおれを求めているらしい。まったく予想外だったが、おかげで全身に火がついた。

いたるところに手と唇で触れずにはいられなくなった。よく見えるように明るさがほしい。あらわな姿になって、ついに妄想を満たしてほしい。

ケネディ・ブルックスが与えてくれるすべてがほしくてたまらない。

両手で顔を包み、ペースを落とさせた。「おれは百パーセントその気だけど、先に約束してくれないか。もしなにかいやだと感じたり、少し激しすぎると思ったり、いっそ完全にやめたくなったり――」

ケネディの手に口を覆われた。「コンドームはある？」

「あるよ」急ぐつもりはないのに、彼女がその気を見せれば見せるほど、こちらはますます熱くなる。

「取ってきて。おしゃべりはおしまい」言ったものの、考えなおしたのだろう、つけ足した。「でも、なにかしてほしいことがあったら言って。あなたの好きなことがあれば」

おれを殺す気？　小さなひんやりした手を頬に引き寄せて、ささやいた。「おれが好きなのはきみだよ、ケネディ」

ケネディの表情がやわらかになった。「わたしもあなたが好きよ、レイエス」そっと唇にキスをする。「応じてくれてありがとう」

目を丸くしてしまった。おれがセックスに同意したことにお礼を言っているのか？

「きみはおれが知ってるなかで最高に……」なんだろう。やさしい？　おもしろい？　変わっている？　その全部だ。「どういたしまして」それだけ言ってすばやくベッドの端に寄ると、ランプをつけた。すでに花崗岩《かこうがん》ほども固くなっているうえに呼吸も荒くなっているが、かまうものか。

ケネディがおれを好きだと言ったんだ。

もはやごまかしようがない――おれはケネディに好き以上の感情をいだいている。が、その胸騒ぎがする事実について、脳みそはあまり長々考えたがっていなかった。クローゼットからコンドームの入った箱を取りだして向きを変え——凍りついた。

ケネディはこちらに背を向けてパジャマのズボンをおろしており、夢にまで見たあのみごとなヒップをさらけだしていた。

口のなかがからからになった。

ケネディが体を起こして、すでに床の上に脱ぎ捨てられていたトップスのほうにズボンも放ると、バラ色の小さなパンティだけを着けた姿でこちらを向いた。

まさに理想のセクシーさ。

ぽかんと見つめていると、ケネディが身じろぎした。

「胸はあんまり恵まれてなくて」

「ベイビー、冗談じゃなく、きみはそのままで完璧だ」

誇り高さを示すしゃんとした肩、小ぶりだが上を向いた胸のふくらみ、バラ色のいただきはもう固くとがっている。くびれた細いウエストからは贅沢な曲線を描いてやわらかな太ももにいたり、締まったふくらはぎに到達する。

このごちそうを目でむさぼった。

コンドームの箱を手にしたまま、ゆっくり歩み寄った。「初めて会った日から、きみの裸を想像してた」

口角があがって生意気な笑みが浮かんだ。「わたしは一緒にキメラを拾うまで、あなたの裸は想像しなかった」

そう、あの野良猫は。おれとケネディの関係においてじつに役立ってくれた。おれたちの関係——これまでは友達同士だったが、じきに恋人同士になる。

家族以外の女性と、こんなに心の距離を縮めたことはない。

まずはコンドームの箱をヘッドボードの棚に置いた。それからケネディの髪に触れて、指のあいだをさらさらと流れる金髪を味わい、肩の後ろにかけた。かがんで首筋にキスをして、温かな香りを吸いこみながら、そのやわらかさを堪能する。きみはおれのものだ。

ケネディが吐息をついて上を向き、もっとしてとばかりに首を傾けた。その求めに応じながら両手で胸のふくらみを覆い、手のひらにフィットする感覚を味わってから、首筋でささやいた。「パンティも脱ごうか」

ケネディはうなずいたが、それきり動こうとしないので、こちらが栄誉を担うことにした。両手で体を撫でおろし、甘やかな曲線と肌のなめらかさを味わいながら、ウエストへ、腰へ、ヒップへとおりていって——パンティのなかに滑りこませた。

ケネディが寄り添ってきて胸板に唇を当て、小さな熱い舌でこちらの肌を翻弄し、そっと歯を立てる。

肌を堪能しながら、パンティをずらしていった。こちらの腕は長く、ケネディは小柄なので、丸みをあらわにさせるにはじゅうぶん事足りる。そこから先は、布は勝手に落ちていった。

おれはなんでも目で楽しむタイプで、わけても女性の肉体は大好きだから、体を離して全身を拝ませてもらった。

「何度見ても変わらないわよ」ケネディのささやく声には、初めてかすかな緊張がにじんでいた。「このまんま」

目を見つめて言った。「はっきり言っておくけど、きみほどセクシーなものは見たことがないし、いつでもずっと見ていたいよ」

「あら」あごをあげて言う。「わたしもあなたを見たいから、そのボクサーパンツをおろしなさい」

これぞ、いつもの自信に満ちたまっすぐな女性だ。「かしこまりました」二歩さがってすばやくボクサーパンツを脱ぐと、両腕を広げて言った。「おれはシャイじゃないからね。好きなだけ見るといい。ただし手短に頼むよ。きみを押し倒したくてたまらないんだ」

こちらの股間を見つめたまま、ケネディがつぶやいた。「わたしがあなたを押し倒したかったらどうするの?」

そんなことを言うのは緊張のせいか? それとも純粋な挑発? 優位に立ったほうが楽だとほのめかしているのか?

わからないのでこう返した。「きみがしたいと思うことならなんでも歓迎だ」少し真顔になって抱き寄せ、とろかすようなキスをした。ああ、これだ。肌をじかに感じて、熱を混じり合わせて……。これ以上、完璧なものはない。

無言の同意のもと、一緒にベッドへ移動した。互いに触れて、撫でて、探索する。右の胸のいただきを口に含んで舌で翻弄し、ゆっくりしゃぶっていると、ケネディが少し乱れてきた。両肩に爪を食いこませて、激しく腰をくねらせる。

いいぞ。何時間でもこうしていられそうだが、ケネディのほうが我慢できそうにない。太ももは落ちつかず、足は焦《じ》れったそうにシーツをこすっている。彼女がいやな記憶を思い出していないのがわかって――少なくともいまのところは――安堵しつつ、片手を脚のあいだに滑りこませた。

とたんにケネディの動きが止まった。期待に息を呑んでいる。そんな反応に、胸のいただきを口に含んだままにやりとして、指を動かしはじめた。ひだをなぞり、分かち、やわらかく湿った部分を人差し指でいたぶる。

ケネディの体が弓なりになった。

手に手を重ねられ、こちらの予定よりも速く動かすようそそのかされる。

秘めた部分の筋肉はきつく締まっているものの、すでにじゅうぶんうるおっていたので、指は奥深くまでやすやすと貫いた。

欲求をあらわにされたことでますますかき立てられ、彼女を見つめたまま、ささやいた。

「そんなに欲しかった?」

「黙って、レイエス」もう絶頂に近づいているような声で言われた。

長いあいだ肉体関係をもっていなかったせいで、ケネディは驚くほど締まっており、また渇望していたらしい。もう一度唇を奪って、あらゆるテクニックを駆使したキスを施しながら、手のひらを丘にこすりつけつつ指を抜き挿しした。こちらの下半身は人も殺せそうなほど固くなっているが、まずは彼女の快楽をたしかなものにしたい。自身を解き放つ前にそれだけは達成したと知っておきたい。おれはけだものじゃない——ケネディの絶頂はものすごく重要だ——から、いまは彼女を悦《よろこ》ばせることに集中した。息を吸いこむ音や震えるあえぎ声、どんな小さな反応も見逃さなかった。

困るのは、ケネディが絶頂に近づくにつれてこちらも近づいてしまったことだ。もうあまり長くはもたないと悟って、親指でつぼみを転がすと、ケネディが寸前までのぼりつめた。かすれたうめき声をあげて指を締めあげ、マットレスにかかとをうずめる。

美しい。いいぞとささやきながら、絶妙なリズムでさらに高みへのぼらせる。指を二本にして、うるおいを広げながら慎重に押し広げ、ざらついた親指でつぼみをいたぶりつつ、奥深くまで貫いた。

秘めた部分がさらにきつく締まり、体はますます焦れて呼吸は速く浅くなる。ああ、このすべてがたまらない。二分後、ケネディはこちらの渇望を燃えあがらせること間違いなしの低く激しい声とともに、絶頂に達した。

ケネディの体から緊張がとけるやいなや、コンドームをつかみ取ってすばやく装着し、すらりとした脚を広げさせてあいだに陣取った。

「いいか?」ちゃんと答えてほしかった。いまもその気だと知りたかった。

「いいわ」ささやいて目を開け、うっとりした笑みを浮かべた。「もちろん――」

一気に根元まで沈めた。

「――いい!」ケネディが肩にしがみついて息を呑んだ。

もしかしたら少しゆっくり進めるべきだったかもしれない。たいていの男より大きいし、これまでの女性はみんなそれを悦んできた。だがこれはケネディで、もはやほかの女性は関係ない。大事なのはケネディがなにを感じるか、どう反応するか、それだけだ。

「大丈夫か?」秘めた部分にきつく締めあげられて、しゃべるのも難しい。「大丈夫だって言ってくれ、ベイビー」

「大丈夫よ」かすれた声で言ってますます締めあげ、腰を動かす。

「ああ、くそっ」肘をついて体を支え、首をそらして、切迫感のままに突きあげた。意識のへりのほうで不安が漂う。ケネディの反応がどんなに自然でも、いつ何時、暗い過去が記憶を呼び覚ますかわからないからだ。

それでも、欲望に――やさしくて強いなにかを帯びた感覚に――急き立てられた。ケネディがやめてと言わないかぎり、この女性を抱かずにはいられない。

ありがたいことにケネディは悦びの声を漏らし、両脚を腰に巻きつけたまま、突きに応じて腰を揺すった。

また締めあげがきつくなったとき、純粋な男の満足感に雄叫《おたけ》びをあげたくなった。ケネディが首をそらして体を弓なりにし、叫び声をあげて、先ほどよりもなお激しく達した。

もうだめだ。もう一秒だって待てない。だからこちらも解き放った。

達して、呆然として。

おそらく少し恋に落ちていた。

それに気づいても動揺しなかった。完全に満ち足りた状態で、となりにどさりと倒れこんだ。世界が穏やかに見えた。

なぜって、そこにはもうケネディがいるから。


夜のあいだに目が覚めてみると、ケネディが片方の肘をついて、こちらを見おろしていた。

「やあ」まだ半分眠った状態で、レイエスは言った。「どうかした？」

「ぜんぜん、どうもしないわ」のんびりと手で胸板を撫でる。

「じゃあどうして起きてる？」

「明かりを消し忘れてた。雨の音で目が覚めて、あなたがとなりにいることを思い出して、好きなだけあなたを見ていられるんだと気づいたら、もう眠りたくなくなったの」

枕から頭をもたげて窓を見ると、雨がガラスを伝っていた。「いま何時？」

「さあ」かがんでキスをした。「いいからもう少し眠って」

みだらな表情が愉快だった。「またいやらしい目でおれを眺められるように？」

「そうよ」

にやりとして言った。「もっといい考えがある」体の上に抱き寄せてキスをした。ああ、ずっときみにキスしていたい。「眠るのはそのあと。いいだろ？」

答える代わりにケネディがまた唇を重ねた。

うん、これなら悪くない。


次に目が覚めてみると、ちょうどケネディのあらわなお尻がそっとベッドから出ていくところだった。いやはや、寝覚めの景色として最高だ。ケネディは忍び足でバスルームに入っていき、数秒後、トイレの流れる音とさらに水音も聞こえてきたので、時計を見た。午前七時。

今日は家族会議の予定だから、そろそろ起きたほうがいいだろう。うーんと大きく伸びをすると、すっきり目が覚めた。

骨の髄まで幸福感に満たされていて、おまけに頬は緩んでいる。まったく、にたにたしながら起きるとは、いったいどんなやつだ？

答えは、ケネディと昇天もののセックスができるほど運のいいやつ。

ドアに忍び寄ってそっとのぞくと、ケネディが歯磨き粉をつけた指で歯を磨いていた。裸のまま。

すばらしい。おれの洗面台にいる彼女は最高だ。

「おれの歯ブラシを使っていいのに」

ケネディがさっと振り返り——口に指を突っこんだまま——怖い顔でにらんだ。洗面台に向きなおって口をすすいでから言う。「あなたはまだベッドにいなくちゃ」

「どうして？」ドア枠に肩をあずけて、生まれたままの姿を眺めた。「きみはベッドにいないのに」

ぱっと頬が染まった。「あなたをもっとよく鑑賞できるくらい目を覚まそうと思ったの」歯磨き粉を手で示す。「あと、寝起きの口のままでいたくなかったの」

笑みが浮かんだ……もっとよく鑑賞、か。こんなに独特な女性にはお目にかかったことがない。「楽しみを奪って悪かったけど、そうしたいなら一緒にベッドに戻ろうか？」

寝ぼけまなこの上で両眉がつりあがり、贈り物を差しだされたような表情になった。

「いいの？」

笑みが広がった。寝起きでぼんやりしているケネディは本当におもしろい。「父の家に向かうまで少し時間があるからね。きみがそうしたいなら、ぱぱっと一発済ませられるけど、のんびりはできない。きっとバーナードが盛大な朝食を用意してるだろうから」

「こんなに早くに？」

肩をすくめて答えた。「時間ぎりぎりになるだろうけど、きみが大丈夫ならおれも大丈夫だよ」経験上、準備には女性のほうが時間がかかる。

「残念だわ」ひどく落胆した顔でケネディが言った。「まともにしゃべれるようになってほしいなら、先にコーヒーを飲まなくちゃ。それも大量に」ため息をついてから歩み寄ってくると、つま先立ちになってじっと目を見つめた。「自分がキスだけって言って始めたのはわかってるけど、わたしたち、ゆうべはずいぶん先まで進んでしまったわね」

「それは……そうだね」この話、どこへ向かってる？　後悔していないといいのだが。

しかし彼女はいましがた指で歯を磨いていて、そのあとベッドでおれをじっくり眺めるつもりだったというのだから……。

「よかった。意見が一致して」ケネディが手のひらを胸板に当ててやさしく愛撫し、大胸筋の感触を味わってから、親指で左の乳首をこすった。

「ケネディ――」それ以上やったら、コーヒーなんて一滴も飲めなくなるぞ。

笑顔でこちらを見あげ、ケネディがささやいた。「ゆうべは驚いた。あなたに驚いた」

考えるように唇をすぼめる。「なにより自分に驚いたわ」

やさしさが胸に広がった。「楽しめたから、かな?」

「想像してたより、ずっとね」正直に認める。「そして味を知ってしまったら、このままでは終われなくなった」

意味を理解して、尋ねた。「もっとこの味を知りたくなった、ということ?」もちろんおれに異論はない。

「そうなの。でも、今夜まで待ったほうがいいでしょうね」鼻にしわを寄せる。「わたしは夜のほうがしゃきっとしてるし、本当のことを言うと……少し痛くて」

激しくしすぎたか?「シャワーを浴びたら少し楽になるかもしれない」

「コーヒーが先よ。でもその前に聞かせて——次があると思っていいの?」

ますます〝ぱぱっと一発〟が魅力的に思えてきた。「保証するよ」

美しい笑みが咲いた。「よかった」つま先立ちになって唇に軽くキスしてから、床の上のトップスとズボンを拾いに歩いていった。「わたしが倒れる前にコーヒーを淹れちゃいましょう。カフェインを摂取せずに歯磨きを終えるだけでも一大決心だったの。その先まではたどり着けなかったかもしれないくらいよ」

レイエスは心からの笑みを浮かべてその場にたたずんでいた。セックスはしたことがある。いろんなセックスを、頻繁に。だがケネディを悦ばせたのだと思うと、過去の悲しい記憶に勝ったのだと思うと、いつまでも大切にしたい贈り物を授かった気分だった。

それにしても笑える。セックスはよかったようなのに、それでもカフェインには勝てないらしい。しかし相手はケネディだ、ふつうの〝翌朝〟にならないのも無理はない。

ケネディはほかの女性とは違うのだから、これも違うものになるのは当然のこと。彼女となら、すべてがよりよくなるのだ。


たしかにレイエスから、父親は裕福だとついでのように聞いていた。それでも、まさかここまでとは思っていなかった。

どうやら山全体を――少なくとも山の大部分を――所有しているようだから、プライバシーは完全に保たれているのだろう。

そして家ときたら……。レイエスが運転するトラックで一家専用の道路を上へ上へと進むあいだ、ケネディは眼球が転がり落ちそうなほど目を見開いていた。右手にふつうサイズの家を見つけたときは、安堵のため息をついた。きっとレイエスの父親はあそこに住んでいて、正面の豪邸は富裕層向けのロッジかなにかに違いない。

ところがレイエスはそのすてきなふつうサイズの家の前を通過した。

「あそこにはだれが住んでるの？」あの家のほうがくつろげそうなのにと思いながら尋ねた。

「あれはマディソンの家。だけどあいつも、ケイドとおれと同じように、父の家のほうに自分の部屋を持ってる。緊急事態に備えてね。父のセキュリティは世界一だから」

驚いて、まじまじと見つめてしまった。レイエスの家にだって完璧なセキュリティシステムが備わっているのに。「あなたの家より安全なの？」

レイエスは鼻で笑った。「比べ物にならないよ。この家にあるのはすべて最新式なんだ。国が使うようなやつ。ほとんどは、一般には流通していないようなね。なかには超かっこいいものもある」

あなたの家の、リモコン一つで透明になったり不透明になったりする窓は、超かっこよくない？「そう……なの」

レイエスが訳知り顔でちらりとこちらを見た。「緊張するなって、ハニー」

「そうよね。お父さんは鬼のように恐ろしくて、たぶんわたしを怖じ気づかせるだろうし、わたしたちみたいな凡人には手の届かない道具を持ってるうえに、見てのとおり、信じられないくらい大金持ち――だけどわたしはなにも心配しなくていい」

「そうだよ」レイエスが穏やかに言う。「心配しなくていい。父はただの……おれの父さんだ。たしかにちょっと変わったシチュエーションではあるけど、きみならきっと大丈夫。おれはそう信じてる」

「ケイドとマディソンもいるの？」

「スターリングもね」

それなら多少は安心だ。数は安全というし。レイエスの家族に囲まれていれば、新たに気づいてしまっていまや意識せずにはいられない彼の色気にも、きっと抵抗できるだろう。レイエスと二人きりでいたら、たぶん一日中、彼をベッドに引き止めてしまう気がした。レイエスはおそらくセックスを楽しむだろうけれど、息苦しさも感じはじめる？　あちらにその気は皆無だっただろうに、今後も一緒に眠ることを強制したも同然だ。そしてレイエスは最初から、真剣な関係を避けているとはっきり示してきた。

わたしの心はそれに耳を貸さなかったのだから、恥ずかしい。

けれど、あのありえないくらいハンサムな顔を見るたびに胸を満たす甘い痛みは、ただの欲望にすぎないのだろう。もう長いあいだ、わたしを誘拐した人間のくずのせいで性的な欲求など消えてなくなったと思っていた。わたしの考える性行為は苦しむもので、楽しむものではなかった。

ところがレイエスとの行為には、言葉にできないほど深い悦びを感じさせられた。

「その表情、考え事かな」レイエスが言った。「なにについて考えてる？」

「セックスについて」言わない理由を思いつかなかったので、正直に答えた。「ゆうべはすごく情熱的で、激しくて――」

「濡れていた」レイエスが低く深い声で言った。

刺激的な響きに、お腹がきゅっとよじれた。ほてりを感じて、顔を手であおぐ。「話題を変えましょう。お父さんと会ったときに慌てふためきたくないわ」

レイエスは満足そうな笑みを浮かべて、別にいいじゃないかと言いたげだったが、それでも話題を変えてくれた。「この家をどう思う？」

「二百人は滞在できるロッジと言ってもいいくらい大きいと思うわ」山のなかに建っているので、そちこちに色鮮やかなアスペンや巨大な岩が見られる。母なる自然がここまでみごとな仕事をしているのだから、人間の手による造園など必要ない。

「夜の姿もぜひ見せたいな。石柱沿いに屋外照明が琥珀みたいに輝くんだ。すごくきれいだよ。それと、ここから眺める夕焼けは壮観だ」

レイエスの家から見る夕焼けだって美しい。あそこを出ていったら――いずれその日は来るけれど――きっと懐かしくなるだろう。新鮮な空気も、取り巻く自然の音も、日の出も日暮れも、だれにも邪魔されない安心感も。わたしに言わせれば、レイエスは完璧な場所を持っているし、あそこのほうがこの巨大なお屋敷よりずっと居心地がいい。

公平な感想ではないのはわかっている。たしかにこの家は目をみはるほど美しいが、ここにはレイエスの父親が住んでいて、レイエスから聞いた情報の影響により、すでにその人物にはあまり好感がもてていない。

レイエスはいくつもある駐車スペースではなく、玄関のすぐそばにトラックを停めた。

エンジンを切ってから尋ねる。「準備はいいかな？」

ちっともよくない。それでもどうにか笑みを浮かべてうなずいた。

いつもどおり、レイエスが助手席側に回ってきてドアを開けてくれるあいだも、こちらはただただ家の壮麗さに見とれていた。

両開きの正面玄関前にはポーチがあり、二階の円形デッキが屋根代わりになっている。建物はあたかも山をいだくように左右に延びていて、外壁はすべてなめらかな石壁でできており、それと同じ石が二階のデッキを支える太い柱に用いられていた。

まだきょろきょろと見まわしていたとき、正面玄関が開いた。

スターリングが笑顔で現れ、その後ろでは長身の上品な男性がおろおろしていた。「私の役割だ」男性が澄ました口調で言い、スターリングの後ろから手を伸ばしてドアノブを奪ってから、大きく両開き扉を開いた。「レイエス」まずそう言って、こちらにほほえみかける。「そちらはミズ・ブルックス」

罪状を突きつけられたような気がして、危うく〝認めます〟と言いかけたものの、どうにか抑えた。「はじめまして。すてきなお宅ですね」

「それはどうも。ここはパリッシュの家ですが、私の家でもあるのでね」

ということは、この男性はレイエスの父親ではない。六十代なかばくらいで、背が高くて痩せていて、銀髪に落ちついた表情――だけれど、目は違う。目だけはいたずら心でいっぱいだ。「あなたがバーナード?」

こんな答えが返ってきた。「いかにも。では、さっそくはっきりさせておきましょう。キメラは私の猫だ」

ぶつくさ言うレイエスに手をつかまれ、引っ張られるようにして敷居をまたいだ。

「やめろって、バーナード。着いてまだ一分だぞ」レイエスが言う。

バーナードに譲る姿勢が見えなかったので、スターリングのほうを向いた。「また会えてうれしいわ」

スターリングはこちらをじろじろ見てから、にんまりした。「やったじゃない」そう言って片手を掲げ、レイエスにハイタッチを要求する。

レイエスはやめろと首を振ってスターリングの手首をつかみ、手を脇におろさせた。

「いい子にしろ」

「お断りよ。少なくとも、あなたに対してはね」こちらに笑みを向けた。「レイエスにはまだいらいらの種をお返ししきれてないから、わたしがすっきりするまでは我慢して」

「いらいらの種?」たったいま目の前で起きたやりとりに戸惑って尋ねた。

「わたしが初めてここへ来たとき、かわいい弟に延々いびり倒されてね、履き古されたブーツみたいな気分にさせられたの」

「そんなことはしてない」レイエスは言ったが、その顔は気まずそうだった。

「行きましょう」スターリングが腕に腕をからめてきた。「もう少ししたらバーナードの仕上げの作業が終わって、人生最高の朝食にありつけるわよ」

「それはどうも」堂々と返したバーナードの目は、間違いなく輝いていた。

スターリングに引きずられるようにして広々とした部屋を抜け、廊下に出た。「どこへ向かってるの？」

「家のなかを案内してあげる。ここはめちゃくちゃ広いから、ガイド役がいないと迷子になるわよ」つと振り返ってレイエスに言った。「兄と妹を捜してらっしゃい。いくつかあなたに伝えたいことがあるんだって。ケネディとわたしもすぐ合流するわ」

レイエスはうれしそうではなかったものの、彼女を返せとも言わず、スターリングがさらっていくままにしていた。

スターリングが一緒でよかった。なぜって彼女が言ったことは正しい――一人だったら間違いなく迷子になっている。

12

「朝はデッキで食べるんだけど」スターリングが言った。「まだだれも来てないから、少し二人でおしゃべりできるわ」

背の高いフレンチドアを抜けた先に待っていたのは、見たこともないような屋根つきのデッキだった。どこまでも続いているかに思え、雪をいただいた山々やごつごつした岩場や、静かで美しい湖といったすばらしい景色を望める。

「すごい」何時間でも座って眺めていられそうだ。張り詰めていた体まで少しほぐれてきた。

「きれいでしょ?」スターリングが手で示したテーブルには、すでにテーブルクロスと磁器が用意されていた。「日に日に肌寒くなってるから、あんまり長くは座ってられないけどね。今朝は晴れてるし、太陽の恩恵にあずかることにしたわけ」

「あなたが決めたの?」

スターリングが笑った。「バーナードはわたしのことが好きだから、いつも選ばせてくれるの」少し身を寄せてきて言う。「料理の腕前をべたぼめすると、魔法みたいに当たりがやわらかくなるのよ」

これにはほほえんでしまった。「ここが好き?」わたしはここにいると、すごく小さくて……つまらない存在に思えてくる。

スターリングは向きを変えて手すりに寄りかかり、言った。「ちょっと圧倒されるわよね」

「ものすごく」自身も手すりに近寄り、景色を眺めて不安を静めることに集中した。

「それで……」スターリングがちょんとつついてきた。「あなたとレイエスはいけないことをしたわけね? で、お互いに向ける目つきからすると、あなたは楽しみさえした、と」

わたしはそんなに見え透いている? いまはスターリングに打ち明けたい? 見あげると――というのも、スターリングは本当に背が高いのだ――気のおけない、わかっていると言いたげな笑みが待っていた。

スターリングのことは好きだ。隠し立てがなく、迷わず自分の考えを口にするので、本当はなにを考えているのだろうと思い悩まなくていい。スターリングもわたしのことが好きなようだし、友達というのはありがたい存在だし……。心のなかで肩をすくめて、言った。「イエスで、イエスよ」

「やったね」またしてもスターリングが片手を掲げてハイタッチを求めたが、ここはレイエスと違って受け入れ、手のひらを手のひらにぱしんと合わせた。

「みんなが来る前に、この一家についてざっと教えてあげる。もう知ってるだろうことより、一歩踏みこんだところをね。そうすれば、より心の準備ができるでしょ？」

「助かるわ」

「まず、父親のパリッシュは偉そうな態度をとるけど、そんなにいやな人じゃない。ひるまずじっと目を見て。舐めていい相手じゃないってわからせるの」

スターリングならその戦術もやすやすと実行できるだろうが、わたしはそんなにうまくやれる気がしない。「お父さんについては、レイエスから少し聞いてるわ」

スターリングは鼻で笑った。「あの兄弟は、父親のことになるとちょっと偏見が交じるから。パリッシュは横暴でね、ケイドもレイエスもそういうのを喜んで受け入れるタイプじゃない。ケイドのほうは反抗心をむきだしにして、家を出て軍隊に入った。レイエスは父親のもとに残って、人を苛立たせる天才になった」

最後の言葉に、ついかっとなった。「そんなことないわ」

「まあ、あなたには違うでしょうね」

たしかに、レイエスがスターリングだけでなくケイドまでもいじるところはこの目で見てきた。「でも、何度かはあなた自身が招いたことのように思えたけど」

「そりゃそうよ」スターリングがにっこりする。「この家族の一員でいる楽しみの一部は、レイエスを苛立たせることにあるんだから」

　抑えきれなくて笑みを浮かべた。

「さて、お次はバーナード。いちばんやさしいんだけど、ちょっと仰々しいかな。執事兼助手兼料理人ってやつを真剣にとらえすぎてるのか、お高くとまってもったいぶってるの。彼が礼儀正しさを忘れたところなんて、レイエスと猫の取り合いになったときしか見たことない」くすくす笑った。「まあ、レイエスに勝ち目はなかったけどね。バーナードったら、母猫を抱っこして子猫たちをよしよしして、そりゃかわいかったんだから。一見の価値ありだった」

　バーナードのことを知れば知るほど、猫の件でレイエスが譲った理由がわかってきた。

「あの猫はわたしたちで面倒を見ることになってたの」

「らしいわね。でもさすがのわたしもその点についてはレイエスを責められない。バーナードを知れば――というか、彼がキメラと一緒のところを見れば――わたしの言う意味がわかると思う。子猫たちのほうは三匹それぞれに引き取られたわ。一匹はわたしに、もう一匹はマディソンに、残りの一匹はレイエスに」

「レイエスの家に子猫はいないけど」

「知ってる」スターリングがにやりとした。「バーナードが待たせてるの。せめて一匹は遊び相手がいないとキメラが寂しがるからって。で、レイエスも忙しいものだから、強くは主張できなかったわけ」

妥当な取り決めなのだろう。正直に言えば、わたしもいまは猫を飼う余裕などない。家だってないのだから。

抑える前に、落胆のため息が出た。

スターリングがまた体をぶつけてきた。「いまはいろいろしんどいだろうけど、マディソンがすごい情報をつかんだわよ。事態は間違いなく進展してる」ちらりと横目で見て、尋ねた。「急いでレイエスのもとを離れる気はないんでしょ?」

急いではいない。それでも、レイエスには好きなように暮らす権利がある。「レイエスにはもうじゅうぶん迷惑をかけてしまったわ」危険さえ去ればまた自立した生活を取り戻せるし、そうなってもまだレイエスにその気があれば、義務感に強いられることなく正直に伝えてくれるはずだ。

「あの兄弟は、ビッグでマッチョな庇護者を演じるのが大好きよね。たぶんレイエスはそれで興奮するのよ」

「こほん」

背後の咳払いに、スターリングが固まって顔をしかめた。

振り返ると、にやにやしているケイドと、しかめっ面のレイエス、平然としたバーナード、そして天を仰いでいるとてもハンサムな年配の男性がいた。
きっとレイエスの父親、パリッシュだ。

スターリングが落ちつきを取り戻して振り返り、言った。「否定してみなさいよ、レイエス」

「で、きみの愉快な想像をぶち壊せって？」レイエスが返し、こちらを見つめながら近づいてきた。「腹は減った？　今日は腕をふるったってバーナードが言ってる」

「そんなことは言っていません」バーナードが返し、車輪つきのワゴンから湯気ののぼる皿を取って大きな円形のテーブルにのせた。「当然ながら、いつでもベストを尽くしています。今日とて同じこと」

ふとレイエスの父親に目がとまり、そのまま動けなくなった。まばたきもできなければ、視線もそらせない……。

スターリングが助けてくれた。「ちょっと、彼女を怖がらせるのはやめてあげて。じゅうぶんつらい目に遭ってるんだから」

それを聞いてレイエスの父親はちらりとスターリングを見た。「もうかばうのか？　それを知って、おれはなぜ驚かないんだろうな？」

「わたしがそういうすてきな人だって知ってるからじゃない？」スターリングがウインクをして椅子にどさりと腰かけた。

するとケイドがどこまでも愛《いと》おしげにスターリングの髪に触れ、となりの席に座った。

レイエスが椅子を引いてくれたので腰かけたケネディのとなりに、彼自身も座ろうとしたのだが、一歩遅かった。いつの間にかレイエスの父親がテーブルを回ってきていて、大胆にもその椅子を取ったのだ。これで右手にスターリング、左手にレイエスの父親という格好になった。

レイエスは目を狭めてぶつくさ文句を言ったが、それでもテーブルを回って向かいの席に着いた。

「マディソンは？」そんな椅子取りゲームなど気にしていないふりをして、ケネディは尋ねた。

「娘は調査に没頭している」

テーブルに料理を並べ終えたバーナードが言った。「朝食の準備ができたと知らせてきます」

バーナードがデッキをあとにすると、レイエスがくっくと笑った。「今朝は本当に腕をふるいまくりだな」

「好印象を与えたかったんだろう」ケイドがちらりと父親を見て、言う。「だれかさんと違って」

「おれは好印象を与える必要などない」レイエスの父親はきっぱりと言い、椅子の上でわずかに向きを変えて、こちらに手を差し伸べた。「どうにも息子は紹介役を買ってでる気がなさそうだから、自分でやるとしよう。パリッシュ・マッケンジーだ。きみがケネディ・ブルックスだね」

あなたがだれだか知らないとでも？「ええ、はじめまして」そうして握った手は、レイエスの手と同じくらい大きかった。きっとこの年上の男性も息子たちに負けないくらい有能で、おそらくはより経験豊富なのだろう。「ケイドはあなたに似てますね」

「ああ」レイエスの父親が最後に一度、やさしく握ってから手を放し、真鍮製のリングからナプキンを抜き取った。「マディソンとレイエスは髪の色も目の色も母親譲りだ」

「でも身長はあなた譲り」気づいたままに返す。「もしかして、お母さまも背が高かった？」

「彼女は……」言いよどんだが、心の内に思いを馳せたのか、口元にかすかな笑みを浮かべた。「実際の身長は平均的だったはずだが、存在感のせいで大きく見えたものだ」

「じゃあ、二人はそこも母親譲りなんですね」

奇妙な顔で見つめられた。

そこで気づいた。いまのはまるで、あなたにはそういう存在感がないと言ったも同然だ。撤回したくて、急いで続けた。「もちろん父親譲りでもあるけれど」

「頭の回転が速いな、ミズ・ブルックス」

「ケネディと呼んでください」

「おれがいると緊張するかな？」

「イエス、かしら」

「断言できないのか？」

「まだどういう方か、見てるところなので」正直に答えた。「緊張の原因もいろいろです。ここにいるせいか、あなたが怖じ気づかせようとしてるせいか、はたまたスターリングが、今日はニュースがあるというようなことを言ったから、少しそわそわしてるのか」

「きっとその全部ね」スターリングが言った。「いいから、パリッシュは無害だってわたしが言ったことだけ覚えておいて」

これにはレイエスの父親も不満そうな声を漏らした。「おれをそう表現するのはきみだけだ」

スターリングが、ケネディ越しに義理の父を見ようと身を乗りだして言った。「さっさとあきらめなさい。さもないとケネディと席を替わるわよ。そうしたらあなたの息子が不機嫌になって、またあなたと衝突して、結果、バーナードのすっばらしい食事をみんな楽しめなくなる」

「まあまあ」ケネディはそう言って、助けを求めるように向かいのレイエスを見た。レイエスは肩をすくめ、皿の覆いを持ちあげた。「いろいろ選べるよ、ケネディ。基本はアップルパンケーキで、添えるのはメープルベーコンか、ソーセージか――」

「あるいはその両方か」スターリングが言い、自身の皿に取ろうと肉の盛られた大皿をつかんだ。

「――新鮮な果物、たまご、クロワッサン――」

レイエスは列挙しながら覆いを開けていき、蓋は背後のワゴンにのせていった。目移りさせられるようなごちそうだった。量も多すぎるほどで、もったいないとすら思えた。

レイエスはすべて披露すると、ちらりとこちらを見てほほえんだ。「スターリングの言うとおりじゃないかな。全部を少しずつ、取ってあげるよ」

「本当に少しずつでね」彼が盛りつけるのを見て、急いで言った。いまはお腹がそわそわしているから、食べすぎる危険は冒したくなかった。

レイエスの父親が立ちあがってグラスにオレンジジュースをそそいでくれた。続いて、かぐわしい湯気ののぼるコーヒーをカップにそそいでくれる。「クリームと砂糖は？」

「両方で。ありがとう」

レイエスが差しだした皿には、ごちそうがてんこ盛りになっていた。いろいろが混じり合った香りを吸いこんだとき、どうやらお腹が空いていたようだと気づいた。「ああ、幸せのにおい」フォークですくったとき、マディソンが急ぎ足で現れた。

「遅れてごめんなさい。たったいま、驚くような発見があったの」

「その発見は、特定の刑事に関係があるのかな？」レイエスが尋ねる。「そいつに色目を使ってたって、信用できる筋から聞いたんだけど」

マディソンがさっとこちらを見た。「かもね」兄に向けて言う。「だったらなに？　アルバートソン刑事はおもしろいのよ」

これにはきょうだいの父親も眉をひそめた。「言うまでもないことだが、警察関係者とは――」

「ええ、パパの言いたいことはわかってます」自身の皿を押しのけてノートパソコンを開き、画面をこちらに向けた。

とたんに口のなかのものがおがくずに変わった。呑みこもうとするが、できない。がぶりとコーヒーを飲んだせいで口のなかをやけどし、ただ画面を見つめた。

心の準備ができていなかった。マディソンになにを見せられるのか、考えてもいなかった。

画面に拡大表示されていたのは、ついにわたしが救出されたあの日、事故を起こした車から逃走した手配師の男だった。

記憶がどっと押し寄せてきて、骨の髄まで凍え、次いで全身がかっと熱くなった。ただの写真よ、と自分に言い聞かせる。ここにはいない。触れられたりしない。

レイエスがそれを許さない。

憎い顔から目がそらせないまま、自分の声ではないような声でささやいた。「こいつよ」

次の瞬間にはレイエスがノートパソコンをばしんと閉じるなり、テーブルを回ってきて肩に手をのせた。「おい、マディソン。先にひとこと言うべきだろう」

マディソンがうろたえ、急いで謝罪する。「本当にごめんなさい。見つけたことに興奮しちゃって」

ケネディはどうにかうなずいた。「いいの」本当に。情報があるなら知っておきたい。ただ……。みんながなにもかもをごく当たり前のように扱うので驚いていた。「わたしのために骨を折ってくれて、心から感謝してるわ」

スターリングが手を取り、ぎゅっと握った。まるで、理解していると言わんばかりに。本当の意味で理解していると。

きっと彼女も同じ目に遭ったからだろう。

「そいつを捜してたのは知ってるし」スターリングが言う。「範囲をかなり狭められたとも聞いてたけど、もう見つけたの？」

「たぶんね」マディソンが椅子の上でそわそわと身じろぎする。「またいやな思いをさせてごめんなさい、ケネディ」

「わたしには知る必要があったもの」レイエスが後ろにいるので、衝撃にも耐えられる気がした。「ただ……死んでくれてるよう願ってたから」

「そのほうがずっとよかったわね」スターリングが言う。

「いずれそうなる」レイエスの父親が静かな確信をたたえて言った。

その言葉の衝撃――いまのは、わたしをさらった男を殺すという宣言？――から立ちなおると、しっかりしなくてはという思いがみなぎってきた。みんながわたしを見ている。どういうわけか、この贅沢な食事のさなかに全員の注目を集めてしまっていた……かわいそうな存在になることで。

「この男はどこにいるの？」マディソンに尋ねた。恐怖ではなく興味を声に盛りこんで。

一大発表を終えたマディソンは自身の皿に料理を取りはじめた。「シーダーヴィルよ」

「ふーむ」スターリングが考えながら言う。「その距離なら計画が立てられそうね」

「そこを拠点にしたのは、州間高速道路I‐70とI‐25が交差する地点に近いからだろうな」ケイドが言う。

「脱出ルートがたっぷり確保できるからってことか」レイエスも言った。

みんながみんな、人身取引についてじつに知識豊富なので、なんだか一人だけ後れをとっている気がしてきた。わたしは実際に体験し、自分にできることを学んだけれど、それを論じることにおいてはこの人たちのようにリラックスしていられないし、現状をすばやく判断することもできない。

「ジョディのいるモーテルからそんなに遠くないし、近辺に監視カメラを手配するわ」マディソンが言う。「それと、この男がパソコンを持ってるなら、侵入してみる。今後の予定とか財政状況とか、役に立ちそうなものを探してみましょう」

「どうやって？」引きこまれると同時に抵抗も覚えて、尋ねた。

マディソンが両眉をあげて言った。「どうやって監視カメラを手配するのか、という質問？」肩をすくめて続けた。「わたしは有能なの。それはもう言ったわよね。問題のエリアのカメラすべてにアクセスして、人の出入りをチェックする。こいつらが拠点にしてるのは〈ロードウェイモーテル〉といって、一棟貸しのキャビンの一つよ。安っぽいごみためだけど、もちろん監視カメラみたいなものはあるはずだし、たいていは正面と裏口、ときにはフロントにも設置してある。そいつの車がどれかわかりしだい、兄のどちらかが発信器を取りつけてくれるわ。そうなったらもう、路上にいるときはいつでもわたしから見えるようになるというわけ」

「GPSね」ジョディの車にも同じことをしていたのを思い出した。

「そう」

そこへふたたびバーナードが現れ、まだ料理が盛られたままの皿を咎めるような目で見た。「ミズ・ブルックス、朝食は楽しんでもらえていませんか？」

なんだか叱られた気分だった。「ごめんなさい。マディソンが仕事の話をしてくれて、つい気をとられてしまって」

「マディソンはいつでも仕事の話をするんです。空きっ腹《ぱら》のままでいたくないなら、彼女が話しているあいだに食べることを覚えてください」

ああ、執事にまでだめ出しされてしまった。自然と顔がしかめっ面になる。

バーナードはなにごともなかったように続けた。「食事が終わったら、キメラとかわいい子猫たちのところに喜んで案内します」

その気にさせるにはぴったりの釣り文句だ。

「ありがとう、バーナード。ここからはせっせといただくわ」

バーナードはよろしいとばかりに小さくうなずいて、またデッキをあとにした。

ケネディはちらりとスターリングを見て言った。「彼はみんなと食べないの？」

「ときどき一緒に食べるわよ。すべてはバーナードの気分しだいなの」ひねくれた笑みを浮かべた。「みんな、彼を家族として扱ってる。たとえ彼が、今日あなたのためにやってるみたいに、仰々しさをグレードアップさせたときでもね」

バーナードはわたしに好印象を与えようとしたの？　最後にだれかがそんなことをしてくれたのはいつだったか、思い出せないくらいだ。とはいえ、レイエスの父親からぶしつけにじろじろ見られるよりも、そのほうがずっとまし。

だれもがみごとな朝食に敬意を表することにして、会話をくつろいだものに変えた。食べ終えたところへ、バーナードが今度は淹れたてのコーヒーを持って戻ってきた。全員のカップにそそいでから、空いた皿をワゴンにのせて、また去っていった。

ケネディが椅子の背にもたれて、両手で持ったカップから立ちのぼるかぐわしいコーヒーの香りを楽しんでいたとき、マディソンがまたノートパソコンを開いた。

「バーナードを満足させたところで、もう一つ、みんなに知らせたいことがあるの」

「だろうな」レイエスが顔をしかめながら言った。「今回は少し気を遣ってくれよ」

「無理ね。だってこれはびっくりニュースだから」こちらを向いて言う。「心の準備を」

ああ、今度はなに？

レイエスがふうっと息を吐きだして席を立ち、またこちらに回ってきた。後ろに立って、言う。「聞こうか」

「モーテルに滞在してるのは、デルバート・オニール一人じゃない」

反応しないよう必死にこらえたが、恐怖がひたひたと全身をめぐった。「それがあの日、車から逃走した男の名前？」

「そのとおり」

スターリングが椅子の上で身を乗りだした。「たしかにさっき、〝こいつら〟って言ったわよね。でも、てっきりその男と仲間のことだと思ってた。まさか部屋に女性を監禁してるなんて言わないでよ」マディソンが答える前に、椅子を押しのけて立ちあがる。「ちょっと、マディソン、どうしてもっと早く言わなかったの？」

ケイドがそっとその肩をつかんで制した。

「女性じゃない」ケイドが慎重な目で妹を見ながら言う。「マディソンがそんな事実をおろそかにするわけがない」

マディソンが静かに認めた。「ええ、絶対にしないわ」

「よね」スターリングはどさりと椅子にお尻を落とした。「ごめん」

「謝る必要なんてないわ」マディソンがテーブル全体に向けて言った。「オニールは一人じゃなくて……ロブ・ゴリーと一緒にいるの」

愕然としてしまった。脳みそが必死に理解しようとする。ジョディをさらった男とわたしをさらった男が手を組んだ？　支えを求めて手をあげると、すぐさま背後のレイエスがしっかりその手をつかんでくれた。「どうしてそんなことがありうるの？」

「おれには明らかだがな」そうつぶやいたレイエスの父親の表情は冷たい怒りの仮面のごとく、口調はやわらかくも殺意をはらんでいた。「二人のうちのどちらかが、きみとジョディが友達だということを知って、協力者を得て果たそうと――」

「言わないで」スターリングが小声で止めた。

けれどもう、わかってしまった。あの邪悪な男たちは果たしたがっている――復讐を。わたしへの復讐。ジョディへの復讐。その欲求は強すぎて、徒党を組むにいたったのだ。

のどが狭まるのを感じたものの、幸いしっかりした声が出た。「なるほど」レイエスを見つめた。なにしろこれは彼の専門分野。「わたしはどうすればいい？」

レイエスがそっと引っ張って立ちあがらせてくれ、体に両腕を回して引き寄せた。「心配するな」片手で背中を上下にさする。「おれたちがちゃんと処理するから」

「処理するって、どうやって？」

レイエスは肩をすくめた。「さっき父さんが言ったとおり、二人とも殺す」


やっとあいつから離れられた。デルバート・オニールはひたいを拭い、おれはいつ次の標的になるだろうか、そもそも標的にされるだろうかと考えた。イカれ野郎どもは計画を邪魔されるのを嫌う。

ゴリーがとなりのダイナーでコーヒーを買うためにキャビンを出ていった瞬間、ズボンを穿いて数少ない私物を引っつかみ、するりと駐車場に抜けだして、ぽんこつ自動車の運転席に飛び乗った。

数週間、あの不気味男のそばにいたせいで、自由の味を感じる気さえした。たばこの吸いさしをくわえたまま、キーを押しこんで回す。ありがたいことにエンジンがかかった。

気がつけば手は震え、心臓は倍の速さで脈打っていた。さらわれた女どもが味わうのはこういう気分なのか？　そう思うと、なぜか妙に興奮した。

ふだんはだれのことも怖くない。脅されたとしても、相手を殺す勢いで反応する。だがあのぼろ小屋でともに過ごした歯抜け野郎は、金で雇う人間が多すぎるし、コネのほとんどはおれの存在を知っている。おれは巨大な機械の部品でしかなく、もしゴリーを怒らせたら……。あの野蛮人より警察に追われるほうがましだ。

少なくとも警察は、報復のために拷問して、ずたぼろになった体を崖から捨てたりしない。

いまはただ、ケネディをつかまえたかった。一日くらいあの女を楽しんだあと、永遠に口を封じる――そして可能なかぎりコロラド州から遠くへおさらばする。

まずはジョディに電話をかけよう。ケネディについて知りたいことを聞きだすのだ。そうすれば、おれの計画はすべて順調に動きはじめる。

弟とケネディが下の湖まで散歩に出かけてしまうと、デッキに残ったケイドはちらりと父を見た。「どう思う？」

父は唇を引き結んだ。「レイエスはおまえとは違う。これもたいしたことではないかもしれない。つかの間、のぼせているだけということもありうる」

スターが鼻で笑った。「冗談でしょ、パリッシュ。鋭いあなたがそんな寝言を口にするなんて」コーヒーを飲んで言う。「わたしが思うに、レイエスは彼女を愛してるけど、本人はまだ気づいてないのよ」

「愛？」父は顔をしかめた。「単なるのぼせからは、またずいぶんな飛躍だな」

スターは目を狭め、カップのへり越しに義理の父を見た。「過去の過ちから少しは学んだかと思ってたのに」

「それはまた、どういう意味だ？」

ケイドは、自分に代わって妻が、頑固で横暴な父にぎゃふんと言わせるさまを眺めて楽しんでいた。スターはいつもの歯に衣着せぬ物言いでやりこめていくから、さすがの父も無傷ではいられないのだ。

「いいから、彼女にやさしくしなさい」スターが言う。「遠ざけようとしないこと。でないとレイエスまで遠くに行っちゃうわよ。もし彼女が今後もわたしたちと関わりをもつなら――そうなるとわたしは踏んでるけど――彼女を怒らせてなんになるの？」

父が真顔をつくろってスターを見つめた。「初めて会ったとき、おれはきみを怒らせたか？」

「あなたとレイエスの両方がね」スターは言い、こちらに笑みを投げかけた。「この人にそれだけの価値があってよかったわ。さもないとわたしはあの初日にさよならしてた」

ああ、きみを愛している。最初からスターリング・パーソンは――おれだけがスターと呼ぶこの女性は――だれよりも強く、その心はだれよりも広かった。唯一無二で、思ったままを口にし、有能で、度胸があり、ときどきおれにだけ弱さを見せる。

あらゆる点で、おれの運命の相手だ。

もともとは真剣な関係など避けていた。一家の仕事は、部外者には理解しがたいものだと思っていたからだ。

ところがスターは例外だった。理解して受け入れたばかりか、喜んで仲間に加わった。一人で世界に立ち向かいたがっていた女性は、スムーズに家族の一員になった。

妹をちらりと見た。「アルバートソン刑事とは話すなよ」

マディソンは顔もあげずに返した。「だれだろうと、話したい人と話すわ。ケイドはわたしの兄さんで、ボスじゃないんだから」

視線を父に向けて、反応を待った。

「マディソン」父がさらりと言う。「おまえは冷静さを忘れるなよ」

「兄二人と違って？」マディソンはこちらに固い笑みを投げかけると、男性陣からの抗議の声を抑えるべく、片手を掲げた。「そちらの性差別主義はもうむきだしになってるから、勘弁して」

スターが小さく拍手した。

マディソンが言う。「わたしたちにはない情報をあの刑事さんが持ってるかもしれないとは思わないの？」

「おれたちの仕事に警察を関わらせることはしない」父は明言した。

マディソンはそれを無視して言った。「わたしにギブアンドテイクを教えたのはパパじゃない。外部の人間との話で情報を引きだせるのは、兄さんたちだけじゃないのよ」

ケイドはため息をついて椅子の背にもたれた。「またあの刑事に会う口実を探してるだけだろう」

「わたしは理由を正当化しなくちゃいけないのに、兄さんたちは好きなように行動できるなんて、残念な話ね」

スターがにやりとして夫を肘でつつき、ささやいた。「やられたわね」

マディソンが両手をテーブルの上で重ねて、笑顔で全員を見た。「こういう言い方をしましょうか。わたしが調査の責任者なんだから、そのわたしが適してると判断したやり方で行動したい。それから、兄さんたちに与えられてるのと同じだけの信頼がほしい」あごをあげて続けた。「さあ、この件についてなにか言いたいことはあるかしら？」

スターはにやりとした。

ケイドは天を仰いだ。

父はコーヒーを飲んで咳払いをした。そして驚くことに、クロスビー・アルバートソン刑事とは関係のない質問をした。「ケネディについて、おれたちが知っておくべきことはなにかわかったか？」

「レイエスにはふさわしくない相手だと証明するようななにか？」マディソンは首を振っ

た。「いいえ。ケネディの生活には、人身取引加害者との戦いがまったく含まれていないから、スターリングと違って、わたしたちの仲間には加わらないでしょうね」

「レイエスの過保護ぶりを考えると」父が言う。「あいつがそれを許すとは思えない」

これにはスターが鋭い目を向けた。「許す？　いいかげん、石器時代から抜けだしたらどう？　ケネディは一人の人間で、どうするかは自分で決められるわ。レイエスの許可もあなたの認可も必要ない」

「やれやれ」父がつぶやいた。「結託しやがって」

ケイドは椅子の背にもたれて腕組みをした。おおむね、妻に同意する――が、ケネディがこういう仕事に向いていないというのは意見というより事実だ。

「さっきも言ったが」父が続けた。「レイエスはケイドとは違う。想像できないんだ、あいつが……」スターの怖い顔に気づいて言葉を止め、言いなおした。「つまり、レイエスは愛する女性のとなりで働くようなタイプではない」

「うまくまとめたな」ケイドはにやりとした。「とはいえ、おれも同感だ。だから、ケネディが仲間に入りたがってないようでよかったと思う。となると、最初のおれの質問に逆戻りだ――どう思う？　つかの間、のぼせてるだけだとかいうのは、もうなしだぞ。あいつがケネディを家に住まわせてるってだけでも――」

「プラス、ここへ連れてきた」マディソンがノートパソコンの画面をスクロールしながら言う。

「――レイエスにとって、ケネディがほかの女性とは違うことを物語ってる」

「かもしれないが、おれの子どもたちが部外者を巻きこみたいと言いつづけたら、秘密を保持するのはますます難しくなるぞ」

マディソンが笑った。「子どもたちが聖歌隊員じゃないことはとっくにわかってるはずよ、パパ」

「あなたはどうなの、マディソン？」スターが言った。「アルバートソン刑事と連携するつもりだって、もう認めたようなものだけど」

「彼は少し前からロブ・ゴリーを追ってたの」マディソンがこちらにほとんど意識を向けずに言う。ノートパソコンの画面をのぞいたまま、続けた。「ゴリーの潜伏場所がわかった以上、それを黙ってるのはフェアじゃないと思うわ」

「慎重に動けよ」父が命じた。「そして、状況は逐一おれたちに報告すること」

「もちろんよ」マディソンがにっこりした。「だってわたしたちはチームだもの」ノートパソコンを閉じて立ちあがった。「だけど調査結果のデータはすべてわたしが持っていて、そのわたしが、あの刑事さんはわたしたちにとって脅威じゃないと言うんだから、みんなは素直に信じてね」

堂々とデッキを去っていく後ろ姿を、父はただ見つめていた。

ケイドはスターと目配せをした。

どうやら、おれが妻に恋をしたことで一つの流れが生まれたらしい。いまはただ、弟と妹にもおれと同じ幸せな結末が待っているよう祈るばかりだ。

大きな岩に腰かけたレイエスは、腿のあいだにケネディを引き寄せて、寒くないよう両腕で包みこんだ。湖のほとりのここではひんやりしたそよ風が吹いており、彼女が身震いするのがわかった。

首筋にそっとキスをして尋ねた。「家のほうに戻りたい?」

「いいえ、もう少しここにいたい」ケネディがもたれかかってきて、彼女の前で交差させていた腕に両手をのせた。「ここはとてもきれいね」

「ああ」昔からこの湖が好きだった。夏のいちばん暑い時期には、よくケイドと泳いだものだ。山からそそぐ水のおかげで、いつだって凍えるほど冷たかった。「父さん相手によく耐えてくれたね」

ケネディが首だけ振り返ったので、ほほえんでいるのがわかった。「お父さんは暴君ね。だけど純粋にあなたを心配してるんだってわかったわ」

なにが父を悩ませているのかは、はっきりしていた。もう一人の息子まで色恋に呑まれるのではという懸念だ。スターリングの出現で、家族のなかに変化が起きた。もしおれまでケネディに真剣になったら、この流れに歯止めがきかなくなるのではと、父は恐れているのだろう。

そんなことを考えながら、ケネディのこめかみにキスをした。真剣になる？　ばかな、とっくに真剣だ。真剣に、この女性を守ろうとしている。真剣に、この女性の幸せを願っている。

真剣に……またこの女性と体を重ねたい。

三つめについてはとくに真剣だ。

「次はどうなるの？」ケネディが尋ねた。

確実なところはわからない。計画が立てられる前に朝食の席からケネディを連れ去ってしまった。「連中の動きになにかしらのパターンがあるかどうか、マディソンが突き止めるのに数日かかるだろう。いつモーテルにいるのか、いつ出かけるのか、出かけるとしたらどこへ、どのくらいの時間か、そういったことを。調べがついたら、どこで連中をつかまえるかも決まってくる」

「もしも……」ケネディが首を後ろに倒して肩にあずけ、少しそのまま黙っていたが、やがて言いなおした。「もしも、その前に向こうがまた女性をさらったら？」

「こっちの出動も前倒しだ」ここにいたってもなお、ケネディは自分よりほかの人を心配している。いまさら気づいたが、彼女が講演家という仕事を選んだのは、他者を守り、備えをさせ、学ばせて、自分と同じ運命に苦しまないようにさせるためだったのだろう。

「一つ知っておいてくれ、ベイビー。なにがあってもおれたちは虐待を見て見ぬふりはしない。たとえ計画変更を余儀なくされるような事態が起きても、適切に対応する」

ケネディが背中を離してこちらを向き、心配に張り詰めた顔で言った。「あなたは怪我したことがある?」

「何度かね」彼女の手を取り、肩の近くに触れさせた。「ここにある傷に気づいた?」

「ええ」

「ナイフの傷だ」思い出しながら言った。「まあ、やったやつはぶちのめしたけど」続いて腿に触れさせる。「ここの傷は? 銃弾がかすめた痕だ。おれのムスコを狙ったんだろうけど、はずした」獰猛《どうもう》な笑みを浮かべて続けた。「おれははずさなかった」

ケネディはじっと目を見つめていたが、不意に飛びついてきて、両腕をしっかり首に巻きつけた。「あなたは殺されてたかもしれないし、わたしはあなたに会えなかったかもしれないのね」

そうなっていたらケネディも命を落としていたかもしれない。なぜってあの火事の夜、おれ以外のだれに電話をかけられたというんだ? おれ以外にあてはなかった。強く抱きしめて言った。「おれは殺されなかったし、きみもこうしておれのそばにいる。これからも大丈夫だ」

ケネディがささやいた。「ときどき、怖くてたまらないの」

そんなふうには感じてほしくなかった。悪い結果も考慮するのは賢いことだが、たまらないほどの恐怖心となると。この女性はもうじゅうぶん恐怖を味わってきた。「オニールについて、なにか話せることはあるかな?」かつてケネディを誘拐した男、いま現在、彼女を狙っているらしい男。そんなやつ、一瞬の迷いもなく殺してやる。「どんなことでもいい」

首にしがみついていた腕の力が緩み、ケネディがほんの少し体を離した。「チェーンスモーカーだった」ぼんやりとこちらの首を撫でながら言う。「酔うとますます凶暴になるんだけど――たいてい、いつも飲んでた」

くそが。喜んでこの世から葬り去ってやる。

「外見はもう知ってるわよね。淡い金髪で、身長は、確実にはわからないけど、百八十センチくらい」

当時のケネディは二十一歳と若く、心に深い傷を負わされていたから、どんな男も巨大に見えただろう。生き延びることが第一というときに、だれが細部まで注意を払う?

「タトゥーは?」ためしに尋ねてみた。「いつも着けてたアクセサリーとか」

ケネディが、自身ののどから鎖骨に指を走らせた。「ここに蛇のタトゥーを入れてた」

「服はどんな感じ?」

「どうって……」こめかみを押さえて眉をひそめる。「たいていジーンズ、だったと思う。それと、Tシャツ?」もどかしげに言った。「なるべく見ないようにしてたから」

「いや、じゅうぶんだよ、ベイビー」両手をつかんでおろさせ、指の関節すべてにそっとキスをした。「ほかには?」

首を振って言った。「ごめんなさい」

「謝る必要なんてない。たくさん教えてくれた」とりわけ冷たい風が湖を渡ってきたので、そろそろ大事な件に戻ることにした。「おれがなにをしたいか、わかる?」

ケネディの目は大きく青く、はちみつ色の髪は風に揺れていた。「計画を立ててるとか?」

「うん、まずはそれだな」立ちあがって、彼女のことも助け起こす。「そのあとは、きみをうちに連れて帰って裸にして、ずっとベッドで過ごす」

ケネディの顔がゆっくり晴れていき、口角があがって笑みが咲いた。「いい考えね」

自分勝手に話を進めていると気づいたので、急いで提案した。「もちろん、きみが映画を見に行きたいなら映画館に行こう。それとも買い物がいいかな?」

ケネディがいたずらっぽい笑みを浮かべて、考えるふりをした。「そうねえ。映画館か、裸のあなたか。じつに難しい選択だわ」

すぐさまいたずらし返そうと、手を伸ばして胸のふくらみを覆った。「それとも、この大岩を活用しようか? おれの家族は見張ってないだろうし、ここから映画館に直行してもいい」

するとケネディは声を立てて笑った。「その気にさせないで」こちらの手につかまってバランスをとりながら慎重に岩をおりていき、二人とも地面におり立つと、あらためて指に指をからめてきた。「早く計画を立ててしまいましょう。家に帰る途中でジョディに電話するわ」笑顔を向ける。「そのあと……」

「ベッドで過ごす一日がどんなにすてきなものになりうるか、おれが教えてあげるよ」

二人で過ごす時間がどんなにすてきなものになりうるか。

だがそれは考えただけで、口にはしなかった。

解決すべき問題が山ほどある。一生、一人で過ごすものと思いこんでいた件についても。

ケネディは気づいていないかもしれないが、彼女に出会っていろいろ考え方が変わった。

というか、おれという存在そのものが変わった。生活習慣も、信念も。

そしておそらく……心も。

13

レイエスたちが書斎の巨大なテーブルを囲んで計画を立てるあいだ、ケネディとバーナードは猫たちと遊んでいた。最初、子猫がみんないることにケネディが戸惑っていたので、兄も妹も父の家に集まるときは子猫を連れてくるんだと、レイエスは説明した。全員が、なかでもバーナードが喜ぶ妥協案だった。

話し合いの結果、もう一度ケネディとともにジョディと会い、今回の件に関与している人物について、また予測される危険について伝えるべきだということになった。ジョディが孤立していないこと、頼もしい味方がいることをきちんと理解して、無謀な真似をしないでいてくれるよう、ケネディは願っていた。

気持ちは理解できるが、そうなると父の事業が明るみに出る危険性が高まってしまう。用心に用心を重ねるべし、と全員が肝に銘じた。

待ち伏せされている場合に備えて、ジョディのいるモーテルまではケイドとスターリングがあとからそっとついてくることになった。くずどもがすでにジョディの居場所をつかんでいる可能性も大いにある。

そもそも敵は、ジョディとケネディが友達同士だということを突き止めた。ケネディのアパートメントに火を放った。キャンプ場まで追ってきた。

それだけ見ても、ずいぶんな執着だ。

ゴーサインさえ与えられれば、いますぐ喜んでやつらを仕留めに行くのだが。あいにく父もケイドもその考えには反対した。マディソンは、先にもっと情報を集めるべきだと主張した。ほかにも標的にされている女性がいるかもしれないし、なお悪い場合、監禁されている女性がいるかもしれないからだ。

細部まで把握する前に敵を殺してしまっては、元も子もない。

常に予想の上を行くスターリングはこう言った。「またわたしをおとりにすればいいじゃない」

レイエスとマディソンは言葉の途中でもう首を振っていた。

ケイドはきっぱり言った。「ばかを言うな」

父はうんざりした顔で言った。「自分を危険にさらすよりましな方法があることに、そろそろ気づいていいころだぞ。おれたちからなにも学ばなかったのか？」

スターリングはぶつくさ言いながら椅子にどさりと腰かけた。「わたしのやり方のほうが手っ取り早いのに」

「きみのやり方は」ケイドがうなるように言う。「二度と通らない」

恨みがましい顔でスターリングが父をにらんだ。「ケイドがこんなに偉そうなのは、あなたのせいだからね」

父が認めて会釈した。「謹んでその栄誉を受けよう」

言い争う二人をほったらかしにしていると、ふとケネディの笑い声が耳に飛びこんできた。見ればケネディがキメラと子猫の一匹を抱っこして、バーナードが残りの子猫二匹を抱いている。

子猫はみんな大きくなってきたが、いまも文句なしにかわいい。そして認めざるを得ないのは、バーナードが惜しみなく愛情をそそぐおかげで、あのキメラもいまでは美しくなったことだ。

ぼさぼさだった白い毛並みは整って、もはやうさぎの毛のようにやわらかい。左右の色が異なるぎょろ目――片方は淡いグレー、もう片方はマスタードイエロー――は、バーナードに向けられるときには純粋な愛と信頼をたたえている。

バーナードがいてくれて、猫たちにとっては本当によかった。あの堅苦しいバーナードが農場育ちで動物好きだったとは、いまだにちょっと信じられない。常に気取って澄ましている大男が、キメラの前ではめろめろなのだ。

そんなわけだから、キメラを取り返したりしない。ケネディが理解してくれるといいのだが。

モーテルの下見について打ち合わせている父とケイドに質問をぶつけてみた。「猫はここで飼うって言ったらどう思う？」

父と兄は面食らってこちらを向いた。スターリングはほほえみ、マディソンはノートパソコンから顔をあげない。

「なんだと？」父が唐突な質問に戸惑って返した。

「キメラと子猫たちだよ。ここにいても父さんの邪魔にならない？」

「四匹とも、バーナードが面倒を見る」父の口調は〝話は以上〟と言わんばかりだ。

「でもほら、猫の毛とか、あるじゃないか」

「バーナードが掃除をする」それですべて説明がつくと言いたげに父が返した。

トイレについてはどうなのかと訊きかけて、やめた。父も兄も、まるでいますぐ火星に行ってくるという宣言を聞かされたような顔で、こちらを見つめている。

「言ったでしょ」スターリングが口を挟んだ。「完全に恋しちゃってるの」

今度は全員がスターリングを見つめた。

「それと猫の毛と、いったいどんな関係がある？」父が尋ねた。

スターリングはこちらをあごで示して言った。「レイエスの頭には、かわいいペットのいる温かい我が家っていう絵面があるの。それを一緒に叶《かな》える相手がケネディじゃなかったら、ほかにだれがいるっていうの?」

「引っこんでろ」レイエスはスターリングに言い、それからみんなに向けて尋ねた。「ジョディについて、なにか新しい情報は?」

「いまのところ彼女に動きはない」マディソンが答えた。「でもピザを頼んだわね。ちょっと危険かも」

いつの間にかケネディが真後ろに来ていた。「食事を注文するのが危険なら、どうやって生きていけばいいの?」

なにも考えずに、ケネディを膝の上に引き寄せていた。ケネディのほうはあれこれ考えたのだろう、体が硬直した。家族全員もあれこれ考えたに違いない、用心深い目をこちらに向けた。

なんだよ、別にいいじゃないか――

そのとき携帯電話が震えたので、救われた。と思ったが、それも電話に出てアネットのなまめかしい声が聞こえるまでのことだった。「ずっと電話をくれないから、いますぐあなたに会いたくてたまらないの」会いたい、というのはつまり、ヤりたい、という意味だ。

くそっ、なんて状況だ。家族全員に見つめられ、膝の上にはケネディがいるなかで、〝親密な友達〟の一人から電話がかかってくるとは。まあ、アネットとそういう関係だったのは、ケネディがうちで暮らすようになる前の話だが。

「やあ」考える時間を稼ごうとして、言った。

直感の鋭いスターリングが片方の眉をあげてにやりとした。「女性からね」声に出して言う。

きっとおれは、ヘッドライトに照らされた鹿のような顔をしているだろう。そんなことを思ったとき、ケイドが言った。「だろうな」

兄夫婦にうるさいとどなりたかったものの、膝の上ではケネディがゆっくりこちらを振り返って怪訝《けげん》な顔をしているし、電話の向こうではアネットが焦れて待っている。咳払いをして言った。「ちょっとごめんよ、きれいちゃん《ドール》」

これにはマディソンまで顔をあげ、口元にありありと不満をたたえた。

だよな。不適切な呼びかけだった。だがアネットのことはずっとそう呼んできたのだ。習慣は簡単に変えられない。

こちらがなにも説明できないうちに、ケネディが固い笑みを浮かべて膝からぱっと離れた。「少しプライバシーが必要よね」

そしてすたすたと書斎を出ていった。どこへ行くのか、まるでわからない。この家はだだっ広いので、あまり遠くへ行きすぎると迷ってもおかしくない。

そのとき、スターリングがざっくりこちらに向けて〝ばか男〟とつぶやいてから、ケネディを追っていった。

やれやれ。

電話の向こうからアネットの声がする。「タイミングが悪かった?」

「じつは、うん」兄の視線を避けつつ、父と妹を無視して立ちあがると、どこへ向かうとも決めないままに書斎を出て、玄関広間にたどり着いた。が、そこもたいしてプライベートな会話向きと思えなかったので、玄関を開けて外に出た。「もしもし?」

「来てよ、レイエス」アネットが誘う。「後悔はさせないから」

束縛しない関係にある女性三人のうちで、いちばん愛情深いのがアネットだが、三人ともかまってほしがるタイプではない。もちろん、これまではそれぞれと月に数回、会っていたのだが。

ケネディをうちに迎えてからは……白状しよう、三人のことは考えもしなかった。そう気づいて、自然としかめっ面になった。

アネットもキャシーもリリも、都合のいいセックスしか求めていないからこそ、こちらにとってもちょうどよかった。

ケネディと出会うまでは。

ああ、おれは自分でも気づかないうちにここまで変わっていた!

その発見にかりかりしつつ、言った。「悪いけど、今夜は無理なんだ」

「いつならいいの?」声がほんの少し甲高くなる。「それとも、わたしにはもう興味がなくなった？　だったらいまそう言ってよ。二度と電話しないから」

ほらな、これだから真剣な関係は避けているんだ。関係の終わりはいつだって気まずい。

〝悪いのはきみじゃなくておれだ〟という月並みな文句が頭に浮かんだものの、アネットは賢いので、そんな見え透いた言葉など通用しないだろう。

ここは正直に話すのがいちばんかもしれない。一《いち》か八《ばち》か、やってみろ。「じつはさ、ある人に出会って、いまはずっとその人と一緒にいるんだ」

静寂。長く重たい沈黙。

そして……爆笑？

「どうした、アネット？」じっとしていられなくて、広い屋根つきポーチを行ったり来たりした。気温がさがってきたことも風が強くなってきたことも、どうでもよかった。

「ああもう、信じられない」まだ笑いながらアネットが言う。「おしっこちびりそうになっちゃった」

「そんなにおかしくないだろ」

アネットがようやく静かになって、鼻で笑った。「まさか本気だなんて言わないでよ」

ゆっくり息を吐きだした。アネットに腹を立てても意味はない。苛立ちを抑えた声で言った。「まじめな話、おれもきみと同じくらい驚いてる」

「驚くどころか、どびっくりって感じだけど、ここは……おめでとう、なのかしら？」

「別に祝うことじゃないよ」つぶやくように言った。いや、祝うことなのか？

「わかった。じゃあ、そっちが終わったら連絡して。きっとそのときも、わたしはまだフリーだから」アネットはそう言うと、またくすくす笑って電話を切った。

そっちが終わったら？

どうしてみんな、終わりの話をするんだ？ケネディは、いつになったらおれの家を出ていっても安全かということばかり考えている。それに加えてアネットまで？

まあ、いずれは終わりも来るのだろう。おれはそこまで変わっていないはずだし、仕事だってこれまでのままだ。それに、ケネディはスターリングとは違う。たとえこっちがケネディとのあいだに、いま以上のなにかを求めたとしても……終わらないなにかを求めたとしても、彼女のほうがマッケンジー家の仕事を受け入れるところは想像できない。いまでは彼女もおおよそを知っているとはいえ、その全貌までは理解していないはずだ。人間のくずを見つけだして被害者を解放するというこの仕事が、副業なんかではないことは。すべてがそれを中心に回っていることまでは。

さらに、ケネディのほうも長期的な関係を求めていないと明言している。アネットから電話がかかってきたときのケネディの表情を思い出した。あれは、傷ついたような、がっかりしたような顔と言えるだろう。目は遠くを見ていたし、笑みも無理やり浮かべたものだった。

まさか嫉妬、だろうか？　それとも単に気まずかっただけ？

考えこんでいたので、玄関が開いて閉じた音にも気づかなかった。父の声ではっとした。

「こんなところでぐずぐずしていても、なにも解決しないぞ」

振り返ると、父は謎めいた表情を浮かべていた。肩をすくめて返した。「電話を終わらせたかっただけだよ」携帯電話をポケットに戻した。なるべく早くほかの女性二人にも連絡して、予見できる未来においては都合がつかないことを伝えておこう。こんなに気詰まりな状況は一度でこりごりだ。

父が石柱に寄りかかって尋ねた。「大事な話だったのか？」

「いや」ちらりと玄関を見て、言った。「話し合いを中断させて、ごめん」

「集中していないな。危険だぞ」

「集中してるさ」即座に返した。仮に集中していないとしても、必要に迫られたら積年の訓練がものを言うことはわかっている。ファイターにとっての筋肉記憶《マッスルメモリー》と同じで、この体は反射的に動くようになっているのだ。その技術は群を抜いているし、それ以上に、ケネディを守るためならなんでもやるし、手段も問わない。

ああ、またしても思考はケネディに戻っていく。

父はそれ以上、食いさがらなかった。「ケイドはもうすぐここを出て、モーテルの様子を見に行く」

気は進まないが、それでも言った。「一緒に行こうか」

「スターリングが同行する。それほど危険はないだろう。出入り口と監視カメラを確認して、見張っている人間がいないか、周辺をチェックするだけだ」

「なるほどね」父は心配が先に立ってなかなか認めようとしないが、スターリングはこの仕事をきちんと理解している。創意工夫に富んでいて、度胸はちょっぴりありすぎて、その直感はずばり的中する女性だ。まあ、ときどき慎重さを忘れてしまうが。

「おまえは」父が重々しく言った。「ケネディと話をしろ。事情がどうであれ、きちんと向き合え。今回の件については、おれたちも関わってしまった以上、最後まで見届ける。だとしても、ケネディが部外者であることには変わりないし、もしも彼女が腹を立ててなにか口外するようなことになれば、おれたち全員が危険にさらされる」

「ケネディはそんなことしない」

父にじっと見つめられた。「断言できるか?」

「百パーセント」まさかこんなかたちで、自分がどれだけケネディを信頼しているかに気づくとは。「必要だとは思わないけど、秘密厳守の重要性についてあらためて伝えておくよ」彼女の怒りを静めたあとで。数時間、ベッドで過ごしたあとで。

まあ、後者はケネディがまだその気だとしての話だが。女性のこととなると、勝手な思いこみは禁物だ。

女性を待たせるのも禁物だ。とりわけその女性の想像力がフル回転しているだろうときは。「ところで、ケネディはどこかな？」

「いまもスターリングと一緒だろう」

うん、それでは安心できない。急いで捜しに行きたいが、父がまだじっとこちらをにらんでいるので、心配事などなにもないふりをしたまま、待った。

父はポーチの端まで歩いていき、遠くを眺めた。「じきに雪になるな」

「そう？」暗くなりゆく空に目を向けた。

「予報では五センチの積雪と言っているが、それ以上になれば厄介だ」

気がつけば眉根が寄っていた。「なにか気がかりでもあるの？」

いまだしっかりした体格の大男である父が、石柱に肩をあずけた。「母さんはおまえを誇りに思っただろうな、レイエス」

いま、なんて？　周囲を見まわしたものの、だれもいなかったので、うなじをさすって父に近づいた。「そう思う？」

「母さんはおまえたち全員を愛していた」父が振り返る。「ケイドのことも」

「知ってるよ、父さん」

ケイドは半分しか血がつながっていないかもしれないが、家族はだれも、区別しなかった。ケイドもマッケンジー家の人間、それだけだ。

父がまた地平線に目を向けて、言った。「ケイドが家を出る前から、おまえは手のつけられないやつだった。向こう見ずがすぎたし、すぐ挑発に乗った」

ますます居心地が悪くなってきて、なにを言えばいいのかわからなかった。それでも父が話したがっているのを感じたので、腹をくくって耳を傾けた。「血の気の多いばかだったよな」

父の頬にしわが寄ったので、ほほえんでいるのがわかった。「そのとおり。生意気で、減らず口で、知ったかぶりで。静かな兄とも勉強熱心な妹とも大違いだった」

「母さんにはよく、あなたのせいで白髪が増えるって言われたよ」

父が笑った。このごろではめったに聞けない音だ。「母さんを思わない日はない」

「わかるよ」父の背後に近づいて、肩に手をのせた。

心地よい沈黙に包まれてゆうに一分が流れるあいだ、風は強くなって気温も徐々にさがってきた。

「要するに、言いたかったのは」父がついに口を開いた。「この人だ、と思える女性が、人生にどんな変化をもたらしてくれるか、知っておいてほしいということだ」

父は口数が多いほうではないので、いまの言葉をどう受け止めたらいいのか、よくわからなかった。ケネディを〝この人だと思える女性〟として推しているのか、それとも別の女性を待つべきだと諭しているのか？「もう少しわかりやすく言ってくれないかな？

怒るべきかそうじゃないのか、よくわからなくてさ」

振り返った父はほほえんでいた。「迷ったときのおまえは、腹を立てがちだからな」

「いまもそうなるかもしれないよ。だからもう少しわかりやすく言ってくれると助かる」

「いいだろう。おれはおまえの父親だ。おまえを知っているし、理解しているし、おまえ自身には見えていないものが見えるときもある」

「たとえば？」

「ケネディといるときのおまえは、ほかのときと違う。自分で気づいている以上に彼女を思っている」

「で？」

ばしんと肩をたたいて、父が続けた。「まあ落ちつけ。別に彼女をけなしてはいない。むしろその逆だ。おれはただ、人生には復讐以上のものがあると知っておいてほしいんだ。ほかの人のために悪を正したり、血のつながった家族に忠実であったりするだけが人生ではないと」

驚いた。父ときたら、腹を割った会話をしようと決めたら全力だ。家族に忠実であることは父にとって非常に重要だし、だからこそおれにとっても重要だった。「父さんにとっては、だろ？」

父が後ろ手を組み、また穏やかな景色に目を向けた。「特別な人と過ごす静かな夜というのは——そういうひとときの価値をけっして見くびるなよ。なにかあったときに話せる相手がいるというのは……」言葉が途切れた。

父がもがいているのがわかって、胸が苦しくなった。「父さんの言いたいことはわかったよ。そういう大切な時間を母さんと分かち合ったんだね」

「母さんとはすべてを分かち合った。やり方はまったく違うが、ケイドもスターリングとすべてを分かち合っている」唇を引き結んで、続けた。「おまえにもそういう相手を見つけてほしい」

居心地が悪くなったので、あえて尋ねた。「マディソンにも？」

父はうめいて首を振った。「性差別主義者と呼ばれるだろうが、いや、幼い娘はまだ手放す気になれない」

「幼い、ねえ」鼻で笑ったのは、雰囲気を軽くするためでしかなかった。

「いまおれが言ったことはスターリングに言うなよ。はらわたを抜かれる——物理的にはやらなくても、言葉でな」

たしかに。やけに仲間意識を覚えて、父にほほえみかけた。「彼女、すごいよな」

「まったく予想を超えていた」父が認める。「そして、おまえの兄にぴったりだ」

「同感だよ」軍人のようにまっすぐで、なんでもコントロールしたがるあの兄が、スターリングのような女性に身も心も捧《ささ》げるほどの恋をしたとは、いまだに驚いてしまう。だけでなく、すごく喜ばしい。

「今度はおまえだ」父が真顔でこちらを向いた。「ケネディは賢いし大人だし、適応能力が高い。マディソンの調査メモに目を通したが、あの女性がいかにして人生を前に進め、常に他者のことを考えてきたかには、うならされた」

「おれも同じことを思ったよ。まるで、ほかの人を助けるために生きていこうと決心したみたいだ。おれたちみたいに銃をぶっ放してじゃなく、知識で武装させるやり方で」

「立派なやり方だ」父が言った。「彼女のことは尊敬できるし、好感ももてる。とくに、おまえを見つめる目が好きだ。もしも一時的な関係だと言われても信じるなよ。彼女が心を捧げているのは間違いないんだから、もうじゅうぶん苦しんできたところに、失恋の痛みまで与えることはない。真剣でないのなら、別れてやれ。彼女を守る方法は別に考える」

「いやだ」父をにらまないようこらえた。父の真意はわかっている。ケネディが傷つくところを見たくないのだ。

おれだって見たくない。おれが彼女を傷つけたらと思うだけでも胸をかきむしりたくなる。それでも、別れるなど無理だった。

いまは。明日は。来週は。もしかして、この先ずっと？

父がまた肩に手を置いた。「自分がなにを望んでいるのか考えてみろ。おれが言ったことを頭に置いてな。人生が引っくり返るような女性にはめったに会えるものじゃないし、もしケネディがおまえの人生を引っくり返したのなら、あるいは彼女が運命の相手ということかもしれない。そういう相手を手放したら、死ぬまで後悔することになるぞ」父はそう言って、玄関のほうに歩きだした。「そろそろ入ろう。ここにいたらタマまで凍る」

大声で笑いながら父のあとを追った。やれやれ、考えることが山のようにある。だがまずはケネディを見つけなくては。

家族を避けて家のなかを捜していると、キッチンから複数の女性の声が聞こえてきた。そっとのぞいてみたが、スターリングとケネディだけがテーブルに着いていて、バーナードの姿はどこにもなかった。

なかに入ろうとしたとき、ケネディが言った。「彼には自分の生活を選ぶ権利があるわ。わたしは怒ってないんだから、あなたも怒らないで」

スターリングは鼻で笑った。「彼と寝てるのに、ほかの女性から電話がかかってきてもまったく苛立たないなんて、ありえない」

だよな？　ケネディは苛立って当然だよな？

ケネディは首を振った。「彼はずっとわたしのそばにいるの。世話を焼いて、危険から守って。だから知ってるわ、わたしがいきなり押しかけていって以来、だれとも寝てないことは――気にせず出かけてって言ったんだけど」

スターリングが椅子の上でのけぞった。「嘘でしょ！　本気？」

「たしかに、彼がわたしの勧めどおりにしなかったのはうれしかった。もしも本当に彼がだれかに会いに出かけていたら、きっとわたしの想像力はフル回転してたでしょうね」ケネディがふうっと息を吐きだす。「だけどもし、彼がほかの女性と話したくなったら、デートかなにかしたくなったら、それを止める権利はわたしにはない。わたしたちの……あいだは、せいぜい一時的なものよ。危険が去れば、わたしは先へ進んで――」

「そこまでおばかさんじゃないでしょ」

「ばかではないけど、リアリストではあるの。こういうものすべて――」そう言って、家全体を手で示す。そのなかにあるもの、いる人間、すべてを示すように。「わたしはこういう生活向きじゃないし、レイエスもそれはわかってるわ」

「わたしの意見を言ってもいい？」スターリングが身を乗りだし、テーブルの上で腕を重ねた。「ふだんのあなたはめちゃ勇敢なのに、いまは意気地なしだなって思う」

ケネディは言葉を失った。

これを合図とばかりに、レイエスはなかへ入っていった。「自分がスターリングの毒舌の的になってみると、少しは考えも変わるだろ？」

スターリングが得意げな笑みを浮かべて立ちあがった。「あなたがどこかで知らない女性とおしゃべりしてるんじゃなく、ここに来たなら、わたしは退散しようかな」出ていきがてら、軽く肘でこづいてささやいた。「がんばれ」

「ありがとう」彼女が空けた椅子に腰かけた。ケネディはこちらを見ようとせず、頬はピンク色に染まっている。「スターリングはずばっと核心に切りこんでくるだろ?」

「でも、本人が思ってるほど人の心は見透かせてないみたい」

これにはにやりとしてしまった。「なるほど、つまりきみは意気地なしになんかなってない? おれが、セックスだけが目的の電話をもらってもぜんぜん気にしない? アネットとはそういうことだったって知ってるんだろ? 会うとしても、そこに真剣な気持ちはなかったって」

「うずうずしたときだけ?」からかうように尋ねた。

すべて正直に話すのがいちばんだと思えたので、言った。「彼女と寝てたし、キャシーとリリっていう女性もいたし、ほかにも数人とそういうことがあった。全員とのあいだに決め事があった——女性はセックスしか求めないし、おれも同じものしか求めない」

「だけど彼女は電話をかけてきた」

「それは、最近おれが……うずうずしてなかったから」すばやくかがんで、唇にしっかりキスをした。「最近は、一人の女性と眠ることにしか興味がなかったから」

驚きの言葉が返ってきた。「でも、便利な関係って悪くないわよね」

椅子の背にもたれて顔をしかめた。「今度はおれを怒らせようとしてるんだな?」

「違う、本気で言ってるのよ」立ちあがり、窓に歩み寄って外を見る。「もしも正直なことを話すべきなら――」

「いいね、そうしよう」姿勢正しい背中がこわばるのがわかった。

「正直なことを言うと」ケネディがあらためて切りだす。「あなたがほかの女性と一緒じゃないってわかっていたほうが、気が楽だと思う。だけどね、レイエス、前に言ったことは嘘じゃないの。あなたにはもうさんざんお世話になってるから、もし――」

「はっきりさせておくと」低く危険な声で遮った。「きみがほかの男と寝ようかと考えでもしたら、おれは激怒する」

ケネディがくるりと振り返った。驚きに両眉はつりあがっていて、こちらの口調に怯えた様子はどこにもない。むしろ顔には笑みが浮かんでいる。「ありえないわ。安全上の理由から、あなたにくっついてなくちゃいけないんだもの」こらえようとしてか、笑みが引きつる。「そういうことのために、あなたについてきてもらうところも想像できないし」

むっとして目を狭めた。

「それに、あなたの家にだれかを招くような真似も絶対にしないから――」

くそっ。すばやく椅子を立ってケネディに歩み寄った。「おれはきみしかいらないんだから、話し合う余地もない。だけどきみがもし――」

ケネディが笑って体をあずけてきた。首に両腕を回し、ぴったりと寄り添う。「よかった」

「よかった？」なにがどうよかったのか、さっぱりわからない。

「わたししかいらないって言ってもらえて」笑みがやわらかになる。「やっぱりスターリングは人の心が見透かせるのね。わたしは意気地なしになってた」また笑う。「あなたがいるのにほかの男性を求めるなんてこと、ありえると思う？」

「たしかにそれは頭をよぎった」くすくす笑うケネディのウエストに腕を回して、動けないようにした——おれのそばから。彼女がいるべき場所から。「すべての質問に答えるとは約束できないけど、おれにとってきみとのこれが、〝便利だから〟じゃないことはわかってる。危険が去ったからってだけで終わってほしくない。おれたちがどこへ行き着くのか、見てみたい」

くすくす笑いがやんで、ケネディの顔に満足感のようなものがおりてきた。「なんだか真剣な言い方ね」

「真剣な気持ちだよ」こめかみに鼻をこすりつけ、ひたいに、鼻梁《びりよう》にキスをしてから、最後にセクシーな唇に唇を重ねて、おそらく父のキッチンには不適切だろう長く貪欲な口づけを交わした。

しかしまあ、心の内をさらけだすなんて、よくあることではないのだ。

唇を離すと、ケネディが胸板にひたいをあずけてきた。速く深くなった呼吸の合間にささやく。「気が変わったらすぐに言うって約束して。それなら乗るわ」

「よし」

「それから念のために言っておくと、危険が去ったらわたしは自分の家を見つける」反論しかけたものの、制された。「そこだけは譲れない」

「別々には暮らしたくないんだけどな」こうして一緒にいるいまとなっては、ほかの筋書きなど想像できなかった。

一人で眠る？　ご冗談を。

ケネディとの会話なしの静かな食事？　お断りだ。

コーヒーを飲む前のゾンビ状態が見られない？　もはや朝とは呼べない。

「ああ」ケネディが言った。「それであんなに長く電話してたの？」

いまの言葉には間違いなくとげがあった。悪くない。それはつまり、おれをほかの女性のもとへ送りだすことに、口で言っているほど平然としていられないという意味だから。

ケネディの言い回しを真似て、言った。「念のために言っておくと、ずっとアネットとしゃべってたわけじゃない。彼女との電話は短く円満に終わった。おれはもう市場に出まわってないと言い、向こうはそれを聞いて大爆笑した」

ケネディが眉をひそめた。「具体的に、なにがおかしかったのかしら」

「おれが真剣な交際をするってこと自体が底抜けにおかしかったんだろう」もう一度、じっくりとキスをする。「きみのせいだな。きみは本当に特別で、ものすごくセクシーで、ほかに類を見ない女性だから、おれらしくないことまでやらせてしまうんだ」

ケネディの顔にいくつもの感情がよぎった。困ったような、うれしそうな顔で、ため息をついた。「あなたって本当に、理解できないわ」

「お互いさまだね」にっこりして言った。「でもおれは真剣に取り組むつもりだから、きみもそうしてくれるとうれしいな。ところで、あんなに長く席をはずしてたのは、玄関ポーチで父に追い詰められてたからなんだ。父は腹を割った話をしてくれて、要するに、しくじったら一生後悔するぞってことだった。だからおれはこうして問題を解決しようとしてるのに、きみときたら、ぜんぜん協力してくれないんだものな」

ケネディの目が丸くなった。「いやだ、お父さんに無理強いされたの？」

笑いながら一歩さがり、彼女の手を取ってキッチンの外へ向かった。「いまの話への反応がそれ？　まったく、きみの着目点ときたら」愉快な気分が胸のなかでふくらんだ。生きるか死ぬかの状況が待ちかまえているというのに、それでもこの女性は笑わせてくれるのだ。こんな女性はどこにもいない。「行こう。家へ帰ろう」

「帰って裸になって、またあの夢みたいなことをするの？」

「その気になってきた？」

「みんなにさよならを言いたいからちょっと待って。キメラと子猫たちも、もう一度抱っこさせて」

本人はまだ気づいていないかもしれないが、ケネディはもうおれの家族に溶けこんでしまった。そうなるために、マディソンのようなコンピューターの天才である必要はなかったし、おれやケイドやスターリングのような戦闘家である必要もなかった。どんな才能があるから、ではなく、ただありのままで溶けこんだ。

家族は彼女を好きになった。おれは好き以上だ。

ケネディが運命の相手なのだろうか？　俄然《がぜん》、そんなふうに感じはじめていた。

14

レイエスの父親の家を出るころにはもう雪が降りはじめていた。大きくて太った雪片はいたるところに集まって、あらゆる面を白で覆った。ケネディは、きれいね、と思った。なんだかおとぎ話のようで。

震えながら助手席で縮こまり、コートを持ってくればよかったと悔やんだ。

「まだ寒いかな？」レイエスが言い、暖房の設定温度をあげた。

「温まってきてるわ」彼は震えていないけれど、きっと道路に目を配ることに集中していて、寒さどころではないのだろう。

いきなりレイエスの携帯電話が鳴ったので、飛びあがってしまった。直後に顔をしかめ、またアネットという女性からだろうかと考えた。あるいは、先ほどレイエスが挙げたほかの女性の一人か。

驚いたことに、レイエスはスピーカーフォンで応じた。

「どうした？」レイエスが言う。「手短に頼むよ。雪で道が悪いんだ」

「運転中にごめんね」マディソンの声だ。「たったいま、ジョディがモーテルを出たの。ケイドとスターリングもすぐに出発できるんだけど、兄さんなら二人より先に追いつけると思って」

「そんな」ケネディは小声で言った。「ジョディはどうして出かけたのかしら」

「おとなしく閉じこもっていられるタイプじゃないからでしょうね」マディソンが言った。

「脅威から逃げ隠れするより直面したいタイプなんじゃない?」

「自分一人なら、な」

レイエスの言葉でますます胸が騒ぎ、あの男たちがもうジョディをつかまえてしまったのではと不安になってきた。

「ジョディはさらわれたと思う?」二度めは生きて帰れない気がした。

「それはどうかしら」マディソンが言った。「ここまで連中に動きはないし。まあ、だとしても安心はできないわね。わたしたちが簡単にジョディを見つけられたんだから、連中にだってできるはず」

レイエスがすばやくトラックを路肩に停めた。「引き受けた」

なにが始まったの?

「連絡してね」マディソンが言い、通話を終えた。

レイエスがトラックをおりながら首だけ振り返り、うなるように言った。「きみもおりろ」そして車の背面に回ると、バックドアを開けて座席を押しあげた。

こちらもトラックをおりて、背面に急ぐ。ブーツが雪を踏むざくざくという音が、いやに大きく響いた。

レイエスが収納スペースからライフルを取りだして、脇に置いた。

それを見たケネディは目を丸くした。「必要になるの？」

「どんなときも用心は必要さ」グロックと防弾チョッキも取りだすと、こちらにチョッキを差しだした。「着て」

心臓が倍の速さで駆けだした。「そこまで――？」

「わからないけど、きみにもしものことがあるとまずいからね」首を倒し、トラックに戻るよう指示した。ほかにどうしたらいいかわからないうえに、もう体が震えだしていたので、重たいチョッキを持って助手席に戻った。レイエスも運転席に戻ってきてドアを閉じると、ライフルをこちらの足元に置いた。

「どうかしてるわ」不器用にチョッキを着ながら声に出してつぶやいた。

「手伝うよ」レイエスが手を伸ばしてきてマジックテープをつかみ、きっちり締めてくれた。「こう考えたらどうかな。チョッキを着てると暖かい」軽くキスをしてから、エンジンをかけた。

ふと思いついて言ってみた。「ジョディに電話してみようかしら」

「いいんじゃないかな。で、もし話に耳を貸すようなら、どこか安全な場所で待ってろと伝えてみて」

うなずいて、すばやくジョディの番号を捜しだした。呼び出し音は鳴りつづけ、だんだん気が焦ってきた。「出て、ジョディ」必死につぶやく。「出てってば」

「やっほー」

張り詰めていた息を吐きだし、気を取りなおしてさりげない声で言った。「もしもし、元気にしてる？」

「ちょっと食事に出たところ。どうかした？」

「ええと、その……」ちらりとレイエスを見たが、彼は道路と積もりゆく雪に集中していた。言葉にしなくても、この会話は安心してきみに任せると態度で示しているのだ。「その、食事は少し後回しにできない？　いま、そっちに向かってるの」

「どうして？」ジョディの声に疑念が混じった。「大丈夫なの？」

「ええ、大丈夫よ」

「昨日、あんな目に遭ったあとは、大丈夫じゃなさそうだったよね。ショックを受けてるみたいだった」言葉を止めて、尋ねる。「あの大男は？　まさか、もう裏切られたとか言わないでよ」

天を仰ぎそうになった。「彼ならいまとなりにいるわ。ねえ、待っててくれる？」

「会いたくないわけじゃないけど、あなたはどこかに隠れてるべきだよ。安全な場所に」もどかしくなってきた。「あなたもね。少なくともわたしは一人じゃないけど、あなたは一人でしょう。それに、わたしが連絡するまで身を隠しててくれると思ってたのに」「ごめん。でもじっとしてられなくなってきて。だまされてるんじゃないかって思えてきて。わかる？」

ええ、よくわかる。アパートメントが火事になって、レイエスの家にかくまってもらうまでのあいだ、わたしもそんな気分だった。「お願いだから、車を止めて」

「もう高速に乗っちゃった。でも次の出口でおりるよ。どのみちそこでおりるつもりだったし。トラック運転手がよく使う小さな食堂があるんだ。あと五分くらいで着くかな」そして出口と食堂の名前を告げた。「そこでどう？」

レイエスが片手をあげて、まず五本指を、続いて二本を立てた。

「十分以内で行けるわ。まっすぐ食堂に入って待っていて。ね？」

「はーい、ママ」ジョディが言った。「じゃ、あとでね」

「前に見たかぎりでは」レイエスが言う。「ジョディの車でこの悪天候は厳しいぞ」ワイパーが行き来して、絶え間なく降りつもる雪片と氷をフロントガラスから払う。「いやな予感がするな」

ああ、そんなことを言われたらわたしまでいやな予感がしてくる。「どんなふうに？」

「本能がやばいって言ってる」

やがて前方に出口が見えてきた。「十分もかからなかったわね」

「ああ。ジョディに正確な時間は教えたくなかったんだ」

ジョディがその情報を悪用するかもしれないと思ったから？　首を振って言った。「まだ彼女を信用できないの？」

レイエスはただ静かに笑った。

吹雪のせいで、道路には数台の車しか走っていなかった。「まるでホワイトアウトね」

コロラド州ではめずらしいことではない。いま穏やかな空だと思ったら、次の瞬間にはブリザードになっているということもありうるのだ。とくに一年のうちのこの時期は。

「爆弾低気圧じゃないのがせめてもの救いだね」レイエスがつぶやいた。「それに、路上の雪は勝手に溶けてくれてる。さっきまで日が出てたから、きっとまだ温かいんだろう」

前方の駐車場に停まっている一台の車のなかで、ジョディが携帯電話を握ったまま運転席に座っていた。

「どうしてまだ食堂に入ってないのかしら」

レイエスは首を振り、やや離れた位置に停車した。「確認してくる。戻ってくるまでここにいてくれ」

「あなたじゃ、ジョディがいやがるわ」

「いやでも我慢してもらうしかない。さあ、トラックのなかで待っててくれるね？」

うなずいて言った。「ライフルは持っていく？」

「いや、グロックを」そう言って銃をジーンズの背中部分に突っこむと、ネルシャツの裾で隠した。「じっとしてろよ。すぐ戻るから」言うなり車をおりて、ドアを閉じた。

近づいていくレイエスに、ジョディが気づいた。運転席の窓から外を見ていた目が丸くなり、体をひねってまっすぐこちらを向く。なにか忠告するように口を動かしているが、声は聞こえない。

レイエスが動きを止めて振り返ろうとしたそのとき、一台の車が猛スピードで迫ってきた。よけようとして後ろに飛びすさったレイエスが、ジョディの車の後部フェンダーに覆いかぶさる格好になる。そこへ先ほどの車がまた突っこんできたので、ジョディの車は激しく揺すぶられ、勢いでレイエスは反対側に吹っ飛ばされた。

恐怖のあまり、ケネディは彼の名前を叫んだ。どうしよう？　レイエスにはここでじっとしていろと言われたけれど、もはや彼の姿さえ見えない。ひどい怪我を負っていたら？　気絶していて、あっさり殺されてしまったら？

敵は四人いるらしい。三人がばらばらと車からおりてきて、一人は運転席に残ったまま、ゆっくりジョディの車から後退していく。

ジョディはもう運転席にいない。

腹をくってシートベルトをはずすと、足元のライフルをつかんだ。使い方なんて知らないけれど、敵もそれを知らない。はったりをきかせているあいだに、きっとレイエスが……なんだろう？　落ちつきを取り戻す？　形勢を立てなおす？

死を免れる。

お願いだから、神さま、あの人を死なせないで。

ドアを開けて外に出た――瞬間、背後から腕が伸びてきた。

デルバート・オニールは自分の幸運が信じられなかった。ジョディのモーテルに着いてみると、ちょうど彼女が車で出かけるところだった。気づかれないように距離をおいて尾行していった先は、トラック運転手ご用達《ようたし》の食堂の、車がほとんど停まっていない駐車場で……なんとびっくり、そこにケネディを乗せた車が現れたのだ。どんなに計画を立てたとしても、ここまで順調にはいかなかっただろう。

ケネディを目にしたら、ますます手に入れたくなった。あと少しで望みが叶うと思うと、切迫感が全身をめぐった。

盛んに降る雪をこれ幸いと、駐車場の奥のほうに停車したとき、一台の車があの大男を轢《ひ》き殺そうとした。ジョディをつかまえるために邪魔者を排除しようとしたに違いない。

ばかでもわかるが、すべては元相棒が仕組んだのだ――おれに相談の一つもなく！　なんたる裏切り者。なにも言わずに出てきてよかった。勝手にジョディをさらえばいい。

おれはケネディにしか用はない。

混乱にまぎれて、ケネディを乗せたトラックの後ろに車を近づけ、そっとおりて前進した。銃床で助手席側の窓をたたき割ろうかと思ったそのとき、ケネディ本人がおりてきたので、あっけにとられた。つまり、もう怖がりのお嬢さんじゃないってことか？ ますますいいじゃないか。運命に抗《あらが》うところをおれに見せてくれ。

あの大男が戻ってきたら、チャンスは失われてしまう。

ケネディが目の前の光景に気をとられている隙に、すばやく片腕をのどにかけて声を立てられないようにし、半自動小銃の銃身をこめかみに押しつけた。「ライフルを捨てろ。さもないとこの場で殺すぞ」

ケネディは全身を震わせたが、ライフルは手放さなかった。

くそあまが、度胸をつけやがって。

「それとも」腕に力をこめながら耳元でささやいた。「あいつらにおまえのボーイフレンドを殺せと命じようか。どうだ？」おれが一人で行動していることを、もちろんケネディは知らない。男たちが現れたのを見て、同じくらい驚いていることも。

息苦しくなったのだろう、ケネディがもがいた拍子に、ライフルが音を立てて地面に落ちた。

確認のために顔をあげると、ケネディのボディガードは使い物にならなくなどなっていなかった。むしろ、またたく間に全員を無力化しつつあった。

「まじかよ」ケネディをこちらに向かせて、銃で頭を殴りつけた。ケネディが白目をむいてドアに倒れこんだので、結局、助手席側の窓は割れた——そして当然ながら、注意を引いた。

ケネディは小柄だが、意識を失った彼女を、銃を握ったまま担ぎあげるのは容易ではなかった。

それでもどうにか車まで引きずっていき、運転席側から車内へ押しこむと、続いて自分も乗りこんだ。そのとき、金色の目に射すくめられた。冷たい目に自身の死が見えた。あの大男がまっしぐらに駆けてくる。

逃げることだけを考えて、タイヤをきしらせながら全速力で駐車場をあとにした。どうしようもない恐怖の震えが背筋を駆けおりる。これまでいろんなものを見てきたが、あんな憤怒《ふんぬ》は見たことがなかった。

しかも、その矛先はおれに向けられている。

バックミラーをのぞいたが、大男のトラックはまだ追ってきていない。つまり、チャンスはあるということだ。だが、どこへ行く？　イカれ野郎のいるキャビンには戻れない。きっとあいつは楽しみのためだけにケネディを拷問するはずだ。終わるころには、おれが楽しめなくなっているに違いない。

不意にケネディがうめいたので、ちらりと目をやった。こめかみにはもう色鮮やかなこぶができているが、本人はまだぼうっとしている。「おれ一人でよかったな、お嬢さん。もしおれがまだあの変人と組んでたら、おまえはいまごろとんでもない目に遭ってるぜ」せせら笑って言った。「おれだけでも、まあ、それなりだけどな。しかしあいつは……おれだってもう相手したくないくらいだ。あいつとは今日、手を切った――で、ラッキーにもおまえを見つけた」

ケネディが身じろぎしたので、ふと気づいた――おそらくは一瞬遅く――彼女の足がこちらに向けられていることに。凍った道路をちらちら見ながらどかせようとしたとき――ケネディが膝を曲げて力いっぱいに蹴ってきた。片足は肩に、もう片方の足はあごに命中する。ぼろ車のすりきれたタイヤが雪道で横滑りし、ぶつかるまいとハンドルを操る手から銃が足元に落ちた。

ケネディが飛びかかってきた。

嘘だろう？

怒った野良猫さながらに顔を引っかいて、頬とあごに傷跡をつけやがる。くそっ、痛え。たしかに少しは抵抗してほしいと思っていたが、ここまで激しいのは。「やめろ」大声で言った。「二人とも死んじまうぞ！」片手でケネディを押しのけようとするが、右に左にとパンチをくりだされ、その一発がなぜか股間にヒットした。

ありえん。

のどの奥からうめくと同時に、ハンドルにかけていた手の力が抜けた。このときとばかりにケネディがまた何度も殴ってくる。

それがだめを押した。車は道路の凍った部分でスリップし、ガードレールに激突して、前半分が峡谷に乗りだした。

やっとケネディを手に入れたのに、ここで終わるのか。


車が大事故を起こそうとしていることに、ケネディは間一髪で気づいた。まずい。とっさにシートベルトをつかんで手首に巻きつけたものの、バックルに挿しこむ時間はない。体を投げ飛ばされまいと、とにかく必死につかまった。

車がガードレールに突っこんだときは、その衝撃を全身で感じた。頭が助手席側の窓にぶつかり、一瞬、星が見える。直後に車体がずるずると路肩を越えていくのがわかって、ここまで怒り一色だったなかに本物の恐怖が入りこんできた。

車体が横転しはじめたら助からないかもしれない。

峡谷を滑り落ちながらも、ひとえに手に巻きつけていたシートベルトのおかげで、車の反対側に投げ飛ばされずに済んだ。

オニールのほうはそれほど運に恵まれなかった。太ももになにか鋭いものが当たり、肘がダッシュボードにぶつかる。オニールが上に重なってきて、痛みはもちろん怖さのあまりに叫んだ。

車体が揺れながら止まったときには、おかしな体勢になっていて、助手席側のドアが地面に接していた。

顔を血まみれにしたオニールがこちらにぐったりもたれかかっているせいで、身動きがとれない。抜けだそうと、歯を食いしばってがんばった。

どうかレイエスが無事でありますように。ジョディが無事でありますように。

オニールがうめいたが、動く様子はない。

まさかこんなことになるなんて。あの駐車場からどのくらい走った？　事故の前に殴られたからだろう、頭は割れそうに痛い。シートベルトを巻きつけていた手首は、摩擦熱でひりひりした。

心臓に手を当てて、恐怖に駆ける鼓動を感じた。どくん、どくん、どくん。けれど自分が生きていることも感じた――それを維持してみせる。

周囲を見まわすと、なにもかもが二重に見えた。吐き気もする。だけどそれであきらめたりしない。動かなくては、いますぐに。オニールが意識を取り戻す前に。

わたしが気絶したら、だれがレイエスのために助けを呼ぶの？

できるかぎり状況を見きわめて、まずはオニールの下から抜けだすべきだと判断した。言うは易《やす》し。

押さえつけられている左腕を少しずつ引き抜いて、両脚もどうにか自由にしていく。少し動くだけでも痛かったが、その痛みを原動力に変えた。わたしがここから脱出できれば、だれかをあの駐車場へ向かわせて、レイエスとジョディを助けられる。自身が助かることと同じくらい、その思いが背中を押しつづけた。

車の外へ出るにはオニールを乗り越えなくてはならなかった。文字どおり息を詰めてそっと動いたが、ありがたいことにオニールは気を失ったままだった。

途中まで進んだところで、オニールの銃がダッシュボードとひび割れたフロントガラスに挟まっているのに気づいた。それを取りに戻るにはまたオニールを乗り越えなくてはならないが、武器を残していくわけにはいかなかった。

レイエスのようにズボンの背中部分に挿すのはためらわれ、どうしようかと迷っていると、運転席側の窓が割れているのに気づいたので、そこから外に放った。銃は雪に覆われた地面に音を立てて落ちた。

祈りの言葉をつぶやきながら運転席側の窓枠につかまって、腕の力で体を持ちあげたとき、不意にレイエスが現れた。危険なほどのスピードで峡谷を駆けおりてくる彼の顔は血にまみれ、目には怒りが燃えていた。

怪我をしているけれど、生きている。どっと押し寄せてきた安堵で気が遠くなった。

レイエスは雪のなかで足を滑らせ、立ちあがり、大声でケネディの名を呼んだ。

涙がこみあげて視界が曇る。だめよ、ずっと踏んばってきたんでしょう、いまさら負けるんじゃないの。

「ここよ」静かに言い、レイエスの声で目覚めなかっただろうかと、ちらりとオニールを振り返った。

オニールの目が開いたので、悲鳴をあげた。まっすぐこちらを見ていた。

レイエスが手を伸ばしてきて両腋《りょうわき》の下をすくい、やすやすと車の外に引っ張りだしてくれた。背後におろしてから銃を抜き、オニールを見る。

目にしたものがなんであれ、レイエスの体から少し緊張が解けた。「いま、おまえを殺すべきかな?」

ケネディは抑えられずに、レイエスの陰からそっとのぞいた。

オニールは笑おうとしたようだが、途中でうめき声に変わった。血とよだれが唇からこぼれる。「かまわんぜ。どうせ死ぬしな」

「彼の銃はわたしが」ささやいて、レイエスの腕に触れた。「窓から外に捨てたわ」

レイエスがしばしオニールを放置してこちらに向きなおり、全身を眺めて唇を引き結んだ。「おいで」騎士さながらに抱きあげると、数歩離れたところに突きでている、雪をかぶった岩まで運んだ。そっとおろしてから、震える手で髪を後ろに撫でつけてくれる。

「あいつの脚がまだ折れてなかったら、ゆっくり時間をかけて楽しみながら折ってやったんだけどな」

「ええ？」オニールは脚が折れているの？「どうしてわかる――」

「骨に気づかなかった？」

おののくことしかできずにいると、レイエスがつぶやいた。「いまのは聞かなかったことに」

恐ろしい。オニールの骨は露出していたということ？　吐き気がこみあげて、ますます頭痛がしてきた。

レイエスが体を支えながらやさしい声で言う。「吐きたい？」

「いいえ」吐こうとしてかがんだら、きっと首が転げ落ちる。「いえ、大丈夫」

レイエスがひたいにキスしてくれた。「どこが痛い、ベイビー？」

ほぼ全身、と言いかけたものの、レイエスの深い苦悩の表情に気づいて、こうささやくにとどめた。「あなた、血が出てる」

「これくらいなんでもないさ。連中の車にはねられそうになったとき、顔をアスファルトにぶつけただけ」

「レイエス」急に涙があふれた。「もしもあなたになにかあったら、わたし――」

「おれは大丈夫。ジョディも大丈夫だよ。スターリングに任せてきた。じきにケイドもここへ来る」

「もう来たぞ」ケイドの声がした。

びくんとした瞬間、全身に痛みが走った。顔をしかめて言う。「どこから現れたの？」

ケイドはその問いを無視してこちらの顔に触れ、上を向かせてじっと目を見た。「脳震盪を起こしてるな」

まさにそんな感じだ。「オニールに銃で殴られたんだと思う。まるで頭の部品が少し緩んだみたいな感覚よ。わたし、事故を起こさせようとしたんだけど――」

「起こさせようとした？」レイエスが言い、ケイドを押しのけた。

オニールに襲いかかったときのことを思い出すと、どうしようもなく体が震えてきた。そこへ風まで吹きはじめ、冷たい雪を絶え間なく顔にたたきつける。また涙があふれて、なおさら腹が立ってきた――自分自身に。情けないことに唇は震えて、出てきた声も苦しげなささやきでしかなかった。「あなたが大怪我をしたと思ったの。あなたのもとへ行きたかったのに、オニールは車を走らせつづけて……。そのままにはできなかったから、蹴ったり殴ったりしはじめたの」

「まじか」レイエスがつぶやいた。「殺されてたかもしれないんだぞ」

「でも、どうせそれが彼の最終目的だったでしょう？」

ケイドがあたりを見まわし、車を見つけた。「あれがデルバート・オニールか」

レイエスがうなずいた。「けっこうな怪我だ。両脚が折れて、たぶん肩は脱臼してる。顔は引っかき傷だらけ」

「最後のはわたし」責任を負おうと、口を挟んだ。「あと、股間を殴ったわ」

男性二人にじっと見つめられた。

「それで完全にハンドルを操作できなくなったの」

「まあそうなるよな」レイエスがひたいにキスをしてからネルシャツを脱ぎ、はおらせてくれた。

サーマルシャツ一枚になった彼を見て、慌てて言う。「風邪を引く――」

「しーっ、ベイビー、おれにもなにかやらせてよ。ね？」膝を曲げてこちらの顔をのぞきこむ。「きみはきみの命を救ったんだ。わかってる？　おれにもせめてシャツを差しだすくらい、させてほしいな」

ケイドが咳払いをした。「おれもなにかしようか？」

レイエスの手に頬を包まれた。「早急にあいつを尋問しなくちゃいけない。ケネディ、きみは兄貴と一緒に――」

「わたしも尋問の場にいたい」聞く権利があるはずだ。たしかに全身ずたぼろだけど、すべて聞かずにはいられない。

「寒いだろう」

「あなたほどじゃないわ」頑として言った。

一瞬の間のあとにレイエスはうなずいて、また腕のなかに抱きあげてくれた。ケイドと並んで車のほうに戻る。ケイドがオニールの銃を拾って雪を払い、車内をのぞきこんだ。

オニールの目は閉じていたが、ケイドが銃口で片足をつつくとすぐさま開き、のどからは苦悶の声があがった。

「つまり」レイエスが言う。「全部、おまえとロブ・ゴリーの仕業か」

じつに奇妙なことが起きた。

オニールの目がかっと開き、薄気味悪い笑みが浮かんだのだ。「ロ、ロブ・ゴリーだと？そう思ってたのか？」

「そうだと知ってる」ケイドが言った。

「残念だったな。ロブはとっくの昔に死んだ」

レイエスの腕に抱かれているおかげで少しは温かいのに、それでも震えが止まらなかった。全身ががくがくと揺すぶられているみたいだ。「やっぱり死んでたのね」オニールの血まみれの顔から目がそらせなかった。わたしのせいでああなったのだ。わたしと事故のせいで。その事故はわたしが引き起こしたもので――

「自分からしゃべったほうがいいと思うぞ」レイエスが言う。「でないとおれがしゃべらせるし、おれのやり方は間違いなく気に入らないだろうからな」

「おれはその女がほしかっただけだ」オニールがこちらを見据えてつぶやいた。

それを聞いてレイエスが地面におろそうとしたものの、しっかりつかまって離さなかった。わたしが抱いていてほしかったからではなく、いまこの人をオニールに触れさせたら、いったいどうなるかわからないから。

これ以上、骨の露出や血には耐えられそうにない。

けれどケイドの反応までは抑えられなかった。レイエスの兄は、オニールの脚の折れたすぐ下の部分をつかんで、言った。「もう一度彼女を見たら」ぞっとするようなささやき声だ。「後悔することになるぞ」

耐えがたい痛みだったのだろう、オニールは悪態をちりばめた悲鳴をあげた。

「もうすぐ警察が来る」レイエスが、抱いている腕に力をこめた。「一分やるから知ってることを話せ。話さないなら、警察が来たときにはおまえは死んでる」

驚いてレイエスを見たが、彼はオニールをにらんだままだった。レイエスが彼を殺す？正直に言って、どう考えたらいいかわからない――し、どうでもいい。

「すべてはロブ・ゴリーの死で始まったんだ」オニールが苦しげにしゃべりだす。寒いのに、青白い顔には汗が伝っていた。

「死体はどこに行った？」ケイドが尋ねた。

「やつの兄貴が持っていった」オニールの呼吸が浅くなる。「兄貴がいることは知らなかっただろ？」口の端から血が泡立って出てくる。「ロブと見間違えるほどそっくりだ」震える息を吐きだし、まぶたを閉じると、かすれた声で続けた。「やつはイカれてる。もしもやつが先にケネディをつかまえたら、なにも残りゃしないと……」顔をしかめて言葉を止めた。「こうなったら、やつはおまえら全員を殺すぞ。弟を殺したジョディのことを心底恨んでるんだ。つけを払わせるつもりさ。ジョディだけじゃなく、おまえら全員にな」聞こえないほど小さな声で続けた。「おまえの知り合い全員がつけを払うんだ」

ケイドの身がこわばった。

「行け」レイエスが小声で言うと、ケイドはすぐさま崖をのぼって自身のＳＵＶを目指した。

耳元でレイエスが言った。「スターリングが危ないかもしれない。あの食堂の駐車場にいてもだ」

ああ、わたしのせいでみんなを巻きこんでしまった。うなずくと、頭ががんがんした。

レイエスがこちらを地面におろしてから、かたわらに引き寄せ、車に一歩近づいた。

「となりにいて、口を挟まないこと」

「わかったわ」

「ゴリーはどこだ？」レイエスが尋ねた。

オニールは答えなかった。答えられないように見えた。

レイエスが口元をこわばらせて噛みつくように言う。「答えろ」

かろうじてオニールの目が開いた。「モーテルだよ」

「いまもそこにいるのか？」

「おれが出ていったときは、いた……」首ががくりと横に倒れて、それ以上、なにも言わなくなった。

顔があまりに白いのは、ショック状態に陥ったのか、それとも死んだのか。遠くからサイレンの音が聞こえてきた。

レイエスがそっと言った。「彼女に殺されてよかったと思うんだな。そうなってなかったら、おれがこの手で八つ裂きにしてる」

驚いて、なにを言うべきかと考えた。レイエスはもう携帯電話を出していたが、だれに電話をかけるのかは訊かなくてもわかった。

「父さん。ああ、みんな無事だ」心配そうな顔でこちらを見る。「ケネディは怪我をして、たぶん脳震盪を……うん、伝えるよ」

「伝えるって、なにを？」

携帯を手で覆って言う。「きみにはじゅうぶんな静養が必要だって」

そうね。いますぐにでも休みたい。

レイエスが携帯電話を覆っていた手を離して、オニールをちらりと見た。「犯人は間違いなく死んで、もうすぐ警察が来る――ええ？　なんであいつが来るんだよ？」

あいつとはだれだろうと思いながら、自分で自分を抱くようにして、このまま地面に倒れてしまいたいのを必死にこらえた。

レイエスがうめく。「マディソンじゃなく、父さんの差し金？　いや、もういいよ」顔をあげて崖の上を見たので、こちらもつられて同じことをした。「来たみたいだ。またあとで。うん、ありがとう」

「だれが来たの？」本能的に、レイエスに近づいた。危険な状況に対応する力はもう残っていないとわかっていた。

「クロスビー・アルバートソン刑事どの」

ああ。だったらそう悪くない。むしろ少しほっとする――ただし、刑事が現れることでレイエスが困った事態に巻きこまれないならの話だけれど。

ほどなく、クロスビーが二人の私服警官を連れて崖をおりてきた。

レイエスが呼びかける。「救急車は？」

「こちらに向かっている」葉の落ちた細い枝につかまりながら、クロスビーが地面におり立った。「ケネディ、大丈夫か？」

レイエスに寄りかかって、うなずいた。

「医療処置が必要なんだ」レイエスが言う。

「きみもだろう」クロスビーが二人をじっと見てから、警官に言った。「こちらの女性を崖の上へお連れしろ」

「おれと一緒じゃないなら、彼女はどこへも行かない」レイエスがきっぱり言った。

クロスビーはそれを受け入れ、車に近づいてなかをのぞいた。「おっと」

警官の一人がコートを脱いでこちらに差しだしたので、レイエスが礼を言って受け取り、着せてくれてから、クロスビーに言った。「言うのはそれだけか?」

クロスビーが顔をしかめて車から離れたところへ、救急隊員が現れた。

レイエスがコートの上からこちらの肩を抱いたまま、クロスビーに歩み寄った。ほかのだれにも聞こえないように言う。「あれがデルバート・オニール、人をさらって売り買いしてたくそ野郎だ」

「オニール」クロスビーがつぶやいて、直後になにか思い当たったらしく、さっとこちらを見た。「きみの接点はそこか?」

「まずは手当てだ」レイエスが言い張ってから、尋ねた。「ここは任せて平気かな?」

これには刑事も鼻で笑った。「私は法に従える」そしてまたこちらを見た。コートまで重ねてもらったのにまだ震えていた。

みじめすぎて、どんなに注目されてもどうでもいいと思えるほどだった。

クロスビーが同情のにじむ声で言う。「概要だけ教えてもらいたい。どういうことなのかわかるように」

「食堂の駐車場に車を停めたところだった。おれが外に出たとたん、何者かに轢き殺されそうになった。逃げようとしてるあいだにオニールが彼女の頭を殴って、やつの車に乗せて、逃走した。おれはすぐに追ったけど、意識を取り戻したケネディがやつを攻撃して、車はこの悪路でスリップした」ぐしゃぐしゃになった車を手で示す。「で、おれが発見したときにはこうなってた。オニールを見ただろ？　事故の結果だ」

「きみは彼に触れていない？」

「触れられてたらよかったが、ああ、触れてない」

レイエスが関係のある細部を——とくにジョディに関することを——省いたのを知っているかのように、クロスビーは眉をひそめた。

質問を重ねるのだろうかと思っていたら、クロスビーがまたこちらを向いた。

疑念の表情が心配のそれに変わる。「具合がよくなったら話を聞かせてほしい。あとで私も病院へ向かう」

「ありがとう」しばしの猶予がうれしかった。いまはただ目を閉じたい……先にしっかり温まってから。

「礼ならマディソンに」クロスビーが言った。「彼女が情報をくれたので、きみの父親の要求どおり、こうして多少の自由を与えることにした。悪用するなよ」

「また連絡する」レイエスが言い、崖のほうへうながした。「ベイビー、歩けるか？」

「ええ」そうは言ったものの、本当かどうか自分でもわからなかった。

「よかった。信頼しなくちゃいけない人間は少ないほうがいいからね」こちらに近づきかけていた救急隊員にいらないと手を振って、さりげなく尋ねる。「おれの父が医者だって知ってた？」

「いいえ」けれど驚きはしない。マッケンジー家の人間をあなどるなかれと、すでに学んでいた。

「じつは高名な外科医だったんだ。もう引退したけど、いまでも腕は一流だ」

なにが言いたいのだろうと訝《いぶか》りつつ、尋ねた。「どうしていまそんな話を？」

気がつけば救急車ではなくトラックのほうへうながされていた。「それは、病院へは行かないから」助手席のドアを開けて乗りこませる。「父さんが本当に伝えたがってたのは、そのことだ」

「でもクロスビーが――」

「彼ならすぐに勘づくさ」

デルバート・オニールには死んでほしい。そうなれば、わざわざおれが見つけだして拷問して殺さなくて済む。あの臆病なうじ虫め。よくも邪魔してくれたな。あいつさえいなければ、ジョディにまた逃げられることはなかったのに。

ああ、早くジョディをこの手に感じたい。駐車場ではじゅうぶんな騒ぎが起きたうえに吹雪とあって、雇った連中が目的を達成するのは楽勝だったはずだ。

ところが、そこへ別の大男が現れた。まるで朝食代わりにごろつきを食いそうな風情だった。ケネディのお守《も》りをしている男の血縁に違いない。体格も顔立ちもそっくりだ。

こうなったら爆弾が必要かもしれない。全員を無差別に殺せるなにかが。

ジョディ以外の全員を。

弟を殺したとき、あの女は自身の運命を決定づけた。

弟のなきがらを見つけたときのことは絶対に忘れない。地下の湿った独房で、刺されて血を流し、ぼろ人形のように息絶えていた。

そうとも、オニールには死んでもらったほうがいい。そうしたら、全神経をジョディにそそげる。

15

レイエスは、これほどの怒りを感じたことがなかった。

父がケネディの診察をしてみると、いたるところにひどいあざが見つかった。それなのにこの女性は、凍《い》てつくような雪のなか、おれがほかのことを優先してもいっさいなにも言わなかった――傷だらけの自分を後回しにして。

「ケネディなら大丈夫だ」父が言い、またしてもレイエスをどかせた。

大丈夫、か。いまの彼女は抑えようもなく震えているし、顔からは苦痛の表情が消えないし、車が崖から転落したときはきっとあちこちぶつけただろうに。

診察台を回って、処置の終わった脇腹にそっと毛布をかけてやった。胸が痛む。目頭が熱くなる。

ろくでなしをぶち殺したい。

ケネディを慰めたい。

まったく異なる二つの感情がせめぎ合って、身震いが起きた。

ケネディの手を取った。診察台に横たわり、背中で結わえるゆったりした袖なしのガウンだけを着た姿は、とても小さく繊細に見えた。

ケネディは目をほぼ閉じた状態で、弱々しくほほえんでみせた。「耳鳴りと頭痛以外は本当に大丈夫なのよ。あざなんてほとんど気づかないくらいだし」

ほとんど気づかない、か。また勇ましいことを言ってくれる。「ごめんよ、ベイビー」

「あなたのせいじゃないもの」ささやくように言う。「謝るのはむしろわたしのほう。あなたの人生にこんな厄介事をもちこんで」

なにをばかなことをと言う前に、父が口を開いた。「脳震盪を起こしているし、じきに痛みは悪化するだろうが、骨折はしていないようだ」太ももにできたひどいあざをそっと押し、ケネディを見おろして尋ねた。「脚の怪我の原因は？」

まぶたがゆるゆると閉じた。「覚えてなくて」

「そうか」続いて手首と腕を診る。「ここは？」

「転落するって気づいたときに、シートベルトを巻きつけたの」

ごく慎重に、指を、さらに手を動かす。「痛みは？」

「それほど。おもに表面だけ」

「擦過傷だな」父がそう言って簡単に処置をした。それが終わると、あごの下まで毛布で覆ってから、車輪つきのスツールを診察台に引き寄せて腰かけた。「覚えていることを話してくれるか？」

ケネディはしばらくのあいだ、眉根を寄せていた。「レイエスが襲われるのが見えたの。トラックにライフルを置いていってくれてたから、それを持って外に出た。犯人を脅せるかもしれないと思って……」

父がまた激怒した顔でこちらをにらんだ。「ライフルは兄貴が回収した」状況を説明する。「そのときのおれは彼女を取り戻すことしか考えてなかった」

父がうなずいて視線をケネディに戻す。

「オニールに、ライフルを手放さないなら男たちにレイエスを殺させると言われて、従ったわ」つかの間、また目を閉じた。「どうせ使い方も知らなかったし」

「教えよう」父が言った。

そうとも、なるべく早く、もっとまっとうな自衛方法をたくさん教える。とはいえそれが必要になるときは来ない。なぜなら、二度とこの女性をおれの目の届かないところへは行かせないから。

「そのあと、たぶん殴られたんだと思う。気づいたら車のなかにいて、オニールがハンドルを握ってた」震える息を吸いこむ。「すごく怖かった」

こんな彼女を見ているのは苦痛でしかなかった。それでも、ことの詳細を把握しなくてはならない。じきに話は終わるし、そうしたら彼女を抱きしめられる。

ケネディがわずかに目を開けた。「レイエスが襲われたのはわかってたけど、そのあとどうなったかまでは――」ぎゅっとこちらの手を握った。

「大丈夫だよ、ベイビー」不安を肩代わりしてやれたらどんなにいいか。

「大丈夫じゃないわ。その頭を見て」

なにを言って……。

「軽い切り傷だ」父が返した。「縫う必要もない。絆創膏《ばんそうこう》を貼っておけば治る」

ケネディはごくりとつばを飲んで、また目をうるませた。

かがんでひたいにキスをした。「ゆっくりでいいよ、ベイビー。焦らなくていい」

「なにかしなくちゃと思ったの」

「助かるために、だな」父が称賛を示してうなずく。「そして実際、助かった」

「自分のことはあまり考えてなかったわ。ただ……どうにかしてレイエスのために助けを呼ばなくちゃと」顔をしかめる。「ばかなことをしたのはわかってる。自殺行為と言われてもおかしくない。でもあのときは、ほかになにも思いつかなかった。戦うしかないって思った」

彼女の手を唇に掲げた。おれがその場にいて、代わりに戦うべきだったのに、実際は間抜けにも不意打ちを食らってしまった。

「連中はジョディを尾けてたんだろう」そう言って、あざのできた指の関節にそっとキスをした。「想定しておくべきだった」

ケネディがしばしこちらをじっと見つめて、かすかな笑みを投げかけた。「あなたがどう思ってようと、あなたのお父さんがなにを言おうと、あらゆる状況に備えることはできないわ。超能力者じゃないんだし、無敵でもないんだから」

「でもおれは訓練を受けて――」

「いや」父が遮った。「彼女の言うとおりだ。マディソンはおまえに、ジョディを追うよう指示した。ケイドとおれはその指示をよしとした。おまえが間違っているならおれたち全員が間違っていることになるが、ここはケネディの声に一票投じたい。準備にも穴はある」立ちあがってうろうろと歩きだした。「ゴリーの兄は、また人を雇ってジョディを監視させていたんだろう。なぜ今回にかぎってオニールが現場にいたのかはわからないが」

「それならわかるかも」ケネディが震えながら、居心地が悪そうに身じろぎした。「オニールが言ってたの、あいつとは手を切ったって。とんでもない男で、もう相手をしたくない、みたいなことを言ってたわ。変人とまで呼んでた」

「ふーむ」父がやさしくケネディの肩をたたいた。「教えてくれてありがとう。またなにか思い出したら話してくれ。とりあえず、処置した痛み止めがじきに効いてくるだろう。しっかり休んだほうがいい」

「それなら簡単」ケネディがまた目を閉じた。「体がぬくもったら、即コテンよ」

父はほほえんだが、レイエスはほほえむ心境ではなかった。「すぐにベッドへ運ぶよ」父が言う。「気分がよくなっても――かならずよくなると保証するが――携帯とパソコンは使わないように。テレビも短時間だけだ。レイエス、二時間ごとに様子を見て、反応があるかどうかを確認しろ」

うなずいて、ケネディに言った。「今夜はここに泊まるからね」

「ここに？」ケネディが目をしばたたく。

「言ったろ、ここにもおれの部屋があるんだ。問題ない」

「でも……」ちらりと父を見てから、さらに声をひそめる。「うちに帰りたいわ」

うちに帰る、か。そうだな、ケネディがいるなら、あの山小屋こそが帰るべき場所だ。安全面でも問題ないが、とはいえ車での道のりは彼女にとって厳しいものになるだろう。この父の家まで来るのも一苦労だった――トラックの窓は割れて、凍えるような風が吹きこんでいたから。それでも、あのときはほかにどうしようもなかった。

「今夜はここに泊まって」あらためて言った。「明日、様子を見よう。それでどう？」

「プライバシーについては心配ない」父がケネディに言いながら立ちあがり、こちらに回ってきて、もう一度、頭の傷を診ようとした。

「父さん、もういいって」

すると父は天を仰ぎ、ケネディを見た。「こいつが石頭でよかった。そうでなければ、たんこぶでは済まなかったぞ」
「たいしたことなかったさ」ケネディが心配そうな顔になったのを見て、言った。「これまでいろんな怪我をしてきたから、深刻なものとなんてことないのと、区別がつくんだ。血さえきれいに拭ったら、かすり傷だってわかるはずだよ」そうとも、いまいちばん大きな痛みは胸のなかにある。

診察室のドアをノックする音に続いて、ケイドとスターリングとマディソンが入ってきた。

ケイドが言う。「雪にうもれないよう、おまえのトラックは車庫に入れておいた。窓は明日の朝、修理に回す」

ふだんなら自分でやると言っていただろうが、怪我をしているケネディを置いて出かけたくはなかった。「ありがとう」
「ケネディに服を持ってきたわ」マディソンが言った。「Tシャツとスウェットシャツと、パジャマ用のズボン。これなら裾をロールアップできるでしょう？　たぶんわたしのジーンズだと丈が長すぎるから」
「それに、わたしのお尻じゃ絶対に入らないから」ケネディが弱々しい笑みを浮かべて言った。「どうもありがとう」

スターリングが静かに口笛を鳴らして近づいてきた。「すごいわね。ＵＦＣチャンピオンと何ラウンドか戦ったあとみたい。あざにあざが重なってる」大げさに顔をしかめて尋ねた。「すごく痛い？」

「頭はね。でも痛み止めが効いてるわ」

スターリングは車輪つきのスツールに陣取った。「小さな窓から脱出しようとして、顔から地面に落っこちたときの話はしたっけ？　まずい状況からは逃げだせたんだけど、太ももに大きなガラス片が刺さってね」

ケネディが唖然《あぜん》として言った。「初めて聞くわ。すごく痛そう」

「痛かったわよ。でもね、そのおかげでケイドとの距離を縮められたから、いまでは大事な思い出なの」ちらりとこちらを見て、あごでドアを示してから、逸話を語りはじめた。

なるほど、ここはまかせて四人だけで話してこいということか。毛布がケネディの全身を覆っていることをたしかめてから、レイエスはそっと言った。「すぐ戻る」

スターリングの血なまぐさい話にすっかり聞き入っていたケネディは、上の空でうなずいた。

診察室を出ると、兄と妹と父とで、ケネディに聞こえないよう声を落として話した。

いまはあの女性にさらなる心配の種を与えるときではない。

「やつの兄貴の名前はもうわかったか？」ケネディの安全を確保したいま、全力をそそいで残る脅威を排除する。

「もちろんよ」マディソンが答えた。「名前はランド・ゴリー。ロブの二歳上で、現在は四十二。逮捕歴はずらりで、飲酒運転に傷害罪、誘拐未遂に放火までいろいろよ。出所したのはちょうどジョディがロブのもとから逃げたころ。きっとすぐ弟に会いに行って、死体を見つけたんでしょう」

たしかにそういう輩《やから》なら復讐心に燃えてもおかしくない。気の毒なジョディ。息つく暇もないとは。人を人とも思わない鬼畜野郎からやっと逃げられたと思ったら、すぐまた別の同類に追われるなんて、いったいどんな確率だ？　「ジョディには父さんのプログラムが役立つんじゃないかな」

「同感だ」父が言う。「ケネディも、友達にはもう危険が迫っていないとわかっていたほうが楽に休めるだろう。だがまずは脅威を取り除かなくてはな」マディソンに向けて言った。「一日二十四時間、あのモーテルのキャビンを監視したい。おれたちが計画を立てているあいだにゴリーに動きがあれば、すぐ察知できるように」

「手配済みよ」マディソンが言った。「いい位置にあるカメラを何台か見つけたの。向こうが穴を掘って脱出するなんていう凝った芸当でもしないかぎり、しっかり監視できる。もしも外出するようなことがあれば、どれが彼の車かわかるし、ナンバープレートも押さえられる。そうなったらもっと情報が手に入るわ」

「こっちの存在を嗅ぎつけられた以上」ケイドが言う。「おれが車に発信器をつけるときには、スターリングにそばにいてほしくない」

「そもそも発信器をつけに行ってほしくないがな」父が返した。「GPSがなくてもなんとかなるだろう」

ケイドが身をこわばらせた。「おれなら問題なく遂行できる」

「怒らないの」マディソンが上の兄の肩をたたいた。「わたしも父さんに賛成よ。これまでに調べてわかったことを見ても、ゴリーはあちこちにコネがあるみたいだから」

「おれたちのコネとはかぶらないだろう」ケイドが言う。

「たしかに。だけど今後はもっと大きな網を投じなくちゃならないし、万一、兄さんが見つかりでもしたら、残りのならず者たちは長期間、潜伏するかもしれない」

「残り？　いったい何人の話をしてるんだ？」思わず尋ねた。

「わかっただけで二十人。モーテルの経営者、ダイナーの経営者、トラック運転手、おそらく刑務所で知り合ったんだろう犯罪者仲間。向こうのネットワークが巧妙すぎて、わたしでも歯が立たないとかそういうことじゃないんだけど、危険は冒したくないのよ。もし一歩踏み違えて、また――」ちらりとこちらを見て言葉を止めた。

「また女性がさらわれるような危険は、か」代わりに言い終えた。胸くそ悪いけだものの次なる行動は予測するのが難しい。「同感だな」

「となると、ますますGPSが必要だ」ケイドが言った。

どうやらその点は譲りたくないらしい。気持ちはわかる。兄もおれも自分の判断で行動したいタイプだし、そうできてこそ本領を発揮する。それでも、ここはなだめることにした。「まあ、おれの気持ちを想像してみてよ。兄貴は忍耐力があるんだから、もしおれがじっと待てるなら、当然、兄貴も待てるはずだろ」

この理屈にはついにケイドもうなずいた。

早くケネディのもとに戻りたくて、尋ねた。「ジョディはいまどこに?」

「父さんのホテルのスイートルームに案内した。服も用意したし、ミニ冷蔵庫は満杯にしたし、映画とゲームはアクセスし放題にしておいた」

「つまり必要なものは全部揃ってるから、その部屋を出る理由はない、と」父のホテルもまた別の隠れ蓑《みの》だ。もちろん部屋を貸すという法にかなった目的も果たしているが、最上階はこうした状況のためにとってある。見た目はどこの五つ星ホテルとも変わらないものの、マッケンジー家のそれぞれの自宅と同レベルのセキュリティが施されている。あそこならジョディも安全だ。それでも……。「ジョディが一人だと聞いたら、ケネディは悲しむだろうな」

ケイドが肩をすくめた。「ここへは連れてこられないとなると、残された選択肢はそう多くなかった。あのホテルがベストだった」

ジョディは部屋にじっとしているだろうか?　わからない。「間違いなくケネディは明日、会いに行くって言うと思うから、応援がほしいな」行くのが自分だけならなにも心配はないが、ケネディも一緒なら。すでにいろいろなことが起きている。いかなる理由でも、二度とガードは緩めない。

「引き受けた」ケイドが言う。「スターが一緒に行くと言い張るだろう」

父が腕組みをした。「例の刑事はどうなっている?」

うなじをさすって答えた。「本人いわく、マディソンがじゅうぶん説明してくれたから、おれたちには少し自由を与えるってさ」ちらりと妹を見た。「でもおれが現場に置き去りにしてきたから、考えなおすかもな」

マディソンがきっとにらみ返してきた。「彼は使えるだろうってことで、パパとわたしで合意したの」

「なるほどね」どのみち警察は事故現場に現れていたし、少なくともクロスビー・アルバートソンとは知らない仲ではない。「オニールはもう脅威じゃないんだよな?」

「現場で死んだ」ケイドが認めた。

あの男からはもう少し情報を得られたかもしれないが、死んでくれてよかったと思うことにした。これでケネディを殺そうとしている人間が一人減ったのだから。

「もう一度、刑事さんと話してみるわ」マディソンが言った。「心配しないで」

立ち去ろうとした妹に尋ねた。「具体的には、やつにどんな手がかりを与えたんだ?」

「兄さんが勾留されなくて済むだけの手がかりよ」

ケイドの目が狭まった。「というと？」

「だから、パパの慈善的な仕事のおおまかな概要とタスクフォースについて触れたの。当然ながら向こうは感心してたけど、いまはどうかしら。二人とも病院にいないとわかったらなにを考えるかまでは、ちょっとね」

父が少し考えてから言った。「おれが電話で伝えたのは、誘拐未遂事件が起きて、そこにゴリーがからんでいるかもしれないということだけだ。あの刑事が腰をあげるにはそれでじゅうぶんだと思ったからな。しかしマディソンの言うとおり、今後は全体をコントロールしたがるだろう」

「うまいこと調子を合わせて、だまさなくちゃね」マディソンが締めくくり、にっこりした。「わたしに任せて」

もどかしくなってきて、診察室のドアを見た。早くケネディのもとに戻りたい。「アルバートソンはおれから話を聞きたいだろうけど、おまえの力でなんとか明日まで引き延ばせないかな——？」

「それは無理」マディソンが言う。「相手はごろつきでもなんでもない、刑事よ、レイエス。そう簡単には操れないわ。それに何度も言ってるとおり、彼はきまじめな人。まっとうな質問しかしてこないわ」

「なるべく事実に沿って答えろ」父が助言してくれた。「食堂には襲撃を目撃した客が大勢いる」

「ケネディがさらわれたところを見た者も数人」ケイドが言った。「刑事なら、点と点をつなぎ合わせるだろう」

マディソンが短く笑った。「そんなに彼を見くびるなんて、パパも兄さんたちもどうかしてる」背を向けると、ひらひらと手を振った。「早くケネディのところへ行ってあげたら。じゃあね」

「あの刑事にほれたな」レイエスは不機嫌にこぼした。

「そのようだ」兄も言う。

父はなにやら考えているような顔でマディソンを見送っていたが、やがて尋ねた。「ケネディも一緒に夕食をとりたがると思うか？」

いまでは彼女のこともだいぶわかってきたので、ベッドにいたがるタイプではないのも察しがついた。本人がどれほど休息したいと思っていようと、実際に休息が必要だろうと。自分が重荷ではないことを、周囲というより自分自身に、常に必死で証明しようとする女性なのだ。「一緒にって言うと思うよ」

「それならバーナードのところへ行って、全員揃うと伝えておかなくてはな」父が言い、肩に手をのせてきた。「あの状況で、よくやった」

偽りの称賛などいらない。「しくじったよ」

父は小さく首を振った。「おまえは自慢の息子だ」続いてケイドに言う。「おまえもな。二人とも、じつに立派になった」そして短い廊下を階段のほうへ歩いていった。

度肝を抜かれて兄のほうを向いた。「いまのなに？」

「さあな。ただ、周りに女性がいることで当たりがやわらかくなってきたのかもしれない。おれたちがいい相手に恵まれた姿を見て、ものごとまで違って見えてきたんじゃないか」

なんだかぎょっとさせられる。あの父さんが、やわらかくなる？　いや、考えたくもない。「ケネディのところに戻るよ」

ケイドがじっとこちらを見て言った。「おまえ、自分がケネディを愛してることには気づいてるんだろうな？」

おれだってばかじゃない。それについてどうするかを考えているところだ。「いいから妻を拾っていってくれよ。そうしたらおれはケネディをベッドに連れていくから」

ケイドがゆっくりほほえんだ。「気をつけろ、弟よ。おまえまでやわになるぞ」

ありえない。おれは三人きょうだいのなかの問題児だ。向こう見ずで生意気な遊び人。それでも一分後、静かにまた別の話を聞かせているスターリングのそばでうつらうつらしているケネディを見つけたときには、そんなことなどどうでもよくなった。

なるほど、女性がもたらす驚きの効果か。

いまはおれまでこのうえなくやわらかだ——頭のなかも、胸のなかも。

マディソンはにっこりしてクロスビー・アルバートソン刑事を見た。ああ、こんなに怖い顔をしていてもほれぼれさせられる。二人はいま、こちらの指定した人気《ひとけ》のない公園で、こちらの車のなかにいた。

もちろん電話越しに済ませることもできたけれど、それのなにが楽しいの？　電話では小さな嘘をついて、盗聴の恐れをほのめかし、こうして落ち合うことに同意させた。

「怒ってるのね」

クロスビーの顔がますます険しくなり、漆黒の目はきらりと光った。

なんてセクシーなの。

「あなたの兄に嘘をつかれた。現場を離れることを許可したのは、病院で会えると思っていたからだ」

あら！　どうやらクロスビーのほうもレイエス兄さんを見くびっていたみたいね。「それはどうかしら。ケネディが大怪我をしてるのを見たんでしょう？　治療が必要だったから兄さんたちを足止めしなかったんじゃないの？　レイエス兄さんが病院に行かなかった理由もわかってるんじゃないかしら。だって、行けば危険が待ちかまえてたかもしれないことくらい、あなたならわかってるはずだもの」

クロスビーはいらいらと、黄色がかった茶色の髪をかきあげ、くしゃくしゃになったままにした。

整えてあげたい衝動で指がうずうずした。

「彼女をどこへ連れていった？」

「きちんと治療を受けられて、ゴリーに見つかる心配なしに休める、安全な場所よ」

刑事の視線は揺らがなかった。「どこだ？」譲らない口調でくり返した。

質問には答えないまま、話をそらそうとして言った。「心配かもしれないから教えておくと、ケネディは全身あざだらけで、片腕と太ももにはとくにひどいあざができたわ」

「くそっ」クロスビーがつぶやく。「頭のこぶにしか気づかなかった。あれだけでもじゅうぶん気の毒なのに」

どうやら本気で心配していたらしい。やはり悪い人ではないのだ。「ところで、ロブ・ゴリーは本当にもう死んでるわよ」

疑わしそうな目を向けられた。「事実として知っているような言い方だな」

「だって知ってるんだもの。聞いて驚かないでね、刑事さん、わたしたちの調査の結果、なんと今回の一連の事件を起こしていたのはロブじゃなかったとわかったの。ロブの兄のランドだったのよ」

信じられないと言いたげに目が狭まった。「あなたと家族には恐るべき調査能力があるようだな」

「ええ、そうよ。わたしたちは優秀なの。だけど謙遜せずに言わせてもらうと、情報収集はわたしの役目で、それについては並ぶ者なしってところね」

「法には従っているんだろうな？」

そう簡単に口を滑らせると思った？　まさか。にっこりして言った。「レイエス兄さんに訊きたいことがあるなら、電話番号を教えて。兄さんのほうからかけるよう伝えるわ」

「じかに会いたいんだが」

「そうよね。でもケネディが怪我をしたでしょう、だから兄さんは彼女のそばを離れたがらなくて――ああ、だめよ、先に断っておくけど、どこにいるかは教えられない」

目で目を探られる。ためらっているのがよくわかった。「彼女は無事なんだろうな」

「もちろんよ。まあ、しばらくはあちこち痛むだろうけど。デルバート・オニールは自分にとって都合よくこの世から逃げだす前に、銃床でケネディの頭を殴ったの。彼女が意識を失ってるあいだに、車に押しこんで連れ去ったわけ」

「路面の凍結部分でスリップしてよかった。さもなければ……」こちらが首を振っているのに気づいて言葉を止めた。「どうした？」

「事故を引き起こしたいちばんの要因は路面の状態じゃないわ。ケネディがあの男に襲いかかったことよ。彼女、レイエスが大怪我を負ったんじゃないかと心配で、兄のもとに戻りたかったの。聞いた話では、何度か蹴って、男性なら絶対に殴ってほしくない箇所にパンチも食らわせたらしいわ」

クロスビーがひるんだ。「それで事故になったのか？」

「あなたならそんな状況でも運転できる？」

刑事は肩をすくめた。「そうするしかないなら」

これには愉快になって、また笑みを浮かべた。「兄たちもきっとそう。まあ、あの二人ならそもそもそんな状況に陥らないでしょうけど」

クロスビーは片手で顔をさすった。「オニールの銃が必要だとあなたの兄に伝えてくれ。それから、なにかあれば逐一知らせてほしいと」

「伝えるけど、レイエス兄さんは自分の好きなようにしかしないと思うわ」家族はみんな、可能なかぎり法執行機関とは関わらないようにしていることを、説明する理由はない。

窓に雪が積もってきて、車のなかにいると心地よく閉ざされたような気がしてきたが、どのみち今日の駐車場にはだれもいなかった。シートヒーターのおかげでぽかぽかと暖かく、クロスビーが近くにいるせいで女性ホルモンもぱっちり目を覚ましていた。

「ねえ」小首を傾《かし》げて言った。「どうして今回の件に個人的な関心をもってるのか、話す気はない？」

「ない」うんざりした様子でまた怒りをあらわにした。「あなたにはあなたのゲームをさせた。あなたの父親の命令にも従った。あなたの兄が事故現場から立ち去るのも見逃した。もうじゅうぶんだろう。協力しないというなら、これ以上、無駄にする時間はない」ドアハンドルに手を伸ばした。

「待って」まだ行ってほしくなかったので、息を吸いこむと、彼の関心をつなぎとめられそうで、なおかつ家族の裏のビジネスを明るみに出さなくて済むことを打ち明けた。「わたしも、わたしの家族全員も、この件には個人的な関心があるの。過去に人身取引で、愛する人を亡くしたことがあるから」

クロスビーがゆっくり体を座席に戻した。「だれを？」

「母よ」

険悪な態度がたちまち薄れた。「なんてことだ。気の毒に」

どうしてこの人が理解してくれたことで、急にのどが狭まるの？　母を喪《うしな》った悲しみとはもう何年もつき合ってきたのに。「なかでも父は重く受け止めて」私的制裁の執行者《ヴィジランテ》という役割については避けながら、言った。「それでタスクフォースに資金提供するようになったの」

「人身取引に手を染める連中を探しだすために？」

「じつは、それだけじゃない」父を自慢できるときはそう多くないので、いまは楽しませてもらうことにした。「これまではぼかして話してきたけど、父はかなり深く関わってるの。父が資金提供してるタスクフォースは、救出された被害者の法的代理人も手配するわ。カウンセリングを受けられるようにしたり、経済的な支援をしたり、人生を立てなおすためのものにアクセスできるようにしたり」

「というと？」

説明に熱が入ってきて、身を乗りだした。「たいていの被害者は、救出されたあとになにをしたらいいのかわからない。家庭環境に恵まれなくて、家族の支援が期待できない人もいるし、報復を恐れる人もいる。途方に暮れて、孤立無援で、救出されてなお怯えてる。だけどこのタスクフォースがあれば、安全な住み家や教育、働き口なんかを手に入れられるうえに、また自分の足で立てるよう、金銭的な援助もしっかり受けられるのよ」

話しているあいだに、クロスビーの視線が顔をさまよって――唇に落ちついた。「驚いたな」

「家族を誇りに思ってるし、提供してるものも誇らしいと思ってる。だけどわかるわよね、多くの被害者にとってはものすごくプライベートな話なの」

「私が気にしているのはプライバシーの問題じゃない」ついに視線と視線がぶつかった。

「違法な活動の可能性だ」

「わたしを疑ってるわけ？」どうしてこんなに張り詰めた声になるの？

「あなたたち家族全員をだ」彼の声は深く、ざらついていた。「さあ、話してもらおうか、ほかになにを隠しているの？」なぜか妙にセクシーで思わせぶりな響きだった。

「それより、ほかになにがしたいか、わかる？」

ベッドルームを想起させる漆黒の目が狭まった。「あなたにキスしたいの」ささやくなり、コンソールボックス越しに身を乗りだした。

ひんやりしたさらさらの髪に手をもぐらせると、唇に唇を重ねた。

クロスビーは一瞬、凍りついたが、すぐにあのたくましい腕で引き寄せると、思いのままにキスをした。というか、しようとした。

こちらは従順なタイプではないので、こちらのしたいように首を傾けてキスを深めた。

こともあろうに、クロスビーが笑った。

むっとして顔を離し、にらみつけた。「なにがおかしいの？」

クロスビーがやさしさを目にたたえてほほえみ、指二本で頬からあごへ撫でおろした。

「きみがおもしろくてね」

「おもしろがらせるつもりはなかったんだけど」

「わかっている」顔を寄せてそっとキスをした。「私の気をそらすつもりだったんだろう。惹かれはするが、そう簡単にはいかない」

なんですって……？　どさりと座席に体を戻した。二人のあいだにコンソールボックスがあることが、いまはありがたく思えた。「それだけのためにキスしたんだと思ってるなら――」
「ああ、そう思っている」かすかな笑みは揺らがない。「きみもその家族も、なんだって
やりうるだろう」
「あら」苛立ちで顔が熱くなってきた。「失礼ね」
「私に対しても失礼だ」
「とくにあなたに対してでしょう」噛みつくように言った。「断っておきますけど、いく
ら家族のためでもあんな真似はしないわ。あなたにキスしたのは、わたしがそうしたかっ
たから、それだけよ。でもご安心を、二度と同じ間違いは犯さないから」
「よかった。今後も事務的な関係でいよう」腰を浮かせて財布を抜き取り、名刺を見つけ
て差しだした。「一時間以内に電話がほしいと兄に伝えろ。もしなにかあればすぐ私に知
らせることを強く勧める」
マディソンは返事もせずにそのまま座っていた。まだ頭から湯気をのぼらせ、まだ興奮
していて、先ほどの失礼な言葉にまだ機嫌を損ねていた。クロスビーがドアを開けて車か
らおりる。風に髪を乱され、雪と氷のせいで足元はふだんほどたしかではない。
なんてゴージャスな人。とびきりおいしそうで――
ものすごくいやな男。
気をそらさせるためにこの身を投げだしたと思うなんて。

本当は、自分を抑えられなかっただけだ。クロスビーにはとっくに興味を惹かれていた。じかに会ってみて妄想に火がついた。

そして欲しくなった。どうしようもなく。

それについては知られないままのほうがいいのかもしれない。ため息をついてワイパーのボタンを押し、霜取り器のスイッチも入れた。フロントガラスがきれいになると、クロスビーの車が見えた。

こちらが出発するのを待っている。わたしを心配しているの？

それとも尾行するつもり？　ふん、やってみなさいよ。

クロスビーの車は公園の入り口までついてきたが、そこでそれぞれの道に別れた。つまり、紳士を演じていただけ？

なんてわけがわからない人。

あの刑事に守ってもらう必要はない。そうではなくて、ただ彼が必要なのだ。いずれこの思いは叶えてみせる。なにしろわたしも徹頭徹尾、マッケンジー家の人間だ。

16

ケネディは暖かく心地いい気分で目を覚ました。マディソンが貸してくれたTシャツとパジャマズボンのおかげだ。となりではレイエスがヘッドボードに背中をあずけて、携帯電話をいじっている。榛色の目にホーム画面が映っていた。

ようやく寒気を感じなくなったのは、彼にぴったり寄り添っていたからでもあるのだろう。頭痛はかすかに残っているものの、これくらいなら耐えられる。

あんな仕事をしているレイエスを愛するというのは、気楽な道ではないだろう。人のためになる重要な仕事だということは理解できる。彼らがいなければジョディはいまごろどうなっていたか。警察は一定の基準を守らなくてはならないので、できることにも限界があるのだ。

ゴリーと恐ろしい兄が相手なら、そんな基準を守っていられない。

不意にレイエスがこちらをのぞきこんで言った。「やあ」携帯電話を脇に置いて、やさしく髪を後ろに撫でつけてくれる。それからあごをすくって、じっと顔を見た。「瞳孔の広がりは落ちついたね。よかった」
「頭痛も治まってきたわ」もぞもぞと上体を起こす。「いま何時?」
「もうすぐ夜の七時だ」
「ええ?」そんなに眠っていたの? ちょっと仮眠をとるだけで、何時間も気絶している
つもりはなかったのに。
「きみには休息が必要だったんだよ、ベイビー」
「あなたはずっとここにいたの?」
「おれがここから動くと思う?」かがみこんで唇にそっとキスをし、オニールに殴られた
こめかみにはさらにやさしくキスをした。「反応があるかチェックするために起こしたこ
とは覚えてない?」
「覚えてないわ」彼のベッドにもぐりこんだのは覚えているけれど、そのあとのことは。
きっと体がぬくもったとたん、深い眠りに落ちたのだろう。
「腹は減った?」レイエスが尋ねる。「バーナードが夕食を待たせてくれてる」
「そんな」マッケンジー家の全員を待たせていると思っただけで、ふとんの下に這い戻り
たくなった。
「心配ない。ほんの三十分のことさ。それで料理はまずくなったりしないし、だれの腹も
鳴ってない」

両手で髪をかきあげた。「こんな格好で食事をしても大丈夫かしら」マディソンのTシャツの裾を引っ張る。「自分の服にはあの男の血がついてしまって」

「ああ、あれはバーナードが洗ってくれたけど、染みが残ったな。いま着てるもので問題ないよ。ケイドもおれもジーンズだ。大丈夫」そう言ってベッドから助け起こし、両手で顔を包んだ。「寒くないようにおれのネルシャツをはおるといい」

なんてよく気がつくの。両腕でぎゅっと抱きしめて、たくましい胸板に顔をあずけた。「わたしの面倒を見てくれてどうもありがとう」

するとレイエスの体がこわばった。「もっとちゃんと面倒を見てたら、こんなことにはならなかった」

「いくらあなたでも、すべての事態は予測できないわ」

するとレイエスは話題を変えた。「きみが誇らしくてたまらないよ」

「誇らしい？」のけぞって顔を見あげる。「どこが？」

「どこが、だって？」その表情はあまりにも真剣で、険しくさえ映った。「なに言ってるんだ、ケネディ。きみは殴られて、恐ろしい思いまでしたのに、冷静さを失わずに全力で戦った。誇らしく思って当然だろ」

「わたしのせいで事故になったわ」いまも感じる痛みがその証拠だ。

「きみは誘拐犯を阻止したんだよ。たいへんな度胸のいることだ。人はたいていの事故では死なない。交通量が少ないときはとくにね。もう一つの道を考えたら、あえて冒してみるべき危険だった」

場当たり的なわたしの暴挙を、まるで熟考した結果であるかのように言ってくれるのね。

「考えてしたことじゃないの。ただ……体が動いただけ」

「本能だな」そう言ってまた引き寄せられてみると、たくましい胸の鼓動は少し激しくなっていた。「あいつに連れ去られちゃだめだってわかってたんだ」

身震いが起きたけれど、寒さのせいではない。誘拐が成功していたらオニールになにをされていたかをわかっているからだ。

それについてはどうにか考えずにここまで来ていた。

「ごめんな」レイエスがうなじにそっと手を添えて、やさしく左右に体を揺すった。「本当にごめん」

彼の心境がよくわからなかったし、これ以上、負担をかけるようなことも問い詰めるような真似もしたくなかったのに、言葉が勝手に転がりでた。口に出される必要があったのかもしれない。あるいは、わたしが言わずにはいられなかったのか。「わたしはこうしてあなたのそばにいて、二人とも無事だった。わたしは一人で眠らなくていいし、だれのことも恐れなくていい」レイエスがきっと守ってくれる。「あなたはわたしだけのヒーローよ、レイエス」

「きみはすごいな。おれをすっかり変えてしまうんだから」

ぽかんとしてしまった。いまのはどういう意味？

尋ねる勇気が湧く前に、レイエスが体を離してネルシャツをつかみ、はおらせてくれた。

「これでどう？」

布地はやわらかく、ほのかにレイエスのにおいがした。「温かい」身も心も。

「腹が減ってるといいんだけど」

少し考えてからうなずいた。「ぺこぺこよ」

レイエスがにっこりした。「行こう。バーナードは熱心に食べてくれる人が大好きなんだ」

正式なダイニングルームに現れたバーナードを見て、それが事実だとわかった。レイエスの父パリッシュがテーブルの端に、反対端にバーナードが座り、三きょうだいとケネディとスターリングは左右の席に着いた。

脳震盪を起こしたことへの配慮だろう、照明は抑えめで、会話も静かに保たれていた。

そんなにやさしくされると、体がほんわかしてくる。しかも、みんな家族の一員であるかのように接してくれるのだ。わたしがオニールに屈しなかったからではなく、レイエスのとなりにいるから。みんなはわたしをレイエスの大切な存在とみなしている。

そのことに、レイエスは異を唱えていない。

それどころか、これまで以上に視線を投げかけてきては、手を伸ばしてあちこちに触れる。あざだらけで、借り物の服はちぐはぐなのだから、さぞかしひどい見てくれだろうに、レイエスは気にしていないらしい――だからわたしも気にしないことにした。

リブアイのローストに、クリーミーなマッシュポテト、絶妙な蒸し加減のいろいろな野菜というごちそうを楽しみながら、眠っていたあいだに起きたことをみんなが聞かせてくれた。

レイエスが言う。「電話でアルバートソン刑事と話したよ。強引な男で――」

「たいていの刑事はそうだ」ケイドが口を添える。

「――だけど悪いやつじゃない」ちらりとこちらを見た。「本気できみを心配してた。無事を祈っている、もしなにかできることがあればいつでも電話を、と伝えてくれってさ」

「どうしてわたしが彼に頼るの？」

レイエスとケイドとマディソンがほほえんだ。

「わたしもそう思った」スターリングが言った。

パリッシュが説明する。「彼の考えでは、唯一、本当に頼れる存在、最良の選択肢が警察官なんだろう。仕事熱心な警察官は、自分たちのやり方が常にベストとはかぎらないという事実を、なかなか受け入れられないものだ」

「クロスビーは、ゴリーの潜伏場所を知りたがってたの」マディソンが自分の皿を見つめたまま、言った。「レイエスは教えなかった」

「おまえもな」ケイドが言う。「公園で落ち合って、いったいなにを話したのやら」

パリッシュが顔をあげた。「なんだと？」

レイエスが顔をしかめた。

ほぼ黙って食事をしていたスターリングは、顔をあげてにやりとした。「パパたちの監視の目をすり抜けて出かけたの？　やるじゃない」

「おれの目はごまかされなかったぞ」ケイドが言う。

マディソンはなんでもないように肩をすくめた。「会って、いくつかのことを説明して、レイエスが電話をかけられるように番号を聞いてきた。それだけよ」ケネディのほうを向いて、すばやく話題を変えた。「ところで、問題はすべて片づけたから、ジョディに会いたければ会えるわよ」

「会いたいわ」ジョディがどこにいるかはもう聞いていた。あの友達が豪華なホテルにいるところを想像しようとしても、脳みそが停止する。ジョディもきっと喜んでいないだろう。それでも、レイエスがきちんと話をしたら、今回こそおとなしく部屋にいると約束してくれたそうだ。

きっときみに精神的な負担をかけたくないからだね、とレイエスは言った。けれど、それだけが理由ではないだろう。危険を目の当たりにしたせいで、さすがのジヨディも動揺したに違いない。

「いつ会いに行く?」レイエスに尋ねた。彼も一緒に来てくれることは訊かなくてもわかった。

「早くて明日だな」レイエスより先にパリッシュが答えた。「今夜と明日の午前中はまだ体を休めてほしい。明日の昼前に様子を見よう」

これほど集中的な医療ケアを施されたのは初めてだ。レイエスの父親に診てもらうのもいやではない――その医学的な問題が気恥ずかしいものでないかぎり。「気分はもうずっとよくなったわ。でも、ありがとう」

「ともかく明日だ」パリッシュは念を押した。

「それまでは」レイエスが言う。「ジョディの心配をしてほしくないな。ホテルには見張りを立ててたからね」手を伸ばしてきて、そっと手を覆う。「たとえジョディが逃げたくなったとしても、おれたちが行くまで足止めしておいてくれる」

あらゆる筋書きを想定してくれたのだと思うと、感謝で胸がいっぱいになった。食事を終えて、全員に向けて言った。「こんなにいろいろしてもらって、いくらお礼を言っても足りないわ」レイエスとケイドとスターリングにほほえみかける。「ジョディとわたしを守ってくれてありがとう。すごくたいへんだったはず」続けてマディソンに言う。「あなたの調査能力は怖いくらいだけど、気配りとやさしさにも感謝してるわ。たくさん服を貸してくれてどうもありがとう」

マディソンが笑顔を返した。「どういたしまして」

「それから、バーナード。あなたの料理ときたら。本当にいろんな才能があるのね。こんなにたくさん食べたのは初めてよ」

「そのとおり！」パリッシュが言い、ワインの入ったグラスを掲げた。

全員の乾杯を受けて、バーナードは厳かに会釈した。

「それからパリッシュ」レイエスの父親は最後にとっておいた。どういうわけか、この男性を見ると胸が痛むのだ。愛する女性を失ったとき、世間に背を向けるのではなく、他者を助けるために信じがたいものを構築した人物。「あなたにはいちばん感謝してるわ。なにもかも、あなたのおかげ。他者を助けることを最優先事項にしてくれて、本当にありがとう」目がうるんできたけれど、いまだけはどうでもよかった。パリッシュと子どもたちとの関係が張り詰めていたときもあるのは知っている。だとしても、パリッシュほどすばらしい人物には会ったことがない。「あなたがいなかったら、あなたがこれだけのものを築きあげていなかったら、わたしはだれにも頼れなかった。ジョディも人生を見失ったままだった。わたしたちは希望をもてないままだった。わたしたちにとって、世界はもっと醜い場所になっていた」

レイエスが椅子を引き、こちらの体を膝の上に引き寄せてから、しっかり抱きしめた。

「ケネディの言うとおりだ」言葉を失っているらしい父親のほうを見る。「ここまで成し遂げられる人なんて、父さんしかいないよ」あざのできた頬を手で包んで続けた。「父さんが学ばせてくれたすべてに、いまほど感謝したときはない」

「同感だ」ケイドがスターリングの肩を抱いて、言った。「父さんがおれをこの仕事向きに育ててくれなかったら、スターと出会えなかった。ありがとう、父さん」

マディソンがうれしそうにほほえんだ。「最高の子どもたちを育てた最高の男性に、乾杯」

今度はバーナードが声をあげた。「そのとおり！」

パリッシュはまだ仰天顔だったが、やがてゆっくりほほえんだ。「家族に乾杯だな」

これにはまた同意の声があがった。今回、ケネディは黙っていた。すでにこの家族が大好きになっていた。きっとこれからも大好きだ。

わたしはその一員ではないけれど。

まだ、と言うべきだろうか。そう、希望は捨てていない。ゴリーをつかまえて、ジョディの人生を立てなおす手助けをしたら、レイエスとのあいだに未来があるのかどうかを突き止める。

ともに生きる以外は考えられない。

　ケネディが興味津々に見まわすのを、レイエスは眺めていた。父の診察のあとにこの部屋へ連れてきたときは意識が朦朧《もうろう》としていたので、ちゃんと見ることができなかったのだろう。あのときは、上がけをめくったベッドに導いて横たわらせてやった。ケネディは大きなため息をついて、ゆっくり眠りに落ちていった。

　それを見て、胸が締めつけられた。

　いまも締めつけられている。

　ゴリーとその邪悪なネットワークすべてを消し去らないかぎり、この痛みは薄れないだろう。

「すてきね」ケネディが言い、リビングエリアでくるりと一周した。ソファとふかふかの椅子、机とパソコン、本棚と壁かけ式のテレビがある。「高級マンションみたい」

「デザインしたのはおれじゃないけど」正直に言った。「家具選びには関わったよ。ケイドとマディソンにも同じような部屋がある。もしものときに備えて父さんが考えたんだ。父さんの目の届く範囲で、それぞれ自分の居住空間を持っていられるように」

「お父さんはすごい人ね」

　ケネディの目を通して見れば、そのとおりだとわかる。ある種の育てられ方をすると、いろいろなことに気づけなくなるのだから、おかしな話だ。たしかに父は陸軍大将のごとく横暴だし、百十パーセント以下は認めない。それでも常に支えていてくれたのだと、最近になってようやく気づいた。

父が綿密に計画し、組織立ててきたすべては、愛ゆえだった。

ケネディを愛することで、いろいろが変わった。母とその悲劇的な終わりについて考えると、父が経験しただろう痛みがなんとなく想像できる。いったいどうやって立ちなおったんだ？

父は一日たりとも子どもの世話をおろそかにしなかった。むしろ、怒りと悲しみに沈む三人に、新たに集中できるものを与えた。

それは父にとっても新たに集中できるものだった。そういうものがなければ、痛みに耐えられなかったかもしれない。強い人間でなければ、父のように前へ進むことはできないだろう。悲しみを、善をなすための原動力に変えることも。これほどの変化をもたらすことも。

数えきれない理由から、父を深く尊敬した——かつてないほどに。

寝室へ向かいかけたケネディの手をつかんだ。抱きしめていたくて腕のなかに引き寄せてから、彼女の香りを吸いこんで、そのやさしさと洞察力を思った。「ありがとう」

ケネディの手のひらが背中を撫でた。「レイエス？　大丈夫？」

「ああ」きみが言ったとおり、きみはこうしておれのそばにいる。大丈夫じゃないわけがない。「部屋の残りの部分も案内するよ」

ケネディはまだ心配そうな顔をしていたが、それでもバスルームと寝室のすっきりしたデザインには感嘆の声を漏らした。

「小型冷蔵庫と電子レンジもあるんだけど、一度も使ったことはない。バーナードがいつも上でなにかおいしいものを用意してくれてるからね」

「コーヒーが飲みたいときも上へ行かなくちゃいけない？」

「いや」ひたいに、鼻梁に、唇にキスをする。「きみが飲みたくなったらいつでもおれが取りに行くよ」またお礼を言われる前に、尋ねた。「浴槽に浸《つ》かってのんびりしたい？」

ケネディがゆっくりほほえんだ。「その言い方、単なる入浴以外のことを想像してるみたいだけど」

「だって、きみが服を脱ぐんだぞ。それだけで想像の価値がある」

ケネディの笑い声は明るく軽やかで、本当に回復しているのがわかった。

「だけどベイビー、きみは怪我をしてるんだから、おいたはなしだ」包帯を巻いた彼女の手首を掲げる。「湯がしみるだろうな」

「その価値はあるわ」

「だね」ケネディの見ている前で浴槽に湯を張り、ふわふわのタオルを用意した。「ほかに必要なものは？」

「髪を結わえるものはある？　あと、着替えがほしいの」

「ヘアゴムでいいかな。服はマディソンがまた持ってきてくれたし、下着はバーナードが洗濯してくれたから、着替えは問題ない」

ケネディが真っ赤になったので、にやりとしてしまった。

「どうした？」からかうように言う。「バーナードは気にしないぞ」

「わたしが気にするかもよ？」

「もう遅い」こんなに心配していながら、こんなに興奮させられるのだから、おかしな話だ。「服を脱ぐ手伝いをしようか？」

じっとにらまれた。「間に合ってます」

「じゃあ着替えを用意してこよう」

一分後に戻ってみると、ケネディは本当に服を脱いでいて、いまさらながら、これはいい考えだったのだろうかと思いはじめてしまった。裸体を見ただけで半分固くなったが、もちろん行動を起こしたりは――

「ストップ」ケネディが言ってこちらの手からヘアゴムを取りあげ、かがんで髪をさっと前に払うと、一つに結わえた。

いまのそれ、何回だって見ていられるな――きみがあざだらけでなければ。「ええと、ストップって、なにを？」

「わたしたちがお互いを楽しめない理由について考えるのを」なまめかしい目で見つめら

れ、膝が萎えそうになる。「念のために言っておくと、わたしはあなたが欲しい」

「ケネディ――」

あごをあげて言った。「あなたと体を重ねてると、より安全だって感じるの。より強くなった気さえするわ。あなたに抱かれるのは、この世のすてきなものすべてを手に入れるような体験なのよ。わたしはそれが欲しいの、レイエス。生きてるって実感したいし、あなたを肌で感じたい」

ああ、息もできない。なだめようとしてささやいた。「てこでもきみのそばから動かないけど、いまは――」

「〝わたしはそれが欲しい〟って言ったんだけど、聞こえなかった?」唇が震え、引き結ばれる。「わたしはあなたが欲しい」

もう無理だ。どんな自制心も木っ端みじんに吹き飛ばされた。ケネディが負傷した脚をかばいながら、湯気ののぼる浴槽にそっと入っていく。自分の体にあるあざなら見慣れているし、ケイドの体にあるのも数えきれないほど見てきたが、これはケネディだ。

右の肩甲骨には薄いあざが広がっているものの、診察した父はこれを見ていないだろう。左の腰にあるあざも。ケネディは必要な箇所以外は見せたくないと言い張ったし、見せたところ以外は痛くないと誓った。

彼女の言いたいことはわかる。ただ痛いのと、骨折といった負傷の痛みは別物だ。しかしそれがケネディとなると、おれには区別がつかなくなった。どんなに小さなかすり傷でも、見れば胸が苦しくなる。

おれの強さで包みこんで、薄汚い世界から守りたかった。それからもちろん、肌を重ねて深く貫いて、今日の危機を二人一緒に忘れられるよう、やさしく快楽に導きたかった。だが、その考えは容赦なく頭の外に追いやった。いくらケネディが乗り気でも、体のほうはまだ追いついていないはずだ。

ケネディはため息をついて浴槽に背中をあずけたが、すりむいた腕に湯が触れた瞬間、息を呑んだ。

「痛む?」

「いいえ、ちょっとしみただけ」ほほえんでみせる。「さっきの話はあれで終わりじゃないから、逃げ道を探すのはやめなさい」

まったく、見あげた女性だ。「おれがきみを拒めると思う?」

「無理ね」湯にあごまで浸かって、言う。「ああ、気持ちいい」

「ぬるくない?」裸でリラックスしている姿を見せつけられては、こちらも本格的に熱くなってきた。ケネディがうなずいたので、シャツを脱いで浴槽のそばに膝をついた。

「二人でも入れるわよ」

たしかに。これほど大きな浴槽を選んだのは、こわばった筋肉を湯に浸かってほぐしたくなるときもあるかもしれないと思ったからだった。が、いまこわばっているのはおれの筋肉ではないし、一緒に浸かれば痛む箇所をぶつけさせるかもしれない。「代わりに、きみを楽しませてもらうのはどうかな?」

じっと見つめられた。「わたしを楽しむって、どうやって?」

「きみはそのままじっとして、おれがすべて面倒を見る」

ケネディはしばし考えてから、またほほえんだ。「それはすごく贅沢ね」

「どちらにとってもな」ふだん使っている無香の石鹸を取り、クロスでしっかり泡立てた。時間をかけてケネディの全身を洗っていき、大事な部分にはとくに細やかな神経をそそいでいると、彼女の息遣いが乱れて肌はバラ色に染まってきた。

湯のなかに手を沈めて秘めた部分に触れると、あえぎ声が返ってきた。顔から目がそらせない。悦ぶ姿を見るのが大好きだ。それでこちらもたかぶるから。いま、ケネディのまぶたは重く、頬は紅潮し、唇はわずかに開いていた。

「ベイビー、脚の力を抜いてごらん」

浅い呼吸をしながらケネディが言う。「もうお風呂からあがったほうがいいかも」

「まだだ」人差し指をうずめて、もう一度ささやく。「脚の力を抜け」

ケネディはごくりとつばを飲んで、ゆっくり太ももを広げた。

「そうだ」やさしく愛撫して、高まる熱を味わい、あふれる蜜を堪能した。胸のいただきが固くすぼまって誘うので、かがみこんでまず片方に、続いてもう片方に舌を這わせると、ケネディが甘い声をあげて両手を首にかけ、もっとちょうだいとねだった。

舌で先端を転がしていたぶりながら、人差し指を引き抜き、今度は二本で貫いた。反応して、ケネディの腰が浮く。

「大丈夫だ、ベイビー。きみを傷つけたりしない」どんなに体が燃えようと、きみが怪我をしていて回復中だということは絶対に忘れない。「できるだけじっとしてろ」

ケネディがうめくように悪態をついたので、にやりとしてしまった。

「いい子だ」そう言うと、ケネディはまた力を抜いた。ごほうびに胸のいただきを口に含み、まずはやさしく、しだいに激しくしゃぶりながら、なかで指をうごめかした。

わななく様子で、指に感じるうるおいで、耳を刺激する声で、欲求が高まっているのがわかる。触れているかいないかというくらい軽やかに、親指をつぼみに走らせた。何度も、何度も。

ケネディはじっとしていろというこちらの指示を無視して髪に指をからめてきたが、それをたしなめることはできなかった——そうする気もなかった。ケネディはもはや絶頂寸前に迫っていたので、どちらも慎重さになどかまっていられなかった。

彼女が達したとき、こちらまで果てそうになった。湯が浴槽の外に飛び散ったものの、知ったことか。指を締めあげられているのだ。顔をあげて、感じるままに張り詰める表情を見守った。じつに嘘偽りなく、じつに美しい。

じつに興奮させられる。

ケネディのたかぶりが収まったと見るや、体を離して浴槽の栓を抜いた。ジーンズはびしょ濡れになっていたので、記録破りのスピードで脱ぎ捨てると、床の水たまりの向こうに放った。ケネディの腋の下をつかんで浴槽から抱えあげ、床に立たせてやわらかなタオルでくるんでから、また腕のなかに抱きあげた。

ケネディは目を開けもせずにほほえみ、されるがままになっていた。

ベッドへ向かいながら言った。「痛い思いはさせないよ」

「わかってるわ」のどにキスをして、熱い舌で触れる。「あなたを信じてるもの」

床におろして、やさしくタオルで拭ってやった。

その慎重さにケネディが笑う。「早くボクサーパンツを脱ぎなさい」

まったくこの女性は、日々、新たな驚きを与えてくれる。「まだだ」脱いだらそこで終わってしまう。

ケネディがしかめっ面で胸板をつついた。「おふざけはそこまでよ、レイエス」それから切実な声で言った。「いますぐあなたが欲しいの」

「ベッドに入れ」

「命令してるの？」言いながらベッドによじのぼり、その後ろ姿で魅了する。

「欲情してるんだ」ナイトテーブルの奥からコンドームを引っ張りだし、彼女のとなりに横たわった。細心の注意を払うこと、とことんやさしくすることと自分に言い聞かせながら唇を重ねて、舌と舌でむつみ合う、深く湿ったくちづけを交わし、手のひらで胸のふくらみを覆った。この女性のすべてにそそられる。なめらかな肌にも、締まったヒップにも、味にも香りにも。

のどから胸元へキスでおりていき、また高みへ連れていくことにしばし集中してから、さらにお腹へと伝っていった。どんなあざにも小さな傷にもキスをしながら、肌伝いにゆっくり下降していく。

と、その意図がわかったのだろう、ケネディが焦れて小さな声をあげた。慎重に太ももを分かち、秘めた部分をあらわにした。ぷっくりとピンク色にふくらんで、うるおっている。間違いなくおれが欲しいのだ。どんな痛みを感じていようと、それであきらめる気はないのだ。

「レイエス?」

あらゆる言葉を用いても、この女性に感じさせられるものは表現できない。なにも言わずにかがみこんで秘めた部分に舌を這わせると、腰が浮くのもかまわず、なかまで貫いた。セックスには痛みや不安を消し去る効果がある。ケネディの反応からすると、もはやどちらも感じていないらしい。

太ももを肩にかついで、思いのままにむさぼった。舐めて、つついて、ついばむ。あっという間にケネディがまた絶頂に近づいても容赦しなかった。つぼみに口をあてがってしゃぶっていると、ついに彼女は悲鳴をあげて全身をこわばらせた。

数秒が流れた。もしかしたら一分は過ぎたかもしれない。と、そこへ一気に正気が戻ってきた。しまった、あんなふうに激しく駆り立ててはいけなかったのに。やさしくするつもりだったのに。

顔に苦痛を見るのではと恐れつつ体を起こしてみると、ケネディはマットレスの上でぐったりと横たわっていた。太ももを広げ、腕は力なく伸びて、目は閉ざされて頬は汗ばんでいる。

「きみはおれのものだ」

まぶたがぴくんと動いた。「ええ？」ささやくように言う。

いまは説明したくない。こんなに切羽詰まっていては無理だ。コンドームをつかみ取って装着した。「もしなにか気にかかったり頭が痛かったりしたら――」

「レイエス」笑顔で見あげられた。「わたしが遠慮のかたまりだったことがある？」

「たまにね」

唇にやさしくキスをして、ケネディが言った。「セックスにかぎってはないでしょう？」

小さく温かい手で胸板を撫でる。

「あざが――」

「あざってなに？」ささやいてまたキスをした。今度は口を開いて、舌を大胆に遊ばせる。

ああ、もうだめだ。ゆっくりのしかかって、彼女が楽な位置に脚を置けるまで待った。小さな手が肩をつかみ、怪我をしていないほうの脚が腰にからみつく。

色っぽいヒップの下に片手を滑りこませて角度をつけると、一息に根元までうずめた。たまらない。

ケネディがすでに二度、達していてよかった。なにしろこちらは一触即発だ。落ちついた一定のリズムで腰を動かしていると、ケネディはうれしそうにキスをしながら背中に手を這わせはじめた。もう一秒だってもちこたえられなくなってきたので、首筋に顔をうずめて雄叫びをあげながら、ついに自身を解き放った。そのときもなお、ケネディのことを強く意識していた。どれだけ大切な存在で、どれだけ繊細で、どれだけ強いかを。

この女性は、醜悪すぎるほどの意図をもってふたたび目の前に現れた悪党と戦った。怪我と恐怖にもくじけなかった。そしておれのハートを盗んだ――決定的に。

そのうえ人生最高のセックスまで与えてくれた。

「不思議ね」耳元でケネディがささやいた。「毎回よくなるわ」

まだしゃべれなかったので、肩にそっとキスしてから、重たいだろうと体を離してごろりと仰向けになった。まったくきみって人は、あれだけの目に遭って、泣いていてもおかしくないのに。少なくとも眠っているべきなのに。

実際は、すぐさまぴったり寄り添ってきた。

しばらくそのまま一緒に休んでいたが、やがて思いついて尋ねた。「おれのせいでどこか痛くなってない？」

「もちろんなってないわ。あなたはそんなことしないもの」

ああ、絶対にしない。

ケネディがあくびをした。「でも、またものすごく疲れちゃった」

容易ではなかったが、体を起こした。「二分待ってろ」ベッドを離れてコンドームを処分し、肌をきれいにしてから、父がケネディにと用意した薬を手にした。

ミネラルウォーターのボトルと一緒にベッドへ持って戻る。最初はもう眠ってしまったかと思ったが、ほどなくケネディが目を開けた。どこかの時点でヘアゴムははずれていたので、髪は枕の上で乱れている。片手はお腹の上にのせ、もう片方は手のひらを上にして頭のそばに休めていた。

彼女の笑顔に癒やされながらベッドの端に腰をおろして、薬を差しだした。ケネディが薬を飲むまで待ってからシーツを整え、明かりを消してとなりに横たわった。「おれがいれば寒くないぞ」

「うれしい」

片腕で抱き寄せて、尋ねた。

「どうしてにこにこしてるのかな?」

「考えてたの、変だなって。今日はあの男のもとから逃げだして以来、いちばん怖い日だったはずなのに、こうしてあなたのそばにいると、いちばんすてきな日にも思えるんだもの」

きみって人は、おれのハートをぶち抜く方法をよくご存じだ。

愛してる。その言葉がのどの奥で焼けたものの、声にしてしまえば約束になる。その前に片づけなくてはならない問題が山積みだ。なかでもおれの仕事について。いつかは引退して穏やかな暮らしを送るつもりだと、知っていてほしかった。じいさんになってまで悪党と戦うつもりはないことを。貯金はあるし、快適な家もあるし……。おれと一緒に歳《とし》を重ねても心配することはない。

ケネディの仕事もまた考えるべき問題だ。立派な仕事だと心から尊敬しているものの、おれにも限界はあるし、ケネディが護衛をつけずに一人であちこち飛びまわると思うと耐えられない。あんな経験をしているのだから。この世にどんな危険がひそんでいるか、知っているのだから。

この考えに、ケネディは抵抗するだろうか?

心配事はたくさんあるが、それを口にすれば長い議論が始まって、睡眠が必要なのにケネディは眠れなくなってしまう。

彼女の呼吸が深くなったので、すでに眠っているのがわかった。

二人で解決しよう、と胸のなかで誓った。ケネディがおれを愛しているかはわからないが、好きではあるはずだ。一緒にいると楽しいようだし、セックスも大いに楽しんでいる。

そこを土台に、先を築いていこう。

そんな思いをいだいて、レイエスも眠りに落ちていった。

17

ケネディはその日の午後、レイエスと二人でジョディに会いに行った。レイエス以外の全員に止められたけれど、どうしても友達に会うと言って譲らなかった。レイエスだけはもうわたしをよく理解しているからだろう、会わなくてはいけないのだとわかってくれた。友を支え、抱きしめて、文字どおりそばにいたいのだと。

脳震盪を心配したレイエスの父パリッシュの勧めで色の濃いサングラスをかけてきたものの、今日はさほど影響に悩まされていない。マディソンが貸してくれた中綿入りのコートのおかげで、寒さ対策はばっちり。そしてケイドとスターリングがついてきてくれたので、安全面でも不安はなかった。

レイエスは完全にボディガード気分で、ほとんどしゃべることもなく、絶えず周囲に目を光らせていた。

一家のオペレーションの複雑さが少しずつわかってきた。全員が一丸となって動き、互いに補い合って、必要なときはいつでも進んで肉体的、精神的に支え合うのだ。

この日の朝は、レイエスの部屋から出もしないうちに、ケイドがトラックの窓の修理を完了させてくれていた。軽い朝食をとりにレイエスと二人でキッチンへ向かってみると、マディソンが新たにわかった情報を教えてくれた。過去にゴリーと接触があった小悪党数人の居場所を特定したという。その連中はいまも地元を離れていないので、またゴリーとつるんでいると考えてもおかしくなかった。

調べる価値はあるということで全員が一致し、そこからの二時間は、それぞれの名前や犯罪歴、現住所などを詳しくチェックして過ごした。あらゆる可能性を考慮した綿密な話し合いだった。

その過程にすっかり魅了された。

レイエスの家族はまさにチームで、そこにこそ感心させられた。

マディソンは情報を完璧に整理していたが、いつもの元気がない。きっとあの刑事に関係があるのだろう。けれどだれもクロスビーに言及しないので、ケネディも黙っておいた。

当然のようにレイエスのとなりに座っていたため、マディソンが印刷した悪党数人のカラー写真を彼に手渡したとき、それが目に入って驚いた。一人に見覚えがあった。

「この男」

全員の目が向けられた。「どうした？」レイエスが尋ねる。

「わたしのバルコニーにいた男よ。侵入者がいたこと、話したでしょう？」

「間違いない？」

「ええ」あの顔は絶対に忘れない。あれほど恐ろしい思いをさせられたからには。火事の前に起きたあの夜のできごとについて、レイエスが手短に説明してくれた。

「警察はただの家宅侵入未遂と判断したけど、ケネディはそうは思わなかった」

「こっちを見てにやりとした感じが怪しかったの」思い出すとまた心がざわざわしてきて、小声で言った。「わたしは銃を持ってたけど、怖くて体が固まってしまって、銃口を向けることしかできなかった」

スターリングがほほえんだ。「それでじゅうぶんだったはず」

「しかし、そんなことがあったなら、こいつがゴリーとつながっているのはほぼ間違いないな」パリッシュが言った。「となると、こいつの仲間も疑わしい」

「調べるわ」マディソンが言った。「今日中にもう少しわかるはず」

そしていま、レイエスのトラックに乗って、新たに取りつけられた窓が午後の陽光を反射するのを見ていると、パリッシュにサングラスを借りてよかったと思えた。まぶしさから目を保護すると同時に、なにも見逃さないレイエスの視線から、騒がしい胸のうちを守ってもらえる。レイエスに隠し事をしたいわけではないけれど、彼があまりにも周囲に目を光らせているので、気を散らしたくなかった。

そんな心を読んだのか、レイエスがこちらを見もせずに尋ねた。「気分はどう？」

やはりこの男性はほとんどなにも見逃さない。「昨日よりずっとよくなったわ。ありがとう」

「頭痛は？」

「そんなに」レイエスのひたいのあざを見た。「あなたこそ、どう？」

「絶好調だよ、ベイビー。父さんが言ったとおり、おれは石頭だからね」高速道路の出口を抜けて商業地域に入っていく。

いくつものレストランや商店、それにコンベンションセンターもあった。数キロ進んだところで、レイエスの父が所有するホテルに到着した。たしかに豪華なホテルで、手入れの行き届いた敷地は、今日は白い雪に覆われていた。

観賞用の小さな湖を回って、関係者専用の駐車場に停める。こちらも関係者用らしき入り口の、生体認証式のロックを解除して重厚なドアをくぐると、緊張が募った。

「セキュリティがしっかりしてるって、嘘じゃなかったのね」

「駐車場もこの区画も、立ち入れるのはうちの家族だけだ」そう言ってこちらの背中に手を添えると、これまた関係者専用のエレベーターにうながした。「緊張してる？」

「ジョディに会いたくてそわそわしてるわ」素直に答えた。レイエスにはなら不安も打ち明けられるので、上昇するエレベーターのなか、正直に話した。「ジョディは予測できないところがあるし、いろいろあったから、彼女がどんな反応をするかわからなくて」

「おれたちで解決できるよ。きっとね」

おれたち。なんだか本当にパートナーみたいだ。この男性がとなりにいてくれることが、わたしにとってどれだけ意味のあることか。一人でいるのに慣れきっていた……けれどいまはもう、一人でいなくていい。

レイエスは自身の寛大さをなんでもないことだと思っている。わたしにとっては、いままでもらったなかでいちばんの贈り物だし、願ってもみなかった宝物だ。

「ジョディを驚かせたくないわ」そう言って、携帯電話を取りだした。「着いたらメッセージを送るって言ってあるの」エレベーターからおりてすぐにメッセージを送信し、あらためて周囲を見まわしたときには圧倒された。そこは長い廊下の端から端まで延びる、巨大なロビーのような空間だった。片方の端にはいくつか窓があり、駐車場と幹線道路が見おろせる。

ドアは一つしか見当たらないので、つまりこの広大なスペースは、一家がジョディに提供したスイートルームのためだけにあるということ。驚いた。

そのドアが開いてジョディを一目見たとたん、胃が沈んだ。

友達は抜け殻のようだった。眠れているの？　髪は梳《と》かした？　こんな事態を恐れていたから、電話やビデオ通話ではなく、こうしてじかに会いに来てよかったと心底思った。

「やっほー」ジョディが言った。じつに不機嫌な口調は、喧嘩腰《けんかごし》とも呼べそうだ。

けれどいまはどうでもよかった。そんな態度も含めて、姿を見られた喜びに、いきなりがばっと抱きしめた。

案の定、ジョディは凍りついた。

それもどうでもよかった。「会えてうれしいわ。怪我がなくてよかった」それに、あなたが一人で出ていっていなくて。もちろんその点についてはマッケンジー一家が保証してくれたけれど、耳で聞くのとじかに見るのとではわけが違う。

ジョディがふうっと息をついた。「あなたのゴリラ男があいつらをせっせと八つ裂きにしてくれたから、わたしが怪我するのは難しかったよ」

「八つ裂きにはしてないぞ」レイエスが冗談めかして言う。「こてんぱんにしたんだ。区別してほしいね」

ジョディが体を離して言う。「でも、あなたは」顔を見まわし、こめかみのあざに気づいて身をこわばらせた。「ちょっと、ケネディ、そのあざ――」

「そうなのよ」もう一度、短く抱きしめた。「話は全部聞いた?」レイエスやケイドがジョディにどこまで話したか、知らなかった。

「まさか！　ほぼなんにも教えてもらってない。あなたは無事で、わたしは命令に従わなくちゃだめだって言われただけで」

「まあ、それがほぼ全部なんだけど」ざっくり要約して、一部始終を語った。

「オニールって男が死んでよかった」ジョディがつぶやく。

「同感だね。まあ、死ぬ前にこの手でつかまえたかったけど」レイエスが言う。「おれに言わせれば、あいつは楽な死に方をした」こちらの背中に手を当てて、部屋のなかへうながす。「ここでしゃべってないで、なかでくつろがないか?」

「あなたの部屋でしょ」ジョディが言い、ぶらりと奥へ入っていった。「好きなように出入りすれば」

「いまは」レイエスが返す。「きみの部屋だ。招きもしないのにだれかが押しかけてくるんじゃないかと心配する必要はない」

「あなたたちは押しかけてきたじゃない」

驚いて言った。「さっきメッセージを送ったのよ」ジョディの態度は自身を守る盾の一部だと知っているので、やさしく尋ねた。「わたしに会いたくなかった?」

「会いたいに決まってる。そうじゃなくて、わたしは好きでここにいるんじゃないって意味」恨めしそうにレイエスを見てから、広い入り口を抜けて美しいリビングルームに入っていった。クリーム色のベルベットのソファが一つと、肘掛け椅子が二脚置かれている。肘掛け椅子の片方にどさりと腰かけたジョディは、お説教をされたティーンエージャーのようだった。

部屋の片側にはダイニングテーブルに椅子六脚、その後ろには流しつきのバーカウンターとミニキッチンが設《しつら》えられている。反対側にはアーチ型の出入り口があって、そこを抜けると寝室とバスルームだ。両方のドアが開いていたので、どちらもほぼ使われていないのがわかった。ソファの正面の窓からは、みごとなロッキー山脈が拝めた。

この空間のすべてが超一流の仕上げを施されているので、もはやデザイナーズ住宅のようだった。

これではジョディはくつろげないだろうと知りつつも、励まそうとして言った。「わあ、すてきな部屋ね」

ジョディは肩をすくめた。「金メッキした鳥かごって感じのね」

恩知らずなことを言う友達が少し恥ずかしくなってきた。「ジョディ」たしなめるように言い、どうにかとりなせないかと悩んだ。

するとレイエスが近づいてきて、ジョディの前で足を止めた。腕組みをして足を肩幅に広げたさまは、そびえる岩のようだ。そんなことをする彼は初めて見た。

しばらくしてレイエスが言った。「死にたい願望でもあるのか？　そういうこと？」

椅子にだらりと座っていたジョディが姿勢を正した――レイエスが目の前にいても可能なかぎり。「運命にまたださされるのを待ってるより、死んだほうがましかもね」

「それはどうかな」レイエスが言う。「もしゴリーにつかまったら、簡単には死ねないってわかってるはずだ」

現実を突きつけるような言葉に仰天して、ケネディは息を呑んだ。「レイエス！」

彼にもジョディにも無視された。

「きみは自分の命なんてどうでもいいと思ってるかもしれないが、ケネディは違う。その点で言えば、おれも違う」

「くっだらない！」

レイエスがぐっとかがんで顔を近づけ、うなるように言った。「おれは、きみを苦しめたゴリーを八つ裂きにしたい」

怒りでジョディが椅子から跳ね起きた。レイエスは体こそ起こしたが、さがることはしなかったので、ジョディは首をめいっぱいそらして彼をにらみあげた。小柄なジョディはレイエスの肩にようやく届くくらいの身長だし、体重も半分以下しかないのだから、じつに滑稽なにらみ合いだ。

ジョディが苦悩に満ちた顔で噛みつくように言った。「わたしがそうしたくないと思う？」目が赤くなってうるみ、痩せた胸が上下する。「むしろ、それしかしたくないくらいだよ！あの汚らわしい畜生を道連れにできるなら喜んで死んでやる！」

「だけどそれはできない」レイエスがそっと言い、大きな手を華奢な肩にのせた。「残念だよ。本当に残念だ。だけどジョディ、ロブ・ゴリーはやっぱり死んでいた」

衝撃にのけぞって危うく倒れかけたジョディを、レイエスがすかさず支えた。ジョディがいきり立ってつま先立ちになり、彼の顔に顔を突きつける。「なんであなたが残念とか言うわけ？　わたしはあいつに死んでほしかったの！　だから殺したの！」

レイエスがうなずく。「きみはよくがんばったし、冗談じゃなく、そんなきみに喝采を送るよ」

「だったらなんで……？」さらに悪い知らせがあるのだと察知したかのごとく、涙があふれて呼吸が浅くなった。

「あいにく危険はやつと一緒にこの世から消えてくれなかった。だけどきみが強いのは知ってる。これまでに何十回もきみはそれを証明してきた。賢いのも知ってる。だから論理に耳を貸すってこともね」

ジョディは鋭く一度うなずいて、かすれた声で言った。「引き延ばすのはやめて。早く言ってよ」

「まずきみが知っておくべきこと、理解しなくちゃいけないことは、きみの命には価値があるってことだ。すごく重たい、大きな価値がね。それをゴリーに奪わせちゃだめだ」手を伸ばし、つかの間ジョディの頬を包む。「やつはもうじゅうぶん奪った。これ以上、なにも与えることはない」

ジョディは怒り任せに涙を拭い、驚いたことに、こう言った。「わかった」

「ありがとう」

「なんでお礼？」ふんと鼻で笑う。

「ケネディがきみを愛してるから。きみの強情さで彼女が苦しむのを見たくないから」いたずらっぽくにやりとすると、頬にあの魅力的なえくぼが浮かんだ。「さて、みんなで座って話をしようか」そう言うと、ケネディが座っているソファのほうへ、さりげなくジョディをうながした。

ケネディは笑みをこらえられなかった。これ以上、すてきになりようがないと思うたびに、レイエスは軽々とそんな予想を超えていく。

「いいよ」ジョディがふかふかのソファにどさりと腰をおろし、ガラスのコーヒーテーブルに足をのせた。「話せば？ 聞くから」

片側にケネディ、反対側にレイエスが陣取って、ジョディは挟まれる格好になった――それでも、ふだんのように落ちつかなくなったりしなかった。レイエスのおかげだ。

ケネディは友のほうに半身を向けて、切りだした。「さっきレイエスが言ったように、いいニュースとしては、ロブ・ゴリーはやっぱり死んでたの」

「でもあの家に死体はなかったんでしょ。そこはどう説明するの？」

「それは……」あまりの展開なので、伝えるのがつらかった。「どうやらロブには兄がいたらしいの。名前はランド。会ったことはないはずよ、当時は刑務所に入ってたから。ランドは出所してすぐロブに会いに行って、そこで遺体を見つけた。そしておそらくロブの友達伝いにあなたのことを知って、あなたがやったんだと目星をつけたんでしょう」

ジョディは驚きに目を丸くしてじっと見つめていたが、やがて笑った。「兄？　そう言われたら、ロブはしょっちゅうそいつの話をしてたよ。小さいころの二人が写った写真まであった」また笑ったものの、その声は悪意でざらついていて、ユーモアのかけらもなかった。「わたしくらい運の悪い人間もそういないだろうな。きっと生まれた日から汚れた人生になるって決まってたんだ。ねえケネディ、たぶん離れてたほうが身のためだよ」

ソファの上でさっと身を乗りだした。「いいかげんにして！　わたしにとって、あなたは大事な存在なの」

レイエスが片手をあげて言うのを聞いて、ケネディはますますこの男性が愛おしくなった。「おれにとってもね。ジョディ、もしきみになにかあったら、おれは我がこととして受け止めるよ。だからこのままでは終わらない」

「よかった」ジョディが言った。「じつはいい考えがあるんだ」

ジョディの思考回路を知っているので、思わずうめいてしまった。

レイエスのほうは如才なく、こう言った。「意見があるなら聞きたいね」

「わたしをおとりにするの」

「だめよ」すぐさま却下した。

「どうやって？」同時にレイエスが尋ねた。「きみを失いかねないやり方は受け入れられないぞ」

「あなたは凄腕なんでしょ？」ジョディがにやりとする。「あなただけじゃなく、例のでっかくて物静かなお兄さんも。それから、お兄さんと一緒にいた超かっこいいお姉さんも」

「ええと、それは兄貴の妻だな」レイエスが言い、しぶしぶ認めた。「たしかに、かっこよくはある」

「でね、あなたたち三人ならわたしを守ってくれるでしょ？　できるよね？」

「おそらく」

「だめよ」ケネディはもう一度、言った。「論外だわ」

ジョディがソファにだらりと座ったまま、首だけをこちらに向けてにっこりした。「あなたはわたしの親友だよ」穏やかに言う。「たった一人の友達。わたしにとってものすごく大事な存在。嘘じゃない。でもね、わたしにこれ（ヽ）はできないんだ。じっと座ったまま、どうなるかをただ見てるなんて、できない。この部屋はすてきかもしれないけど、待ってるだけだと……またあの地下室に逆戻りしたみたいな気がしてくるの。いつ、なにが起きるのかわからないままでいると」

「だったら、一緒にどこか別の場所へ行きましょう」

レイエスがはっとしたものの、ジョディに孤独感を味わわせたままにはしておけなかった。「わたしが一緒にいれば――」

「それでもやっぱり耐えられないと思う。問題は〝待つこと〟だから」小さな悲しい笑みを浮かべる。「もはや場所ですらないの。自分でコントロールできないって思った瞬間、耐えられないって感じちゃうんだ」

「みんな、解決に向けて動いてくれてるわ」励まそうとしたが、ジョディはもう首を振っていた。

「ごめんね、でもがっつり向き合うか、また逃げるか、しかないんだ。わたしはどっちかしかできないの。もしほんとに頼りになる味方がいて、さっさとこれを終わらせられるとしたら、そのときは絶対その道を選びたい」

必死の思いで友達の手をつかんだ。「危険すぎるわ」

ジョディが肩に寄りかかってきた。彼女にしてはめずらしい愛情表現だ。「ほんとにごめんね。でも、決めるのはあなたじゃないから」

めったに見られないジョディの信頼の表情から視線を移すと、レイエスは謎めいた目をしていた。わたしにこの場をゆだねていて、ジョディの考えに反対していないのだ。「レイエス？」

レイエスは片手で顔をさすった。「きみが納得しないかぎり、なにもしたくない」

「でも、があるのね？」

「ジョディの言いたいことはわかる」

それを聞いてジョディがにっこりした。「あなたのこと、友達として好きになれそう」

彼女が喜びすぎる前に、レイエスがつけ足した。「計画を立てる時間が必要だな。少なくとも二日は」ジョディを見据えて、やや厳しい口調で続けた。「そのあいだ、ここを動くんじゃないぞ」

ジョディは胸に十字を切った。「それならできる。トンネルの先に光さえあるなら」

肺から空気が押しだされたような気がした。臆病者だと思われたくないけれど、だれかが論理を差し挟まなくては。「あらゆる可能性に備えることはできないわ」

「そうだね」レイエスが同意する。「そこはジョディにも踏まえておいてもらわないと」

ジョディがぎゅっと腕を抱きしめてきた。「やらせてよ、ケネディ。やらなくちゃいけないの。だって考えてみて、うまくいけばわたしは自由だよ」

怒りがこみあげて、きつい口調になった。「自由になってなにをするの？　また自分を危険にさらしつづける？　トラブルを追いつづける？」

「世界から逃げ隠れして」レイエスがつけ足す。「影のなかで半端な人生を生きる」

「ちょっと！」ジョディが奮然と立ちあがり、レイエスの肩を押した。「味方じゃなかったの？」

「おれはどっちの味方でもない。だけど、二人ともが満足できる解決法を提示できるかもしれない」

聞きたくないけれど、選択肢はない。こくりとうなずいた。

ジョディは肩をすくめた。「どんな？」

「まずはいくつか約束してほしい」レイエスがソファの上で身を乗りだし、片方の肘を膝にのせて、真剣な目でジョディを見つめた。「協力してほしい。よりよい人生を歩みたいと思ってほしい」

「なにそれ、指図？　ボスにでもなったつもり？」ジョディが立ちあがりかけた。「やめてよね」

ケネディは慌てて友達の肘をつかんだ。「せめて最後まで話を聞いて」

ジョディは最初こそ抵抗していたが、それでもまたどさりと腰をおろした。「わかったよ。聞くよ」

どこまでも強情なんだから。

そしてどこまでも傷ついている。ジョディはいわば、怒りと癒えない傷と恐怖心でできていて、それらをとげとげしい態度で包んでいるようなものだ。

レイエスはそのどれ一つ、意に介さなかった。「おれの父は、人身取引加害者から逃げてきた女性を支えるための活動に資金提供してる。詳しい話はまたにするけど、要するに、おれたちなら合法で、なおかつきみが楽しめそうな仕事を用意できるし、住む場所を見つける手助けもできるし、必要なら新しく教育や職業訓練を受ける手配もできるし、生活のための金銭的な支援も――」

ジョディはもうふたたび立ちあがって、怒ったように歩きだしていた。「お情けはいらない」

「お情けじゃない」レイエスが言った。「きみがそう受け止めるなら別だけど。賢い人なら、後押しを得るチャンスだとわかるはずだ。人生をいいほうへ転がす機会だと。それに、恩返しはいつだって歓迎だぞ。タスクフォースは善良な人間の協力を求めてる」

ケネディは立ちあがって訴えた。「ジョディ、お願いよ。少しのあいだ喧嘩腰になるのをやめて、善意の申し出を受け入れることはできない？」

ジョディは大きな窓のそばに立ち、外を眺めた。「受け入れたとして、そのあとはどうなるの？　わたしはあなたに見捨てられる？」

ようやくジョディの不安の一つがわかって、口調をやわらげた。「そのあとは、あなたも休日のあるふつうの仕事に就くわ。一緒にいろんな時間を過ごしましょう――ランチしたり、映画を見たり。ショッピングに出かけたり」

「ショッピングはしない」

「わたしとならするでしょう？」めげずに言った。「つまりね、わたしはこの先もあなたの友達でいたいの。不安や恐怖じゃなく、敬意と愛情にもとづいた、信頼できる関係を築きたい」

聞いたこともないほど小さな声でジョディがささやいた。「わたしに敬意なんてもてないでしょ」

レイエスが尋ねた。「どうして？　おれはもってるぞ。おれの兄貴もね」

驚いた顔でジョディが振り返り、じっと彼を見た。「嘘はやめてよ」冷めた声で言う。

「嘘じゃない」レイエスがとなりに来て続けた。「そろそろ強情を張るのはやめて、きみを大事に思ってる人からの親切な申し出を受けたらどうかな？」

「あなたの父親はわたしを知りもしないんだから、わたしを大事になんて思えるはずない」

レイエスに先んじて口を開いた。「彼のお父さんはね、すばらしい人なんだけど、愛する人を人身取引で喪ったの。本当よ、彼は大事に思ってる――わたしのことも、あなたのことも、ああいう恐ろしい目に遭ったすべての女性のことを。ねえジョディ、社会に変化をもたらしたいと思ってるのはあなただけじゃないのよ」

レイエスが誇らしげにほほえみかけてきた。「胸に訴えかけるね。そして百パーセント真実だ」

ジョディの目がまたうるんできて、ついに言った。「いいよ、わかった。やってみる」

「よし！」レイエスが前に出て、ジョディをさっと抱きしめたので、気の毒なジョディは度肝を抜かれた。レイエスもそれに気づいたのだろう、すぐに体を離したものの、ジョディの顔にゆっくり笑みが浮かんだのを見て、笑った。「きみは約束を守る女性だから、この会話を忘れないって信じてるよ」

「うん、忘れない」ジョディが言い、ドアを手で示した。「じゃあ、早く計画を立てて、わたしにも進捗を知らせて。待ってるだけはみじめだから」

きっと一人になって今日のことを噛みしめたいのだろう。

ところがレイエスは両手をこすり合わせて言った。「その前にピザを食おうぜ。だれかに買いに行かせるから」

ジョディが用心深い目で彼を見た。

レイエスは笑みを絶やさずに言った。「腹を満たしておしゃべりしようじゃないか。きみと同じでケネディもずっと閉じこめられた気分だったんだ」こちらを向いて言う。「そうしたいだろ、ベイビー？」

胸がいっぱいになった。「ええ、すごくそうしたい」

「な？　というわけだから、食事のあいだくらい、おれに我慢してくれよ」

ジョディはしばしぽかんとしていたが、やがて笑いだした。作り笑いでも怒り混じりでもない、素直な愉快さの表れだ。「あなたってどうかしてる——でもいいよ、わかった。ずっと食欲なかったんだけど、急にお腹が空いてきた」

「その調子だ」レイエスがまたこちらを向く。「楽しくなってきたな」

圧倒されるあまり、言葉が出てこなくて、うなずくことしかできなかった。レイエスがウインクをしてから、フロントに電話をかけに行った。

レイエスはいとも簡単にジョディの信頼を勝ち取った。ただ、ありのままの彼でいることで。高らかに笑いたいような、わんわん泣きたいような心境だった。

ジョディのことはまだ心配だけど、楽しそうなのがうれしくて。レイエスのことは苦しいほど大好きだけど、未来を思うと不安で。まるで感情の両極を激しく行ったり来たりするジェットコースターに乗っているみたいだ――それなのに、人生でこんなに幸せだったときはない。

それに気づいたとたん、新たな不安が芽生えた。もしもレイエスとの関係が終わってしまったら、どうなるの？　本を執筆して、講演会をして、淡々と日々を送る、ありふれたわたしに戻れる？

もしもこの関係が終わったら、経験したことがないほど打ちのめされるだろう。

レイエスの影響で、わたしはより強くなれた――けれど、そのときの胸の痛みにも耐えられるだけの強さがわたしにあるだろうか？

耐えなくてはいけなくなる前に、レイエスに愛を打ち明けて、なりゆきを見てみよう。

それまでは、わたしにとっていちばん大事な二人の笑顔を眺めて幸せに浸っていたい。

「本当に死んだのか?」ランド・ゴリーは尋ねた。「病院に運ばれただけなんじゃないのか？」

「間違いなく死んだ。車が転落するところを目撃したって人間がインタビューされてるのをニュースで見た。遺体袋に入れられて谷から運ばれてったとよ」

「だとしても、そのへんの病院は調べたのか？」どんなことも運任せにはできない。

「あんたに言われたとおりにな。やつはどこにもいなかった。死んだよ」

ランドはにったりした。完璧だ。デルバート・オニールは文句と苛立ちばかりで邪魔者になっていた。始終たばこを吸っていて、あのにおいだけでも吐きそうだった。

オニールが自分で旅立っていなければ、眠っているあいだに喜んでのどを掻き切ってやっただろう。

下っ端をねめつけて、尋ねた。「ジョディはどうなった？」

「乗ってた車が牽引《けんいん》されてったことしかわからねえな」

「ふん」体を前後に揺らしながら考える。ケネディを守るためにこちらの手下をやったのと同じ大男が、ジョディのことも守っているのだろう。「もう数人、集められるか？」

「何人？」

「十人いれば足りるだろう」すでに集めた十人に追加すれば、かなりのものになる。「一日百ドルで、ジョディとケネディを捜させろ。二人の写真はまだ持ってるな?」

「ああ、携帯に」

指先と指先をとんとん合わせながら、欠けた歯のあいだから舌を突きだした。「どちらか一人でも、最初に見つけたやつには五百ドルのボーナスだ」

「魅力的だな。さっそく招集をかける」向きを変えて出ていった。

男がキャビンを出るまで待ってから、残った男のほうを向いた。こいつのほうがほんの少しあてにできる。「いくつか手に入れてきてほしいものがある」

「すぐにでも」

必要なものを列挙した。「一つの店で二つ以上は買うな。怪しまれないよう、別の店を使え」

「了解。ほかには?」

「日が暮れる前に、この先の建設現場へ行って、榴散弾《りゅうさんだん》に使えそうなものを拾ってこい。釘、ステープル、ガラス片。小石でもいい」

男が目を丸くして言った。「ええと、おれたちは爆弾でも作るのか?」

「おれたち?」ゴリーはあざわらうように言った。「おまえは爆弾の作り方を知ってるのか?」

男はすばやく首を振った。

「そうか。おれは知ってる。だからおれが爆弾を作る」望んでいたジョディの殺し方はそうではなかったが、オニールが計画を台無しにしてくれたおかげで、状況が不安定になってきた。念のための用意をしておいたほうがいい。「今夜までにすべて揃えて持ってこい」話は以上と態度で示し、ようやくキャビンに一人きりになった。閉じこもっているのには飽きてきた。だがこれもじきに終わるだろう。ついにジョディを手に入れて復讐の味を楽しむか、ばらばらに吹き飛ばすか。いずれにせよ、正義はなされる。

両方の筋書きを頭のなかでくり広げながら、ますます体を前後に揺すった。

レイエスたちは二日間、しかける罠の細部を詰めていった。ケネディに対しては、いまは父の家にいたほうがいいと必死に説得し、どうにか承諾させた。

そのあと、ケネディは内にこもってしまった。

あまりしゃべらなくなったのは、ジョディのことが心配だからだろう——おそらくは、おれのことも。とはいえ、事態を解決してジョディの安全が確保できたら、またリラックスしてくれるはずだ。

そう願いたい。

体裁を保つため、ふだんどおりジムへ行くことにした。ケネディには父の家にいてほしかったが、あなたといるほうが安心できるからと却下された。

そんなふうに信頼してもらえるのはうれしい反面、今後のことを考えなくてはいけない気にもさせられた。この仕事につきものの危険に対して、ケネディはどんな反応を示すだろう？　おれ自身はいい。気にかけてくれる女性がいるというのは悪くないものだ。それでも、ケネディが常に心配を抱えて生きていくと思うと――それも、おれのせいで――たまらなくいやだった。

昨日に続いて二日めの今日も、ジムに着くと、ケネディはオフィスで原稿に目を通し、こちらは会員の相手をした。ケネディはまだワークアウトを再開できずにいる。父が日々、焦るなと忠告するからだ。

もしも父の思いどおりにさせていたら、ケネディはいまもベッドのなかだろう。この女性のくじけなさときたら、本当にたいしたものだ。それも、なにかを周囲に証明したいという自分本位な欲求ではなく、前へ進みたいという意志の力ゆえなのだから。

間違いなく、過去の経験から身につけた特質だ。

顔にできたあざのせいで、ちらちらと視線を向けられていたが、ケネディは笑顔のまま、なにもなかったようにふるまっていた。おれの知るかぎり、どうしたのかと尋ねた者はいない。寒くないよう長袖を着ているので、一目でわかるのがこめかみのあざだけというのも幸いだった。

上の空でケネディのことを考えていたので、ある男が別の男に言うのが聞こえたときは、目をしばたたいてしまった。「そう、どっちかの女を捜せばいいんだ。日給でもらえるし、一人見つけたらボーナスをはずんでくれるらしい」

偶然か？　一人はウエイトトレーニング用のベンチのそばに立ち、もう一人はベンチプレスをしている。ジムを訪れるたいていの二十代男性と変わらない見た目で、ゆったりしたスウェットパンツに男くさいタンクトップ、高価なトレーニングシューズといういでたちだ。どちらも腕に凝ったタトゥーを入れており、一人のそれは胸から首まで広がっている。ニットキャップで髪は隠れているものの、眉からすると、二人とも黒髪だ。

レイエスはさりげなさを装うために口笛を吹きながら、別のベンチに置き忘れられていたウエイトを拾ってラックに戻しはじめた。こうすれば、立っている男がベンチの上の男に見せている携帯電話の小さな画像をのぞける——

ジョディだ。くそっ。

反応を表に出さないまま、さらに耳を傾けた。

「いや、直接の知り合いじゃない。友人のダブからの紹介だ。連絡するならダブにしろ」

そして電話番号を口にしたので、頭のメモに書き留めてから、従業員のウィルが受付と電話応対を担当しているフロントへ向かった。

急いでいたので、ウィルを押しのけてペンと紙をつかみ、番号と名前を書きつけてから、ウィルに小声で言った。「ベンチのところにいる二人を見張っててくれ。すぐ戻る」

「了解です」

ウィルはいい従業員で、口を閉じて目を開けておくことを心得ている。ジム経営以外にこちらがなにをしているか、本当には知らないし、訊きもしない。信頼できる青年だということは、すでに本人が何度も証明していた。

ぶらりとオフィスに入っていき、ケネディにメモを渡した。「マディソンに電話して、この情報を伝えてくれ。ばか二人が、きみとジョディを見つければ金をもらえるって話してるのを、おれが小耳に挟んだって伝えてほしい」

ケネディが驚いて顔をあげた。「なんですって――?」

「いまは説明してる時間がないんだ、ベイビー。すぐ戻るから、ドアに鍵をかけて待ってろ。いいね?」

ケネディはうなずき、すばやく立ちあがってオフィスの入り口までついてくると、こちらを送りだしてからドアに鍵をかけた。

幸い、二人組はまだベンチのところにいて、いまや三人めが加わっていた。レイエスは迷わず盗み聞きした。

「まじで?　何人雇うんだ?」

「十人かな。だがおれは五人集めればいいことになってる。で、どうする?　乗るか?」

「乗るに決まってるだろ。どのへんを見張ればいい?」

「この一帯、ていうか、このジム周辺だな」ちらりとこちらを見た。

さりげなく会釈をして通り過ぎた。フロントに戻って、小声でウィルに尋ねる。「バイトする気はないかな？　一日分、払うけど」

ウィルが両眉をあげて言った。「やります、やります」

「あそこにいる灰色のパーカーの男が出ていったら、気づかれないようにそいつの車のナンバープレートをチェックしてくれ」

「車じゃなかったらどうします？」

ありうるな。「どっちに向かうか確認してほしい」ウィルの肩をつかんで言った。「助かるよ」あえて男たちから遠い側に移動し、有酸素運動をしている女性二人と軽く言葉を交わしてから、脚の筋肉を鍛えている若者と話した。

そのあいだ、男たちのほうは見なかったが、常に意識はしていた。

やがて、〝仕事〟を紹介したパーカー姿の一人を含む二人がジムをあとにし、ウィルもぶらりと出ていくと、妙に不安になってきた。ウィルが目立ちすぎれば、連中に気づかれてあとで襲われるかもしれない。

ストリートをぶらつく荒くれ者は、よくこのジムを利用する。こちらはそれを邪魔しない。街の寂れたこの一角でジムを経営しているのは、通りに出まわる噂話を耳に入れるためでもあるからだ。

これまでのところ、首尾は上々。

ほっとしたことに、ウィルは通りを渡って自身のトラックに向かい、ドアを開けて乗りこむと、グローブボックスをごそごそしはじめた。

うまい方法を考えたな。思っていたとおり、賢い子だ――子といっても、もう二十二歳にはなるのだが。

ウィルはほどなくトラックをおりてドアをロックし、小走りで戻ってきた。寒さですでに鼻と耳が赤くなっている。腕をさすりながらフロントに向かうと、なにやらメモを書きつけて、いちばん上の引きだしに入れた。

鮮やかだな。

トラックから取ってきたチョコバーを掲げてウィルが言う。「ボス、ちょっと休憩してもいいですか？」

ウィルは呑みこみが早い。うまくごまかしてくれたものだと感心しつつ、うなずいた。ジムに残った三人めがこちらを見ているのを意識しながら、ウィルに言った。「かまわないよ。ここはおれが引き受けるから」常連二人に歩み寄り、間違った使い方をしている器具について、しばしレッスンをした。

三人めも興味を失ったのだろう、去っていった。

邪魔者が消えたいま、ケネディの様子を見に行って、マディソンにプレートナンバーを教え、間抜けどもを尾行したい衝動がせめぎ合ったが、そこはよき訓練のたまもので、会員の満足度に関心があるジムのオーナーという表の顔を保ちつづけた。

それで正解だった。例の灰色のパーカー男が正面の大きなウインドーからのぞきこんでいた。

ど素人のチンピラを雇わなくてはならないとは、ゴリーも気の毒に。あいつらにやり方の間違いを教えてやるのが、かわいそうとさえ思えた。

さて、連中に見つからないようにケネディをここから脱出させなくては。おそらく三人のうちの少なくとも一人は彼女に気づいているだろうが、今夜は連中の相手をしたくない。先にケネディを安全な場所に連れていきたい。

それなら。フロントに向かって固定電話の受話器を取り、ケイドにかけた。この時間、兄は自身が経営するバーにいるだろうが、なんとかしてくれるはずだ。

だれにも立ち聞きされていないことを確認しつつ、ウインドーからのぞいているチンピラには読唇術などできないだろうと判断して、ケイドに状況を説明した。

思ったとおり、ケイドは解決法を提示してくれた。いつだってこうだ。「スターに頼んで、裏口に車を回させよう。おまえも同じときに出られるなら、トラックで二人のあとを追え。ケネディには、父さんが貸したサングラスをかならずかけさせること。スターに帽子も持っていかせる」

その瞬間、興味深いことを悟った。おれは家族と連携して働くのが大好きだ。そういうふうに育てられたからやっているのだと、ずっと思っていた。得意だし、社会にいい変化をもたらせるからと。

いま、それだけではないと気づいた。

これはおれの生きがいだ。

ケイドはこれからもずっと、尊敬できる兄だし、マディソンはこれからもずっと、かわいくてしょうがない妹だ。

そんな人たちと仕事をするのはやりがいがあるだけでなく、めったな家族には経験できない特別なことでもある。マッケンジー家は単に仲がいいのではない。当たり前のように頼り合って支え合うのだ。家族はいつでもおれの味方でいてくれる。

そして、ケネディがおれにとって大事な存在だとわかっているから、彼女の味方でもいてくれる。

おれはなんて運がいいんだろう――ケネディと出会うまで、それに気づいてもいなかった。「助かるよってスターリングに伝えて」

「伝えるまでもないが、ああ、伝えておこう」

スターリングの到着時刻を打ち合わせしてから電話を切り、にやりとした。お遊びはここまでとばかりに正面入り口へ向かい、外に出て灰色パーカーに声をかけた。「どうした、なにか忘れ物かな?」

車のヘッドライトに照らしだされた鹿のごとく、男は青ざめた。「ええ?」

「なかをのぞいてただろう。なにかなくしたなら教えてくれ。注意して捜しておくから」

男が敵意をむきだしにして言う。「勘違いだ。別になにもなくしてない。なんだよ、ぶらついちゃいけない決まりでもあるのか?」

「もちろんそんな決まりはないよ。でも、なかのほうが暖かいぞ」

男は唇をよじって向きを変え、今度は逆方向へ歩きだした。だれかと会うのか? 一ブロックほど先で男がちらりと振り返ったので、さっとジムのなかに引っこんだ。

いまのうちにと、ウィルが残していったメモを引きだしから抜いて靴のなかに収めた。ウィルが休憩から戻ってきたら、もう一度礼を言って、そのあとやっとケネディのもとへ行ける。

ついにそのときが迫ってきた気がした。もうじきすべての障壁を取り除ける。そうしたらケネディに思いを伝えて、頼むのだ——そばにいてくれと。

永遠に。

18

「一緒に行きたいわ」ケネディの声には切実な響きがあった。

「いい考えじゃないよ、ベイビー」レイエスは道具を選ぶ手を止めて、彼女の唇にキスをした。ああ、この口が大好きだ。ヒップも大好きだし、いま向けられている〝絶対に譲らない〟という表情も大好きだ。

やわらかな金髪も、ブルーの目も。頑固なところも、精神的な強さも。

この女性のすべてがたまらなく好きだ。なにを感じさせられて、どんなふうに変えられたかも。彼女はいつの間にかおれの世界の中心になっていたが、それでちっともかまわない。

「レイエス――」

「ケネディ」からかうように名前を呼び返した。向こうがじゃれる気分ではなくても、こちらはじゃれたい気分だった。

ついに計画を実行する日が来た。ゴリーの番犬どものおかげで楽になった。いまや連中は、ジムとその周辺の通りを絶えずうろついている。

計画はこうだ――おれがジョディを連れてジムに寄り、わざと連中に姿を見せる。連中のだれかがゴリーに知らせたと考えられるだけの時間を過ごしたらすぐにジムを出発し、人気《ひとけ》の少ないエリアへ向かう。また連中が待ち伏せできそうなエリアだが、今回はこちらも用意ができている。ジョディと一緒に待機するにふさわしい場所はすでに選定済みだった。

そしていざ連中が現れたら、一人ずつ倒していく。迷いも良心の呵責《かしやく》もなく。

その他の問題、つまりゴリーの仲間については、マディソンがパーカー男のナンバープレートから住居を特定していた。妹は、そういうことにかけては天才的なのだ。パーカー男がある人物と出会い、そこから別の人物につながって……というしだい。

おれとケイドとスターリングでその全員をつかまえる。マディソンの目に見張られている以上、だれ一人、逃げられないだろう。

それが終われば、ケネディはどんな人生でも自由に選べるようになる。おれとしては、おれと一緒の人生を選んでくれるよう説得するつもりだ。

「なにもかも抜かりはないんでしょう?」ケネディが食いさがる。「あなたがそう言ったじゃない」

「そうだよ」可能なかぎりの計画が立ててある。「でも、別れて行動しなくちゃならないんだ。おれはジョディと一緒。ケイドとスターリングは別の連中を追う。マディソンはモーテルにいるゴリーを監視しつづけて、じゃーん、すべて解決だ」

「ね？　危険はないわ」ケネディが言った。「わたしも一緒のほうが、ジョディは安心するだろうし」

「計画どおりに進まないかもしれないことがたくさんあるんだよ」

「レイエス」近づいてきて、首に両腕をかける。「わたしにとって安全じゃないなら、どうしてジョディには安全だと言えるの？」

それは、おれがジョディを愛していないから。くそっ、もう少しですべてを手に入れられそうなのに、中途半端な告白なんてしたくない。やるならきちんとしたいのだ。

ケネディにふさわしいやり方で。

ここはこう言うにとどめた。「ジョディは銃の撃ち方を知ってる」

「わたしだって知ってるわ」

真顔で見つめた。「何度か練習したことがあるのと、緊迫した状況で使用を迫られるのとでは、わけが違う」

「だったら見張り役になるわ」

きみには渦中にいるのではなく、どこか安全な場所でぬくぬくしていてほしいのに。もちろん自分の能力には自信があるが、まずいことはいつだって起こりうる。もしもまたこの女性になにかあったらと思うと、耐えられない。「ケネディ――」

「装備を手伝うわ」開け放していたドアからスターリングが声をかけた。「来て、ケネディ」

ケネディはどうだと言わんばかりの顔でこちらに投げキスをしてから、急いでおれの義理の姉についていった。

すぐさまあとを追った。「ちょっと待てって」

振り返ったケネディの顔には必死の表情が浮かんでいた。「絶対に邪魔はしないから。泣かないし、一言一句、命令に従うから」

「ハニー……」二人の距離を詰める。「そういう心配をしてるんじゃないよ」

スターリングが腕組みをして言う。「彼女はあなたと一緒にいたいのよ、わからないの？」

「それくらいわかってる」

こちらの怖い顔を無視して、スターリングは続けた。「わたしなら、ケイドが置いていこうとしたら許さないけど」

「きみはふつうじゃないだろ」

「女だから？　あらあら、とんだ性差別主義者」

悪態をつきまくってもなんの役にも立たないが、それでもつきまくった。

　ケネディの手が顔に触れた。「何度も言ってるでしょう。わたしはあなたといるときがいちばん安全だって感じるの」

　スターリングをにらみつけて、ちょっと二人きりにしろと言外に伝えた。義理の姉は動こうともしなかった。髪の毛が逆立つほどいらいらしながら、しばしケネディを見つめた。

　万全の計画、か。おれの計画はたったいま、とんでもなく歪められた。「もしそれが本当なら」言いながらも、スターリングがにまにまして聞いているのを感じる。「おれと一緒にいるのがいいかもしれないね」

「よかった！　わかってくれると思ってたわ」ケネディが歩きだそうとする。

　それを引き止めて言った。「今日だけって意味じゃないよ、ベイビー」じっと見つめていたので、ケネディの目が丸くなるのがわかった。「これが終わったあともだ」

「終わったあとも？」

　スターリングが見物していようと知ったことか。さっと引き寄せてケネディの唇を奪った。じっくりと時間をかけて唇を味わい、舌でつついて口のなかに侵入する。ケネディはこちらにしがみついて、やわらかな声を漏らしながら応じた。

　唇を離したときには、とろけた顔になっていた。

　やさしく髪を撫でつけて、親指でそっとこめかみのあざを撫でた。「おれのそばにいてくれ」

ケネディが唇を噛み、ゆっくりとほほえんで、うなずいた。「もちろんよ。どうもありが――」

またキスをして、お礼を遮った。

「こほん」スターリングがにやにやして言う。「すてきなショウだと思うけど、あんまり時間がないのよね。で、どんなふうにしようか？　防弾チョッキを着せて銃を持たせる？それともクローゼットに閉じこめて鍵をかけておく？」

顔をさすって向きを変え、すぐまた向きなおって悪態をついた。「おれが言った場所から動かないね？」

ケネディはうなずいた。

「本当に銃の撃ち方は知ってるね？」

「ええ」顔をしかめて続ける。「命中させられるとは言えないけど、必要なら撃ち返せるわ」

「身を低くして、安全第一で――」

「ええ、ええ」ケネディが言い、ぎゅっと抱きついてきた。「すぐ用意してくる。わたし抜きで出発したら許さないんだから」

マディソンは書斎の机でノートパソコンを前にし、参加者全員を見守っていた。レイエスとケネディとジョディは、あと十五分ほどでジムに到着する。

ケイドとスターリングは、ゴリーの仲間二人が潜伏している古い民家の裏手からゆっくり迫っている。

モーテルにいるゴリーに動きはないものの、男二人が訪ねてきた。となりのダイナーの監視カメラが、ゴリーのいるキャビンの正面をとらえていて本当に運がよかった。映像はぼやけているけれど、それでもちゃんと見える。

男二人が去っていったとき、一人が重そうなダッフルバッグを持っていることに気づいた。急にいやな予感が走った。カメラの映像を見守っていると男たちが車に乗りこんだので、プレートナンバーをメモし、すぐさま検索した。

マシュー・グライムズ。

名前がわかったので調査を進めたところ、ゴリーと同じような犯罪歴があって、地元に住んでいることが確認できた。どうしてもっと早くにこの男が浮かびあがってこなかったの？　今回の計画には新しく加わった？

いやな予感がふくらんだ。

そこへちょうど入ってきた父が、いつもどおり子どもたちの変化には敏感に、すぐさま異変を察知した。

「どうした？」尋ねながら机を回ってきて、後ろからパソコンをのぞきこんだ。

「わからないの」もう一度、参加者全員をチェックした。男二人を乗せた車は急いで走り去った。疑念があればいつでも言うようにと父から言われているので――父は直感を信頼している――考えを述べた。

「グライムズを見たのはこれが初めてよ。ここまで来て、いまさら新顔が必要?」そう言って父を見る。「襲撃の計画になにかしらの変更があったとか?」だとしたらまずい。すべてはもう動きだしている。兄二人とスターリングがすでに出動しているというのに、状況をきちんと判断できていなかったという気がしてきた。

常に冷静沈着な父が数秒パソコンの画面を見つめ、決断した。「例の刑事に電話しろ。グライムズについて知っていることがないか、訊いてみるんだ」

またクロスビーに連絡するもっともな理由ができたことをうれしく思いつつ、携帯電話を取って、登録してある彼の番号にかけた。父も会話の内容を聞きたいだろうと、スピーカーフォンに切り替えて、携帯は机に置いた。

五回めの呼び出し音で応じた声はうんざりしているように聞こえた。「アルバートソン刑事だ」

パソコンの画面では、高速道路を走っていた二人組の車が、レイエスのジムのあるエリアへ向かう出口をおりた。頭のなかで非常ベルが鳴りだす。こういうときは、偶然なんて信じない。

もし二人組の目的地が兄のジムなら――きっとそうに違いないけれど――ものの数分で到着だ。

「マディソン・マッケンジーよ」

クロスビーが一瞬の間をおいて、言った。「ミズ・マッケンジー。きみから電話をもらうとは驚いたな」

礼儀正しい呼び方に思わず天を仰いだ。向こうが楽しんだかどうかは別にして、キスをした仲なのだから、ファーストネームでいいのに。「そんなはずないでしょう、わたしをあんなふうに侮辱しておいて」

父の両眉があがった。

なにも心配するようなことはないと父に首を振ってから、会話を続けた。「用件はね、クロスビー、あることで助けてほしいの」

「少し待ってくれ」

電話越しに動きがあり、車のドアが閉じてエンジンがかかる音が聞こえた。

「ちょうど出かけるところだった。いまは非常に忙しいが、運転しながら話そう」

「悪いわね」なにを言おうかと迷ったものの、結果は同じと判断した。「あのね、怒らないでほしいんだけど」

「となると、怒ることは間違いないな」不満そうな声だ。「今度はいったいなにに首を突っこんだ？」

非難に満ちた言い方に、むっとした。「マシュー・グライムズという男を知ってる？」

驚いたことに、強い怒りが返ってきた。「知っているとも。いま、やつの最新の居場所に向かっている。きみこそ、なぜやつを知っている？」

父がうなずいたので、正直に答えた。「ゴリーを監視してたの。たったいま、グライムズが彼の潜伏場所から出てきた」

「なんだと？　ゴリーの潜伏場所を知っていたのに、私に教えなかったのか？」

わたしと連絡をとる努力をいっさいしてこなかったくせに、よくもそんなに傷ついたような声で不満そうに言えるものね。「その点はあとで、刑事さん。いまは……心配なの」

「当然だ。グライムズがゴリーとつるんでいることを知っていたから、私はやつを見張っていたんだ。あのいたち野郎は昨夜、六軒の店を回って、手製爆弾を複数作るに足る材料を購入した」

思わず息を呑んだ。あのダッフルバッグ。

父が身を乗りだして机の表面に両手をつき、会話に割って入った。「やつはいま、おれの息子が経営するジムに向かっているところだ。きみはどのくらいで行ける？」

「なんてことだ」クロスビーが爆発した。「この件が片づいたら、あなたたち一家にはたっぷり説明してもらうぞ」

「どのくらいだ？」父が強い口調でくり返した。

「ただちに応援を要請する。レイエスに、全員退避させるよう伝えろ」

「わかった。きみに知らせたことを後悔させるなよ」

父が机を離れ、自身の携帯電話を取りだしてレイエスにかけた。

マディソンは自身の携帯に向き合った。「クロスビー？」

「なんだ？」

「気をつけるって約束して」

失礼なと言わんばかりのざらついた笑い声が聞こえた。「私の心配はするな」

するかどうかはわたしの勝手。むっつりと携帯をにらみつけた。「進捗を知らせてって言うのは過ぎたお願いかしら？」

数秒が流れ、感情を排した声が返ってきた。「電話番号を教えてもらっていない」

一瞬、心臓が止まった。わたしの番号は非通知として表示されるようになっているけれど、クロスビーにはぜひ知っていてほしい。「いまテキストメッセージで送るわ」ようやく折り合いがつけられたような気がするのはなぜだろう？「兄のジムに着いたら連絡してくれる？」

「私はジムには行かないが、片がついたら知らせる」

「それは――」

「なにが起きているのかを説明しろ」交渉の余地なしと言わんばかりの口調だ。「います
ぐにだ」
レイエスが縁石に車を停めたとき、携帯電話が鳴った。発信者がマディソンでもケイド
でもなく父だったので驚いた。驚いたし、胸騒ぎがした。
すばやく決断してふたたび縁石を離れ、電話に応じた。「どうかした？」
「ジムから離れろ」
「もうそうしてる」バックミラーをのぞいたが、まだ異変はなさそうだ。
「男二人がゴリーの潜伏場所を出て、そちらに向かっている」父の説明は簡潔で的を射て
いた。「アルバートソン刑事の話では、車を運転している男は昨夜、爆弾の材料を買って
いたそうだ」
「なんだって」もしもその爆弾が使われたら。ジムには一般市民が大勢いるし、後部座席
には女性二人を乗せている。
「アルバートソン刑事が現場に向かっている。応援も呼んでいるはずだ」父が少しためら
ってから続けた。「計画は中止だ。標的はおまえたち二人だろうから、ジムからは離れろ。
ゴリーのいるモーテルへ向かえ」声を落としてつぶやいた。「やつをつかまえろ」
「全員をジムから避難させてくれるね？」

「この電話を終えしだい手配する。あとはアルバートソン刑事が引き受けてくれるだろう」

ハンドルを握る手に力がこもった。「了解」

「背後に気をつけるんだぞ」

「わかってるって」ケネディとジョディにはなにも説明しないまま、二ブロック南下してから二ブロック進み、来た道を戻っていった。女性二人はじっと黙っていてくれた。正しい方角へ向かいはじめてから、二人に状況を説明した。

ケネディが身を乗りだして、肩に触れた。「ケイドにはだれが知らせるの?」

「父さんかマディソンが。だけど兄貴の計画は続行だ。このまま悪党どもをつかまえる」

ケネディはうなずいて体を座席に戻し、約束どおり、静かにしていた。

ジョディが小声で言う。「なんだかいやな予感がする。ゴリーはわたしを一瞬でばらばらに吹き飛ばしたくないはずだよ。しかも、離れたところから」

たしかにそうかもしれない。「やつにとっては個人的なことだからね」

ジョディの声に切迫感が加わった。「わたしたちを不意打ちしようとしてるはず」

ああ、おれもそう思うよ。「だけどおれたちがそうはさせない。だろ?」

「ええ、絶対に」ケネディが言い、ジョディの手を取った。「レイエスを信じて。彼に任せていれば大丈夫だから」

そうとも。「だれにも見つかってないと思うけど、二人とも、周囲を見張っててくれるかな」なにか役割を与えたほうが、ただ状況に振りまわされているのではないと思えるだろう。「怪しいものを見つけたら教えてくれ」

ケネディは緊張したそぶりを見せずに言った。「わかったわ」

ジョディは黙ったままだった。その心がなにを感じているのかは、想像するしかない。ジョディは自身をおとりにする気満々だったが、その計画はもうつぶされてしまった。変更を迫られたのはこれが最初ではないとはいえ、だから簡単というわけでもなかった。

モーテルが近づいてきたので、スピーカーフォンでマディソンに電話をかけた。「異常なし？」

「ゴリーに動きはないわ。でもね、レイエス、なにもかもおかしい気がするの」

「だよな。おれもだ」ちらりとバックミラーをのぞくと、ケネディはこわばった顔をしていた。精一杯、動揺していないふりをしている。街なかの地理は隈《くま》なく知っているので、こう言った。「二人をレストランでおろす」

「だめ！」すかさずジョディが言った。

ケネディがなだめるように言う。「彼に任せて、ね？　最善の方法をわかってるから」

その信頼に胸がぬくもった。

が、マディソンはジョディに賛成だった。「ゴリーはどの店にもコネを持ってるかもしれない。二人は兄さんの近くにいたほうがいいと思う」

ためらったが、妹の言い分にも一理ある。離れてしまえば、どちらかがさらわれかねない。おれがそばにいれば、命がけで二人とも守れるから、おそらく一緒にいたほうがいいのだろう。ここは妥協することにして、尋ねた。「近いけど近すぎない場所に車を停めたい。おまえがこのトラックをずっと見張ってられる場所。どこがいい？」

「ゴリーのキャビンから三つ先の駐車スペースね。ゴリーがいるのはモーテルの事務棟から三つめで、あいだの二軒にはだれもいない」

「だれもいない、ね。ゴリーがプライバシーを確保するために借りたんじゃないか」

「ありうるわ」

防犯灯の下でトラックを停めた。暗い夜だが、明かりはまだ灯っていない。おそらく灯ることはないのだろう。モーテル全体が寂れた雰囲気をまとっていた。

「ケネディ？」マディソンが電話越しに呼びかけた。

身を乗りだして、ケネディが言う。「聞いてるわ」

「急いで逃げなくちゃならなくなったときのために、運転席に移動してくれる？」

ケネディがこちらを見たのでうなずくと、彼女はわかったと同意した。

駐車場は静まり返っていた。事務棟のなかにはフロント係の男が一人だけらしく、背後の明かりに照らされている。ここまで近づいてみると、このモーテルがまだ営業中であることに驚かされた。十年前にはすてきなキャビン群だったのだろうが、いまではどれも、一大修理が必要なあばら家にしか見えない。砂利敷きの駐車場はわだちや穴ぼこだらけで、芝生であるはずの区画も雪をかぶった雑草に覆われていた。

「ごみためだな」マディソンに言った。「営業許可はおりてるのか？」

「創業者の孫息子が受け継いで、そこからくだり坂一方よ」

もったいない。

ジョディが苛立った声で言った。「早く始められない？」

「いま始めるよ」答えてキャビンを観察した。すすけた窓のカーテンは閉ざされている。いやな予感が増幅した。「キャビンの正面は避けよう。裏に回ってほかの入り口を探す」

襲撃の気配はないかと目を光らせながらドアを開け、外に出た。振り返って、運転席に移るようケネディに手で合図をする。ケネディはすぐにコートを脱いで後部座席に置き、するりと運転席に移動した。

ジョディはグロックを握っており、顔には決意の表情をみなぎらせていた。

「おい」

ジョディがこちらを向く。

「銃の扱いには気をつけろよ」

ジョディはうなずいて、また周囲をきょろきょろ見まわしはじめた。不安が手に取るようにわかった。

これ以上、先送りにはできないので、ケネディのあごに触れて言った。「おれが行ったらすぐドアをロックしろ。もしなにか起きたら迷わずエンジンをかけて車を出せ。おれを守ろうなんて考えるな」

同意する前に、ケネディは言った。「無事に戻ってくるって約束して」

「もちろんさ」短くキスをする。「これが片づいたら、きみとおれとでいろんな計画を立ててるんだから」

足音もなく暗がりを進み、ゴリーがいるキャビンに近づいていった。古びた建物のいちばん奥に小さな窓がある。高い位置からして、バスルームの窓だろう。角を回ると、もう少し大きな窓とドアがあった。きっちり閉ざされたカーテンのせいでなかは見えない。

それ自体は怪しいことではないのに、やはり緊張感が背筋を這いのぼった。

小さな窓まで戻った。窓枠には蜘蛛の巣がかかっており、窓ガラスの右下隅から斜め上に向けてひびが入っている。ふつうの人には高すぎて手が届かないが、この身長と体力がいまは役に立った。指先で窓枠をつかむと、体を引っ張りあげてなかをのぞいた。

室内は暗く、目が慣れるまで少しかかった。バスルームのドアは閉じており、キャビンのほかの部分から隔てられたままだ。この窓からどうやって入ろうかと考えていたとき、内部のかすかな動きを目がとらえた。もっとよく見ようと、もう少し体を持ちあげた。

驚いた。なんとゴリーが着衣のまま、狭い浴槽の床にぴったりと伏せている。いったいどういう……くそっ。

思考が完全にかたちになる前に、なぜすべてに違和感を覚えるのかがわかった。

正面の入り口には罠がしかけられている――おそらくは爆弾が。もしも当初の計画どおりに正面突破していたら、深刻なダメージを負っていただろう――そしてケネディとジョディは孤立無援になっていた。

ケネディ。

静かに地面におりてから、身を低くして建物の正面側に戻った。銃を手にトラックの様子をうかがうと、二人とも、指示したとおり、まだ車内にいる。

ところがその向こうに二つの影がひそんでいた。

ケネディに近寄らせてなるものか。

建物に体を押しつけて付近に目を走らせ、ゴリーがほかに手下を忍ばせていないか確認した。あの二人以外、だれもいない。

二人はなにかを待っているようだ。おそらくは、爆発を。

石を拾って狙いを定め、投げると、トラックにいちばん近い影にひそんでいた男に命中した。男は悪態をついて振り返り、せっかくひそんでいたのを台無しにした。続いて二人めも。

ケネディが男たちに気づいたのだろう、必要ならすぐ発進できるようにエンジンをかけた。ああ、なんて賢いんだ。

男たちにもう少し近づいてきてほしくて、姿を隠したまま待った。連中が手の届く範囲に来たら、必要なアドバンテージをすべて手に入れられる。

そのとき、予想外のことが起きた。

男の一人が大声で悪態をつき、トラックに銃口を向けて、ケネディとジョディを窓越しに撃とうとしたのだ。

恐怖で体が勝手に動いた。銃を手に暗がりから出て引き金を引くと、男は後ろによろめいて倒れた。もう一発で、起きあがれないようにする。

二人めが駆けだし、暗がりに消えた。

ケネディを連れてきた自分に激怒しつつ、トラックに走った。早く安全な場所へ移動させなくてはと、そのことだけを考えていた。

二人めの男が、今度は別の位置から撃ってくる。急いでトラックの陰に隠れ、女性二人に大声で〝伏せろ〟と叫んでから、車体の向こうをのぞいた。

おれは射撃の名手だ。あらゆる訓練のなかで、射撃においてはあのケイドをもしのぐ。

闇に目を凝らし、敵がのぞいているのを見つけて、引き金を引いた。銃弾はくそ野郎の頭をぶち抜いた。

これだけ銃声が響いたのだから、いまごろ警察が向かっているに違いない。たとえあのフロント係が通報していなくても、だれかがしているはずだ。となると、できれば――

トラックの助手席側のドアが開いて、ジョディがおりてきた。

はっとして、彼女から見えるぐらいに体を起こした。「ジョディ！」もしほかにもひそんでいるやつがいたら、たやすい標的になってしまう。「いったいなにをして――」

ジョディは険しい顔で歯を食いしばり、グロックを掲げた。

最初はおれを狙っているのだと思った。が、ジョディの放った銃弾は真横を通り過ぎていき、振り返るとそこには新たな脅威がいた。

銃弾の衝撃で、ランド・ゴリーはだれもいないキャビンの側面に背中からぶち当たった。きっと裏口から出てきて前庭を進み、駐車場まで来ていたのだろう。苦痛に顔を歪めて壁にもたれかかったが、倒れはしなかった。

ジョディの銃弾は体のど真ん中に命中したのだから、説明できるものは一つしかない――防弾チョッキだ。死ぬほど痛むが、死にはしない。

ゴリーがゆっくり笑みを浮かべて……見せつけるように爆弾を掲げた。

「伏せろ」ゴリーがジョディに命じたが、ジョディは動かない。それどころか、一歩前に出た。「おれが手を離したら爆発するぞ」ゴリーが警告する。

ジョディはあざけるような笑みを浮かべて、じっとゴリーを見つめた。「地面に当たった衝撃で爆発するってこと？　本当に？　影響はどのくらいまで及ぶんだろうね」感情のない声で言う。「自分も死ぬ気？」

「そうさ」ゴリーがかすれた声で言う。その表情は、恐れと期待が不気味に入り混じっていた。

ケネディはたいしたもので、冷静かつ現実的にトラックのギアをバックに入れると、ゆっくりゆっくり後退させはじめた。この速度なら、おれも車体から離れずついていける。その調子だと励ましたいものの、ゴリーから目をそらすような真似はできない。

ゴリーがどうにか体勢を立てなおし、勝ち誇ったような顔で言った。「弟の復讐を果たすために、おまえら全員を殺す」

「あんたの弟は」ジョディが冷ややかに言った。「くさくて汚らわしくて意気地なしの、ちんけな野郎だった。わたしが殺してやったときは、めそめそ泣いて命乞いしたよ」

ゴリーがうなって、さらに体を起こした。

遠くでサイレンの音がした。なにもかもが目の回るような速さで進んでいる。

「ジョディ」切迫感に襲われていたが、どうにか穏やかな口調で呼びかけた。「きみが怪我したら、ケネディが激怒するぞ」

「ケネディを守ってね」ジョディが返した。

そのとき、ケネディが助手席側のドアを押し開けて叫んだ。「ジョディ、いますぐ戻ってこないと一生許さないわよ！」

この命令にはおれもジョディもぎょっとした。ジョディの顔に迷いを見て、請け合った。「ここはおれに任せろ」ジョディがしぶしぶうなずいたので、続けた。「さあ、早く行け」

ジョディはすぐさまトラックのほうに駆けだした。そのまま無事に乗りこんだのだろう、ドアがばたんと閉じる音がした。

逃がしてたまるかと、ゴリーが爆弾を投げるモーションで腕をあげた——そこを撃った。あえて致命的な箇所は狙わなかった。

狙ったのは肩だ——手のなかの爆弾がまっすぐ下へ落ちるように。なにが起きたかを悟って、ゴリーの醜い顔を恐怖がよぎった。

それを見届けてから、満足感とともにトラックの陰に飛びこんだ。

ゴリーの悲鳴が響いた直後、爆発音がとどろいて炎があがり、破片が散って、哀れな悲鳴は無惨にもかき消された。

破片がトラックに当たる音が聞こえ、なにかに肩を焼かれる。そんななかで祈るのは、ケネディとジョディが怪我をしていませんようにということだけだった。

耳に残響音を感じながらゆっくり立ちあがると、女性二人は座席で身をかがめていた。

ゴリーは地面に倒れ、あちこちから血を流している。袖は引きちぎれて——腕も同じありさまだ。おそらく致命傷となったのは、首にぽっかり空いたぎざぎざの穴だろう。

あたりをざっと見まわしたが、ほかにもう脅威は見当たらない。怯えきったフロント係をのぞけば、だれもいなかった。

すすり泣く声に、はっとした。最悪を予期して振り返ると、ジョディが両手に顔をうずめて肩を震わせ、ケネディが必死に慰めていた。ジョディの背中をさすって、二度抱きしめる。

顔をあげてこちらと目が合うと、ケネディは悲しい笑みを浮かべて、もう一度ジョディを抱きしめた。

つまりジョディに怪我はない。おそらくは、ついに危険が去ったことで感情が一気にあふれだしたのだろう。

別の入り口から警官隊がどっと突入してきて、明かりが明滅し、サイレンが鳴り響く。

それを先導するのはもちろんクロスビー・アルバートソン刑事だ。

銃を脇に置いて両手を頭の後ろで組み、待った。

延々と説明させられることになるだろうが、ともかく脅威は消えたし、本当に大事なのはそこだ。

アルバートソンはしかめっ面で車からおりてくると、ゴリーの死体をあごで示した。

「ランド・ゴリーか？」

「ああ」答えてから、トラックの後ろをあごで示した。「あっちに遺体がもう二つ。それから、おれのトラックにはほかにも武器がある」

「なるほど」アルバートソンは顔をさすり、警官二人になにか伝えた。二人はトラックの後ろで待つ死体のほうへ向かった。

「おれのジムに向かってるんだと思ってたよ」

「別の者を向かわせた。ジムのほうはすべて問題ない。ほかで数人、逮捕した」

どうなっているのかわからないが、とりあえず、ジムは無事らしい。「そうか」眉をひそめて言った。「で、そっちはなんでここにいるのかな？」

アルバートソンは固い笑みを浮かべた。「妹さんだ」

「はあ？」家族以外の人間を信用するとはマディソンらしくない。

「私がほかに選択肢を与えなかった」近づいてきて、肩についた血を見つめる。「負傷したのか？」

一つ前のセリフが聞き捨てならず、問いは頭を素通りしていった。なにをばかげたことを。妹から選択肢を取りあげられる人などいない。マディソンがみずからこの刑事に情報を提供する道を選んだのなら、それは妹の信頼を強くほのめかしているということで……つまり、おれも彼を信じていいということだ。

制止されるかもしれないので刑事の目を見ながら、ゆっくり腕をおろしていった。そうしてようやく自身の肩を見る。シャツは血まみれだが痛みは最小限だ。「爆弾の破片がかすめただけだ。問題ない」

「きみの兄が数人をつかまえた。まあ、あちらはだれも殺さなかったようだが」

「ケイドはやり方がスマートだからな」

アルバートソンが堂々たる態度で現場を眺めた。「ゴリーは爆弾を？」

「ああ、それでジョディを脅した」刑事の目を見て言った。「全員を殺す気だったんだ。撃つしかなかった」

「私に知らせるという手もあった」

あいまいに肩をすくめた。「爆弾を持ってるとは知らなかったんだ。でなかったら知らせてた」真っ赤な嘘だ。「それに、やつが死んだのはおれに撃たれたからじゃない」

「そうだな。撃たれても爆弾を落としただけだ――きみの思惑どおりに、かな？」

なにも言わなかった。おれのとった方法は効率的だった――それについて謝る気はない――し、これ以上、説明するつもりもない。その前にマディソンと話をして、この新たな関係性を理解しなくては。警察だと？　妹はいったいなにを考えている？

ほかの警官に聞こえないよう、アルバートソンが低い声でうなった。「自分たち家族が生みだした大騒動をわかっているのか？」

自分の家族を悪く言うわけがない。「ゴリーをつかまえたかったんだろ」死体のほうをあごで示す。「ほら、そこにいるぞ」

いまにも刑事に逮捕されると思ったとき、ケネディがトラックを離れて飛びついてきた。

「彼女は動揺しているだろう」アルバートソンが不満そうに言った。「ついていてやれ」

ほほえんで、ゆっくりケネディを抱き寄せた。だんだんわかってきたが、どうやらこの刑事はこと女性となるとずいぶん甘いらしい。

なんだ、いいやつじゃないか。

警察が仕事をするあいだ、ケネディを抱きしめて、彼女にどんな言葉でどう伝えようかと考えていたが、その前に確認しなくてはならなかった。「ジョディは大丈夫かな?」

ケネディは胸板に顔をうずめたままうなずいて、ますます強くしがみついてきた。「もう心配ないわ。あなたのおかげよ」

「きみは?」簡単ではなかったが、体を離してあごをすくった。「きみを誇りに思うよ、ケネディ。今回もね」いつだってそうだ。「よくがんばった、ベイビー」

「なにもしてないわ」

「そんなことない。おれが盾にできるよう、トラックを後退させてくれたじゃないか。頑固なジョディを危険から遠ざけてくれたじゃないか。そうしなくちゃいけないときには身を低くしたじゃないか」唇にキスをする。「常に冷静に判断して行動した。本当に誇らしいよ」

ケネディは唇を震わせ、またひたいを胸板にあずけてきて、なにかつぶやいた。

「どうした?」

ケネディが一歩さがったので、こちらは両腕をおろした。その瞬間、肩の血に気づいたのだろう、彼女が目を丸くした。「たいへん、怪我してる!」

「こんなの、なんでもないよ」

ケネディがぴしゃりと言った。「自分が怪我したときはいつもなんでもないのに、怪我したのがわたしだと一大事になるのはどうして?」

ここまでずっと冷静だったので、突然の怒った口調に驚いた。そっと顔を両手で包んで言った。「たぶん、おれにとってきみはものすごく大切な人だからじゃない?」もう一度、唇に唇を当てて、今回はしばしやわらかさを味わう。「冗談じゃなく、きみが怪我するところを見る以上につらいことはないんだ」

ケネディは口ごもり、肩を見つめた。「本当に、ひどい怪我じゃないのね?」

「ちょっとひりひりするだけだよ」もう一度、キスした。「きみが無事ならおれも平気」

「レイエス」ケネディは長いため息をついて周囲を見まわし、ふとジョディに目をとめた。いまは刑事のそばに立ち、ゴリーを見おろしている。

ケネディがこちらに視線を戻し、じっと目を見つめた。「愛してるわ」

頭が空っぽになった。「いまなんて?」

「愛してる。本当に、心の底から。これからもずっと愛してる」唇が震えた。「あなたが怪我するところを見ると胸が引き裂かれるけど、でも、そういうことは今後も起きるのよね」

ああ、なんてタイミングだ。「おれを愛してる？」なかなか理解できなかった。あまりにも唐突すぎた。

ケネディがほんの少しあごをあげた。「気づいてるとばかり」

いやはや……。ゆっくり笑みを浮かべた。「まったくの不意打ちだよ、ベイビー」

「ごめんなさい」

ケネディを抱きあげてくるりとターンし、ぽかんと見ている警官たちと不機嫌そうな刑事とにこにこしている友達の前でキスをした。

「ホテルに行きなよ」ジョディが笑いながら冷やかすように言う。

ケネディが唇を離した。「レイエス、聞いた？」驚いた顔だ。「あんなことがあったあとなのに、ジョディが笑ったわ」

「そうだね」きっとジョディはもう大丈夫だ。鋼のような強い意志と生き抜くための本能を備えた人だから。

そしてなにより、ケネディという友達がいるから。

そのケネディが震えていることに気づいたので、トラックからコートを取ってきて着せてやった。それから一緒に刑事のところへ行ってみると、いまはフロント係が、目撃した一部始終を一所懸命にしゃべっていた。

その話だけ聞いたら、まるでゴリーは怪人でおれはヒーローだ。まあ、ほぼ正しいか。

警官の一人が、ゆっくり話ができるようにとフロント係を事務棟へ連れていった。

アルバートソンがこちらを向いた。「手順は知っているだろうな」

「やっぱりおれを逮捕する？」

「いや。だがきみたち三人全員の供述が必要だ」すまなそうにケネディを見る。「彼女に貼りついてはいられない」

「それはどうかな」

アルバートソンはうなじをさすりながら言った。「数分は許したが、そろそろ片づけたい」

反論しようとした――ケネディをどこへも行かせてなるものか――そのとき、つややかな黒い車が駐車場に入ってきた。だれの車か気づいて、安堵の息をついた。父だ。

「今度はなんだ？」アルバートソンがぼやく。

パリッシュ・マッケンジー、満を持しての登場だった。車からおりる姿は威厳漂う上院議員さながらで、その物腰は慈悲深い王のよう。しかも、戦士の本能と能力まで備えている。

この展開に満足して、レイエスは言った。「ケネディと話してもいいけど、父が同席するよ」かがんでケネディに耳打ちする。「なにも心配ない。数分で戻るからね」目で目を探られた――たぶん、まだ彼女の告白になにも返していないからだろう。もう少し待ってくれ、と心のなかで告げた。あとほんの少しだけ。

ようやく全員がベッドにもぐれたのは、午前四時のことだった。今夜もまだレイエスの父親の家にいた。ああいうハラハラドキドキの連続にはまったく慣れていないケネディとしては、心身ともにゆっくり休みたかった。

レイエスは結局、肩を三針縫って、あちこちあざだらけになっていた。なにが〝ちょっとひりひりするだけ〟よ。まったく！　肉が少しえぐれていたのに。まあ、泣きごとを言う人ではないのは認めるけれど。

ふだんはむしろ、人を守ったり励ましたりしてばかりで、どこをとってもすばらしい人だ。

現場一帯にはゴリーの爆弾の破片が散らばっていて、レイエスのトラックの側面にもめりこんでいた。

ゴリーの遺体のありさまを思い出すと、もう少しでレイエスを喪うところだったのだとあらためて感じる。レイエスはまさに命がけでジョディを守ろうとしたが、命は落とさなかった。彼の性格と使命感を考えたら、それは奇跡と言ってもいい。

ジョディはホテルに戻った。住むところが見つかるまでさらに一週間ほど滞在することになるけれど、いまや自由に出入りできるようになった。マッケンジー家は別の滞在先を用意しようかと申し出たが、ジョディはもはや豪華なスイートルームもそれほどいやではないらしい――いつまで、とはっきりしたからには。

悲痛な泣き方をしたあとのジョディの切り替えは目覚ましいほどだった。いまでは今後を楽しみにしていて、ありがたいことに、生きていてよかったと思っている。これまでになかった明るい雰囲気をまとうようになり、明日はどんな一日になるだろうとわくわくしていた。

来週はいろんな人と会って、今後のステップを考えていく予定だという。わたしも彼女のそばにいて、一人ではないのだ、世界は怖いところではないのだと感じられるようにしてあげたい。

レイエスがわたしにしてくれたように。

ケイドとスターリングは難なく標的をつかまえて、さらに広範な人身取引ネットワークを示唆する情報も入手した。

レイエスの父親は、クロスビーに情報を流してあとを任せることに決めた。どうやらパリッシュ・マッケンジーは法執行機関に複数のコネがあるらしい――政治方面にも。

思うに、マッケンジー家のひそやかな裏の顔に、いまやクロスビーも招き入れられたのではないだろうか。きっとマディソンが喜ぶだろう——彼女の望むほうへものごとが進めば。わたしはマディソンが勝つほうに賭ける。

いま、淡い光が一つだけ灯るなか、レイエスの部屋のベッドに彼と二人で横たわっている。レイエスにぴったり寄り添って、触れるのをやめられない。キスするのも。レイエスは笑顔でこちらを見ているけれど、愛についてはなにも言わないままだ。

それでもいい。レイエスはずっと忙しかったのだから。クロスビーの相手をして、家族と話をして、わたしの世話を焼いて。愛していると伝えたことを後悔してもいない。あのときはもう胸の内に秘めておけないと思ったのだ。レイエスだけでなく、彼の家族にもクロスビーにも宣言したいくらいだった。いっそ全世界に向けて。

わたし、ケネディ・ブルックスは——過去に心の傷を受けたけれど、もう大丈夫だと必死に証明しようとしていた女性は——男性に興味がなく、セックスは考えるだけでもぞっとしていたこのわたしは、いま、危険そのもののようなおれさまタイプの男性を愛している。その男性から手を引っこめておけない。

レイエスが眠そうな声でつぶやいた。「きみに先を越されたな」

「ええ?」やわらかな胸毛とその下の硬い胸板が大好きだ。香りも。鼻をこすりつけて深く息を吸いこみ、おいしそうなにおいで心を満たした。

「混乱のなかでじゃなく、正しいかたちでやりたかったんだ。簡単じゃなかったけど、必死に我慢してたんだぞ――そうしたら」ぴしゃりとヒップをたたく。「きみの告白だ」

ほほえんで、彼のあごの下に顔を入れた。「愛してるって言ったこと？　言えてうれしかったわ」

「おれも言われてうれしかったよ。うれしいどころじゃない」愛おしげにヒップをさする。

「もちろんおれもきみを愛してる。だけど愛してるだけじゃないんだ。きみと結婚したい。一緒に歳をとりたい。いつかそのうち、きみとのあいだにミニ・マッケンジーもほしい」

ほほえんでいた口角がますますあがった。「あなたみたいないたずら坊や」想像しながらつぶやく。

「それか、きみみたいな賢くて強い女の子」頭のてっぺんにキスをする。

「本当にわたしを強いと思う？」

「気づいてないのはきみだけなんじゃないかな。きみの強さは静かで揺るぎなくて、気高くて頼もしい」

本当にそう思っているのだ。だからこそ……わたしもだんだんそう思えるようになってきた。

「クリスマスをきみと過ごしたい。この父の家でもいいし、フロリダのきみのご両親のところでもいい。二人に会わせてくれるよね？」

胸がいっぱいになって、うなずいた。「もちろん」

「よかった。そういうわけで、おれはすべてがほしいんだ。なにもかも。いまこの瞬間から最後のときまで」ぎゅっと抱きしめる。「きみもそれくらいおれを愛してるかな?」

「ええ」からかうように言った。「それくらい、どころじゃないわ」

いまのうちにはっきりさせておくよ。おれはべったりタイプの男だ」

いまさらそれを言うの? 調子を合わせて、顔を見あげた。「つまり?」

「つまり、きみはしょっちゅう仕事であちこち飛びまわるけど、おれはそれを放っておける気がしないってこと。おれがついていってボディガード役を演じるって言ったら、どうかな?」

「それとも、ベッドの相手役とか?」

ゆっくり浮かんだ笑みに、体がほてった。「ああ、いろんな役目を果たす旅のおともになりたいね」真顔になって尋ねる。「いやじゃないかな? 息苦しいと思わせたくはないけど、まじめな話、家に残ってきみを心配してたら白髪頭になりそうだ」

あごにそっとキスをした。「そばにいてくれたほうがうれしいわ。でも、わたしが講演旅行に行くときにこっちでなにか起きたらどうするの? あなたの仕事は九時五時ってタイプじゃないし」

「だよな。きみのほうも、いったん予定が決まったらそう簡単には変えられない」

どうやらじっくり考えてくれたらしい。「なにかアイデアがあるの？」

「ああ。どうだろう、本物のボディガードをつけるのは？」急いでつけ足す。「おれが一緒に行けないときだけ」

「そうねえ」どんなにあっさり思わぬことが起きてしまうか、身をもって経験してきただけに、悪くないアイデアと思えた。

「あまり目立たない人」レイエスが言う。「周囲に溶けこんで、それでも目を光らせていてくれる人。きみとおれで事前にきっちり身元調査をしてさ」

「同意したら、あなたの仕事のことを今後も教えるって約束してくれる？　どんなささいな危険の可能性も絶対に秘密にしないって」胸板に両肘をついた。「知ってるほうが、わたしには楽なの」

レイエスがのんびりと指先で背筋を撫でながら言った。「じつはさ、家族以外とは仕事の話をしたくないと思ってたんだけど、きみとなら当たり前のように話せるんだ」

「それって、イエス？」

「ああ、ベイビー」両手でヒップをつかむ。「結婚してくれるなら、なんにでもイエスって答えるよ」

ごほうびの深いキスをしながら、唇越しにささやいた。「ええ、あなたと結婚するわ」

とたんにレイエスの体から力が抜けた。「まったく、ハラハラさせてくれるね」

「愛してるわ、レイエス。こんなにだれかを愛せるなんて思ってもいなかったくらいに」

「おれもだよ」今度のキスは長く深いものだった。「そろそろ日がのぼる。少し眠ったほうがいいよな？」含みのある言い方だったし、さまよう手から察するに、いまいちばんしたいのは眠ることではなさそうだ。それでもいつもどおり、思いやりにあふれている。なんてすばらしい人なんだろう。

そんな男性が、わたしのもの。「あなたは眠りたい？」

たちまち榛色の目が熱を帯びた。「いや。でも、もしきみが眠りたいなら――」

腰にまたがって、言った。「それより、ほかにしたいことがあるの」

「そうか、うん、なるほど」引き寄せて、全身を焦がすこと請け合いのキスをした。

たしかに少し疲れている。けれど同時にものすごく幸せだし、一緒になにかすることで二人の新たな人生をスタートさせるとしたら、愛し合うのがいちばんだ。

いまも、明日も、永遠に。

訳者あとがき

ある夜、旅先から疲れた体で帰ってくると、自宅アパートメントがごうごうと燃える火に包まれていた……なんてことになったら、どうしますか？　しかも、その火災は事故ではなく、あなたを狙った放火だと考えるもっともな理由があったなら。

本書の冒頭でまさにそんな事態に陥るのが、コロラド州リッジトレイルで一人暮らしをするヒロイン、ケネディ・ブルックスです。かつて人身取引の被害者として地獄を味わい、そこからどうにか生還した経験をもつケネディは、憎むべきこの犯罪に巻きこまれる人がいなくなるようにと願って、あちこちのハイスクールや大学で講演をおこなったり本を執筆したりすることを仕事にしています。この夜もそんな講演旅行から帰ってきたばかりでしたが、じつは一カ月ほど前から身の危険を感じるようなできごとが続いていました。いよいよ命まで狙われたのかとぞっとするものの、両親のいる故郷は遠く、また心配させるようなこともしたくない……迷った末にケネディは、唯一、頼れそうな人物に助けを求めます。その人物とは、彼女が通うジムのオーナー、レイエス・マッケンジーでした。

複数の女性との束縛しない関係を楽しむ独身男のレイエスは、長身にたくましい体つきという、いかにもジムのオーナーらしい外見をしていますが、じつは裏の顔をもっています。過去のとある事情から、父と兄と妹とともに、警察組織とは完全に独立した、人身取引撲滅のための仕事をしているのです。レイエスが経営するジムは、利用者の会話からストリートの情報を拾うという目的のもとに始まっていますし、兄が経営するバーも同じ役割を果たしています。一家はまた、救出した被害者を一時かくまうためのスイートルームが完備された高級ホテルを所有していたり、救出後のさまざまな面でのサポート体制を充実させていたりと、細やかなところまで考え抜かれたオペレーションを実行してきました。そんな仕事に携わるレイエスが、自身の経営するジムの会員で、少し前から気になっていた女性に、夜中の電話で助けを求められたら——駆けつけて庇護者の役を演じないわけがありません。

そうしてほぼ全財産を失ったケネディとのしばしの〝同棲《どうせい》生活〟が始まるのですが、彼女は痛ましい過去をもつ女性。たとえ、一人では怖くて眠れないと打ち明けられて、同じベッドで眠る日々が始まったとしても、つけ入るような真似だけは絶対にしないとレイエスは固く心に誓います。それでも、ケネディの賢さや芯の強さ、常に自分より人のためを思うところなどを毎日のように目にするうちに、どんどん彼女に惹かれていき、またケネディのほうも、レイエスの意外なまでの思いやりや頼もしさに接するうちに、被害に遭うことで完全に殺されてしまったとばかり思っていた男性への熱い関心がよみがえるのを感じるのです。さあ、二人の関係はどうなるのか。ケネディを狙っているのは何者なのか。いまも心を蝕む過去を彼女が完全に乗り越えられるときは来るのか。最後まで見守っていただけると幸いです。

さて、本書はマッケンジー家の三きょうだいを描いたシリーズの二作めにあたります。一作めの『いまはただ瞳を閉じて』は長男のケイドを、今作は次男のレイエスを中心に据えていましたが、シリーズ最後を飾る三作めでは、末っ子にしてテクノロジーの神とも称される二十六歳のマディソンがヒロインとなります。お相手はもちろん、本書に登場してすでにマディソンとばちばち火花を散らしている三十五歳のクロスビー・アルバートソン刑事。仕事しか頭にない堅物という印象ですが、じつは……。どんな展開が待っているのか、こちらも続けてお届けできますように。

ところで、人身取引、という言葉は耳慣れないかもしれませんが、ここ日本でも無縁の犯罪ではありません。おそらく最初に頭に浮かぶであろう性的搾取のみならず、強制労働や臓器取引もその定義にあてはまります。甘い言葉や暴力などによって弱い立場にある人をだまし、支配し、一方的に利益を得る——人を人とも思わない、下劣な行為です。警察庁発表のデータによると、平成三十年から令和四年までの五年間で検挙件数はじわじわと増加しており、また被害者の年齢は六割ほどが十八歳未満だそうです。家のなかに問題があって帰りたくない若年層にやさしく居場所を与える体《てい》で近づいて、徐々に言いなりにしていき、果ては売春行為をさせるような手口も横行しているようですし、そうした巧妙な手口のせいで、被害者のほうが〝強制されているのではなく自分から進んでやっているのだ〟と思いこまされているケースも少なくないといいます。読者のみなさまのなかにもそうした報道に接したことがある方はいらっしゃるのではないでしょうか。どこか遠い国のお話のようで、じつは身近な問題なのです。この悪質きわまりない犯罪が消えてなくなることを、また残念ながら被害に遭われた方が、肉体的、精神的に少しでも癒やされることを、心から願ってやみません。

最後になりましたが、今回も拙い訳者をしっかり支えてくださったハーパーコリンズ・ジャパンのみなさまと編集者のAさまに心から感謝いたします。常に刺激と励ましである翻訳仲間と、いつもそばにいてくれる家族にも、ありがとう。

二〇二四年九月

兒嶋みなこ

訳者紹介　兒嶋みなこ

英米文学翻訳家。主な訳書にソフィー・アーウィン『没落令嬢のためのレディ入門』、ローリー・フォスター『いまはただ瞳を閉じて』『午前零時のサンセット』(以上、mirabooks)など多数。

その胸《むね》の鼓動《こどう》を数《かぞ》えて

2024年9月15日発行　第1刷

著　者　ローリー・フォスター

訳　者　兒嶋《こじま》みなこ

発行人　鈴木幸辰

発行所　株式会社ハーパーコリンズ・ジャパン
東京都千代田区大手町1-5-1
04-2951-2000(注文)
0570-008091(読者サービス係)

印刷・製本　中央精版印刷株式会社

ISBN978-4-596-71409-1

mirabooks

いまはただ瞳を閉じて
ローリー・フォスター
兒嶋みなこ 訳

12年前の辛い過去から立ち直り、長距離ドライバーとして身を立てるスター。彼女が行きつけの店の主はセクシーで魅力的だが、ただならぬ秘密を抱えていて…。

午後三時のシュガータイム
ローリー・フォスター
兒嶋みなこ 訳

小さな牧場で動物たちと賑やかに暮らすオータム。恋はすっかりご無沙汰だったのに、学生時代の憧れの人が、シングルファーザーとして町に戻ってきて…。

午前零時のサンセット
ローリー・フォスター
兒嶋みなこ 訳

不毛な恋を精算し、この夏は〝いい子〟の自分を卒業しようと決めたアイヴィー。しかし出会ったのは、〝ひと夏の恋〟にはふさわしくないシングルファーザーで…。

胸さわぎのバケーション
ローリー・フォスター
兒嶋みなこ 訳

新たな人生を始めるため、美しい湖にたたずむリゾートの求人に応募したフェニックス。面接相手のセクシーなオーナーは、もっとも苦手とするタイプで…。

ためらいのウィークエンド
ローリー・フォスター
兒嶋みなこ 訳

息子をひとりで育てるため、湖畔のリゾートで懸命に働いてきたジョイ。ある日引っ越してきたセクシーな男性に、封印したはずの恋心が目覚めてしまい…。

ファーストラブにつづく道
ローリー・フォスター
岡本 香 訳

過保護に育てられ、25歳の今も恋を知らないシャーロット。ある日街角で出会ったワケアリの男性ミッチに、生まれて初めて心ときめいてしまい…。

mirabooks

永遠が終わる頃に
シャノン・マッケナ
新井ひろみ 訳

祖母から、35歳までに結婚しなければ会社の経営権を剥奪すると命じられたケイレブ。契約婚の相手として連れてこられたのは9年前に別れた元恋人ティルダで…。

唇が嘘をつけなくて
シャノン・マッケナ
新井ひろみ 訳

祖母からの一方的な結婚命令に反発するマディ。一族の宿敵ジャックとの偽装婚約で、命令を撤回させようとするが、二人の演技はしだいに熱を帯びていって…。

真夜中が満ちるまで
シャノン・マッケナ
新井ひろみ 訳

ネット上の嫌がらせに悩む、美貌の会社経営者エヴァ。かつて苦い夜をともにした相手に渋々相談すると、彼は24時間ボディガードをすると言いだし…。

この恋が偽りでも
シャノン・マッケナ
新井ひろみ 訳

天才建築家で世界的セレブのフィアンセ役を務めることになった科学者ジェンナ。生きる世界が違う彼に惹かれてはいけないのに、かつての恋心がよみがえり——

口づけは扉に隠れて
シャノン・マッケナ
新井ひろみ 訳

建築事務所で働くソフィーは突然の抜擢で、上司のヴァンとともに出張することに。滞在先のホテルで男の顔を見せられ心ざわめくが、彼にはある思惑が…。

この手はあなたに届かない
J・R・ウォード
琴葉かいら 訳

夏の間だけ湖畔の町にやってくる富豪グレイに、ジョイは長年片想いしている。ひょんなことから彼とNYに行くことになり、夢のようなひとときを過ごすが…。